निर्भया

सौरभ कुमार सिंह

अनुक्रमाणिका

अध्याय 1

"आखिरी पाँच दिन"

***

"तुम्हें अपने पक्ष में कुछ कहना है?" चश्मा ठीक करते हुए जस्टिस वर्मा ने पूछा। पत्रकार और मेरे माँ-बाप पहली कतार में बैठे हुए, मेरे जवाब का बेसब्री से इंतजार कर रहे थे। मैं सचमुच थक चुका था। मेरी आँखें सुर्ख पड़ गई थीं। पीठ का असहनीय दर्द मुझे सीधे खड़ा नहीं होने दे रहा था। दिल्ली की उत्तम नगर सेंट्रल जेल में पिछले सत्रह दिन से मुझे थर्ड डिग्री टार्चर दिया जा रहा था।

मैंने कठघरे के बैरिकेड को पकड़ा और अपने मम्मी-पापा की ओर ताकने लगा। उनकी आँखें गीली थीं और थरथराते होंठो पर मेरे लिए प्रार्थना। शायद उन्हें यह आख़िरी उम्मीद थी कि मैं अपने पक्ष में कुछ शब्द कहूँगा।

"नहीं सर," मैं अपनी माँ की आँखों में देखते हुए दृढ़ स्वर में बोला।

गहरे सन्नाटे ने कोर्ट रूम को निगल लिया। मेरी माँ भीतर से दरकती हुई, लेकिन शांत थीं।

उनके गालों पर बहते आँसू हमेशा के लिए मुझे खो देने के डर को बयाँ कर रहे थे।

"तमाम सबूतों एवं गवाहों को मद्देनज़र रखते हुए अपराधी आर्यन राठौड़ को भारतीय दंड संहिता की धारा 302 और 304 के तहत दोषी पाया जाता है। वह हिमांशु जोशी की नृशंस हत्या और 28 साल की लड़की के बलात्कार का दोषी है। इसलिए यह अदालत उसे मौत की सजा सुनाती है। 24 दिसंबर 2013 को तड़के सुबह अपराधी को फाँसी की सजा मुकर्रर की जाती है। दिस कोर्ट इज एड्जोर्ण्ड।" जस्टिस वर्मा ने फैसला सुनाया और पेन की निब तोड़ दी। वह खड़े हुए और मेरी आँखों में देखने लगे। मेरे चेहरे पर ख़ामोशी देख कर वे हैरान थे।

फैसला सुनते ही मेरी माँ बेहोश हो गई। मेरा प्यारा दोस्त और सहकर्मी निखिल मेरी बेहोश माँ को संभाले हुए था और मेरी तरफ आँसू भरी आँखों से देख रहा था।

"जेल जाने से पहले क्या मैं एक बार अपनी माँ से मिल सकता हूँ!" मुझे हथकड़ी लगाने आए गाड्र्स से मैंने पूछा। वे इसकी इज़ाज़त के लिए जेलर की तरफ देखने लगे।

"उसे जाने दो," जेलर शफाकत अली ने कहा। वह लंबे कद का, दाढ़ी रखे हुए तथा धार्मिक व्यक्ति था। मैं उसे अली सर कहता था। वह इकलौता आदमी था, जिससे मैं जेल में बात करता था। वह हमेशा मुझे जज के सामने अपना पक्ष रखने को प्रेरित करता था। लेकिन, मैं हमेशा उसकी बातों को नज़र अंदाज कर देता, शायद मुझे अपनी ज़िन्दगी प्यारी नहीं थी।

"प्लीज़ माँ, आंसू मत बहाओ। मैं तुम्हें रोते हुए नहीं देख सकता," मैं माँ के चेहरे पर पानी की छींटें मारते हुए बोला। माँ मुझे खोने देने के डर से काँप रही थी। माँ ने कसकर मेरा हाथ पकड़ लिया और मेरी तरफ ताकने लगी।

"मैं तुम्हें नहीं जाने दूँगी। तुझे मरते हुए नहीं देख सकती बेटा," मेरे सीने पर अपना सिर रख कर बिलखते हुए माँ ने कहा। मैंने उन्हें कसकर गले से लगा लिया। मैं भी अपने आँसुओं को रोक नहीं पाया।

"तूने कभी सोचा था कि मैं तेरी लाश देखूंगी। लड़खड़ाती आवाज में माँ ने कहा जब तू सिर्फ छह दिन का था, तब मैं तुझे घर लाई थी।

उन्होंने अपने हाथ को ऊपर उठाया और दिखाने लगीं कि किस तरह से वो मुझे अपने हाथों से झूला झुलाती थीं।

"अब वे तेरी लाश मुझे देंगे" माँ बोली और बिलकुल टूट सी गईं। मैंने उन्हें कसकर गले से चिपटा लिया और उनके माथे को चूमा।

"माँ, इस जन्म में मुझे माफ़ कर दो। उनके आँसूओं पोंछते हुए मैं बोला, वादा करता हूँ, अगले जन्म में तुम्हारे सारे सपने पूरा करूँगा। मेरे पिताजी एक रिटायर्ड सरकारी कर्मचारी हैं। वे वास्तव में सबल व्यक्ति हैं। पापा ने मेरे कंधे पर अपना हाथ रखा| आख़िरी बार मैं उनसे गले मिलने के लिए खड़ा हो गया।

"माँ प्लीज़, तुम अपना ख़याल रखना। मुझे माफ़ कर दो माँ, मुझे माफ़ कर दीजिए पापा। मैं रो रहा था, पापा ने मुझे कसकर छाती में भींच लिया। उन्होंने कहा, "मुझे नहीं पता तुम सही हो या गलत, लेकिन तुम हमारे दिल में हमेशा रहोगे। मेरे बच्चे, तुम मेरी नज़र में कभी अपराधी नहीं हो सकते, कभी नहीं।" मैंने उनकी नम आँखों को देखा। अपने जीवन में पहली बार मैं उन्हें रोते हुए देख रहा था।

निखिल मेरे पास आया और मुझे गले से लगा लिया। दो मिनट तक हम दूसरे से एक शब्द भी नहीं बोल पाए। शायद, एक साथ हम अपना आख़िरी पल जी रहे थे।

"आरुषि से मैं क्या कहूँगा?" लड़खड़ाती हुई आवाज़ में निखिल फुसफुसाया। मैं थोड़ी देर यों ही खड़ा रहा, फिर निखिल की जेब से पेन निकाल लिया।

"अली सर, क्या मुझे लिखने के लिए कागज मिल जाएगा?" मैंने पूछा।

मेज पर रखे हुए कागजों के ढेर से उन्होंने एक कागज निकाल कर मुझे दे दिया।

जिस दिन तुम्हें सच्चाई पता चलेगी, उस दिन, हो सकता है मैं तुम्हारे साथ न रहूँ, लेकिन मेरी रूह हमेशा तुम्हारे आस-पास रहेगी। वे लोग सिर्फ तुम्हें मेरी लाश सौंप देंगे।

"अगर आरुषि मेरे बारे में पूछे तो ये उसे दे देना। उससे कह देना कि वो मुझे माफ़ कर दे, क्योंकि मैं उसे अकेला छोड़ कर जा रहा हूँ," कागज को तह करके उसकी जेब में रखते हुए मैंने कहा। आख़िरी बार मैं सबसे गले मिला।

"अब चलने का वक्त हो गया है," अली सर ने कहा, गार्ड्स। उन्होंने गार्ड्स को हथकड़ी लगाने का इशारा किया। मैंने अपने आँसू पोंछे और मम्मी-पापा के पैर छू कर उनसे अंतिम बार आशीर्वाद लिया। इस बार माँ "जीते रहो" का आशीर्वाद नहीं दे सकीं।

मेरे मम्मी-पापा और निखिल मुझे तब तक गले से लगाए रहे, जब तक कि उनकी बांहों से खींच कर मुझे अलग नहीं कर दिया गया।

मैं मौत की सजा पाने वाले कैदियों के लिए बनी कोठरी की तरफ चल दिया। धीरे-धीरे माँ के रोने की आवाज़ धीमी होती चली गई। कोर्ट रूम से कोठरी तक जाने में दो मिनट का समय लगा। इस सफर को तय करते वक्त मेरे सामने तमाम पुरानी यादें घूमने लगीं।

"अगले पाँच दिनों के लिए यह तुम्हारा घर है। पाँचवें दिन तड़के सुबह उठकर नहाना होगा और...," इतना बोलकर वह रुक गया।

"और उसके बाद मुझे फाँसी के तख़्त तक ले जाया जाएगा और मैं मरने तक फाँसी पर लटकाया जाउँगा," मैंने अली के वाक्य को पूरा किया। मैं और अली दोनों एक दूसरे को देख कर मुस्कुराए।

"आर्यन, क्या तुम्हें मेरी किसी तरह की मदद की जरुरत है?" सेल में ताला लगाते हुए अली ने मुझसे पूछा।

"सर मुझे दो पेन और एक मोटी कापी चाहिए," मैंने कहा।

"ठीक है, लेकिन तुम इनका करोगे क्या?" अली ने सवाल किया।

"मैं अपनी कहानी लिखना चाहता हूँ। अपनी दोस्ती और प्रेम की कहानी लिखना चाहता हूँ। मैं चाहता हूँ कि सभी प्यार की कीमत का अहसास करें।" मैं सलाखें पकड़े यह सब बोल रहा था। अली ने अपनी भौंहें चढ़ाईं और मुझे आश्चर्य से देखने लगा और कहा, "जो कैदी अपने आख़िरी वक्त में इस कोठरी में आता है। वह अपना ज्यादातर वक़्त रोने में या अपनी जिंदगी की भीख मांगने में लगा देता है। तुम पहले आदमी हो, जो लिखना चाहते हो।"

"हो सकता है मैं पहला आदमी हूँ, जिसे अपने किए का पछतावा नहीं हो रहा है। लेकिन मुझे रोने की जरुरत नहीं, ईश्वर हमेशा मेरी मदद करेगा" आर्यन ने कहा|

"ठीक है। तुम्हें तुम्हारा सामान एक घंटे में मिल जाएगा। अब मुझे पट्रोलिंग पर जाना होगा," अली भरोसा दिलाकर चला गया।

कोठरी बहुत ही एकांत स्थान पर थी। मैं किसी अन्य कैदी को नहीं देख पा रहा था।

शायद, मृत्युदंड पाने वाला मैं अकेला ही था। वहाँ एक छोटा दरवाजा था। पाँच दिन बाद वहीं से मुझे फाँसी के तख्ते तक जाना था। इसके पास ही बरगद का भारी-भरकम पेड़ होने के कारण दिन में भी अँधेरा था। मैं फांसी के तख़्त को देख कर मस्कुराया। मैं मौत से डर नहीं रहा था। मैं तो उसका इंतजार था।

पानी से भरा एक घड़ा कोने में रखा हुआ था। रात ठंडी होने के कारण एक काले रंग का कंबल भी था। एक कोने में भारतीय शैली का पैखाना था जिसमें साफ-सफाई थी। लेकिन थोड़ा टूटा हुआ था।

शायद सेल की यह हालत इस बात की गवाही दे रही थी कि इसमें काफी समय से कोई कैदी नहीं आया है।

"तुम्हारा मँगाया हुआ पेन और कापी इसमें है," कहते हुए गार्ड ने कवर बंधा एक पैकेट अंदर सरका दिया।

"थैंक्स," मैंने कहा। उसने मुस्कुरा कर मेरी ओर देखा, फिर चला गया।

मैंने पैकेट खोला। उसमें से पेन और कॉपी निकाला। मैंने पेन हाथ में लिया और अपनी उंगलियों के बीच रगड़ने लगा। कुछ करने की योजना बनाने के दौरान, मैं अपनी कहानी कैसे लिखूँ, कहानी कहाँ से प्रारंभ करूं? ये सब सवाल मेरे दिमाग में वैसे ही चक्कर काटते रहे, जैसे नए लेखक के दिमाग में। यह मेरा पहला और अंतिम उपन्यास था।

मैंने ईश्वर से प्रार्थना की, कि मुझे अगले पाँच दिन तक सोचने की शक्ति दे, ताकि मैं अपनी कहानी पूरी कर सकूँ।

यह केवल एक कैदी की कहानी नहीं है। यह मेरी जीवनी है। इसमें मेरे प्यार और मेरे हाथों हिमांशु जोशी के मारे जाने की वजह है।

मैं कोई अपराधी नहीं था। मैं एक साधारण आदमी था। दिल्ली की एक आईटी फर्म में सॉफ्टवेयर इंजीनियर के पद पर काम करता था। अपने दोस्त निखिल और अपनी प्रेमिका आरुषि के साथ ख़ुशी से रहता था।

अध्याय 2

"पहली नज़र में प्यार"

(पहला दिन)

***

"खुदा के नायाब हुनर पे यकीन हो गया
आपके आने भर से मौसम हसीन हो गया
आज तक जिस दिल को समझते थे अपना ..
उस दिल की बेवफाई पे आज यकीन हो गया"

बगल वाली ईमारत की छत पर जब मैंने पहली बार उसे देखा, तो मैं अपनी भावनाओं का कुछ ज़्यादा ही तेज़ आवाज़ में इजहार किया। वह पीले रंग के शलवार-सूट और सिर पर सफ़ेद रंग के दुपट्टे में बहुत ही खूबसूरत लग रही थी। उसके हाथ रंगीन चूड़ियों से भरे हुए थे। आँखों में काजल, होंठ कुदरती गुलाबी और आकर्षक लग रहे थे। कुछ बाल उसके खूबसूरत नक्काशीदार चेहरे की शांति भंग कर रहे थे। उसकी एक झलक पाकर लोग निहाल हो जाते थे।

उसने मुझे भौहें सिकोड़ते हुए देखा। उसकी सहेलियाँ भी मुझे बहुत ही अजीब तरह से देख रही थीं, जैसे कि मैं किसी दूसरी दुनिया का प्राणी हूँ।

"दफा हो जाओ," वह चिल्लाई और अपना आक्रोश व्यक्त करने के लिए हाथ ऊपर उठाए, लड़कियों की तरह!

"ठीक है, जा रहा हूँ," तौलिये से अपना चेहरा छुपाते हुए मैं बोला। मैंने अपने हाथ को हवा में लहराया और चिल्लाते हुए कहा, "मुझे नहीं पता, मुझे यह बोलना चाहिए या नहीं, लेकिन आई लव यू....", बोलकर मेरे दिल को सुकून मिला।

मैं पूरे यकीन के साथ कह सकता हूँ कि मेरी आवाज आस-पास के इलाके तक पहुँचने के लिए काफी थी। लेकिन मुझे इस बात की कोई परवाह नहीं थी। मैंने अपने प्यार का इजहार क्यों किया, मेरे पास इसकी कोई वजह नहीं थी। लेकिन उस समय मैं बहुत उत्साह में था और अपने आप को संभाल नहीं पाया। मुझे लगा कि मुझे बोल देना चाहिए। शायद यह उसका दैवी सौंदर्य था, जो मेरे स्वर-तंत्र को बोलने के लिए बार-बार उकसा रहा था। इस तरह व्यापक रूप से हमेशा प्रयोग होने वाला तीन शब्द का वाक्य, आई लव यू, मेरे मुँह से निकल गया।

"तुम चाहते हो कि मैं पुलिस को बुलाऊं?" मुझे बहुत ही अलग सी आवाज सुनाई दी। यह निश्चित रूप से उन लड़कियों की आवाज़ से भिन्न थी। मैंने उसे देखने के लिए अपने चेहरे से तौलिया हटाया।

यह एक उम्रदराज औरत थी, जिसकी उम्र चालीस, पैंतालीस या उससे भी अधिक रही होगी। वह सांवले रंग की, बड़े चेहरे वाली, नीले रंग की साड़ी पहने हुए, अपने एक हाथ को कमर पर टिकाए खड़ी थी और दूसरे हाथ से मोबाइल पर नंबर डायल कर रही थी। उसके शरीर का ढाँचा यह सिद्ध कर रहा था कि ईश्वर के पास बहुत से कामों का दबाव होने बावजूद उसने इसे फुरसत से गढ़ा है।

सभी औरतें मुझे घूर रही थीं, जैसे वे मेरी छत पर कूद कर आ जाएँगी और दो टुकड़े करके मेरा खून पी जाएँगी।

"गर्ल्स, तुम सब जा सकती हो। मैं इससे बात करती हूँ।"

"ठीक है वार्डन, लेकिन इसे अच्छे से समझाइएगा। जिससे ये दुबारा किसी के साथ ऐसी हरकत न करे," एक लड़की ने कहा। सभी लडकियाँ और मेरी नई गर्ल फ्रेंड छत से चली गईं।

हाँ, आपने सही सुना "गर्लफ्रेंड"! हम लोग तुरंत ही किसी के साथ रिश्ता जोड़ लेते हैं। यदि हम किसी सुंदर लड़की को देखते हैं, तो वह अपने आप ही हमारी गर्ल फ्रेंड बन जाती है और अगर हम बात कर लें, तो वह हमारे दोस्तों की भाभी बन जाती है। यदि कोई हमें हर्ट करता है, तो यह सिलसिला तब तक चलता रहता है, जब तक कि हमारे मम्मी-पापा कोई सुंदर और सुशील लड़की अपने परिवार के लिए न खोज लें।

मैंने उसकी तरफ दो सेकंड के लिए देखा, फिर जेब से सिगरेट निकाल कर अपने दोनों होंठो से पकड़ ली। मैं लाइटर खोज रहा था, जबकि वह मुझे धमकी दे रही थी कि वह पुलिस को बुला लेगी।

"नहीं शुक्रिया, मुझे मिल गया।" मैंने उसे लाइटर दिखाते हुए कहा। मेरी मुस्कराहट उसे और अधिक गुस्सा दिला रही थी।

"तुम्हें आखिरी चेतावनी दे रही हूँ। अगर अब कोई भी गलती की, तो सीधे सलाखों के पीछे जाओगे। यह चेतावनी देकर वह हिटलर महिला चली गई। उसने अपना गुस्सा दिखाने के लिए दरवाजे को तेजी से बंद किया। जैसे ही वह गई, मैं अपनी महबूबा को देखने के लिए झुका लेकिन वो वहाँ से जा चुकी थी। मैं अपने कमरे में चला आया।

"तो आँखे सेक लीं !" मेरे दोस्त निखिल ने पूछा। वह मेरे बचपन का दोस्त था। हम लोग बचपन से ही हमेशा साथ रहते थे। हमारी दोस्ती इतनी पक्की थी कि उसने मेरे लिए अपना आई आई टी का रिजल्ट फाड़ दिया था, क्योंकि वह मेरे साथ साधारण से इंजीनियरिंग कॉलेज में एडमिशन लेना चाहता था। आई आई टी की प्रवेश परीक्षा में उसका बत्तीसवां रैंक था। वह किसी भी आई आई टी में आसानी से एडमिशन ले सकता था, लेकिन उसने मेरे साथ रहने का रास्ता चुना। मैं आज भी अपनी जान से ज्यादा उसे प्यार करता हूँ।

"हाँ भाई, लेकिन बाद में एक विचित्र महिला आकर पूछताछ करने लगी", मैं बिस्तर पर कूदते हुए बोला।

"वह वार्डन थी। उससे बच कर रहना। मैं तुझे बता रहा हूँ," निखिल ने सावधान किया।

"तू उसे कैसे जानता है," तकिए को सही करते हुए मैंने पूछा।

"यहाँ के विधायक से उसके अच्छे ताल्लुकात हैं। विधायक के बेटे हिमांशु जोशी के साथ बाहर जाते हुए मैंने उसे कई बार देखा है" अंतिम दो शब्दों पर जोर देते हुए निखिल बोला।

"मुझे क्या दिक्कत है, मुझे तो तेरी भाभी की चिंता है," मैंने मुस्कुराते हुए कहा। जो मैंने तुझे पहले बताया था, उसे याद कर।

"हा हा ... तो तू अब भी हमारे लिए गर्ल्स हॉस्टल में भाभी खोज रहा है," निखिल ने कहा और बियर की बोतल को ऊपर की तरफ उछाला।

"भाई तू भरोसा नहीं करेगा। आज मैंने छत पर एक बहुत ही खूबसूरत लड़की देखी है," बियर की बोतल खोलते-खोलते मैंने कहा।

"सचमुच, उसका नाम क्या है!" बोतल रखते हुए निखिल ने सवाल किया।

"मैं नहीं जानता, उसे क्या बुलाते हैं लोग, लेकिन एक साल के अंदर उसे लोग मिसेज राठौड़ के नाम से जानेंगे," निखिल की तरफ देखते हुए मैं बहुत ही दृढ़ शब्दों में बोला।

"मैं यह नाम अपनी जिंदगी में सैकड़ों बार सुन चुका हूँ। तुझे मेरी बात बुरी लगेगी, लेकिन तू अपने उपनाम के पहले मिसेस लगाने से ज्यादा और कुछ कर भी नहीं कर सकता," निखिल, मुँह बनाते हुए कहा।

"मैं पूरे विश्वास के साथ कहता हूँ कि मैं उससे प्यार करने लगा हूँ," मैंने कहा। मूर्खतापूर्ण शर्तें लगाना मेरी आदत है।

"बेवकूफ, बच्चों की तरह हरकतें करना बंद कर। प्यार तेरे कप की कॉफ़ी नहीं है," निखिल ने कहा।

"मैं कॉफ़ी नहीं पीता और इसके अलावा प्यार मेरे लिए बियर की बोतल है। मेरा प्यार ही सब कुछ है। मैं शर्त लगाने के लिए तैयार हूँ", निखिल की ओर अपना हाथ बढ़ा कर मैंने कहा।

"लेकिन शर्त किस बात की!" निखिल बियर की बोतल खोलने के लिए ओपनर ढूँढते हुए बोला।

"वह एक दिन मेरी होगी!" बोतल को चूमते हुए मैंने बोला।

"तो फिर मैं तैयार हूँ," निखिल मुस्कुराया और ओपनर मेरी तरफ फेंक दिया।

उसने मेरी हथेली पर अपनी हथेली मारते हुए कहा "शर्त!"

"अगर तुम हारोगे तो मेरी शादी के बाद हनीमून का सारा खर्च तुम उठाओगे," मेरी ओर देखते हुए निखिल ने धमकाया।

"और अगर तुम जीतोगे तो!" निखिल बोला और मेरी तरफ देखने लगा।

"तब तुम्हें मेरी एक इच्छा पूरी करनी होगी। जो कुछ भी हो सकती है," मैंने कहा।

“ठीक है ज़रूर, जब तक कि तुम मेरी पत्नी से पूछ न लो,” निखिल ने कहा और हम लोगों ने फिर से चियर्स किया।

मैं नॉएडा सेक्टर 19 में किराए के कमरे में रहता था। मेरे पास एक सेकंड हैण्ड बाइक थी। जिसे मैंने पैसे इकट्ठे करके लिया था।

मैं और निखिल नॉएडा की एक अच्छी आई टी फर्म में पिछले तीन साल से काम कर रहे थे। यह मेरी पहली नौकरी थी लेकिन किसी भी तरह मैं इससे संतुष्ट नहीं था। मैं यह नौकरी अपनी जीविका चलाने के लिए करता था।

निखिल की कंप्यूटर में दिलचस्पी थी, इसलिए उसे अपने काम से प्यार था। अपना सारा जीवन उसने की-बोर्ड पर कोड्स लिखते हुए बिता दिया था। मैं उससे बिलकुल अलग था। मैं अब भी कंप्यूटर द्वारा समझी जाने वाली भाषाओं को गिनता था। वास्तव में मुझे आश्चर्य होता था कि मैंने कंप्यूटर साइंस में इंजीनियरिंग क्यों किया। सही बात कहूँ, तो मुझे कोडिंग करना पसंद नहीं था।

मैं सेना में अधिकारी बनना चाहता था। अपने कन्धों पर सितारे, आँखों पर एविएटर चश्में, सेना का अनुशासन और समाज में सेना का सम्मान मुझे हमेशा ही अपनी तरफ आकर्षित करता था।

इसलिए मैंने अपने ड्रीम जॉब के लिए आवेदन कर दिया। लेकिन दुर्भाग्यवश मैं कभी इस जॉब को कर नहीं पाया।

मेरी एक आदत थी कि मैं अपनी भावनाओं को शायरी के माध्यम से व्यक्त करता था। शायद यह एक कारण हो सकता था, जिससे लड़कियाँ मुझे पसंद नहीं करती थीं।

वे निखिल से क्यों नफ़रत करती थीं, इस बात पर ध्यान न तो निखिल देता था और न ही मैं।

अध्याय 3

"दूसरी मुलाकात"

***

"सलीम, बीस प्लेट आलू-पराठा लगा दे"। हमारे अपार्टमेंट के सामने एक ढाबा था, वहाँ मैंने आर्डर दिया। सलीम उस होटल का मालिक था। वह बॉलीवुड के सुपर स्टार सलमान खान का बहुत बड़ा फैन था। सलामन खान की तरह ही वह हाथ में ब्रेसलेट पहनता। एक रे-बैन का चश्मा अपनी कसी हुई टी-शर्ट पर लटकाए रहता और फटी जीन्स पहनता। जिसमें से उसके पैरों के बाल दिखते रहते थे। सिर्फ एक चीज की कमी थी, जो उसके पास नहीं थी, वो थी मसल्स।

"चलो बच्चा लोग, सब लाइन से बैठ जाओ", मैंने छोटे बच्चों से कहा, जिन्हें मैं प्रत्येक रविवार को सुबह का नाश्ता कराता था। वे घर के सामने एक कंस्ट्रक्शन साईट पर काम करने वाले मजदूरों के बच्चे थे।

मेरी और निखिल की जान-पहचान उनसे तीन महीने पहले ही हुई थी। हम उन्हें शनिवार और रविवार को पढ़ाते और एक वक्त के भोजन की व्यवस्था करते। वे बच्चे हमारे परिवार का हिस्सा बन चुके थे – हमारा वीकेंड परिवार। वे हमें भैया कह कर बुलाते थे।

सभी बच्चे अपनी-अपनी थाली लेकर कुर्सियों पर बैठ गए। उनकी आँखें बहुत कुछ बयाँ कर रही थीं और जुबान बंद। ऐसा सामान्य बच्चों के साथ नहीं होता। वे पहले से ऐसे नहीं थे। उनके चेहरे पर मुस्कान हमारे दिन को और अधिक अच्छा बनाने के लिए काफी था।

"चार प्लेट आलू-पराठा पार्सल," एक लड़की ने आर्डर किया। लड़की गर्ल्स हॉस्टल की थी। उसने मुझे देखा और एक व्यंग्यात्मक मुस्कान दी। मुझे उसका इशारा समझ में नहीं आया।

आपने मुझे देख कर ऐसा चेहरा बनाया या आपके हँसने का तरीका ही यही है?" अपनी बाँहें चढ़ाते हुए मैंने पूछा। निखिल हमें पूरी तरह से नज़र अंदाज़ कर रहा था। अच्छे दोस्तों की तरह वह तब तक बीच में नहीं बोलता था, जब तक कि मैं किसी मुसीबत में न फँस जाऊँ। निखिल बच्चों के साथ व्यस्त था।

"बस, तुम्हें याद दिलाने के लिए कि मैं उसी हॉस्टल से हूँ। जिसकी वार्डन ने तुम्हें अभी कुछ दिन पहले धमकाया था," उसने अपनी त्योरी चढ़ाई और फिर अपनी दूसरी सह-षडयंत्रकर्ता की ओर मुड़ गई। दूसरी लड़की ने एक शातिर मुस्कान दी और दो ताली दी। शायद वे कह रही थीं कि "हमने कर दिखाया।"

मुझे उनकी बातें बुरी नहीं लगीं, लेकिन दूसरी लड़की की चतुर मुस्कान ने मेरे दिल में हलचल पैदा कर दी। इसके अलावा एक व्यक्ति बहुत ध्यान से हमारी बातें सुन रहा था। वह कोई और नहीं, सलीम था।

"सच में धमकाया क्या? तुम क्या सोच रहे हो, वह धमकी दे रही थी?" मैंने कहा। वे वास्तव में नाराज़ थीं। उन्होंने अपना पार्सल लिया और जाने लगीं।

"वैसे, आप मुझे अपनी दोस्त का नाम बता सकती हो? आप उसकी रूममेट हैं क्या?" ये जानते हुए कि वे जवाब नहीं देगी, फिर भी मैंने पूछा।

"कभी अपना मुँह आईने में देखा है?" उसने गुस्से में जवाब दिया। मैंने इस बात को मुस्करा कर नज़र अंदाज़ कर दिया, क्योंकि ऐसी बातें मैं बचपन से सुनता आ रहा हूँ।

"यह कोई प्रपोजल नहीं था, यह एक शर्मनाक हरकत थी", उसने बोलना जारी रखा। "न तो वह तुम्हारे प्रति कोई दिलचस्पी रखती है और न ही मैं तुम्हें उसका नाम बताऊँगी। बस ऐसे ही...." उसने कहा और उँगली दिखाते हुए अपना सामान लेकर जाने लगी।

मैं शांति से बैठा रहा। उसके किसी भी बात का जवाब नहीं दिया।

"साले जवाब दे, सुबह से तेरी बेइज्जती हो रही है" मुझे शांत देखकर निखिल चिल्लाया।

मैंने अपना हाथ उठाया और बोला, "उधर देखो।" मेरी प्रेमिका बरामदे में खड़ी है। सफ़ेद सलवार और गुलाबी कमीज़ में बहुत ही सुंदर लग रही है। वह गुलाबी रंग के तौलिये से अपने बाल सुखा रही है। उसका मासूम सा चेहरा देखकर मैं उसके बारे में कुछ गलत नही बोल पा रहा।

"किसी रोज़ तेरे दिल के दरवाजे पे दस्तक देंगें,
आज इस ओर खड़े हैं, एक दिन तेरी रूह में होंगें।"

मेरी आवाज़ उस तक पहुँचने के लिए काफी थी। वह मुझे घूर रही थी और अपने बालों को खींच कर अपना गुस्सा दिखाने लगी।

"भैया वो लड़की कौन है?" उन बच्चों में से एक, राजू नाम के बच्चे ने पूछा।

मेरी प्रेमिका ने सुन लिया। उसे ताज्जुब हुआ। मेरी प्रतिक्रिया जानने के लिए वह मेरी ओर देखने लगी। मैंने उससे एक शब्द भी नहीं बोला। बस उसे देख कर मुस्कराता रहा।

"तुम लोगों की भाभी हैं! आर्यन की बीवी!" निखिल मजाकिया लहजे में मुस्कराया।

"भाभी को नमस्ते करो," निखिल ने कहा। मैं बेवकूफों की तरह हँस रहा था। कहीं न कहीं मैं भी चाहता था कि बच्चे भाभी कह कर चिल्लाएँ।

"नमस्ते भाभी.........!" सभी बच्चे एक साथ चिल्लाए। मैं आवाक रह गया। वह क्रोध में मुझे घूरे जा रही थी।

"मैंने ऐसा बोलने के लिए नहीं कहा," मैं चिल्लाया।

"मैं तुम्हारे खिलाफ शिकायत करने जा रही हूँ," वह चिल्लाते हुए बरामदे से चली गई।

"कमीने, तुम्हारी वजह से वह चली गई," मैंने निखिल को लात मारी।

"हाँ यार, तुम सही कह रहे हो! मानो वह तुम्हें देखने के लिए ही बाहर आई थी," निखिल व्यंग्यात्मक लहजे में बोला और कुर्सी पर बैठ कर नाश्ता करने लगा।

मैं भी उसके साथ नाश्ता करने लगा। अब तक मैं अपने प्यार को लेकर निश्चिन्त नहीं था, लेकिन कहीं न कहीं उसके प्रति मेरे मन में कुछ था। जब भी वह अपनी आकर्षक झलक के साथ दिखती थी, मेरी ख़ुशी का ठिकाना नहीं रहता था। शायद इस छोटी सी ख़ुशी से ही प्यार की शुरुआत होती है। मैं भी अपने प्यार में अब इस शुरुआत को महसूस कर रहा था। मेरे नाजुक से दिल में यह बीज बोया जा चुका था।

उस रात अपनी डायरी में उसके लिए लिखने से मैं खुद को रोक नहीं पाया।

"मैं उसका साया बन कर, हमेशा उसके साथ रहूँगा
मैं हमेशा दुआ करूँगा कि वह मुझसे कभी दूर न हो
मेरी भावनाएं उससे पूरी तरह से जुड़ चुकी हैं
मेरा सारा जीवन उसके लिए ही है,
मैं उसे देखकर सारे जहाँ की सुंदरता भूल गया,
मुझे नहीं पता वह मेरी मंजिल है या नहीं, या

यह केवल एक सबक है मेरे जीवन का....."

अध्याय 4

"पहला अलगाव"

***

"आर्यन, तुम्हारे नाम से चिट्ठी आई है," प्रशासनिक विभाग से हरीश ने फ़ोन किया। मैं ऑफिस में था। सॉफ्टवेयर में बग ढूँढ़ते-ढूँढ़ते थक गया था। हाँ, जैसे सभी सॉफ्टवेयर इंजीनियरों के साथ होता है। आधा दिन मेरा बग्स ढूंढने में और आधा दिन क्वालिटी अस्योरेंस इंजीनियर्स से लड़ने में चला जाता था, जिनकी सफलता इस बात पर निर्भर करती थी कि हमारे द्वारा बनाए गए सॉफ्टवेयर में उनको कितने बग मिले।

न्यूटन का पहला गति विषयक नियम सॉफ्टवेयर जगत में भी लागू होता है।

"बग न तो उत्पन्न किए जा सकते हैं और न ही ख़त्म किए जा सकते हैं। ये केवल एक कोड से दूसरे कोड में स्थानांतरित किए जा सकते हैं।"

मेरा मैनेजर मिहिर जैसवाल ड्रैकुला से कम नहीं था। ड्रैकुला और मिहिर में बस एक फर्क था। ड्रैकुला अपने दाँत से खून चूसता है, सॉफ्टवेयर इंडस्ट्री में होने के नाते मिहिर हमारा खून वाई-फाई, आउटलुक तथा मीटिंग करके पीता था। यदि आप उसकी शारीरिक बनावट की कल्पना कर रहे हैं, तो उसकी भौहें हमेशा चढ़ी रहती थीं, होंठ बाईं तरफ मुड़े हुए थे, हाथ कंगारू की तरह लटके रहते थे और टांगें शुतुरमुर्ग की टांगों की तरह पतली थीं। हाँ, वह एक जानवर था।

"ठीक है, मैं अपना पत्र लेने के लिए आ रहा हूँ," मैंने कहा और फ़ोन रख दिया।

"चल नीचे," मैं निखिल से बोला। वह हमेशा मेरे पास ही बैठता था।

"क्या हुआ?" एक स्ट्रांग कोड की-बोर्ड पर टाइप करते हुए, निखिल ने पूछा!

"चलो सिगरेट पीते हैं," मैंने उत्तर दिया, अपनी शर्ट अंदर करते हुए।

न्यूटन का दूसरा नियम भी आईटी उद्योग में लागू होता है।

जो सॉफ्टवेयर इंजीनियर कोड टाइप कर रहा होता है, वह तब तक की-बोर्ड को ठोकता रहता है जब तक कि उसका कोई परम मित्र उसे सिगरेट का प्रस्ताव न दे दे।

"ठीक है, चलो चलते हैं," अपना कंप्यूटर बंद करते हुए निखिल ने कहा। हमने कप में कॉफ़ी ली और बाहर निकल गए।

"अरे मुझे अपनी एक डाक लेनी है," मैंने उससे कहा।

"डाक? उसने तुझे लव लेटर भेजा है क्या? निखिल व्यंग्यात्मक लहजे में बोला।

"वह दिन दूर नहीं," मैंने निखिल की पीठ थपथपाते हुए कहा।

हम प्रशासिक कक्ष में पहुँच गए थे, जो भूतल पर ही था।

"हरीश सर मेरी डाक?" मैं कॉफ़ी की एक चुस्की लेते हुए बोला।

"ये लो जी," मेरे हाथ में पत्र थमाते हुए हरीश ने कहा।

"सरकारी ऑफिस की डाक लग रही है," हरीश मेरी डाक में रुचि लेते हुए बात कर रहा था।

डाक देखकर मुझे ताज्जुब हुआ। हरीश की तरफ देखते हुए मैंने कहा, "यह मानव संसाधन विकास मंत्रालय से है।"

हरीश स्तब्ध रह गया। एच आर डी से मुझे कोई नुकसान नहीं होना था, लेकिन मेरे चेहरे का भाव ऐसा ही था।

"तुम मिहिर जैसवाल को जानते हो?" हरीश के कंधे पर हाथ रखते हुए निखिल ने सवाल किया किया।

हरीश टकटकी लगाकर निखिल को देख रहा था। वह अब तक हैरान था।

हरीश ने अपना सिर हिलाकर सहमति दी।

"वह तो इंजीनियर के शोषण का अपराधी है," मैं फुसफुसाया।

"कैसा शोषण! मानसिक!" हरीश ने काँपती आवाज़ में पूछा।

"नहीं, उस वाले में", अपनी पैंट की ज़िप ऊपर-नीचे करते हुए निखिल ने जवाब दिया। मुझे बहुत जोर की हँसी आ रही थी। मैंने अपने होंठ को दाँतों में दबा लिया और गंभीर मुद्रा में होने का प्रयास करने लगा।

हरीश की आँखे फटी की फटी रह गईं। वह आवक रह गया।

निखिल और मैंने कॉफ़ी की चुस्की ली और वहाँ से चले आए। उस दिन से हरीश भयभीत और सतर्क दिखता था। जब भी वह मिहिर को पार्किंग या ऑफिस में देखता मेज के पीछे छिप जाता। अपना सामान फाइल्स से छुपा लेता। मिहिर उसके इस बर्ताव से हैरान था। लेकिन उसने कभी ये सब जानने की कोशिश नहीं की कि वह ऐसा क्यों कर रहा है।

“अब मुझे डाक देखने दो,” मैंने अपनी जेब से लिफ़ाफ़ा निकालते हुए कहा। इसी बीच निखिल ने सिगरेट जलाई और डाक देखने के लिए मेरी तरफ झुका।

“दोस्त, तुम्हारी परीक्षा अगले शनिवार को है,” पत्र देखने के बाद निखिल ने कहा।

यह सी.डी.एस. (सम्मिलित रक्षा सेवा) परीक्षा का प्रवेश-पत्र था। मैंने इसके लिए आवेदन किया था। प्रवेश-पत्र देखते ही मैं कल्पना करने लगा कि जैसे मैं अधिकारी की वर्दी पहने हुए हूँ, एविएटर गॉगल्स लगाया हुआ है और मुझे लड़कीयाँ फ्लाइंग किस दे रहीं हैं।

“हाँ अब मुझे परीक्षा की तैयारी करनी पड़ेगी,” सिगरेट का कश लेते हुए मैं बोला।

“और उस लड़की का क्या हाल है !” एक शातिर मुस्कान के साथ निखिल ने सवाल किया।

“तुम्हें इतनी मेहनत करने की आवश्यकता नहीं है... बस अपने दिल की सुनो,” मैंने पारंपरिक कहावत के रूप में कहा, जिसकी निखिल द्वारा प्रशंसा की गई।

मैंने अपना पूरा दिन ऑफिस में कोड लिखते हुए बिताया, जिसके लिए मैं नहीं बना था। जल्दी ही ऑफिस का समय ख़त्म हो गया और हम घर जाने के लिए अपना सामान समेटने लगे।

“चलो बियर लेने चलते हैं,” बाइक स्टार्ट करते हुए निखिल बोला।

“साले, अगले शनिवार को मेरी परीक्षा है,” बाइक पर पीछे बैठते हुए मैं चिल्लाया।

“अभी आठ दिन बचे हैं। अगर धरती आठ दिन में आठ बार अपनी धुरी पर घूम सकती है, तो तुम तो एक तुच्छ इंसान हो, तुम दुखी क्यों हो ! तुम अपनी परीक्षा की तैयारी एक दिन में आसानी से कर सकते हो,” निखिल ने समझाया। इंजीनियरों के साथ यही समस्या है। इससे मतलब नहीं होता कि कितना ज्वलंत मुद्दा है, वे अंतिम क्षण तक संघर्ष करते हैं। एक ही रात तो इंजीनियर पढ़ते हैं।

“हाँ... ठीक है। आज रात मजे करते हैं,” मैंने प्रसन्नतापूर्वक कहा। मुझे विश्वास था, उस व्यक्ति से मूर्ख कौन होगा, जो परीक्षा की तैयारी के नाम पर बियर की बोतल छोड़ दे।

हम बियर बार के पास रुके और अपने ऑफिस बैग में एक कैरट बियर लेकर कमरे की तरफ चल दिए।

“भाई, चलो आज छत पर पीते हैं,” मैंने निखिल के सामने प्रस्ताव रखा।

मार्च ख़त्म होने वाला था और इसलिए इन दिनों मौसम थोड़ा गर्म हो रहा था, लेकिन सौभाग्य से रात खुशनुमा थी। हमने चाँदनी रात में बियर पीने का मन बना लिया।

पहले तो उसने अजीब सा मुँह बनाया, लेकिन बाद में मेरे मासूम चेहरे को देखकर वह भी राजी हो गया। हमने कुछ खाने के लिए लिया और सारी बोतलें बर्फ वाले कंटेनर में रख दीं।

"एक लड़का सुंदर लड़की के बिना रह सकता है, लेकिन ठंडी बियर के साथ समझौता नहीं कर सकता", बोतलों को अच्छी तरह से कंटेनर में रखते हुए निखिल बोला।

हम लोग पानी की टंकी पर बैठ गए और सारा सामान अपने सामने रख लिया। मौसम भी मूड के हिसाब से अच्छा होता जा रहा था।

मंद पवन और काली घटा!

निखिल ज्यादा देर इंतजार नहीं कर पाया। उसने बोतलें निकालीं। एक बोतल मुझे दे दी। "टू द...," बियर की बोतल उठाते हुए निखिल बोला।

"टू द गर्ल नेक्स्ट बिल्डिंग, चियर्स" (सामने वाले मकान की लड़की के लिए) मैंने उसके वाक्य को पूरा किया।

हमने बिना रुके आधी बियर ख़त्म कर दी। रात चढ़ती जा रही थी और बियर भी। तीन-तीन बोतल पीने के बाद हमने एक छोटा सा अंतराल लिया। हम लोग लेटकर आसमान की ओर देखने लगे। हल्की ठंडी हवा मंद गति से मुझे छू रही थी। चाँद काली घटा से बाहर निकलने की कोशिश में लगा था और गहरा सन्नाटा सब कुछ को मनमोहक बना रहा था।

"दोस्त, ऐसा क्यों कहा जाता है कि 'धूम्रपान स्वास्थ्य के लिए हानिकारक है'...जबकि आज का सर्वे कहता है कि प्यार ने अनेक ज़िंदगियाँ बर्बाद कर दीं", सिगरेट जलाते हुए मैंने गप मारी।

"तुम्हारा क्या विचार है?" निखिल ने भ्रमित होकर अपनी भौहें उठाकर प्रश्न किया।

"यदि सरकार सच में लोगों की ज़िन्दगी बचाना चाहती है, तो केवल सिगरेट और निकोटीन के पैकेट पर ही चेतावनी सन्देश क्यों लिखा होता है !"

उन्हें यह भी लिखना चाहिए की "प्यार स्वास्थ्य के लिए हानिकारक है।" इसके कारण आत्महत्या, हत्या, बलात्कार, और तेजाब से हमले जैसी घटनाएँ होती हैं," इसमें कई कोमल दिल और वैलेंटाइन टूट जाते हैं। मैंने वास्तविक समस्या का सवाल उठाया।

"तुम ठीक कहते हो। सरकार ने यहाँ भी गेम खेल दिया।" जल्दी से बैठते हुए निखिल ने मेरी बात का समर्थन किया।

हम फिर से पार्टी शुरू करने के लिए बिलकुल तैयार थे। तभी सामने वाली छत की जाली (दरवाजा) किसी ने खोली। घने अँधेरे के कारण उसका चेहरा नहीं दिखाई दे रहा था। लेकिन आवाज सुनकर हमें आभास हो गया था कि ये लड़कियाँ थीं।

"कितना रोमैंटिक मौसम है," उनमें से एक लड़की जोर से बोली।

मुझे नहीं पता था कि मौसम में रोमैंटिक क्या हो सकता है ! और इसके आलावा, लड़कियाँ रोमांस के लिए इतना पागल क्यों होती हैं। हमारे लिए तो मौसम पीने के लिए एक दम बेहतरीन था।

"सचमुच अगर आरुषि हमें न बताती, तो हम मौसम का आनंद न ले पाते," दूसरी लड़की ने कहा।

हम दोनों हाथ और घुटनों के बल टैंक के आखिरी छोर की तरफ गए, ताकि उनकी बातें साफ-साफ सुन सकें। अँधेरे में एक झलक देखने के लिए हमने अपनी आँखों को सिकोड़ लिया। जब तक कि किसी ने छत की लाइट नहीं जला दी, हम किसी भी चेहरे को पहचान नहीं पा रहे थे।

"तुमने लाइट क्यों जलाई?" एक लड़की चिल्लाई।

हमारे ऊपर भी कुछ प्रकाश की किरणें पड़ रही थीं, इसलिए हम पकड़े जाने के डर से परेशान थे।

"भाई, इनमें से भाभी कौन सी है !", निखिल मुझे धक्का देते हुए बोला।

मैं अपनी आँखों को मलने लगा, ताकि सब कुछ साफ-साफ देख सकूँ। जब तक कि वह सुंदर लड़की दिख नहीं गई, मैं एक छोर से दूसरे छोर तक निहारता रहा। वह काला चूड़ीदार और गुलाबी कमीज़ पहने थी। बाल बिखरे हुए थे, लेकिन फिर भी बहुत ही सुहावने लग रहे थे। नशा चढ़ जाने के बाद मैं उसके चेहरे पर और कुछ भी नहीं देख पा रहा था। मेरी आँखें कुछ भी देखने में असमर्थ थीं, लेकिन निसंदेह वह बहुत ही सुंदर लग रही थी।

"हेलो!" मैं खड़ा हुआ और तेज़ आवाज़ में बोला। निखिल ने मेरे पैर में चिकोटी काट कर बैठने का इशारा किया।

"हेलो!" शब्द सुनकर सामने वाली छत पर हलचल मच गई। लड़कीयाँ मुझे पहचानने की कोशिश कर रही थीं। अचानक किसी ने कहा,

"लगता है यह वही लड़का है",

"हाँ, मैं वही लड़का हूँ," टोस्ट उठाते हुए मैं बोला।

"वह शराब पिए हुए है क्या !, वार्डन को बुलाओ," पीले रंगका सूट पहने एक लड़की ने प्रस्ताव किया। भगवान की कसम, जैसे ही मैंने "वार्डन" शब्द सुना, मेरी आधी चेतना तो तुरंत ही वापस आ गई। वास्तव में वह डरावनी थी।

"नहीं, रुको," रेलिंग की ओर जाते हुए प्रियतमा ने कहा।

उसने अपनी जुल्फों को हाथ से कान के पीछे किया और मुझे घूरने लगी।

"मुखे नहीं पता, तुम कौन हो, लेकिन मैं इतना जानती हूँ कि तुम एक घटिया, बेवकूफ और बेअक्ल इंसान हो। यह दिखाता है कि तुम्हारा पालन-पोषण कैसे हुआ है," वह मेरे ऊपर चिल्लाई।

मैं स्तब्ध खड़ा रहा। मैंने अपने जीवन में कभी ऐसे शब्द नहीं सुने थे। मैंने भी उसे उतना ही जलील किया, जितना उसने मुझे किया था। लेकिन शायद अपने संस्कार के कारण मैं ज्यादा कुछ नहीं बोल सका। मैं जानता था कि वह मेरे इस बर्ताव से खुश नहीं होगी, लेकिन उसने जो किया, वह भी मुझे अपमानित करने वाला था।

"हेलो, तुम जो भी हो मुझे नहीं मालूम। लेकिन अब चुप रहो और एक भी शब्द बोलने की हिम्मत मत करना। तुम इसे नहीं जानतीं, ये वही लड़का है, जो तुम्हें पागलों की तरह प्यार करता है," निखिल गुस्से में मेरी प्रियतमा की ओर उँगली दिखाते हुए बोला। मैं जानता था वह झूठ बोल रहा है। उसे मालूम था कि मैं कई बार कई लड़कियों के प्यार में पड़ जाता हूँ। लेकिन निखिल यह भी जानता था कि मैंने पहले अपने प्यार का इज़हार किसी से नहीं किया था।

"मुझे लगता है, हमें इसके खिलाफ शिकायत करनी चाहिए,"

"तुम सही कह रही हो। हमें शिकायत करनी चाहिए," सभी लड़कियाँ एक सुर में बोलीं और जाने लगीं।

"मैं तुमसे प्यार करता हूँ। ऐसा क्यों कर रहा हूँ, मुझे नहीं मालूम, लेकिन मैं प्यार करता हूँ," मैं बोला और बियर की एक घूंट पीने के लिए ठहरा। सामने वाली छत की सभी लड़कियाँ मेरी बात सुनकर रुक गईं।

"तुम मुझे कितना घटिया समझती हो, मुझे इससे कोई मतलब नहीं, लेकिन मैं सचाई और ईमानदारी से प्यार करता हूँ। हाँ, मैं सहमत हूँ कि मैं इतना आधुनिक लड़का नहीं हूँ, जिसका एक आकर्षक व्यक्तित्व हो और जो सुंदर लड़कियों को अपनी ओर आकर्षित करता हो। लेकिन मेरा दिल साफ़ है, जो हमेशा तुम्हारी भलाई के बारे में सोचता रहता है। मैं इतना निपुण नहीं हूँ कि

अच्छे-अच्छे शब्दों से अपने प्यार का इज़हार कर सकूँ, लेकिन मैं झूठा इंसान नहीं हूँ।

मैं घटिया नहीं हूँ। बस तुम्हारे लिए पागल हो गया हूँ। इज्जत के साथ जीता हूँ और सच्चा प्यार करता हूँ। तुम मेरे बारे में नहीं जानतीं, इसलिए मेरे बारे में गलत बोलना बंद करो। मैं बोला, लेकिन उस वक्त तक मेरी आँखें नम हो चुकी थीं।

मैं निखिल की ओर देखकर बोला, "भाई, मैं घटिया इंसान नहीं हूँ,"

"छोड़ो यार उसको। वह तुम्हारे लायक नहीं है," मुझे नीचे की ओर खींचते हुए निखिल तेज़ आवाज़ में बोला।

"चलो अपने कमरे में चलते हैं। हमारा दुर्भाग्य है कि हमारे पड़ोसी ऐसे हैं," उनमे से एक लड़की ने कहा। उसकी बात मानकर सभी लड़कीयाँ सीढ़ियों से नीचे उतरने लगीं।

"अरे तुम, गुलाबी क़मीज़," छत की जाली बंद कर रही लड़की को मैंने पुकारा।

"जाने से पहले एक बात बता दो। मैं जानता हूँ, तुम बहुत सुंदर हो...प्यारी...तुम वो नब्ज़ हो, जो मेरे दिल को दिमाग से जोड़ती है। शायद यही कारण है, जब भी तुम्हें याद करता हूँ, मेरे दिल की धड़कन रुक जाती है, दिमाग काम करना बंद कर देता है। जो कुछ भी हमारे प्यार के लिए हो सकता है, मैं सब छोड़ने के लिए तैयार हूँ, लेकिन अपनी प्रतिष्ठा को दाँव पर नहीं लगा सकता। एक बात और, मैं घटिया नहीं हूँ," उसकी तरफ देखते हुए मैंने अपनी बात पूरी की। वह कुछ देर वहाँ ठहरी और चली गई।

मेरी पिछली प्रेम कहानियों की तरह यह भी बहुत जल्दी ही ख़त्म हो गई थी। ऐसी कौन सी चीज थी, जो मैं उसके लिए पागल हो रहा था! क्या मैं बोल सकता था कि मुझे प्यार हो गया! जबकि अभी भी मैं इस बारे में सुनिश्चित नहीं था। उस वक्त मेरे पास इसका कोई उत्तर नहीं था, लेकिन आज मेरे पास इसका उत्तर है।

उसकी आभा का सुखद सानिध्य, चेहरे की विस्मृति और निष्कपटता, दीप्त गुलाबी होंठ, हाथों में रंगीन चूड़ियाँ और नाक में नथ, सभी ने साजिश करके मेरे दिल को अपने बस में कर लिया।

मुझे नहीं मालूम, मैंने कहाँ पढ़ा था कि लड़कियाँ उसे ही पसंद करती हैं, जो अपनी भावनाओं को अच्छी तरह से प्रदर्शित कर सकता है। एक भारतीय लड़का चिल्ला-चिल्ला कर सबको बता सकता है कि वह किससे नफ़रत करता है, लेकिन जब उसे अपने प्यार का इज़हार करना होता है, तो वह किसी को नहीं बता सकता कि वह किसी से प्यार करता है।

अध्याय 5

“मुझे उसका नाम पता चला”

***

एक हफ्ते बाद मैंने उसे देखा। मैं खुद को परीक्षा की तैयारी में व्यस्त रख रहा था और मैंने उसे न देखने का दृढ़ निश्चय कर लिया था। मैं अंदर से कुढ़ रहा था। मैंने मन बना लिया था कि जब तक वह माफ़ी नहीं माँगती, मैं उसके पीछे नहीं जाउँगा। मुझे पता था यह कितना बेवकूफी भरा था। जब उसने जानबूझ कर ऐसा किया है, तो भला माफी क्यों माँगेगी। लेकिन जब आप किसी से प्यार करते हैं, तो आप हमेशा चाहते हैं कि वह आपके पीछे आए। बाँहें पकड़ कर आपकी आँखों में देखे और कुछ न कहे। क्योंकि प्यार में जुबान से ज्यादा आँखें बयाँ करती हैं।

परीक्षा का दिन आ गया था। मैंने भी अन्य परीक्षार्थियों की तरह स्नान करके भगवान से प्रार्थना की। फिर परीक्षा देने के लिए निकला। अपने मम्मी-पापा का आशीर्वाद प्राप्त करने के लिए उन्हें फ़ोन किया। मैं जनता था, वे पूरे दिन भगवान से प्रार्थना करेंगे और मन्नत मांगेगे।

“हेलो माँ, नमस्ते! आज मेरी परीक्षा है, मेरे लिए प्रार्थना करना,” मैं अपनी माँ से फ़ोन पर बोला।

“तुम परेशान मत हो बेटा, तुम जरूर सफलता प्राप्त करोगे। भगवान तुम्हारे साथ हैं,” मेरी माँ ने आशीर्वाद दिया। सामान्यतः भारतीय माताएँ जिस प्रकार भगवान का नाम अपनी बातों में प्रयोग करती हैं, ऐसा लगता है जैसे उनका भगवान से कोई सीधा संबंध हो।

“ठीक है अब निकलने का समय हो गया है, मैं आपसे बाद में बात करूँगा, बाय,” मैंने कहा।

“अपना ख्याल रखना। जीते रहो,” माँ ने आशीर्वाद दिया और फ़ोन रख दिया।

“दोस्त, क्या तुम परीक्षा पास करने के लिए तैयार हो?” बाइक के शीशे में अपने बाल ठीक करते हुए निखिल बोला।

"भाग साले, गाड़ी स्टार्ट कर," बाइक पर पीछे बैठते हुए मैं बोला।

निखिल ने मुझे परीक्षा केंद्र पर छोड़ दिया। वहाँ पर सैकड़ों परीक्षार्थी थे। कुछ अपने परिचित लोगों के साथ खड़े थे और कुछ नोटिस-बोर्ड पर अपना रोल नंबर देखने के लिए धक्का-मुक्की कर रहे थे। परीक्षा केंद्र के बाहर का नज़ारा हमेशा ही देखने लायक होता है। परीक्षा केंद्र के बाहर आप हमेशा चार प्रकार के प्राणियों को देखते होंगे। पहले आध्यात्मिक प्रकार के लोग होते हैं। वे सभी भगवान से प्रार्थना करते हैं। भिखारियों को पैसा देते हैं। अपने ताबीज और कलावा को चूमते हैं और मन्त्र जपते रहते हैं।

दूसरे प्रकार के लोग वे होते हैं जो आख़िरी वक्त में पढ़ कर सफलता प्राप्त करना चाहते हैं। वे कम शोरगुल वाले स्थान पर बैठते हैं। अपना कान तर्जनी उँगली से बंद करके किताब के एक-एक शब्द को पढ़ते रहते हैं।

वैसे ही तीसरे प्रकार के लोग मोबाइल के प्रेमी होते हैं। वे हमेशा अपने मोबाइल के साथ अकेले खड़े होते हैं। चौथे प्रकार के लोग जो सिर्फ अपनी क्षमता जांचने के लिए परीक्षा में बैठते हैं। वे लोग परीक्षा केंद्र पर नए चेहरे देखने, परिचय बनाने और अपने भाग्य को आजमाने के लिए आते हैं। वे वस्तुनिष्ठ प्रश्नों को तुक्का मार कर हल करते हैं। एक प्रश्न का उत्तर देने के लिए ज्यादा से ज्यादा समय कमरे की छत को देखते हुए बिताते हैं। मैं उन चौथे तरह के लोगों में था।

"दोस्तो अब अधिकारी बनने के लिए तैयार हो जाओ," एविएटर ग्लासेज को ठीक करते हुए मैं बोला।

"भाई आप पर जंच रहा है। तुम्हें पता है, मैं सचमुच चाहता हूँ कि तुम्हारा चयन हो जाए। सबसे पहले मैं तुम्हें सलामी दूँगा," कसकर गले लगाते हुए निखिल ने शुभकामनाएँ दीं।

"थैंक्स मेरे भाई। यह मेरा सपना है, मैं इसे यूँ ही नहीं जाने देना चाहता" मैं उसकी पीठ को थपथपाते हुए बोला।

"हाँ सब कुछ अच्छा होगा," निखिल ने कहा और बाइक स्टार्ट की।

"मिलते हैं," मैंने कहा और रोल नंबर देखने के लिए नोटिस-बोर्ड की तरफ बढ़ गया।

"जय हिंद ऑफिसर आर्यन राठौड़," कोई चिल्लाया।

मैंने पीछे की तरफ देखा। ये निखिल था, जो बाइक चलाते हुए अपने हाथ को लहरा रहा था। बेवकूफ मुझे लज्जित कर दिया, लेकिन उसी पल मेरे चेहरे पर बुलंद और आत्मविश्वास भरी मुस्कान आ गई।

जिन्होंने भी यह सुना, सबने यही सोचा कि इस भीड़ में कोई अधिकारी है। जब मैं गौरवान्वित मुस्कान के साथ अंदर जाने लगा, तो सभी सावधान हो गए।

"माफ़ कीजिए, कमरा संख्या 102 कहाँ है? मैंने एक वोलिंटीयर से चाहा।

"सीधे जाकर दाहिने मुड़ जाओ," उसने मुझे बताया और शुभकामनाएँ दीं।

कमरे के अंदर घुसते हुए मैंने भगवान से प्रार्थना की। यह सामान्यतया सभी करते हैं। यह मायने नहीं रखता कि आपने तैयारी कितनी की है। आप हमेशा भगवान की मदद जरूर मांगेंगे।

मेरा रोल नंबर पीछे से दूसरी बेंच पर लगाया गया था। ज्यादातर लड़के कमरे में थे। मैं उन्हें देखकर मुस्कुराया। लेकिन किसी ने मेरी तरफ देख कर मुस्कुराने की ज़हमत नहीं उठाई। मैंने पूरी तरह उन्हें नज़र अंदाज़ किया और अपनी जगह पर बैठ गया। ऐसे ही दूसरे परीक्षार्थियों को देख रहा था। कुछ अपनी मेज़ पर सिर रख कर सो रहे थे। कुछ सामान्य ज्ञान रट रहे थे और कुछ पीछे की बेंच पर बैठ कर मोबाइल चला रहे थे। उनके चेहरे की कटु हँसी देखकर मुझे संदेह हो रहा था कि वे अपने फ़ोन पर कुछ गलत चीज देख रहे हैं। मैं भी उनके साथ देखना चाहता था, लेकिन उस समय मैं खुद को भावी अधिकारी के रूप में देख रहा था। इसलिए यह मेरे लिए बेवकूफी के आलावा कुछ भी नहीं हो सकता था।

मैं मानसिक रूप से एकदम शांत था। तभी अचानक एक लड़की ने परीक्षा कक्ष में प्रवेश किया। नहीं, मेरी प्रेमिका नहीं, लेकिन वह उसकी दोस्त थी। यह वही लड़की थी, जिसने मेरे खिलाफ शिकायत करने का सुझाव दिया था।

" हे भगवान, पुलिस के साथ आई है क्या ये !" मैं फुसफुसाया। मैं अपनी हथेलियों से चेहरा छुपाने की कोशिश कर रहा था।

लेकिन कुछ लड़कियाँ सच में गिद्ध की तरह होती हैं। वे किसी भी चीज को दूर से देख सकती हैं। उसने अपनी भौहों को सिकोड़ते हुए मेरी तरफ देखा। मैं उसे देख कर आवक रह गया, क्योंकि यह वही थी। मैंने उसे नज़र अंदाज़ किया और खिड़की के बाहर देखने लगा। लेकिन भगवान ने मेरे लिए कुछ अजीब योजना बना रखी थी। उसकी सीट मेरे सामने दाहिनी तरफ थी।

"भगवान, मैंने इसके लिए तुम्हें याद नहीं किया था। ऐसी अजीब घटनाएँ मेरे साथ बंद करो! मैंने आसमान की ओर देखा और भगवान से कहा। सामान्य ज्ञान, सूत्र, रासायनिक अभिक्रियाएँ, जो भी मैंने याद किया था, सब हवा में उड़ गए।

पिछली पंक्ति के लड़के ध्यान से कुछ देख रहे थे। हाँ, वह लोगों को अपनी तरफ आकर्षित करने की हद से काफी सुंदर थी। मुझे इस बात से कोई दिक्कत नहीं थी।

"कैमरा ऑन कर," पीछे बैठा एक लड़का धीरे से बोला।

"ज़ूम कर" उनमे से किसी ने कहा। क्या हो रहा है, यह देखने के लिए मैं पीछे मुड़ा। उन्होंने अपना मोबाइल मेज़ के नीचे कर लिया और मेरी तरफ अजीब नज़रों से देखने लगे। मुझे पता चल चुका था कि ये लोग उस लड़की की तस्वीर लेना चाहते हैं।

मैं उनसे कुछ नहीं बोला और सामने की ओर देखने लगा। मैंने देखा उसके ब्रा की स्ट्रैप उसके कंधे पर दिख रही है। अब मुझे पता चला कि लड़के किस चीज की फोटो लेना चाहते थे। उस समय मेरे पास तीन विकल्प थे, पहला उन लड़कों को मारूं, दूसरा, नज़र अंदाज़ कर दूँ और अंतिम, उस लड़की को बता दूँ। मैंने उन लड़कों को मारने का विचार बनाया। लेकिन इस हरकत से मैं परीक्षा में बैठने से वंचित हो जाता। यह निर्णय टाल देना मेरे भविष्य के लिए उचित था। लेकिन सही आदमी ये सब कभी बर्दाश्त नहीं कर सकता।

मुझे मालूम था कि यदि मैं उससे कुछ कहने की कोशिश करता हूँ तो अंत में वह मुझे ही दोषी ठहराएगी। लेकिन उसे बताने के आलावा मेरे पास कोई विकल्प नहीं था। मैं अपनी सीट से उठा और उसके सामने जाकर खड़ा हो गया।

"मैं तुमसे कुछ बात करना चाहता हूँ," मैं बोला। उसने मेरी तरफ गुस्से में देखा। मैं अपनी सीमा लाँघ चुका था। मैं जानता हूँ ये अंधविश्वास है, लेकिन उस समय मैं भगवान से सिर्फ यही प्रार्थना कर रहा था कि वह उस जगह पर मेरी बेइज्जती न करे।

"बोलो," उसने कहा।

"यहाँ नहीं, बालकनी में चलो। कृपया," मैंने हाथ जोड़कर उससे विनती की। उसे मेरे ऊपर दया आ गई। वह बाहर आने के लिए खड़ी हो गई।

"देखो, यदि तुम मुझसे बेवकूफी भरे सवाल करना चाहते हो या उस रात के लिए माफ़ी मांगना चाहते हो, तो इसमें मेरी कोई रुचि नहीं है," मेरी तरफ उँगली दिखाते हुए उसने कहा।

मैंने चारों ओर देखा कि कितने परीक्षार्थी हमें देख रहे हैं। यह सचमुच लज्जित कर देने वाला था।

"शौचालय में जाओ और अपने कपड़े देखो। तुमने इससे घटिया इंसान अभी तक नहीं देखा होगा," उसकी आँखों में देखते हुए मैंने कहा।

अपने कंधे पर देखने के बाद वह मेरा मतलब समझ गई। स्ट्रैप को सूट के अंदर छुपाते हुए उसने पिछली बेंच पर बैठे हुए लड़कों की ओर देखा। वह सब कुछ समझ गई थी।

मैं उसे वहीं छोड़ कर कमरे के अंदर चला आया। वे लड़के मुझे गुस्से में देख रहे थे। मैं मुस्कुराया और अपनी सीट पर बैठ गया।

"धन्यवाद" शौचालय से आने के बाद उसने मुझसे कहा ।

सिर हिलाकर मैंने उसका धन्यवाद स्वीकार किया। वह पीछे मुड़ गई। जल्दी ही परीक्षा प्रारंभ हो गई। यह अच्छा भी हुआ। सामान्य ज्ञान में कुछ परेशानी हुई। क्योंकि मुझे इतना भी नहीं पता था कि बाबर कौन है। उसका जन्म कब हुआ या हमारा अंतिम गवर्नर जनरल कौन था। बाकी सब मेरे लिए हलुए की तरह था।

परीक्षा केंद्र के बाहर निखिल मेरा इंतजार कर रहा था। वह मुझे लेने के लिए आया था। उसने मुझे आवाज़ दी।

"अरे, जल्दी बाहर आओ। यहाँ बहुत सुंदरियाँ भ्रमण कर रही हैं," निखिल फ़ोन पर बोला।

"कमीने, तू लड़की ताक रहा है" एग्ज़िट गेट से बाहर आते हुए मैंने जवाब दिया।

"भाई, ये सीडीएस की परीक्षा हो रही थी या भारतीय सुंदरी प्रतियोगिता!

अगली बार मैं भी ये परीक्षा दूँगा," निखिल ने कहा। मैं उसकी आवाज़ में उत्साह देख रहा था।

"सिर्फ देखने के लिए आवेदन क्यों करोगे! तुम कैलेंडर में परीक्षा की तारीख को रंग सकते हो और परीक्षा वाले दिन परीक्षा केंद्र पर जा सकते हो।" मैंने उत्तर दिया।

"एक्सक्यूज मी," किसी की आवाज़ आई।

मैंने अपने चारों तरफ देखा कि किसी ने मुझे कुछ बोला या नहीं।

"हाय, मैं स्वाति हूँ," उसने कहा। हाँ, जिसकी फोटो वायरल होने से कुछ देर पहले मैंने बचाई थी, वो मेरी पड़ोसी थी ।

"साले, ये लड़की कौन है! क्या तुम लड़की से बात कर रहे हो!"

फ़ोन पर निखिल ने पूछा।

"भाई बस थोड़ी देर रुको," स्वाति की तरफ देखते हुए मैंने निखिल को जवाब दिया।

"हाँ बोलो," मैंने उससे कहा। मेरा भरोसा करो, मैं डर गया था।

"मुझे माफ़ कर दो," वह बहुत ही धीमी आवाज़ में बोली।

"कोई बात नहीं। मुझे तुमसे कोई शिकायत नहीं है," मैंने जवाब दिया।

"हम लड़कियाँ हैं। हम अपनी सुरक्षा को लेकर हमेशा चिंतित रहती हैं। जिस तरह से तुम उसे देखते हो, वह हम सबको परेशानी में डाल देता है," उसने बताया।

"लेकिन आज तुमने जो किया, उससे यह सिद्ध होता है कि तुम उन लड़कों की तरह नहीं हो, जो लड़कियों को नुकसान पहुंचाते हैं," वह बताए जा रही थी।

"क्या तुम उसे सच में प्यार करते हो?" उसके इस सवाल का जवाब मेरा रोम-रोम जानता था।

"हाँ मैं करता हूँ। मैं अभी भी करता हूँ। यह मायने नहीं रखता कि मैं उसे पिछले कुछ दिनों से नज़रंदाज़ कर रहा हूँ। लेकिन मैं अपनी सुबह की शुरुआत उसके मुस्कुराते हुए चेहरे को याद करके करता हूँ। एक दिन वह मेरी ज़िन्दगी होगी। ऐसा सोचते हुए मेरा दिन बीतता है।

लेकिन अब मैं उसे दुखी नहीं करना चाहता," मैंने उत्तर दिया। लेकिन मैं अपने अंतिम वाक्य से अब भी संतुष्ट नहीं था।

स्वाति मुस्कुरा रही थी। उसने मेरी बाँह पर मुक्का मारा और बोली, "तुम एक दिन जरुर उसे पाओगे। मैं तुमसे वादा करती हूँ।"

"ये सब ठीक है, लेकिन तुमने मुझे मारा क्यों," अपना हाथ पकड़ कर व्यंग्यात्मक हँसी के साथ मैं बोला। वह भी हँसी और हाथ मिलाने के लिए अपना हाथ आगे कर दिया।

"वैसे मैंने आपका नाम अभी तक नहीं पूछा," स्वाति ने कहा।

"मैं आर्यन हूँ। मेरा सबसे अच्छा दोस्त वो है, जो बाहर आते ही मेरी जान ले लेगा। वो निखिल है," मैंने अपना मोबाइल दिखाते हुए उससे कहा।

निखिल अभी भी फ़ोन पर बात कर रहा था। उसने सब कुछ सुन लिया था।

"मेरे जाने से पहले तुम कुछ पूछना चाहते हो?" स्वाति ने पूछा।

मैंने उसे अपनी हथेली दिखाई और कहा, "जो रेखा तुमने मेरी हथेली पर देखी, वह मेरे जीवनसाथी की रेखा है। मेरी जिंदगी, मेरे प्यार की है। मैं इस रेखा का नाम जानना चाहता हूँ।"

"अरे... ठीक है... मैं समझ गई!! इसलिए इस रेखा का नाम," वह रुक गई। मेरी तरफ देखकर मुस्कराई और बोली, "आरुषि।"

उस क्षण जो मेरे साथ हो रहा था, उस भावना को मैं व्यक्त नहीं कर सकता। उसका नाम जान लेना ही मेरे लिए बहुत बड़ी सफलता थी। मैं उस समय सातवें आसमान पर था। उस क्षण मैं चिल्ला कर पूरी दुनिया को उसका नाम बता देना चाहता था। मेरे दिल में एक विचित्र लेकिन उत्तम अनुभूति हो रही थी। शरीर का रोम-रोम एक ही बात कह रहा था, "मैं तुमसे प्यार करता हूँ आरुषि, मैं तुमसे प्यार करता हूँ।"

***

"अभी तक तुमने कुछ खाया नहीं?" रात की ड्यूटी वाले गार्ड ने पूछा।

"नहीं खाऊंगा तो क्या होगा?" पेन में नई रिफिल डालते हुए मैं बोला।

"तुम मर जाओगे," उसने उत्तर दिया।

"मैं वैसे भी आने वाले चौथे दिन मरने ही वाला हूँ। तो तुम्हारा यह खाना मेरे भाग्य को कैसे बदलने वाला है?" मैं अपने पैरों को खींचते हुए बोला। मैं आठ घंटे से अब तक लगातार लिख रहा था।

"क्या लिखने से तुम्हारा भाग्य बदल जाएगा?" मेरे लिखे पन्नों की ओर इशारा करते हुए उसने कहा।

"मेरा भाग्य नहीं, लेकिन इससे किसी न किसी को कानून की किताब फिर से देखने की प्रेरणा मिलेगी और कुछ संशोधन होगा," मैंने उसको देखते हुए उत्तर दिया।

"ईश्वर जाने तुम क्या लिख रहे हो। वैसे भी हम बत्ती बंद करने जा रहे हैं। इसलिए सो जाओ," वह बोला और चला गया। कुछ मिनट के बाद बत्तियां बंद हो गईं। एक लैम्पपोस्ट, जो मेरी कोठरी से पचास मीटर की दूरी पर था, प्रकाश आने का केवल वही एक माध्यम था। चारों तरफ गहरा सन्नाटा छाया हुआ था। यद्यपि हवाओं में भी सन्नाटा छाया हुआ था, लेकिन मेरे मन में बहुत सारी बातें चल रही थीं, जो मेरे अकेलेपन, मेरी असफलता और लाचारी की याद दिला रही थीं।

मैंने पन्नों को बगल में रखा और चटाई पर लेट गया। अपनी शर्ट की जेब से आरुषि की फोटो निकाली और उसे देखने लगा। मुझे याद है, जब वह मुझसे माफ़ी मांगने आई थी, तब यह फोटो मैंने उससे लिया था। प्यारी और मासूम लग रही थी। वह नीले रंग का अपना पसंदीदा चूड़ीदार सलवार कमीज़ पहने थी। सफ़ेद दुपट्टे से अपना सिर ढके थी, कलाईयों में रंगीन चूड़ियाँ, काजल से रेखांकित सुंदर आँखों के मध्य नीली बिंदी उसे बहुत ही खूबसूरत बना रहे थे।

भगवान जानता है मेरी थकी आँखों ने मेरा साथ छोड़ दिया और मैं सो गया। लेकिन मेरे ख्वाब में वह जरुर आती थी।

अध्याय 6

दूसरा दिन

***

कैदियों को जगाने के लिए सुबह पाँच बजे आलार्म बजा। मैंने उठकर अंगड़ाई ली। सुबह ठंड थी। मैंने कंबल लपेटकर कोने में रख दिया। सूरज बादलों के साथ लुका-छुपी का खेल खेल रहा था। सुराख़ से मैं गैलन की झलक ले रहा था। वहाँ एक गंभीर शांति थी। वहाँ चिड़िया भी नहीं चहचहा रही थीं। मैंने एक लटकती हुई रस्सी को देखा, जो बिलकुल मेरी तरह अकेली थी। मैंने कहा "बस चार दिन बाद मैं तुम्हारा साथ देने के लिए आ रहा हूँ।"

मैंने आरुषि की तस्वीर उठाई और उसे चूम लिया। शर्मीलापन लिए हुए उसकी मुस्कराहट वास्तव में बहुत ही मधुर थी।

"आरुषि, तुम जानती हो, मैं यहाँ बहुत अकेला हो गया हूँ। मुझसे कोई बात करने नहीं आता। जो रस्सी तुम बरगद के पेड़ के पीछे लटकती हुई देख रही हो, वह अकेली है। मेरी तरह उसके साथ भी कोई नहीं है। लेकिन चार दिन के बाद वह रस्सी और मैं एक साथ हवा में झूलेंगे। फिर मैं तुम्हें स्वर्ग से देखूँगा, यदि मेरा अंत वहाँ होता है। अब नहाने का समय हो गया है, मैं तुमसे बाद में बात करूँगा। आरुषि की फोटो देखते हुए मैंने कहा और फोटो को कंबल के अंदर रख दिया। पास के कुएँ पर नहाकर मैंने कपड़े बदल लिए।

अब, मै फिर से लिखने के लिए तैयार था।

अध्याय 7

“वह इतना बुरा नहीं है !!”

***

“सलीम भाई, मैं आपसे आर्यन के बारे में कुछ पूछना चाहती हूँ,” स्वाति ने सलीम से पूछताछ की। सलीम ने ताज्जुब से उसे देखा और कुर्सी लेने के लिए कहा। स्वाति कोने में बैठ गई।

“हाँ मैडम, सबसे पहले आप मसाला चाय लीजिए,” सलीम ने कहा और स्वाति को एक कप चाय की पेशकश की। सलीम की मसाला चाय निसंदेह पूरे शहर में सबसे अच्छी चाय थी। भगवान जाने किस पाउडर प्रयोग करता था।

स्वाति ने चाय की चुस्की ली और बोली “क्या बात है!!” भैया, सचमुच शानदार और ताज़गी भर देने वाली चाय है। “एक चुस्की और ली।

“आर्यन भी इस मसाला चाय का दीवाना है,” सामने की कुर्सी पर बैठा सलीम बोला।

“क्या तुम आर्यन के बारे में मुझे कुछ और बताओगे?”

“आप उसके बारे में क्यों जानना चाहती हैं?” सलीम ने पूछा।

“मुझे उसके व्यक्तित्व को लेकर कुछ संशय है। कभी-कभी मुझे लगता है कि वह बेवकूफ और चिडचिडा है लेकिन कभी-कभी वह बिलकुल अलग लगता है,” स्वाति बोली।

“ठीक है, आपका मतलब आपकी दोस्त से उसके प्यार के इज़हार का तरीका आपको पसंद नहीं आया,” एक कुटिल मुस्कान के साथ सलीम ने कहा।

“इस बारे में तुम भी जानते हो?,” स्वाति को ताज्जुब हुआ।

“जब भी उसे तुम्हारी सहेली का दीदार करना होता है, वह मेरी दुकान पर आ जाता है और घंटे भर मसाला चाय की चुस्की लेता रहता है। मेरे हिसाब से वह उसे पसंद करता है,” सलीम ने अति आत्मविश्वास भरी मुस्कराहट के साथ जवाब दिया।

“मुझे नहीं पता। आजकल लड़के सिर्फ इश्कबाज़ी करते हैं। उनके दिल में कोई प्यार-व्यार नहीं होता।”

“शायद आप सही कह रही हों, लेकिन आर्यन एक अलग तरह का लड़का है। वह बहुत ही भावुक इंसान है,” सलीम अपनी आँखों को सिकोड़कर भावुकता दिखाते हुए बोला।

"तुम उसे कब से जानते हो?" चाय पीते हुए स्वाति ने पूछा।

"मुझे लगता है तीन साल से ज्यादा हो गए।" सलीम बोला।

"क्या वह उसे पहले से पसंद करता है?" मेरा मतलब, क्या वह गली की दूसरी लड़कियों का भी पीछा करता था?" दुकान पर कुछ ग्राहकों को देखते हुए स्वाति धीरे से बोली।

"नहीं-नहीं, कभी नहीं, सलीम ने सिर हिलाते हुए कहा। "वह पहली बार ऐसे पेश आ रहा था। मेरे अनुसार वह सचमुच तुम्हारी दोस्त से भावनात्मक रूप से जुड़ गया है"। सलीम ने कहा।

"मैं श्योर नहीं हूँ। मेरी सहेली आरुषि एक बहुत ही साधारण लड़की है। वह मध्यम वर्गीय परिवार से संबंध रखती है। जब वह केवल पाँच साल की थी, तभी उसके पिता और छोटे भाई की मौत हो गई थी। उसकी माँ दर्जी हैं और वे उत्तरप्रदेश के लखनऊ में रहती हैं। आरुषि आई. ए. एस. की मुख्य परीक्षा की तैयारी कर रही है। मुझे पूरा भरोसा है कि वह इसमें सफल हो जाएगी," स्वाति ने कहा।

"यही कारण है कि मैं उसे किसी मुसीबत में नहीं फँसने देना चाहती। वह बहुत ही साधारण सी लड़की है, सलीम भाई," स्वाति ने कहा। वह आरुषि को लेकर परेशान थी।

"जहाँ तक मैं आर्यन को जानता हूँ, आप उसके बारे में जैसा सोच रही हैं, वैसा वह नहीं है। सप्ताह के अंत में मेरी दुकान पर आप कुछ बच्चों को देख सकती हैं। वे कंस्ट्रक्शन साईट पर काम कर रहे मजदूरों के बच्चे हैं। आर्यन उनको दोपहर का भोजन कराता है। वह बहुत ही कोमल और भावुक इंसान है," सलीम ने सफाई दी।

"शुक्रिया सलीम भाई। मुझे भी लगता है कि वह इतना बुरा नहीं है। लेकिन जिस तरीके से वह पेश आता है, सचमुच परेशान कर देने वाला होता है," हँसते हुए स्वाति बोली। सलीम भी हँसा और कहा, "आप सही हो मैडम। कभी-कभी वह भी।"

"यदि मैं आर्यन का मोबाइल नंबर मांगूँ, तो तुम बुरा तो नहीं मानोगे?" स्वाति ने पूछा। सलीम ने थोड़ी देर सोचा और उसे मेरा नंबर दे दिया।

"धन्यवाद" मुफ्त की चाय पीने के बाद स्वाति छात्रावास चली गई।

दूसरे दिन, जब मैं सलीम की दुकान पर गया, उसने मुझे गोपीनीय पूछताछ के बारे में सब कुछ बताया। मैं खुश था, कम से कम कोई मेरे बारे में जानने की कोशिश तो कर रहा है। सलीम ने मुझे आरुषि और उसकी पृष्ठभूमि के बारे में भी बताया।

"तुम रो रहे हो क्या?" सलीम ने पूछा।

"नहीं, धूल है," मैंने अपनी आँखें पोंछते हुए जवाब दिया। मैं सोच रहा था, कहीं न कहीं मैं सही नहीं कर रहा हूँ। मैं उससे प्यार कर सकता हूँ। उसकी तारीफ कर सकता हूँ। लेकिन इसका मतलब ये नहीं कि मैं इसे सार्वजानिक कर दूँ। कहीं न कहीं इसके लिए मेरे दिल में अफसोस है।

"आर्यन, अगर तुम बुरा न मानो, तो मैं तुम्हें कुछ सुझाव दूँ?" मेरे कंधे पर हाथ रखकर सलीम ने कहा।

"हाँ, सलीम भाई, लेकिन आप चाहते हो कि मैं उसे भूल जाऊं तो प्लीज़ मत बोलिए," मैंने कहा। ज्यादातर, जब आपकी प्रेम कहानी में कुछ खटास आती है, तो आपके सगे संबंधी आपको सुझाव देते हैं कि सब कुछ भूल कर नई ज़िन्दगी की शुरुआत करो।

मैं जानता हूँ, मेरा भी कुछ गड़बड़ है। लेकिन मैं सबकुछ ठीक करना चाहता हूँ। मैं पीछे हटने को तैयार नहीं था।

"नहीं, मैं उसे भूलने के लिए नहीं कह रहा हूँ। लेकिन पहले उसे अपने बारे में जानने तो दो। खुद को आपसे कमिटेड करने से पहले उसे आपको समझना चाहिए। लड़कियाँ भावुक होती हैं। यदि वे प्यार करती हैं, किसी से कमिटेड होती हैं, लड़कों से विपरीत होती हैं। लड़के पहले प्यार करते हैं, किस करते हैं, हमबिस्तर होते हैं, फिर वे उससे उब जाते हैं। और, दूसरे शिकार की तलाश में उसे छोड़ देते है," सलीम ने कहा।

वह सही बोल रहा था। निश्चित रूप से प्यार ने अपना अर्थ खो दिया है। मैं उसे सच में प्यार करता हूँ। यह बहुत ही शोषित शब्द हो चुका है। बताओ मुझे क्या करना चाहिए? बस मैं उसे खोना नहीं चाहता," मैंने कहा।

"पहले उससे दोस्ती करने की कोशिश करो। उससे बातचीत करो, उसकी पसंद-नापसंद जानो, कुछ समय साथ गुजारो और उसे थोड़ा सोचने का अवसर दो," सलीम ने सलाह दी। वह लव गुरु की तरह प्रतीत हो रहा था।

"शायद तुम सही हो सकते हो। लेकिन मैं दोस्ती के लिए पहल कैसे करूँ?" मैं बिलकुल भोलेपन से बोल रहा था।

"अगर तुम्हारा प्यार सच्चा है, तब अल्लाह ज़रूर मदद करेगा। तुम्हें परेशान होने की जरुरत नहीं," एक आत्मविश्वास भरी मुस्कान के साथ सलीम ने कहा।

मैंने उसे एक सेकंड के लिए देखा और बोला, "तुम पराठा और चाय बनाने में अपना समय क्यों बर्बाद कर रहे हो? तुम्हें तो दिल्ली विश्वविद्यालय में प्रेमशास्त्र का प्रोफेसर होना चाहिए!।" सलीम ठहाके मारकर हँसा। मैंने टोस्ट और चाय उठाई!

उस रात मैंने पूरी कहानी निखिल बताई। वह आरुषि के बारे में सुन कर दुखी हुआ और सलीम के सुझाव को मानने की सलाह दी। अधिकतर दोस्तों के विपरीत उसने उसे भूलने के लिए नहीं कहा। वह बोला, "भाई, तुम अब भी उसे भूलने का साहस रखते हो और दूसरी लड़की देखना चाहते हो। तो मैं तुम्हें लात से मारने वाला हूँ।"

"तुम क्या सोचते हो, इन सब चीजों का अंत कहाँ होगा। मेरा मतलब मेरी प्रेम कहानी?" मैंने उसे सिगरेट थमाते हुए पूछा। हाँ, मेरे पक्ष में उत्तर देने के लिए यह रिश्वत थी।

"मैं नहीं समझता कि तुम लोग शादी करोगे। ज्यादा से ज्यादा दोस्ती," अपनी नाक से निकोटीन का धुआँ निकालते हुए निखिल बोला। मैं सच में सिगरेट वापस लेना चाहता था; उत्तर बिलकुल भी मेरे पक्ष में नहीं था।

"हम शादी करेंगे। मैं तुमसे शर्त लगाता हूँ," मैं बोला और अपना हाथ आगे बढ़ाया। निखिल ने मेरी तरफ कुछ देर देखा और बोला, "चल शर्त लगी!"

"तुम बदमाश हो। मैं उससे सच्चा प्रेम करता हूँ। और, यह मेरे शरीर का अंग-प्रत्यंग जानता है," एक कश लेकर मैंने कहा।

"इस कॉलोनी में सबको पता है कि तुम बेवकूफ हो। फिर भी, तुम ये भी नहीं समझते कि प्यार का मतलब क्या होता है। तुम्हें अपने साथी पर आँख मूंद कर भरोसा करना पड़ेगा। तुम्हारे लिए भरोसा करना बहुत कठिन है," निखिल बोला। उसका अभिमान भरा जवाब सुनने के बाद, मैं मन में ही भगवान से मना रहा था कि उसे दिल का दौरा पड़ जाए।

"मैंने अक्सर लोगों को मंदिरों में सर झुकाते देखा है,

बता कौन है यहाँ, जिसने ख़ुदा देखा है " मैंने जवाब दिया।

"वे सभी ईश्वर के सामने सजदा करते हैं। क्या तुमने कभी सोचा है कि ऐसा क्यों करते हैं।" यह आस्था है मेरे दोस्त। तुम इसे अंधविश्वास कह सकते हो। लेकिन इसमें श्रद्धा न होती, तो हम उसे आस्था नहीं कह सकते। और यही सच प्रेम के पर भी लागू होता है।"

मैंने पूरे मनोभाव के साथ कहा। वह कुछ क्षण के लिये शांत हो गया। उसने बोलना बंद कर दिया और मुझे गाली देकर सिगरेट का बड मेरे मुँह पर फेंक मारा। उसके बाद मैंने भी सगे-संबंधियों से संबंधित सभी गालियाँ बक दीं।

अध्याय 8

"मैं सच में बेवकूफ था"

***

आधी रात गुज़र जाने के बाद स्वाति ने आरुषि से मेरे बारे में बात करने का इरादा किया। आरुषि यू.पी.एस.सी. की परीक्षा की तैयारी के लिए रात में देर तक जागती थी। दूसरी तरफ, मैं और निखिल सॉफ्टवेयर बग फिक्स करने के लिए लैपटॉप के की-बोर्ड पर प्रहार कर रहे थे। हमारा डेंजरस बॉस मिहिर समय से न मिलने के लिए पहले ही दो बार चेतावनी दे चुका था।

"आरुषि, मैं तुमसे कुछ बात करना चाहती हूँ," आरुषि का सिर दबाते हुए स्वाति बोली।

"हाँ कहो, तुम इतना फॉर्मल क्यों हो रही हो?" बकल के साथ खेलते हुए आरुषि ने कहा।

"पागल मत बनो। कुछ मिनट मेरी बात सुनने की कोशिश करो," मेरे बारे में कोई भी बात आरुषि को उग्र बना देगी, यह जानते हुए भी स्वाति ने जवाब दिया।

"ठीक है। मुझे आशा है कि तुम कुछ अजीब बात नहीं बोलने जा रही हो।"

"यह आर्यन से संबंधित है," स्वाति ने कहा।

आरुषि ने कुछ अटपटा सा मुँह बनाया और पूछा, "वह कौन है?"

"वही लड़का, जो तुम्हें देखकर शायरी बोलता है। सलीम की दुकान पर तुम्हारा इंतजार करता है,"

"और वही लड़का, जो मुझे बहुत ज्यादा परेशान करता है," आरुषि ने बात को पूरा किया। वह उठी और अपनी हताशा दिखाने के लिए दोनों हाथों को कमर पर रख लिया। स्वाति उसके चहरे पर गुस्से का अंदाज़ा लगा सकती थी। वह शांत हो गई।

"तुम उस बेवकूफ के बारे में बात भी कैसे कर सकती हो," आरुषि ने पूछा।

"पहले बैठो। मैंने तुमसे पहले बात सुनने के लिए कहा, उसके बाद हम बातचीत कर सकते हैं," आरुषि को कुर्सी पर बैठने का इशारा करते हुए स्वाति ने कहा। आरुषि ने एक गहरी साँस खींची और बिस्तर पर स्वाति की बगल में बैठ गई।

"ठीक है, बताओ मुझे," आरुषि बोली।

स्वाति ने परीक्षा कक्ष की कहानी और सलीम से हुई बातचीत के बारे में बताया। कहानी बयान करने में आरुषि को लगभग पंद्रह मिनट लगे। आरुषि ने शांति से कहानी सुनी और फिर खड़ी हो गयी।

"क्या हुआ?" स्वाति ने पूछा। वह कुछ बातचीत करना चाहती थी। लेकिन आरुषि रुचि नहीं ले रही थी।

"तुम चाहती थीं कि मैं तुम्हारी बात सुनूँ। मैंने सुन ली। अब क्या है?" आरुषि ने पूछा।

"मुझे नहीं लगता कि वह इतना बुरा है," स्वाति ने कहा।

"तो क्या? वह बुरा है या अच्छा, मुझे इससे मतलब नहीं है। मैं यहाँ अपनी माँ का सपना पूरा करने आई हूँ। मेरे पास उसके बारे में सोचने की फुरसत नहीं है," गैस चूल्हे पर केतली रखते हुए आरुषि बोली। स्वाति कुछ देर के लिए चुप हो गई और आरुषि की बगल में बैठ गई। चाय बनाते हुए उसे देखती रही।

"अब क्या है?" आरुषि ने पूछा।

"मुझे लगता है, वह सचमुच अच्छा और सीधा लड़का है। वह तुम्हारे साथ कभी गलत नहीं करेगा," स्वाति ने शुरुआत की।

"यदि वह इतना अच्छा है, तो तुम्हीं उसके साथ क्यों नहीं चली जातीं," व्यंग्यात्मक लहजे में आरुषि ने कहा।

"मेरी मर्जी, मैं ऐसा कर सकती थी। लेकिन वह तुम्हें पसंद करता है," स्वाति ने कहा।

"इन बकवास बातों को छोड़ो और बेहतरीन चाय का मज़ा लो," स्वाति को चाय थमाते हुए आरुषि ने कहा।

"ठीक है। यदि वह सचमुच इतना ईमानदार और भोला है, तो देखते हैं, वह तुम्हें सच में प्यार करता है या नहीं," अपना सेल फ़ोन उठाते हुए स्वाति ने कहा।

"तुम्हारे पास उसका नंबर है?" त्योरी चढ़ाकर आरुषि ने पूछा।

"रुको। मैंने इसे सलीम से लिया है और मैं ये सब तुम लोगों के लिए कर रही हूँ," मेरा नंबर संपर्क सूची में खोजते हुए स्वाति ने कहा।

"मुझे विश्वास नहीं हो रहा," निराशा में अपना हाथ उठाकर आरुषि बोली।

"इंतजार करो। मुझे उसका नंबर नहीं मिल रहा। मुझे याद नहीं मैंने किस नाम से उसका नंबर सेव किया था," स्वाति बोली।

"आह, तुम्हारे लिए! रोमियो अच्छा नाम हैं!" स्वाति बोली और तारीफ करते हुए आरुषि की तरफ देखा। आरुषि ज्यादा रुचि लेती हुई नहीं दिखाई दे रही थी। वह चाय का आनंद ले रही थी।

"तो मुझे क्या टाइप करना चाहिए?" स्वाति ने कहा।

"उससे आई लव यू बोलो और शादी की तैयारी करो। तुम दोनों शादी कर लो और मुझे ख़ुश रहने दो। बेवकूफ कहीं की," गुस्से में आरुषि ने उत्तर दिया।

"नहीं! मेरे पास एक योजना है," स्वाति ने कहा और अपने टच स्क्रीन सेल फ़ोन पर नाखून से टच करने लगी।

"हाय"

मेरे सेल फ़ोन से बीप की आवाज़ आई। मैसेज देखने के लिए अपनी पुतली घुमाई। अभी तक मैं जावा कोड टाइप कर रहा था। सलीम ने मुझे सूचित नहीं किया था कि स्वाति ने उससे मेरा नंबर लिया है। इसलिए मैं संदेश भेजने वाले के नाम का अनुमान नहीं लगा पाया।

"यह किसका नंबर है?" अपना सेल फ़ोन उठाते हुए मैंने कहा। अगर किसी अज्ञात नंबर से 'हाय' लिखा हुआ मैसेज आ जाए, तो कुवांरा लड़का सब कुछ भूल सकता है। उसके मन में सबसे पहला विचार आएगा, यह कोई लड़की हो सकती है," मेरे साथ भी यही हुआ।

"हाय, क्या मैं जान सकता हूँ यह कौन है?" मैंने उत्तर दिया। मैं कुर्सी से उठा और बरामदे पर चला गया।

"क्या हुआ? क्या कोड फिक्स हो गया?" निखिल ने पूछा।

"नहीं थोड़ा बचा है," मैंने जवाब दिया। निखिल शायद परेशान था। उसने अपना कोडिंग का कार्य प्रारंभ कर दिया।

"आर यू इन लव?" दूसरा संदेश मेरे सेल फ़ोन पर दिखा। मैं इसे पढ़ कर सदमें में आ गया। केवल निखिल और सलीम ही मेरी प्रेम कहानी के बारे में जानते थे। मुझे पूरा भरोसा था कि वे ऐसा नहीं करेंगे। सलीम कंजूस था। बात करनी होती, तो मुझे मिस्ड-कॉल देता था।

"क्या मैं जान सकता हूँ, आप कौन हैं ?" मैंने जवाब दिया। मैं अपनी अधूरी प्रेम कहानी को सबके सामने जाहिर नहीं करना चाहता था।

"मुझे यह नंबर एक एस्ट्रोलॉजी वेबसाइट से मिला है। मैंने बहुत सी नामुमकिन प्रेम कहानियों को सफल बनाया है। क्या तुम चाहते हो कि मैं तुम्हारा मार्गदर्शन करूँ?"

मैंने सच में बहुत सी एस्ट्रोलॉजी वेबसाइट पर पंजीकृत किया था। यह जाने के लिए कि आरुषि और मेरे प्यार में कितनी सफलता मिलेगी। मेरा भरोसा करो, यह मायने नहीं रखता कि तुम्हारे पास कौन सी डिग्री है। जीवन में हमेशा एक समय आता है, जब आप हाथ की रेखाओं पर, ग्रहों और नक्षत्रों की स्थिति के बारे में विश्वास करने लगते हैं। और मैं इस दौर से गुजर रहा था।

"हाँ मैंने पंजीकृत किया था। क्या मैं आपका नाम जान सकता हूँ?" मैंने जवाब दिया, मैं अभी तक संदेश भेजने वाले का नाम जानने में रुचि ले रहा था।

"तुम्हें मेरे नाम को लेकर परेशान नहीं होना चाहिए। मैं एक ज्योतिषी हूँ, जो ईश्वर की कृपा से दो दिलों को सिर्फ पाँच दिन में मिलाने की ताक़त रखता है," स्वाति ने मैसेज में लिखा। आरुषि जोर से हँस रही थी, क्योंकि यह बिलकुल मनोरंजक था। दूसरी तरफ मैं प्रत्येक संदेश को पाकर अत्यधिक गंभीर होता जा रहा था।

"तुम कितना पैसा लोगी?" मैंने उत्तर दिया, मैं जानना चाहता था कि यह सच में प्रामाणिक है या कोई मुझसे मज़ा ले रहा है।

"मैं फीस नहीं लेती। जो तुम्हें लगे, वो दे सकते हो और वो भी पूरी सफलता हासिल करने के बाद," स्वाति ने जवाब दिया।

इससे मुझे यकीन हो गया कि यह वास्तविक था। मैंने सोचा, यदि पाँच दिन में कुछ नहीं होता है, तो मेरा कुछ नहीं जाएगा। मैंने इसे निखिल को बताने का विचार किया। लेकिन बाद में मैंने अपना इरादा बदल दिया। क्योंकि ऐसा करने पर वह मुझे पागल और बेवकूफों की तरह हरकत बंद करने के लिए बोलता।

"ठीक है। तुम मुझसे क्या चाहती हो," मैंने जवाब दिया।

कुछ मिनट के बाद, मुझे दूसरा संदेश प्राप्त हुआ।

"अपने दाहिने हाथ की हथेली का एचडी फोटो भेजो। और मुझे लड़की का नाम बताओ," स्वाति ने मैसेज किया। आरुषि हर पल का मज़ा ले रही थी।

मैसेज पढ़कर मैं उलझन में फंस गया कि मुझे सच में तस्वीर भेजनी चाहिए या नहीं। थोड़ी देर मैंने सोचा। तभी मेरे दिल में छुपा प्यार का कीड़ा जीत गया। मैंने फोटो लेने का फैसला किया। मैं जानता हूँ, यह पागलपन है। लेकिन यह सामान रूप से सत्य है कि एक पागल व्यक्ति ही सफलता प्राप्त करता है।

मेरे सेल फ़ोन का कैमरा बिलकुल अच्छा नहीं था। मेरे पास एक पुराना चायनीज फोन था, जिसके कैमरे की क्वालिटी ठीक नहीं थी। उसके बाद, मैंने नया मॉडल खरीदने के बारे में सोचा भी नहीं। निखिल के पास अच्छा फ़ोन था इसलिए मैंने उसके फ़ोन से फोटो लेने का निर्णय किया।

"भाई, अपना फ़ोन देना," मैंने निखिल से माँगा, हैरत की बात यह है कि वह कोडिंग नहीं कर रहा था। वह फेसबुक पर लड़कियों की फोटो देख रहा था।

निखिल ने मुझे संदिग्ध नज़रों से देखा और फिर अपना सेल फ़ोन मुझे दे दिया। उसने मुझे गलत उद्देश्य से फ़ोन प्रयोग न करने की चेतावनी दी।

मैं बरामदे के पास गया और अपनी हथेली की तस्वीर लेना शुरू कर दिया। मैंने सभी एंगल से तीन से चार तस्वीरें लीं। इसमें कुछ भी छोड़ने का एक भी मौका नहीं देना चाहता था।

"ये क्या बकवास कर रहे हो?" निखिल ने पूछा, उसने मुझे उसके मोबाइल से तस्वीर लेते हुए देखा।

"कुछ नहीं। बस तुम्हारे फ़ोन का कैमरा देख रहा हूँ," मैंने कहा, मैं तस्वीरों को अपने फ़ोन में भेज रहा था।

"लेकिन तुम अपनी हथेली की फोटो क्यों ले रहे हो?" निखिल ने प्रश्न किया।

"ऐसे ही," मैं बोला और उसके फ़ोन से फोटो डिलीट करके फ़ोन वापस कर दिया।

"मुझे यकीन है। तुम कुछ मूर्खतापूर्ण काम कर रहे हो। मैं इसे तुम्हारे चेहरे पर देख सकता हूँ," निखिल मुँह बनाकर बोला और फिर अपने लैपटॉप के पास चला गया।

मैंने सभी तस्वीरों को अटैच करके भेज दिया। मैं उत्सुकता से उत्तर का इंतजार कर रहा था।

"अरे देखो, उसने अपनी हथेली की फोटो भेजी है," स्वाति ने मोबाइल में फोटो खोलते हुए कहा।

"सच में बेवकूफ है क्या?" स्वाति के फ़ोन में झाँकते हुए आरुषि ने कहा।

"तुम उसे बेवकूफ समझ सकती हो। लेकिन वह सच में भोला है। वह तुम्हारे लिए कुछ भी करने को तैयार है," आरुषि को देखते हुए स्वाति ने कहा।

"ठीक है। ऐसा है, तो उससे कहो कि कल सुबह गाय का ताज़ा गोबर लेकर अपने कमरे के गेट पर रखे," स्वाति द्वारा मुझ पर की गई टिप्पड़ी को चुनौती देते हुए आरुषि ने कहा।

"यह सच में गलत है। लेकिन मैं पूरी तरह आश्वस्त हूँ कि वह ऐसा करेगा," स्वाति ने कहा। यह सब क्या है! अंततः, मुझे सताया जा रहा था।

लगभग पंद्रह मिनट बीत गए थे। मुझे कोई मैसेज नहीं आया। मैंने कॉल करने का फैसला किया।

"अरे, कॉल कर रहा है। मुझे अब क्या करना चाहिए?" मेरी कॉल को देखने के बाद स्वाति ने पूछा। आरुषि ने कॉल काटने के लिए कहा, लेकिन स्वाति को डर था कि यदि वह कॉल काट देती है तो उसे ऐसा लगेगा कि सब कुछ झूठ है।

"और जो हम कर रहे हैं, सब झूठ है। इसलिए कॉल काट दो," आरुषि चिल्लाई।

"नहीं, मैं उठाऊँगी। तुम चुप रहो। अब एक शब्द भी मत बोलना," फोन उठाने से पहले स्वाति ने आगाह किया। आखिरकार उसने फ़ोन उठा लिया।

"सुनो," स्वाति ने अभिवादन किया।

"हाय, मैं आर्यन बोल रहा हूँ। माफ़ी चाहता हूँ कि मैंने तुम्हें कॉल किया। लेकिन मैंने केवल अपनी हथेली की तस्वीर भेजी है। बहुत देर तक आपके उत्तर का इंतजार किया," मैंने विनम्रता से कहा क्योंकि मैं डर रहा था। कहीं वह नाराज़ होकर मेरी हथेली की रेखाओं और भविष्य को नष्ट न कर दे।

"हाँ मैं समझ गई। मैंने उसे ध्यान से देखा, लेकिन तुमने लड़की का नाम नहीं बताया," स्वाति ने कहा। उसकी आवाज़ संस्कार चैनेल की साध्वियों की तरह थी।

"माफ़ कीजिए मैं भूल गया। उसका नाम आरुषि है," मैंने कहा। फ़ोन लाउडस्पीकर पर था। इसलिए आरुषि भी बात सुन रही थी। जब मैंने उसका नाम लिया, तो उसने मुँह बना लिया।

"तुम उसे कब से जानते हो?"

"एक महीने से ज्यादा हो गया," मैंने कहा।

"बस एक महीना! क्या तुम गंभीर हो? तुम अपना समय कहीं और क्यों नहीं देते? इससे अच्छी पा जाओगे," स्वाति ने सुझाव दिया। "देखो, अगर तुम मेरी मदद कर सकती हो, तो मैं तुम्हारा बहुत आभारी रहूँगा। लेकिन यदि तुम किसी दूसरी लड़की को खोजने के लिए बोलोगी तो भूल जाओ। उन तस्वीरों को अपने मोबाइल से डिलीट कर दो। मुझे मदद चाहिए, सुझाव नहीं," मैंने दो टूक सुनाया।

"मैं बस तुम्हें परख रही थी। माफ़ करना अगर तुम्हें बुरा लगा हो तो। वैसे भी, क्या तुम मुझे अपनी जन्म तिथि और समय बता सकते हो," स्वाति ने पूछा।

"जन्म तिथि 23 जनवरी 1987 है। माफ़ कीजिए, मुझे समय नहीं पता है। मुझे पूरा यकीन है कि प्रसूति गृह में घड़ी रही होगी, लेकिन उस समय मुझे घड़ी देखना नहीं आता था," मैंने एक मूर्ख की तरह जवाब दिया।

"हाहाहाहा... तुम स्वीटहार्ट हो," जोर से हँसते हुए स्वाति बोली। तकिये से मुँह छुपा कर आरुषि हँसी। जिससे उसकी उपस्थिति की भनक मुझे न लगे। हालाँकि मुझे "स्वीटहार्ट" शब्द अच्छा लगा।

"तुम उसे जानते हो?" स्वाति ने पूछा। वास्तव में उसकी तरफ से यह बेवकूफी भरा प्रश्न था।

"मैं नहीं जनता। लेकिन मैं 22 अप्रैल 2012 से उससे प्यार करने लगा हूँ। जब मैंने पहली बार उसे छत पर देखा था," मैंने कहा। स्वाति और आरुषि यह सब सुन कर हैरान हो गईं।

"यह मुझे अच्छा लगा। अच्छा, मैं तुम्हें कुछ काम दूंगी। अगर तुम सभी काम पूरा कर लेते हो, तब मुझे 99 प्रतिशत विश्वास हो जाएगा कि वह तुमसे बात करेगी," स्वाति ने कहा।

"क्या? वह केवल मुझसे बात करेगी? वह पहले भी मुझसे दो बार बात कर चुकी है। पहली बार उसने मुझे बेवकूफ बोला था और दूसरी बार घटिया। मुझे 100 प्रतिशत विश्वास है कि जब भी वह मेरे सामने आएगी मुझसे बात करेगी। बात करने से तुम्हारा क्या मतलब है? तुम किस हद तक बात करोओगी कृपया मुझे बता सकती हो! मैं हताश हो गया था। मेरी नाराज़गी भरी आवाज सुनकर दूसरे मकान की लड़कियाँ हँस रही थीं।

"धीरज रखो आर्यन। मेरा मतलब, वह तुमसे सब्र से बात करेगी और सुनेगी भी," स्वाति ने कहा। अब यह पूर्णतया स्वीकार्य है।

"अच्छा, फिर ठीक है। तो मुझे क्या करना होगा?" मैंने पूछा। निखिल मुझे बहुत देर से देख रहा था। वह अपनी कुर्सी से खड़ा हुआ और बरामदे की तरफ आया। मैं नहीं चाहता था कि वह मेरी बातचीत को सुने। इसलिए मैंने उसे अपने पास आने से मना किया और फ़ोन रखने तक इंतजार करने के लिए बोला। वह मेरी भाव-भंगिमाओं को देखकर परेशान हो गया। बाद में सिगरेट और लाइटर फेंकने का इशारा किया। मैंने उसे दे दिया। लाइटर पाने के बाद वह फिर से लैपटॉप पर अपने काम में लग गया।

"यह बिलकुल बकवास काम है। लेकिन यदि तुम उसे सच में चाहते हो, तब तुम्हें इसे पूरे दिल से करना होगा," कार्य को विस्तार से बताने से पहले स्वाति ने मुझसे कहा। मैं उसकी बातों से थोड़ा डर रहा था।

"क्या हुआ आर्यन? क्या तुम सुन रहे हो?" कुछ समय तक मेरी तरफ से जवाब न पाने के बाद स्वाति बोली।

"क्षमा कीजिए। मैं कुछ सोच रहा था। जब तक वह मेरे करीब नहीं आ जाती, मैं यह टास्क करने के लिए तैयार हूँ," मैं बिलकुल आत्मविश्वास से भरी आवाज़ में बोलने की कोशिश कर रहा था।

"शाबास। तुम्हारा पहला टास्क यह है कि कल सुबह तुम्हें गाय का ताज़ा गोबर इकट्ठा करना है। और अपने कमरे के गेट पर इसे रखना है," स्वाति ने कहा। यह सुनकर मुझे ताज्जुब हुआ।

"क्या आप गंभीर हैं? मेरा मतलब, गेट पर गाय का गोबर रखने से मैं उसके करीब कैसे आऊँगा?" स्पष्टीकरण के लिए मैंने पूछा।

"मैं जानती थी तुम यही पूछोगे। देखो आर्यन, मैं जानती हूँ यह बहुत कठिन टास्क है। ईमानदार रहना, यदि तुम इसे नहीं कर पाओगे, तो फिर अभी इसके बारे में बात करना बंद कर दो। मैं इस मामले में तुम्हारी सहायता नहीं कर

सकती। यह कहना बहुत ही सरल है कि मैं बहुत गहरे प्यार में हूँ, लेकिन इसको दिखाने और सिद्ध करने के लिए सचमुच हिम्मत की आवश्यकता होती है। मैं नहीं समझती कि तुम्हारे पास हिम्मत है," स्वाति ने कहा। वह बहुत ही असभ्यता से बोली। मैंने फैसला कर लिया की यह मायने नहीं रखता कि वह कौन सा टास्क मुझे देने जा रही है। पाँच दिन बाद भले ही कुछ हो, मैं टास्क पूरा करूँगा और अपने प्रेम को सिद्ध करूँगा। कम से कम इस विश्व में एक व्यक्ति तो मेरे सच्चे प्रेम को महसूस कर पाएगा।

"अच्छा मैं करूँगा," मैंने जोर देकर कहा। ईमानदारी से, मैं अब तक तैयार नहीं था। उस क्षण मैंने महसूस किया। दिल और दिमाग अलग-अलग सोचते हैं। मेरे दिल ने मुझे शाबासी दी, जबकि दिमाग ने कहा भाड़ में जाओ।

"बहुत बढ़िया। तो कल सुबह 6:30 बजे तुम्हें यह कार्य पूरा करना होगा। । यदि तुम्हें किसी प्रकार के मार्गदर्शन की जरुरत हो तो तुम मुझे कॉल कर सकते हो," स्वाति बोली। इसी बीच स्वति ने दिए गए समय पर अलार्म लगा लिया, जिससे वह कॉल करके सुनिश्चित कर सके की टास्क हो गया या नहीं।

"लेकिन तुम्हें कैसे पता चलेगा कि मैंने टास्क किया है या नहीं?" मैंने पूछा।

"अच्छा सवाल है," स्वाति ने कहा और उत्तर के लिए आरुषि की तरफ देखा।

आरुषि ने उसे गाय के गोबर के साथ सेल्फी लेने का इशारा किया।

"मुझे तुम्हारे ऊपर पूरा भरोसा है। मैं आश्वस्त हूँ कि तुम झूठ नहीं बोलोगे। लेकिन, यदि तुम गाय के गोबर के साथ सेल्फी ले लेते हो, तो मैं तुम्हारी सराहना करूँगी," स्वाति बता रही थी।

"ये क्या बदतमीज़ी थी? वह मुझसे चाहती थी कि मैं एक गंदी सेल्फी लूँ! इस दुनिया में ऐसा करने का प्रयास किसने किया होगा?" मैंने खुद से कहा। मैं चुप और स्तब्ध था। मैं उसे मना भी नहीं कर सकता था, क्योंकि वह फिर से मेरे प्रेम और हिम्मत पर संदेह करना शुरू कर देती।

"अगर तुम इसी से खुश होगी, तो ठीक है," मैंने झुंझलाते हुए कहा।

"ठीक है, मैं तुम्हें शुभकामना देती हूँ और कल बात करती हूँ," मुझे पूरी तरह से मानसिक आघात देने के बाद स्वाति ने कहा।

"हाँ! धन्यवाद। शुभरात्रि!" मैंने कहा और फ़ोन रख दिया।

सुबह के 2:30 बजे थे और कार्य को पूरा करने के लिए मेरे पास बस चार घंटे थे। निखिल सो चुका था। मैंने कमरे में यह सुनिश्चित करने के लिए प्रवेश किया कि वह कहीं जग तो नहीं रहा। मैंने 5 बजे सुबह का अलार्म लगाया और सोफे पर लेट गया। मैं पूरी तरह से आश्वस्त था कि मैं सोऊंगा नहीं। यदि मैं सो

भी जाता हूँ, तो मेरे सपने में केवल गाय, गोबर और गन्दगी के साथ सेल्फी आएगी।

अब मेरे पास दो मुख्य चुनौतियाँ थीं। पहली, सुबह मुझे गायें कहाँ मिलेंगी। दूसरी, मैं कैसे सुनिश्चित करूँगा कि गोबर ताज़ा है।

रुको। एक और चुनौती थी और जो मैं निखिल को बताऊंगा। मेरे लिए आख़िरी चुनौती सबसे कठिन थी।

अध्याय 9

"पहली गंदी सेल्फी"

***

जब अलार्म बजना शुरू हुआ, उस समय अँधेरा था। मैं उठा और अलार्म बंद कर किया। निखिल गहरी नींद में था। मैं धीरे से उठा और फ्रेश होने चला गया।

मैं निकलने के लिए पूरी तरह से तैयार हो गया था। बाइक की चाभी उठाई और धीरे से दरवाज़ा खोला और बाहर से दरवाज़ा बंद कर दिया। निखिल की बाइक के सामने सोए हुए आवारा कुत्ते के जागने के पहले सब कुछ ठीक और शांत था।

मैं इस उम्मीद के साथ छिप गया कि वह मुझे नहीं देख पाएगा, लेकिन मैं गलत था। आप कुत्ते और बॉस को कभी धोखा नहीं दे सकते।

कुत्ते ने सिर घुमाया। मुझे देखा और फिर भौंकने लगा। मैंने धीरे-धीरे उसकी तरफ जाने की योजना बनाई।

मुझे अपने करीब देखकर वह खड़ा हुआ और एक बार फिर भौंका। लेकिन इस बार बहुत जोर से भौंका।

"टॉमी, टॉमी... शांत हो जाओ," मैं बोला। भारत में ज्यादातर कुत्तों का नाम चूक से टॉमी होता है। उसी प्रकार बॉलीवुड फिल्मों में ज्यादातर नौकरों का नाम या तो रामू काका या छोटू होता है।

तरीका काम कर गया। टॉमी ने अपनी पूंछ हिलाई। मैंने सिगरेट का पैकेट निकाला, उसे अपने मुँह में रखा। टॉमी को तब तक ललचाता रहा जब तक कि मैंने अपनी बाइक बिल्डिंग से बाहर नहीं निकाल ली। टॉमी मेरे पीछे इस उम्मीद में आ रहा था कि उसे कुछ खाने को मिल जाएगा। मैंने सिगरेट निकाली और खाली डिब्बी दूर फेंक दी। टॉमी, दूसरे कुत्तों की तरह इसे पकड़ने के लिए झपटा।

मैं बाइक स्टार्ट की और जितनी रफ़्तार से चला सकता था चलाई। मुझे इस बात का मलाल था कि मैंने टॉमी को बेवकूफ बनाया।

मौसम साफ था। चारों तरफ शांति मेरा मन लुभा रही थी।

शहर में गाय खोजना कठिन था और उससे भी कठिन था गाय का गोबर खोजना। मुझे मार्गदर्शन के लिए किसी की सहायता की आवश्यकता थी। पहले मैंने सोचा कि महिला ज्योतिषी को फ़ोन करूँ, फिर बाद में मैंने इस योजना को

रद्द कर दिया; क्योंकि वह मुझे मूर्ख समझती। इसलिए मैंने सड़क के किनारे टहल रहे बूढ़े लोगों से पूछने का निर्णय लिया।

"एक्सक्यूज मी अंकल," अपनी बाइक रोकते हुए मैंने कहा। अंकल निश्चित रूप से 50 से 60 साल के बीच में थे। भौंहों को सिकोड़ते हुए उन्होंने मेरी तरफ देखा और पीछे मुड़े।

"क्या है," संदेहास्पद लहजे में उन्होंने पूछा।

"इधर कोई गौशाला है क्या?" मैंने उनसे पूछा।

वे मुस्कुराए और मुझसे पूछा। मैं दूध खरीदना चाहता हूँ क्या।

"नहीं अंकल। मुझे गाय के ताज़े गोबर की आवश्यकता है," अपनी गाड़ी की स्पीड बढ़ाते हुए मैंने उत्तर दिया।

"अच्छा तो तुम्हें इसकी जरुरत गृह प्रवेश समारोह के लिए है," उन्होंने जवाब दिया। मैंने सोचा कि किस प्रकार एक क्षण में ही लोग बिना असली कहानी जाने अपने हिसाब से सोच लेते हैं। वे कुछ और कल्पना करें, इससे पहले मैंने उनकी बातों को स्वीकार करने के लिए सिर हिला दिया।

"हाँ। मैं हैरान हूँ कि आपने एकदम सही अंदाज़ा लगाया," मैं मुस्कुराते हुए बोला।

उन्होंने सचमुच अपने आप पर गर्व महसूस किया और कहा, मैंने धूप में अपने बाल सफ़ेद नहीं किए हैं, यह सब मेरा अनुभव है।"

"क्या आप मुझे बता सकते हैं कि गोबर कहाँ मिलेगा?" झूठी मुस्कान के साथ मैंने पूछा।

"दूसरे सिग्नल से बाएं मुड़ जाना। कृष्ण मंदिर जब तक न दिखे चलते जाना। वहाँ तुम्हें एक पुजारी मिलेंगे, जिनका नाम घनश्याम दास जी है। वह उस मंदिर की देखभाल करते हैं। उनके पास एक गाय भी है। तुम उनसे गोबर मांग सकते हो ," उन्होंने जवाब दिया।

"मदद के लिए बहुत-बहुत धन्यवाद," मैंने कहा। मैं जाने वाला ही था, तभी उन्होंने रोक लिया और कहा, "यदि तुम्हें समारोह के लिए मिठाईयों की आवश्यकता होगी, तो ये मेरा कार्ड ले लो। मैं आगरा स्वीट्स का मालिक हूँ।

मैं यह देख कर हैरान था कि एक व्यापारी सुबह टहलते वक्त भी विजिटिंग कार्ड लेकर चलता है। मैंने कार्ड लिया और चल दिया।

कुछ मिनट बाइक चलाने के बाद मैं मंदिर पहुँच गया। चारों तरफ शांति थी। अगरबत्ती की खुशबू फैली हुई थी। मंदिर के कर्मचारी अहाते की सफाई करने में व्यस्त थे। मैंने प्रवेश द्वार के बाहर अपनी चप्पल उतारी और भगवान कृष्ण की प्रार्थना करने चला गया।

"प्रभु, मुझे नहीं पता कि मैं जो कर रहा हूँ, वह मूर्खतापूर्ण है या सही है। लेकिन उसके प्रति मेरा प्रेम बिलकुल ही सच्चा है। मैं आपसे झूठ नहीं बोलूँगा; क्योंकि आपसे तो कुछ छुपा नहीं है। मैं वह सब कुछ करूँगा, जिससे उसे मेरे सच्चे प्यार का एहसास हो जाए। मैं सुनिश्चित करता हूँ, मैं उन तीन सुंदर शब्दों को उससे सुनने के लिए जिन्दा हूँ," मैं अपनी प्रर्थना में धीरे-धीरे बुदबुदाया।

"मैं पहली बार देख रहा हूँ कि कोई जवान आदमी इतनी सुबह मंदिर आया है," केसरिया रंग का कपड़ा लपेटे हुए एक व्यक्ति बोला। वह बहुत गोरा था। अपने गले में चन्दन की लकड़ी के मानकों की माला पहने था और मस्तक पर सिंदूर लगाए था।

मैंने सोचा यह वही पुजारी है, जिसके पास अंकल ने मुझे भेजा है।

"क्या आप श्री घनश्याम जी हैं? मैंने उनके नाम से पहले श्री लगाया। क्योंकि भारत में यह सम्मान देने का एक तरीका है।

"हाँ," मुस्कराते हुए उन्होंने उत्तर दिया। वे अपना नाम सुनकर प्रसन्न हुए।

"तुम मेरा नाम कैसे जानते हो," उन्होंने पूछा। शायद उनको संदेह था कि वे बहुत प्रसिद्ध हैं।

"एक अंकल ने आपके बारे में मुझे बताया," मैंने जवाब दिया।

"कौन? उन्होंने पूछा।

मैं शांत हो गया; क्योंकि मैं उनका नाम नहीं जनता था। लेकिन फिर मुझे एहसास हुआ कि मेरे पास उनका विजिटिंग कार्ड है। मैंने उसे बाहर निकला और उनका नाम पढ़ा।

"आगरा स्वीट्स," मैंने कहा। मोटे अक्षरों में लिखा हुआ था।

"अरे, गुप्ता जी," पुजारी ने कहा।

"हाँ," मैंने उत्तर दिया।

"अच्छा। तो क्या तुम्हारी शादी होने जा रही है?" पुजारी ने पूछा।

"क्या पागलपन है?" मैंने धीरे से बोला। अब मुझे पता चला कि गुप्ता जी और घनश्याम जी अच्छे दोस्त क्यों थे। दोनों एक ही तरह की बीमारी से पीड़ित थे। जिसे प्री-जज्मेंतालाईटीस कहते हैं।

"नहीं," मैंने कहा।

"तब तुम्हें पुजारी की जरुरत क्यों हैं? क्या तुम्हारे घर पर कोई उत्सव है?" दूसरा बिना सिर-पैर का अनुमान।

"नहीं। मुझे ताज़ा गोबर चाहिए," मैंने कहा। मेरी हताशा का स्तर अपने चरम पर था।

"आह, अब मैं समझ गया। गृह प्रवेश समारोह," मेरा गाल खींचते हुए प्रसन्नता से उन्होंने कहा। जैसे उन्होंने बिलकुल सही अनुमान लगा लिया हो। मैं हार गया और सहमति दे दी।

"सही अनुमान लगया आपने," मैंने उत्तर दिया।

"मैं ऐसे ही पुजारी नहीं बन गया, तुमने देखा," उन्होंने गर्व से कहा।

"मुझे गोबर मिल सकता है क्या?" मैंने पूछा।

"हाँ, हाँ बिलकुल। आओ," जहाँ गाय बंधी थी वहाँ ले गए। नीली साड़ी पहने हुए एक औरत गाय नहला रही थी।

"कुंती से मिलो," पुजारी ने कहा।

"नमस्ते," मैंने औरत का अभिवादन किया। उसने अपनी भौहें सिकोड़ी और अजीब सा मुँह बनाया और बाल्टी जमीन पर पटक दी। अपना गुस्से से भरा चेहरा दिखाने के बाद वह चली गई।

"आह, वह कुंती नहीं है। वह शीला है। गौमाता का नामा कुंती है," पुजारी ने कहा।

"शिट, मैं फुसफुसाया। "क्या मैंने एक औरत की तुलना गाय से की," मैंने खुद से पूछा और किस प्रकार डबल मीनिंग हो सकता है, यह मुझे एहसास हुआ।

"तुम वहाँ से गोबर ले सकते हो। ताज़ा है," श्रीमती कुंती को चारा खिलाते हुए पुजारी ने कहा।

"दोस्त, सच में! क्या तुम यह करने जा रहे हो? रुको। बदबू," उन 10 सेंकंड में मेरे मन में सैकड़ों प्रश्न उठे। एक क्षण के लिए मैंने सब कुछ यहीं रोकने के लिए सोचा, लेकिन फिर एहसास हुआ कि यह मेरे लिए कितना महत्वपूर्ण था।

मैं झुका और अपने दोनों हाथों से ताज़े गोबर के ढेर को उठाया और पॉलिथीन में भरा।

मैं अपनी ज़िन्दगी में आरुषि को जल्दी ही पाने जा रहा हूँ, इसलिए मैं खुश भी था।

"धन्यवाद," पुजारी से मुस्कराकर मैं बोला। मेरी सारी हताशा गायब हो चुकी थी और मैं खुश था। मैं घर की तरफ चल दिया।

यह परमानंद की अनुभूति ख़त्म नहीं हो रही थी। टॉमी द्वार पर खड़े होकर शायद मेरी प्रतीक्षा कर रहा था। मैं उसके चेहरे पर गुस्सा देख सकता था। मैंने गेट पर बाइक खड़ी की और उसे देखा। उसने मुझे घूरा और अपना मुँह हैंडल पर टंगे हुए पॉलिथीन की तरफ मोड़ा।

मुझे पता था, कुछ देर में वह प्लास्टिक के झोले को फाड़ने के लिए उछलेगा। मैंने जल्दी से झोला लिया और उँगली दिखा कर उसे डाँटा। वह दूसरे

धोखेबाज कुत्तों की तरह भौंका। मैंने कुछ हिम्मत करके बाइक खड़ी की और सीढ़ियों से ऊपर की तरफ भागा। टॉमी कुछ देर तक भौंका, फिर शांत हो गया।

सुबह के 6:15 बज रहे थे। मैं आश्वस्त था कि निखिल सो रहा होगा। मैंने झोले से गोबर निकाला और इसे गेट पर रख दिया। अब सेल्फी लेने का समय आ गया था।

मैं फर्श पर सो गया और जरूरी काम किया। मैंने जल्दी से अपना व्हाट्सएप खोला और महिला ज्योतिषी को अपनी तस्वीर भेज दी। उसका नाम न पूछना मेरी सबसे बड़ी बेवकूफी थी।

आखिरकार मैंने टास्क कर दिया है। मैंने पहला टास्क पूरा कर लिया था। मुझे ऐसा लगा, मानो मैंने आरुषि के भरोसे को जीतने और उसके प्यार के लिए सब कुछ कर दिया हो। यह स्पर्श की भावना भव्य थी। जैसे कि यदि मुझे कोई गोबर को चूमने के लिए कहता, तो मैं चूम लेता।

अब समस्या यह थी कि गेट पर कोई गोबर देखेगा, तो क्या कहेगा। मैंने धीरे से दरवाजा खोला और चोरों की तरह अंदर घुसा। निखिल अभी भी सपनो में खोया था और तेजी से खर्राटे ले रहा था। मैं सोफे पर लेट गया और जल्दी से झपकी ले ली।

हम सुबह 8 बजे उठे और 30 मिनट में ऑफिस के लिए तैयार हो गए। दुखद हिस्सा यह था कि सब कुछ गुप्त रखने के लिए मुझे फिर से नहाना पड़ा। अपनी बेवकूफी भरे रहस्य को छुपाने के लिए मैंने लैट्रीन किया और नहाया।

"बहन***," जैसे ही निखिल का पैर गोबर पर पड़ा वह चिल्लाया। मेरी आँखें फटी रह गईं। मुझे उम्मीद नहीं थी कि मैं कैसे नाटक कर रहा था।

"ओह मैन। तुमने गोबर पर पैर रख दिया," मैं हँसा।

अच्छे दोस्तों के साथ यदि आप उनकी परेशानी में दुःख व्यक्त करते हैं, तो आप भी शक के घेरे में आ सकते हैं।

"ये सब किसने किया?" पूरी तरह से गोबर से सने जूतों को देखते हुए निखिल चिल्लाया।

मैं दरवाजे के पास गया और थोड़ी देर गोबर को ध्यान से देखा और कहा, "यह गाय के गोबर की तरह लग रहा है।" लेकिन किसी भी तरह निखिल इसे समझ नहीं पाया।

"साले, मैं इसे तेरे मुँह पर फेंक दूँगा। मुझे पता है कि यह गाय का गोबर है। लेकिन किस पागल ने इसे यहाँ रखा?" हताशा के साथ निखिल ने कहा।

"मुझे कैसे पता होगा? मैं तुम्हारे साथ ही उठा हूँ। बाहर पैर रखने से पहले तुम्हें देखना चाहिए। अब मुझे रास्ता दो," मैंने कहा और गोबर को लांघ गया।

निखिल अपने जूते को और मुझे घूर रहा था। मैंने उससे एक निश्चित दूरी बना ली; क्योंकि वह हिंसक हो सकता था।

घर से ऑफिस तक हमारे पास बात करने के लिए केवल एक ही विषय था, "रहस्यमयी गाय का गोबर।"

इसके लिए वह मुझे दोष दे रहा था और मैं झूठ बोल रहा था।

उस दिन ऑफिस में, मैं महिला ज्योतिषी के मैसेज को देखने के लिए व्हाट्सएप देख रहा था।

टेक्नोलॉजी को शुक्रिया; क्योंकि मुझे पता चल गया कि मेरे द्वारा भेजी गई तस्वीर उसने देख ली है।

"आर्यन, मेरे लिए तुम्हारे पास समय है क्या?" पूर्ण रूप से समलैंगिक, मेरे बॉस मिहिर ने पूछा।

"हाँ, निश्चित," मैं हामी भरते हुए बोला।

वह मुझे अपने केबिन में ले गया और कुर्सी पर बैठने का इशारा किया।

"देखो मुझे बहुत ही महत्वपूर्ण परियोजना के लिए किसी को यू.के. भेजना पड़ेगा। यह दीर्घकालिक परियोजना है। बहुत ही विनम्र लहजे में मिहिर ने समझाया। सॉफ्टवेयर इंजीनियर के लिए ऑनसाईट अवसर वरदान की तरह होते हैं, जिन्हें कोई भी गँवाना नहीं चाहता।

"बहुत अच्छा। तो तुम्हारे दिमाग में क्या चल रहा है?" मैंने पूछा।

"मैं चाहता हूँ कि तुम इस काम को करो," उसने कहा।

कुछ क्षण के लिए मैं खुद को लंदन की गलियों में, टेम्स नदी के किनारे, हाथ में बियर लिए हुए, गोरी सुंदरियों को देखने की कल्पना करने लगा। लेकिन अचानक आरुषि का चेहरा मेरे सामने आ गया और वह छोटा सा प्यारा सा लंदन का सपना टूट गया।

"यह अवसर देने के लिए धन्यवाद! मिहिर। मैं जानना चाहता हूँ कि क्या मुझे इस विषय पर सोचने के लिए कुछ समय मिलेगा," मैंने पूछा।

मिहिर ने आश्चर्य से त्योरी चढ़ाई और कहा "निश्चित, इस प्रकार के अवसरों को स्वीकार करने के लिए कोई विचार करे, ऐसा मैंने पहले कभी नहीं देखा। सब ख़ुशी के मारे झूम उठते हैं।

"मैं भी हूँ, लेकिन कुछ चीजें हैं, जिनका निर्णय लेने के पहले मैं भी शांत हो जाता हूँ। मुझे सिर्फ दो दिन चाहिए," मैंने कहा।

मिहिर ने अपना सिर हिलाया और मुझे शुभकामनाएँ दीं।

"फैसला लेने के लिए तुम्हारे पास दो दिन का वक़्त है। इस महीने के अंत तक क्लाइंट के पास किसी को होना चाहिए। इसलिए हमें जल्दी करने की

आवश्यकता है," कुछ फाइल के पन्नों को झटकते हुए मिहिर ने कहा। मैं मुस्कुराया और केबिन से बाहर आ गया।

'टिंग', मेरा मोबाइल बजा। "महिला ज्योतिषी" का मैसेज था। नंबर सेव करते समय मैंने यही नाम लिखा था।

"बहुत बढ़िया! तुम अपने पहले टास्क में सफल हुए," मैसेज पढ़ा।

"धन्यवाद। मैं तत्काल आपसे बात करना चाहता हूँ," मैंने जवाब दिया।

"किस बारे में" मुझे नहीं पता कि वह इतने प्रश्न क्यों करती थी। शायद वह अपने प्रश्न की गंभीरता को दिखाने की कोशिश कर रही थी।

"मैं अब और टाइप नहीं कर सकता। क्या अभी बात करना संभव है?" मैंने उससे पूछा।

लगभग 15 मिनट इंतजार करने के बाद मुझे उत्तर मिला, "ठीक है"

मैं तुरंत सीढ़ियों से अपने ऑफिस की छत पर चढ़ा; क्योंकि निजी बातचीत के लिए यह एक मात्र शांत जगह थी।

"हेलो आर्यन।"

"हाय, आशा है आपको गोबर के साथ सेल्फी पसंद आई होगी," मैंने कहा और हमेशा की तरह मेरा जोक उसे समझ में नहीं आया।

"क्या? तुम्हारा क्या मतलब है?" वह तेज़ आवाज़ में बोली।

"सॉरी, मेरा मतलब, आशा है आप कार्य के प्रति मेरी ईमानदारी की तारीफ करेंगी," मैंने बात बनाई।

"हाँ बिलकुल। मैं प्रभावित हूँ। लेकिन जो तुम मुझसे बात करना चाहते हो, वो यह नहीं है। तुमने कहा कि कुछ महत्वपूर्ण बात बताने के लिए है," अक्खड़ ज्योतिषी ने बोली।

"मुझे ऑन साईट परियोजना के लिए यू.के. जाने का मौका मिल रहा है," मैंने उससे कहा।

"यह बहुत अच्छी खबर है! बधाई हो" उसने पूरे जोश के साथ मुझे बधाई दी।

मैं बिलकुल हैरान था, क्योंकि ज्योतिषी की तरफ से इस प्रकार कि प्रतिक्रिया की उम्मीद मुझे नहीं थी।

"शुक्रिया, लेकिन मैं बहुत परेशान हूँ," मैंने कहा।

"क्यों? क्या हुआ?" उसने पूछा।

"मुझे समझ नहीं आ रहा कि मैं क्या करूँ? मेरा मतलब आपने कुछ टास्क मुझे दिया, ताकि मैं आरुषि को पा सकूं। और मेरे बॉस ने दो दिन में अपना निर्णय बताने के लिए कहा है," परेशान लहजे में मैं बोला।

महिला ज्योतिषी कुछ देर चुप थी। वह अवश्य सोच रही होगी कि उसका मजाक मेरी तरक्की की कीमत चुकाएगा।

"सॉरी। मैं 5 मिनट बाद कॉल करूँ?" ज्योतिषी ने पूछा।

"क्यों? क्या हुआ? क्या तुम व्यस्त हो?" मुझे लगा वह मेरा केस छोड़ने जा रही है। क्योंकि मैं स्वार्थी प्रतीत हो रहा था।

"नहीं," उसने उत्तर दिया।

"नहीं सुनो। मैं यह मौका छोड़ने को तैयार हूँ, क्योंकि ऐसा मौका जीवन में फिर मिल सकता है, लेकिन आरुषि नहीं," मैं गंभीर लहजे में बोला।

"नहीं आर्यन। ऐसे नहीं होता। मैं समझती हूँ कि तुम आरुषि को पसंद करते हो, लेकिन अपनी उम्र देखो। इतनी कम उम्र में और अपनी तरक्की की शुरुआत में ही ऐसे अवसर पाना बहुत ही बड़ी बात है। तुम्हें इसे छोड़ना नहीं चाहिए," उसने विनम्रता से कहा।

"क्या? मैं समझा नहीं। क्या तुम्हें सचमुच आरुषि के दिल में रहने से ज्यादा महत्वपूर्ण विदेशी धरती पर कदम रखना लगता है? मुझे माफ़ कीजिए, लेकिन मेरे लिए ऐसा नहीं है," मैंने कहा।

"क्या तुम्हें यकीन है?" उसने पूछा।

"वो और होंगे जिन्हें शौक है दुनिया भटकने का,
हमें अपनी महबूब की निगाहों में नज़रबंद होना है"
अंततः मैंने प्यार भरे लहजे में कहा।

"अच्छा तो तुम शायर भी हो! तो फिर तुम मुझसे क्या चाहते हो?" उसने पूछा।

"कुछ नहीं। वास्तव में आपको कॉल करने से पहले मैं बहुत ही उलझन में था, लेकिन अब मुझे पता चल गया है कि मैं क्या चाहता हूँ। मेरी कॉल उठाने और बात करने के लिए धन्यवाद। आपने फैसला लेने में मेरा सहयोग किया है," आत्मविश्वास भरे लहजे में मैंने कहा।

"आर्यन, सुनो। दूसरा मैसेज मिलने तक प्लीज़ कोई गलत कदम मत उठाना। ठीक है!" उसने मुझसे कहा।

"अच्छा। लेकिन मैंने पहले ही फैसला कर लिया है," मैं बोला और फ़ोन रख दिया। मैं दिल से खुश, निश्चिन्त और संतुष्ट था। शायद मुझे पहली बार महसूस हुआ कि यह आसक्ति नहीं प्यार था।

अध्याय 10

"तीसरा दिन"

***

"आर्यन उठो। तुम्हारे माता-पिता तुमसे मिलने आए हैं," अली सर ने कहा। लोहे की काली छड़ से वो सलाखों को ठोक रहे थे।

"अरे, क्या समय हो रहा है?" मैं अपनी आँखें मलते हुए बोला। बादल छाये हुए थे। बादलों के साथ सूरज लुका-छिपी खेल रहा था।

"8 बज रहे हैं," अली सर ने कहा।

"मुझे भरोसा नहीं हो रहा था कि मैं 8 बजे तक सो रहा था। हो सकता है, रात भर लिखने के कारण हुआ हो। जागने में दोपहर कैसे हो गया।

"मनोज ने मुझे बताया कि तुम सुबह 4 बजे तक लिख रहे थे। इसलिए उसने तुम्हें नहीं जगाया। रात की गश्त कर रहे गार्ड, मनोज की तरफ इशारा करते हुए अली सर ने कहा।

मनोज ने मुझे देखा और मुस्कराया। मैं भी उसे देख कर मुस्कुराया और कहा, "मनोज सर, आप जब चाहे मुझे जगा सकते हैं। बस दो दिन, और उसके बाद मैं हमेशा के लिए सो जाउँगा।

मैंने जल्दी से नहा कर पूजा-पाठ किया। मनोज ने मुझे हथकड़ी पहनाई और आगंतुक क्षेत्र में ले गया। मैं अपने माता-पिता को देखने के लिए उत्साहित था। मेरी आँखें पहले से भरी थीं, लेकिन मैं दृढ़ और शांत होने की कोशिश कर रहा था।

मैं गलियारे से अपने माता-पिता को देख रहा था। वे मेरी एक झलक पाने के लिए इधर-उधर देख रहे थे। मैंने आगंतुक प्रतीक्षा कक्ष में प्रवेश किया। कानून के अनुसार, कम से कम एक कर्मचारी मौत की सजा पाए हुए कैदी के साथ रहने के लिए निर्देशित किया गया था; यहाँ मनोज मेरे साथ आया था।

"आर्यन बेटा," मेरी माँ बोली। मैं उनकी ख़ुशी और लाचारी को देख रहा था। वे मुझे छूना चाहती थीं। मेरे बालों पर हाथ फेरना चाहती थीं। उसी प्रकार, जैसे बचपन में करती थीं। लेकिन माँ ऐसा नहीं कर सकती थीं, क्योंकि मुझे जाली वाली खिड़की से काफी दूर बैठाया गया था।

"आप कैसी हो माँ? मुझे लगता है, आप अपनी देखभाल नहीं कर रही हैं। पापा, आपने मुझसे वादा किया था कि आप उनकी देखभाल करेंगें," मैंने पूछा।

मेरी माँ बहुत कमजोर लग रही थी। उनकी आँखें सिकुड़ी हुई थीं। शायद वह इन दिनों सो नहीं रही थीं।

“मैं ठीक हूँ बेटा। तुम बहुत थके हुए और कमजोर लग रहे हो। क्या ये लोग तुम्हें खाना नहीं दे रहे हैं?” मनोज की तरफ घूरते हुए उन्होंने कहा। मैंने मनोज की ओर देखा और मुस्कुराया।

“नहीं माँ। ये सभी बहुत अच्छे लोग हैं। मुझे रोज पर्याप्त भोजन मिलता है। आप मुझे मोटा कभी नहीं बुलाओगी। ये समस्या सभी माताओं के साथ है,” मैं मुस्कराया।

“बेटा, मैंने राष्ट्रपति को पत्र लिखा है। मुझे उम्मीद है, कुछ अच्छा होगा,” आँखों में उम्मीद लिए मेरे पिताजी ने कहा।

“पापा, आप को परेशान होने की आवश्यकता नहीं है। अब आप कुछ नहीं कर सकते। और इसके आलावा, मैं एक सामान्य व्यक्ति हूँ। जिसने विधायक के इकलौते लड़के की हत्या की है। हमारे देश में ऐसा कौन है, जो आम आदमी की याचिका के बारे में सोचने का झंझट उठाएगा,” अपने पिताजी की आँखों में देखते हुए मैंने कहा।

“तो हमें क्या करना चाहिए? इन लोगों द्वारा तुम्हें फाँसी चढ़ाने और तुम्हारा मृत शरीर सौंपने का इंतजार करना चाहिए? मेरी माँ चिल्लाई। उन्होंने आँसुओं पर अपना नियंत्रण खो दिया और रोने लगीं।

“माँ, प्लीज़ रोओ मत। यह मेरा भाग्य है, जिसे मैंने चुना है। और कम से कम मौत के बाद आप मुझे छू सकेंगी। मैं आपकी गोद में सिर रख कर सोऊँगा,” खिड़की के और नजदीक आते हुए मैं बोला। मैं उनके आँसुओं को पोंछना चाहता था, लेकिन हथकड़ी मुझे इसकी इजाजत नहीं दे रही थी।

“सर, क्या यह मुमकिन है। आप मुझे अपने बेटे को गले से लगाने देंगे?” मेरे पिताजी ने कहा। मैंने कभीं उन्हें इतना हताश नहीं देखा था। मैंने मनोज की तरफ उसका निर्णय जानने के लिए देखा। कानून से बाध्य मनोज ने अपनी सीमाओं को अभिव्यक्त करते हुए अपना सिर हिलाया। मुझे मालूम था कि वह गलत नहीं है, वह सिर्फ अपना फ़र्ज़ निभा रहा है।

“पापा, आप इतने परेशान क्यों हैं? आप हमारे परिवार के सर्वेसर्वा हैं। प्लीज़ ऐसा मत करिए। मैं अपने आँसुओं को बहुत देर तक नहीं रोक सकता,” मैंने अपने पापा से विनती की। उन्होंने अपने आँसू पोंछे और स्थिर खड़े हो गए।

“आरुषि कैसी है?” मैंने पूछा। मेरे मम्मी-पापा एक दूसरे की ओर देखने लगे। शायद मेरे प्रश्न का एक तसल्लीबख्श उत्तर गढ़ने के लिए।

“प्लीज़ सच बताइए,” मैंने उन्हें टोका।

"वह अभी भी कोमा में है। निखिल उसके पास है," पापा ने बताया। मैं कुछ नहीं बोल सका, लेकिन अपने आँसुओं को दिखाने से रोकने के लिए मैंने अपनी आँखें बंद कर लीं।

"मुझे नहीं मालूम तुम क्या चाहते हो? तुमने अपने पक्ष में एक शब्द भी नहीं बोला," माँ ने कहा।

"जब वे निर्दयी मेरा जीवन बर्बाद कर रहे थे, तब पूरे शहर में किसी को कुछ नहीं दिख रहा था। मेरे खिलाफ योजनाबद्ध अपराध का केवल मैं ही चश्मदीद था। मेरा कौन विश्वास करता। मैं एक आम आदमी था," मैंने कहा। मेरी माँ ने अपना मुँह फेर लिया और अपने आँसुओं को पोछने लगीं।

"आर्यन, चलने का समय हो गया है," मुझे बड़ी दिवाल-घड़ी दिखाते हुए मनोज बोला। मेरे मम्मी-पापा खुद को मनोज से अनुरोध करने से रोक नहीं पाए और कुछ अतिरिक्त समय की मांग की। मेरी माँ जाली की खिड़की से अपनी उँगली डाल रही थीं, ताकि वे कम से कम मुझे छू सकें। मैं उनके नजदीक आया और उनकी उँगली को छूया। मैं भी आँसू रोक नहीं पाया।

मैंने उनका आशीर्वाद लिया और जाने लगा। मनोज को अच्छा नहीं लग रहा था, लेकिन उसने अपनी मजबूरी बताई।

"कोई बात नहीं सर, मैं अच्छी तरह समझता हूँ," जब मनोज मुझे कोठरी में बंद कर रहा था, तब मैंने कहा।

"मैं नहीं जनता सचाई क्या है, लेकिन मुझे विश्वास है कि तुम कातिल नहीं हो सकते। खुद को देखो, तुम्हारी तरह एक शिक्षित, अनुशासित और विनम्र व्यक्ति कोई अपराध करने से पहले बहुत बड़े आघात से गुजरा होगा," मनोज ने कहा।

"मैं मुस्कराया और कहा, "उसके खून का इल्ज़ाम भी हमारे सर पर है, जिसने हमें हर रोज ज़हर पिलाया।"

अध्याय 11

"तुम बेवकूफ हो"

***

"आरुषि, समझने की कोशिश करो। उसे एक ऑनसाईट अवसर मिल रहा है। यह उसके कैरियर का सवाल है," स्वाति ने कहा। आरुषि किताब पर अपनी आँख गड़ाए हुए थी, उस किताब का नाम, "इंडिया आफ्टर गाँधी" था। यद्यपि मैं राष्ट्रपिता का सम्मान करता हूँ, लेकिन ईमानदारी से, मैं अपने बर्बाद प्रेमी जीवन में किसी का हस्तक्षेप नहीं चाहता था।

"मैं सच में उसे जाने से रोक रही हूँ क्या? उसे जाने के लिए कहो। अगर वह जाता है, तो मैं अपने आप को सौभाग्यशाली समझूँगी। कम से कम तुम अपनी परीक्षा की तैयारी के लिए समय तो पा जाओगी। वैसे भी मैं इस मूर्खता से पक चुकी हूँ," नोट्स लिखते हुए आरुषि ने सफाई दी।

"तुम उसे नहीं रोक रही हो, किंतु वह खुद को रोक रहा है। यदि तुम उससे एक बार मिल कर ना बोल दो, तो तुम्हारा कुछ चला नहीं जाएगा। मैं तुमसे वादा करती हूँ, सब ख़त्म हो जाएगा," स्वाति दुखी मन से बोली।

"क्या तुम्हें यकीन है, वह मेरा पीछा नहीं करेगा?" किताब बंद करते हुए आरुषि ने पूछा। हालाँकि यह संदेहास्पद था। जैसा कि वह जानती थी कि मेरे पागलपन पर विचार करना सरल नहीं था। उसने आश्वासन में अपना सर हिलाया।

"ठीक है, फिर कल सेक्टर-18 के स्टारबक्स में मिलने के लिए उससे कहो," एक शातिर मुस्कान के साथ आरुषि ने कहा। आरुषि मना करने के बिलकुल मूड में थी।

"मैं आपकी प्राथमिकताओं के बारे में नहीं जानता, लेकिन मैंने अनुभव किया कि जो आपको प्यार और सम्मान दे, उसे अपने जीवन का हिस्सा बनाना कभी गलत नहीं होता," स्वाति ने कहा और मुझे मैसेज करने के लिए अपना फ़ोन उठाया।

मेरा फ़ोन बजा और मैंने महिला ज्योतिषी का मैसेज देखा। मैसेज पढ़ा, ज्योतिष विद्या यह कहती है कि तुम कल सेक्टर-18 के स्टारबक्स में उससे मिलोगे।"

मैं और निखिल सलीम की दुकान पर चाय पी रहे थे। गोबर पर पैर पड़ जाने के कारण निखिल अभी भी उस मानसिक आघात से बाहर नहीं निकला था । सलीम ग्यारहवाँ व्यक्ति था, जिसे निखिल अपनी व्यथा सुना रहा था। कुछ लोग इसे डायन के प्रकोप से जोड़ रहे थे। कुछ अति प्रतिभाशाली प्रजातियाँ, जो धरती पर छूट गई थीं, उन लोगों ने कहा, "गौमाता का गोबर तुम्हारे घर आशीर्वाद देने के लिए आया है।"

लेकिन ईमानदारी से सलीम की टिप्पणी सबसे अच्छी थी।

"भैया, जो चीज आपके दिमाग में होती है, वही आपको दिखती है।" कौन जानता है, किसी के पास काले जंगल का केक हो और आप उसे गाय के गोबर का केक समझें," अपने पुराने रेडियो को ट्यूनिंग करते हुए सलीम ने कहा।

मैं हँस रहा था। सलीम की टिप्पणी से कहीं ज्यादा, निखिल को जो कष्ट पहुँच रहा था, उससे मुझे ख़ुशी मिल रही थी।

"साले ज्यादा मत बोल। मैं ब्लैक फारेस्ट केक लाकर तेरे चेहरे पर पोत दूँगा," सलीम को चेतावनी देते हुए निखिल ने कहा।

"मैं देख सकती हूँ कि तुम उससे कल मिलोगे!" महिला ज्योतिषी का दूसरा मैसेज आया।

मेरे दिल की धड़कन तेज़ हो गई। शाम के लिए मेरा दिमाग बातें गढ़ने लगा।

" पक्का है न! कहाँ, कब, कैसे? मैं सच में उत्साहित था!" मैंने जवाब दिया।

"सेक्टर-18 के स्टार बक्स में कल शाम 6:30 बजे उससे मिलोगे," मैंने मैसेज पढ़ा।

"या तो वह मुझे बेवकूफ बना रही है या फिर बहुत बड़ी ज्योतिषी है," मैसेज में दिए गए विवरण को पढ़ते हुए मैंने सोचा। हालाँकि, मुझे संदेह था, लेकिन मैं एक कोशिश करना चाहता था।

"या तो आज मैं आरुषि से मिलूँगा या फिर महिला ज्योतिषी को छोड़ दूँगा," मैंने फैसला किया।

"लेकिन आरुषि को कैसे पता चलेगा कि वह मुझसे स्टार बक्स में मिलने आ रही है? मैंने उसे मैसेज किया और अपना वास्तविक संदेह सामने रखा।

"मैं उसकी नियति को भी अपने वश में कर रही हूँ। आगे से ऐसे प्रश्न पूछने का साहस मत करना। मैं एक ज्योतिषी हूँ। मैं भविष्य देख सकती हूँ। अगली बार यदि तुमने मुझ पर संदेह किया तो मैं तुम्हें छोड़ दूंगी," अभिमानी ज्योतिषी स्वाति ने धमकाया।

"अच्छा, शांत हो जाओ, मैं तुम पर संदेह नहीं करूँगा," मैंने उसे जवाब दिया। उसके कथन का समर्थन करने के अलावा मेरे पास कोई विकल्प नहीं था।

स्वाति ने मेरा आख़िरी मैसेज आरुषि को दिखाया। आरुषि मुस्कराई और उसने स्वाति से फ़ोन ले लिया।

"तुम उससे मिलोगे, लेकिन तुम उसे कभी पा नहीं सकोगे," आरुषि ने स्वाति के मोबाइल से मैसेज किया। स्वाति को आरुषि का क्रूर व्यवहार अच्छा नहीं लगा। उसने उससे मोबाइल लिया और स्विच ऑफ कर दिया। वह जानती थी कि मैसेज मेरे पास पहुँच चुका है और मैं बेचैन होने के करीब हूँ।

इसी बीच, गोबर के बारे में बात और बेहतरीन चाय ख़त्म करने के बाद निखिल और मैं अपने फ्लैट पर पहुंचे। हमेशा की तरह निखिल एक बियर बोतल लेकर अपने कंप्यूटर के सामने बैठ गया। वह कुछ समय के लिए उलझन में था। फिर गूगल में "गेट पर गाय के गोबर का मतलब" खोजने लगा। मैंने अपनी हँसी रोक ली और कमरे से बाहर आ गया।

मैं अपना मोबाइल लेकर मैसेज पढ़ने लगा।

"क्या बकवास है?" मैंने गुस्से में ज्योतिषी को फ़ोन किया, लेकिन उसका मोबाइल बंद था। मैं और ज्यादा निराश हो गया। अंततः मैंने अपनी निकोटिन की डंडी निकाली और गुस्से में धूम्रपान करने लगा।

अध्याय 12

"स्टारबक्स"

***

"हाय, तुम कहाँ हो?" निखिल ने फ़ोन पर पूछा।

"मैं गाड़ी चला रहा हूँ। मैं तुम्हें बाद में फ़ोन करता हूँ," मैंने कहा।

"ड्राइविंग? साले तू मुझे बिना बताए ही बाहर चला गया," निखिल चिल्लाया।

जब वह सो रहा था तब मैंने उसकी बाइक ले ली थी। यदि मैंने उसे बताया होता, तो मैं जानता था वह असंख्य प्रश्नों की झड़ी लगा देता।

"भाई, मैं रात में आऊँगा। परेशान मत हो," बोलकर मैंने फ़ोन रख दिया।

"भाड़ में जाओ। मुझे फिर कभी फ़ोन मत करना," अपनी नाराज़गी प्रकट करने के लिए उसने मुझे मैसेज भेजा। मैं मुस्कराया और नज़र अंदाज़ कर दिया।

स्टार बक्स पहुँचकर मैंने बेसमेंट में अपनी बाइक खड़ी कर दी। बाहर ही आरुषि का इंतज़ार करने लगा। उसके आ जाने के बाद एक साथ ही कॉफ़ी शॉप में जाने का इरादा था।

"उसका इंतजार करते हुए मैंने धूम्रपान करना प्रारंभ कर दिया। अभी सिर्फ एक कश लिया ही था कि यातायात पुलिस का एक सिपाही टोइंग ट्रक से मेरे सामने कूदा।

"ये किसकी स्कूटी है?" उसने मुझसे पूछा। वह बिलकुल जवान लग रहा था। पीले रंग की टी-शर्ट और हरे रंग का पतलून पहने हुए था। वह मुझे देख कर मुस्कराया।

"मैं तुमसे पूछ रहा हूँ?" वह जोर से बोला। वहाँ एक ग्रे रंग की स्कूटी है, जो नो-पार्किंग जोन में खड़ी है। मैंने थोड़ा मनोरंजन करने का मन बनाया। मैंने उससे झूठ बोला।

"ठीक है, मुझे चेक करने दो। ये टीवीएस स्कूटी है," मुस्कराते हुए मैंने कहा। मेरा विश्वास करो। मेरी हँसी इतनी प्रभावशाली थी कि सिपाही ने अपना आपा खो दिया और स्कूटी की तरफ आया।

"तुम हमें जोकर समझ रहे हो? इसके पास खड़े हो, इसका मतलब स्कूटी तुम्हारी है," उसने कहा।

"हाँ, मेरी है," मैंने दृढ़ता से कहा।

"इसे यहाँ से हटाओगे या हम इसे खींच कर ले जाएँ," उसने धमकी दी।

"ले जाओ," अपने सीने से धुआं निकालते हुए मैंने कहा। ट्रक के अंदर बैठे हुए दो लोग इस बात से और उग्र हो गए। वे ट्रक से बाहर निकले। अपना गुस्सा दिखाने के लिए कुछ अपशब्द बोले और स्कूटी उठाकर ट्रक में लाद ली।

"अब आना और पुलिस स्टेशन से लेकर जाना," ड्राईवर ने कहा और वे चले गए। मैंने अपना हाथ हिलाया और बाय, बाय! कहा।

"तुम्हारी मुलाकात कैसी रही?" महिला ज्योतिषी ने मैसेज किया। पहले मैंने फैसला किया कि उसे कॉल करूं और उससे पूछूं कि उसने ऐसा क्यों कहा कि आरुषि तुम्हें जीवन में कभी नहीं मिलेगी। लेकिन मैं अपना मूड ख़राब नहीं करना चाहता था। इसलिए मैंने उसे मैसेज किया।

"मैं उसकी प्रतीक्षा कर रहा हूँ। वह अभी आने वाली है," मैंने मैसेज किया।

"वह वहाँ बैठ कर तुम्हारा इंतजार कर रही है," उसने जवाब में मैसेज किया। वह मैसेज पढ़ने के बाद मैं उस व्यक्ति के पैर पखारना चाहता था, जो हमेशा कहता था कि जब तुम्हें प्यार होगा तो तुम पागल हो जाओगे। मुझे कभी एहसास नहीं हुआ कि महिला ज्योतिषी कैसे इतनी गहराई से सारी बातें जानती है।

मैंने मैसेज पढ़ा और जितनी तेजी से भाग सकता था, भागा। एक बार में दो सीढियाँ चढ़ रहा था। मेरे दिल की तेज़ धड़कनें मुझे सुनाई दे रही थीं।

वह वहाँ बैठी थी। मैंने कभी इतनी सुंदर लड़की नहीं देखी थी। वह पीले सलवार-सूट के साथ सफ़ेद दुपट्टा पहने हुए थी। उसके बाल महोगनी की घनी छाया की तरह थे। चमकते मिट्टी के बरतन की तरह त्वचा को सवांरने के लिए उसके बाल तरंगों की तरह बह रहे थे। उसकी आँखें, लंबे पलकों वाली और चमकदार थीं। ऐसा प्रतीत हो रहा था, जैसे पूरी दुनिया को रोशन कर देंगी। सीधी नाक, चूमने लायक होंठ, वह पूर्णता की मूर्ति प्रतीत हो रही थी

"मुझे कुछ बोलना चाहिए या वह मेरी तरफ देखे, इसका इंतजार करना चाहिए या मुझे बस उसके बगल में जाकर बैठ जाना चाहिए!" ये सभी प्रश्न मेरे छोटे से दिमाग में आ रहे थे।

"हाँ सर, मैं आपकी क्या सहायता कर सकता हूँ? काली यूनिफ़ार्म पहने स्टारबक्स के एक वेटर ने पूछा।

"मैं उनके साथ हूँ," मैंने आरुषि की ओर इशारा करते हुए बोला। मेरी आवाज़ आरुषि का ध्यान मेरी तरफ खींचने के लिए काफी थी। उसने मेरी तरफ देखा और पुष्टि के लिए मुस्कराई कि मैं उसके साथ हूँ ।

"सबसे अच्छा प्रदर्शन करने का समय आ गया था। अभी या कभी नहीं। हे भगवान! मेरी मदद करो," मैंने प्रार्थना की और बैठने के लिए कुर्सी खींची। अभी भी बेचैन था। उसकी पहल तक मैंने शांत रहना अधिक उचित समझा।

"हाय," अपने चेहरे पर एक हल्की-सी मासूम मुस्कान के साथ उसने कहा। लेकिन उसकी यह मुस्कान मुझे मदहोश करने के लिए काफी थी।

"क्या हमें कुछ आर्डर करना चाहिए?" अपने बालों को कान के पीछे करते हुए उसने पूछा। मैं अभी भी चुप था। आँखें पलकें झपकाने और होंठ अपनी जुबान खोलने के लिए मना कर रहे थे।

"देखो, मेनू से बिना कुछ आर्डर किए वे हमें व्यर्थ में यहाँ बैठने नहीं देंगे। इसलिए यदि तुम कुछ बोलो, तो आर्डर करने में मदद मिलेगी," मेज़ के और करीब आते हुए आरुषि धीरे से बोली।

"हाँ, क्यों नहीं। कुछ आर्डर करते हैं," मेज़ पर रखा मेनू-कार्ड उठाकर मैं बोला। मेरा यकीन करो, मैं एकदम बेवकूफों की तरह व्यवहार कर रहा था।

"आप क्या लेना पसंद करेंगी," मैंने उससे पूछा।

"मेरे लिए एक जावा चिप फ्रेपुचिनो," वह एक ही साँस में बोल गई। हे भगवान, इतने कठिन और जीभ मरोड़ने वाली चीजों के नाम लड़कीयाँ इतनी आसानी से कैसे ले लेती हैं? यदि मुझे इसका आर्डर करना होता, तो मैं वेटर को बुलाता और अपनी पसंद की चीज उँगली से मेनू कार्ड पर दिखाता।

"प्लीज़ दोबारा बोलेंगी क्या? मैंने बस जावा सुना था," मैं भ्रमित लग रहा था। उसने मुस्कराकर अपना हाथ आगे बढ़या।

"हे भगवान, वह मुझसे हाथ मिलाना चाहती थी," मेरे दिमाग की कोशिकाएं ख़ुशी से झूम रही थीं। मेरे चेहरे पर एक बड़ी मुस्कान फ़ेल गई। मैंने भी अपना हाथ आगे बढ़ाया और उसका हाथ पकड़ लिया। उसकी हथेली गर्म और रेशम की तरह मुलायम थी। मुझे ऐसा महसूस हुआ, जैसे मेरे शरीर के अंदर से बिजली गुजर गई हो।

"हेलो, मुझे मेनू-कार्ड चाहिए। हाथ नहीं मिलाना है," अपना हाथ पीछे खींचते हुए वह बोली।

"अरे, माफ़ कीजिए। मैंने सोचा, आप हाथ मिलाना चाहती हैं," उसे मेनू-कार्ड देते हुए मैंने कहा। उसने मेनू-कार्ड लिया और संदेहास्पद इशारा किया।

"मैंने फैसला कर लिया है कि मुझे क्या चाहिए। काउंटर पर चलते हैं और आर्डर करते हैं," वह बोली और खड़ी हो गई। मैं भी उसके साथ जाने के लिए तैयार हो गया।

"मेरे लिए एक जावा चिप फ्रेपचिनो और..." मेरी पसंद की कॉफ़ी जानने के लिए उसने मेरी तरफ देखा।

"सेम टू सेम कर दो जी," आत्मविश्वास भरी मुस्कराहट के साथ मैं बोला।

"ओके मैम। दो जावा चिप फ्रेपचिनो। आप कुछ और लेना पसंद करेंगे," काउंटर के पीछे से लड़की ने पूछा। वह मुस्कराते हुए मेरी तरफ देख रही थी। शायद वह मुझे बेवकूफ समझ रही थी! बेवकूफ लड़की।

"ना...बस," आरुषि बोली और हम अपने स्थान पर आकर बैठ गए। "मुझे जावा चिप बहुत पसंद है," मैं अर्थहीन बातें करने लगा। सुखद मुस्कान के साथ आरुषि मुझे धैर्य के साथ सुन रही थी।

"मेरा पसंदीदा क्रिकेटर जवागल (JAVAgal) श्रीनाथ है,' पसंदीदा गाना 'मर जावा (java), मिट जावा (java)," मैं तब तक बोलता रहा, जब तक आरुषि की की हँसी नहीं छूट गई। वह मेरी ज़िन्दगी का सबसे अच्छा पल था।

"तुम मजाकिया हो। लेकिन मैं तुम्हें एक चीज बताती हूँ कि तुमने एक लड़की से इंतजार कराया है और यह अच्छी बात नहीं है," अपनी भौहें सिकोड़ कर नाराज़गी व्यक्त करते हुए उसने बोला।

"नहीं, मैं देर से नहीं आया था। वास्तव में, मैं तुम्हारी प्रतीक्षा में नीचे खड़ा था। फिर मुझे मेरी ज्योतिषी से एक मैसेज आया। उसने कहा तुम पहले से यहाँ हो," मैंने अपना राज़ उगल दिया। एक मूर्खतापूर्ण राज़।

"ज्योतिषी?" आरुषि ने पूछा। हालाँकि वह जानती थी कि मैं किस ज्योतिषी का जिक्र कर रहा हूँ। लेकिन वह ऐसा व्यवहार कर रही थी, जैसे इन सब बातों से अनजान हो। मुझे नहीं पता था कि इस ख़राब हालात को कैसे ठीक करना है। इसलिए मैंने प्रसंग बदलने का फैसला किया।

"पागल ज्योतिषी। तुम जानती हो, जब मैं तुम्हारा इंतजार कर रहा था," मैंने प्रसंग बदलने की कोशिश की। हालाँकि पागल जैसा शब्द सुंदर लड़की के सामने अच्छा नहीं लगता, लेकिन मैं उस समय बहुत परेशान हो गया था।

"एक टोइंग ट्रक आया। मैं एक स्कूटी पर बैठकर स्मोकिंग कर रहा था," मैंने एक बार फिर खुद को परेशानी में डाल लिया। दूसरा शब्द स्मोकिंग आरुषि के चेहरे की शांति भंग करने के लिए जैसे किसी अवयव का काम कर रहा था। मैंने सोचा यदि मैं उसे बोलने का मौका देता हूँ तो वह निश्चित ही मुझे सुनाएगी, इसलिए मैंने बोलना जारी रखा।

"ट्रैफिक पुलिस के लोगों ने सोचा वह स्कूटी मेरी है और उन्होंने स्कूटी उचित स्थान पर खड़ी करने के लिए कहा। मैंने मना कर दिया और बोला, मैं

स्कूटी नहीं खड़ी करूँगा, आपको जो करना है कर लो," मैं शांति से बात करने की कोशिश करना चाहता था, लेकिन धीरे-धीरे मैं इसमें असफल हो गया।

"तुम जानती हो, फिर क्या हुआ?" आरुषि मेरी बात सुन रही है या नहीं, यह पता करने के लिए मैंने पूछा। आरुषि ने मुझे बोलते रहने का इशारा किया।

"उन्होंने स्कूटी उठा कर ट्रक में लादी और चले गए," मैं बोलकर हँसने लगा। "यह बहुत हास्यास्पद था। तुम जानती हो," मैं मुस्कुराते हुए बोला। आशा कर रहा था कि वह भी मुस्कराएगी, झूठे ही सही।

"ग्रे रंग की स्कूटी थी क्या?" चिंतित होकर आरुषि ने पूछा।

"हाँ। तुमने भी उसे देखा? पता नहीं कौन बेवकूफ था," मैंने पानी पीने के लिए गिलास उठाया और मुस्कराया।

"वह मेरी स्कूटी थी," सीधे मेरी आँखों में देखते हुए आरुषि बोली। मेरा गला भर आया और मेरी आँखे बाहर निकल आईं। मुझे भनक नहीं थी कि यह मेरी जिंदगी का सबसे अच्छा दिन होने वाला है या बुरा।

"लानत है" मैं बोला। वह उठी और अपने साथ चलने के लिए बोली।

"हम कहाँ जा रहे हैं?" स्टारबक्स से बाहर जाते समय मैंने पूछा। वह चुपचाप चल रही थी। नीचे पहुँचने तक मैं समझ चुका था कि अब ज्वालामुखी फटने के लिए पूरी तरह से तैयार है। जैसे ही हम नीचे पहुँचे।

"मैम, आपका आर्डर तैयार है," जिस लड़की ने कॉफ़ी का आर्डर लिया था, वही थी। मैंने लड़की की तरफ देखा और फिर आरुषि को देखा। आरुषि ने भी लड़की की तरफ और फिर मेरी तरफ देखा। अब दोनों की तरफ लड़की के देखने की बारी थी और उसने देखा भी। मुझे पता था कि क्या करना है। मैंने अपने बटुए से 1000 का नोट निकाला और बिल चुका दिया।

"माफ़ कीजिए, इमरजेंसी है," मैं बोला और भागा। आरुषि पहले ही जा चुकी थी।

"मुझे सच में खेद है, मेरे कहने का यह मतलब कभी नहीं था कि तुम मूर्ख हो," आरुषि की चाल से अपनी चाल मिलाने का प्रयास करते हुए मैं बोला।

"क्या तुम सच में समझते हो कि मैं तुम्हारे मूर्ख शब्द से परेशान हूँ," आरुषि रुकी और मेरे ऊपर चिल्लाने के लिए मुड़ी।

"तो क्या यह गाली थी?" मैंने पूछा। गुस्से से उसका चेहरा लाल हो गया था। "बेवकूफ, वह मेरी स्कूटी थी। और तुम्हारे कारण मैं परेशान हूँ", आरुषि चिल्लाई। मैं चारों तरफ देख रहा था कि एक खूबसूरत लड़की से डांट खाते हुए मुझे किसी ने देखा तो नहीं। भाग्य से, एक गली के कुत्ते के आलावा वहाँ कोई नहीं था, जो बहस सुनने के लिए रुका हो।

“अब मेरी स्कूटी वापस लाने की जिम्मेदारी तुम्हारी है,” आरुषि ने चेतावनी दी। मैंने स्वीकृति के लिए अपने सिर को हिलाया, चूँकि मेरे पास कोई और रास्ता नहीं था।

“ठीक है, मैं अपनी बाइक लेता हूँ और फिर पुलिस स्टेशन चलते हैं,” उसे चुप कराते हुए मैंने कहा। वह मोबाइल पर कुछ टाइप करने में व्यस्त थी।

“क्या तुम फेसबुक स्टेटस अपडेट कर रही हो। जैसे कि, “मैं अपनी प्यारी स्कूटी को लेकर आर्यन और गली के कुत्ते के साथ दुःख की अनुभूति कर रही हूँ,” उसे खुश करने की नियत से मैं बोला। लेकिन पूरी तरह असफल रहा। पार्किंग से अपनी बाइक लेने के लिए मैं उस जगह से चला गया।

“तुम पागल हो क्या? यदि तुम स्कूटी वापस नहीं ला पाओगे तो जिंदगी में आरुषि को कभी नहीं पा सकोगे,” मेरे मोबाइल पर महिला ज्योतिषी का मैसेज आया।

“वह इस घटना के बारे में कैसे जान गई! क्या वह मेरा पीछा कर रही है या वह सचमुच बहुत शक्तिशाली है,” मैं हैरान रह गया।

“आप इस घटना के बारे में कैसे जानती हैं? और कृपया आप मेरा इस हालत में इस्तेमाल न करें। यह मेरी प्रेम कहानी है। कमबख्त प्रोग्रामिंग भाषा नहीं,” मैंने मैसेज का जवाब दिया।

मैंने कभी नहीं सोचा था कि मेरी पहली मुलाकात इतनी जोखिम भरी होगी। हमने एक दूसरे को समझने के लिए एक भी बात नहीं की थी। जो कुछ बातें हुईं, वे सब जावा, चिप, फ्रेपचिनो के बारे में ही थीं, जो हमारी जीभ तक भी नहीं पहुँच पाई थी।

“चलो,” मैं अपनी बाइक की रफ़्तार बढ़ाते हुए बोला। आरुषि पीछे की सीट पर बैठ गई।

“ठीक है, तो अपने बचाव के लिए, मुझे कुछ स्पष्ट करने दो,” बगल वाले शीशे से आरुषि को देखते हुए मैंने कहा। वह मुझे निराशा के साथ देख रही थी।

“देखो आगे कुछ स्पीड ब्रेकर्स और ट्रैफिक हो सकता है, इसलिए मुझे बार-बार ब्रेक लगाना पड़ेगा। कई बार अचानक भी ब्रेक लगाना पड़ सकता है,” मैं बोले जा रहा था।

“इसलिए प्लीज़ साइड बार पकड़ लो या फिर जो तुम्हें सही लगे। मैं गलत इरादे से ब्रेक लगा रहा था,” मैंने कहा।

“बस चुपचाप चलाते रहो,” आरुषि ने आदेश दिया।

20 मिनट बाइक चलाते हुए, तीन स्पीड ब्रेकर पार करने और लगभग चौदह बार ब्रेक लगाने के बाद हम पुलिस स्टेशन पहुँच गए।

इस दौरान, मैं दो बार आरुषि को अपनी पीठ पर झुकाने में कामयाब रहा। यह अद्भुत लग रहा था। यद्यपि आरुषि ने ऐसा दोबारा न करने की चेतावनी दी थी, लेकिन मैं स्पीड ब्रेकर बनाने वाले को दुआएं दे रहा था।

"देखो, वह मेरी स्कूटी है," आरुषि बोली और थाने में खड़ी स्कूटी की ओर दौड़ी। वह स्कूटी के कोने-कोने को चेक करके सुनिश्चित कर रही थी कि कहीं कुछ टूटा तो नहीं।

"हेलो मैडम, यह आपकी स्कूटी है क्या?," एक सिपाही ने पूछा।

"हाँ यही है," निगरानी करते हुए आरुषि ने कहा।

"क्या मैं इसे ले सकता हूँ," मैंने सिपाही से पूछा। उसने मुझे देखा और पूछा कि मैं कौन हूँ।

"मैं उसका बॉयफ्रेंड हूँ," मैंने मुस्कराते हुए जवाब दिया। सिपाही ने संदिग्ध नज़रों से मुझे देखा। आरुषि के डरे हुए चेहरे ने उसके संदेह को पुष्ट कर दिया।

"अरे, तो तुम लोग अपनी स्कूटी लेने आए हो," मैंने पीछे से किसी को चिल्लाते हुए सुना। मेरे लिए हैरानी की बात थी। ये वही सिपाही था, जिसे मैंने कुछ घंटे पहले अपना शांत रवैया दिखाया था।

"सर, वास्तव में, मेरी गर्लफ्रेंड के साथ मेरी लड़ाई हो गई थी; इसलिए मैंने अभद्रता से आपके साथ व्यवहार किया। मुझे माफ़ कीजिए सर," मैंने माफ़ी मांगी।

"आर्यन, इधर आओ," आरुषि ने इशारा किया। उसे "गर्लफ्रेंड" शब्द हज़म नहीं हुआ।

"मैं तुम्हारी गर्लफ्रेंड कब बनी? ऐसा सपना भी मत देखना," आरुषि ने चेतावनी दी। उसने अपनी आवाज़ ऊँची नहीं की अन्यथा मैं छेड़खानी के लिए जेल में होता।

"तुम्हें जुर्माना देना पड़ेगा," अपने वाकी-टाकी की आवृत्ति ठीक करते हुए सिपाही ने कहा।

"कितना?" आरुषि ने पूछा। टो मैन और सिपाही राशि निर्धारित करने के लिए एक दूसरे को देखने लगे।

"सर, इस मामले के लिए आपको एक मानक जुर्माना देना पड़ेगा।"

"कितना जुर्माना है?" मैंने पूछा। मुझे पूरा विश्वास था कि वे हमें लूटने जा रहे हैं।

"हमें हमारा स्तर मत बताओ। हम आपका स्तर जानते हैं। तुम अपनी गर्लफ्रेंड के साथ लड़ते हो और उसकी स्कूटी टो कराते हो," सिपाही गुस्से में

बोला। वहाँ एक व्यक्ति था, जिसने आरुषि को मेरी गर्लफ्रेंड कहा; इसलिए मुझे बुरा नहीं लग रहा था। यह शब्द सुन कर आरुषि फिर से क्षुब्ध हो गई।

"हमें जुर्माना कितना भरना है ये बताइए। मुझे जाना है," गुस्से में मुझे देखते हुए आरुषि बोली।

"क्या, इस बार मैंने नहीं बोला। उसने बोला है," मैंने फुसफुसाते हुए अपने बचाव में कहा।

"5000 रुपए," सिपाही ने कहा। उसने लगभग मुझे छोटा ह्रदय-आघात दे दिया था। विरोध करने से पहले एक व्यक्ति ने मुझे रोका।

"तुम जुर्माने की राशि मांग रहे हो या लड़की खरीद रहे हो," अपनी जीन्स से सिगरेट निकालते हुए एक व्यक्ति ने कहा। वह लगभग 6 फूट लम्बा, दाढ़ी रखे हुए और साँवले रंग का था। जीन्स पर काला कुर्ता पहने था। उसके साथ दो सहायक थे। सिपाही ने अपनी जेब से माचिस निकाली और उस व्यक्ति की सिगरेट जलाने में मदद की। मुझे लगा कि मैं उसे लात मार दूँ।

"क्या बोला बे?" मैं अपनी बाँह चढ़ाते हुए उस बदमाश के पास गया। हाँ, वह दुष्ट था, मेरे पास उसको बताने के लिए इससे कम घिनौना शब्द नहीं था। पीछे खड़े दोनों लोग मुझे रोकने के लिए आगे आए।

ओए, हीरो मत बन। तू इन्हें नहीं जानता। ये हमारे विधायक दयाल जोशी के बेटे हिमांशु जोशी हैं," मुझे एक तरफ खींचते हुए सिपाही बोला।

"तो क्या इसका मतलब, वह एक लड़की को कुछ भी कह सकता है। और, इसके आलावा आप पुलिस में हैं। क्या आपका फ़र्ज़ नहीं है कि आप आम आदमी के लिए काम करें? या आप लोग इन बिगड़े हुए छोकरों की कठपुतली हैं," गुस्से में मैंने सिपाही को खरी-खरी सुनाई।

"सुनो, अगर मैं चाहूँ तो तुम्हें अभी मार सकता हूँ। इस लड़की को ले जाकर बलात्कार करूँ और गली में फेंक दूँ। लेकिन आज मेरा जन्मदिन है, इसलिए मैं ये सब करने के मूड में नहीं हूँ। इसलिए अच्छा होगा तुम लोग यहाँ से चले जाओ," मेरा कालर पकड़ कर मेरे चेहरे पर सिगरेट का धुआं छोड़ते हुए हिमांशु गुर्राया। मैंने कुछ देर के लिए सोचा कि यदि मैं अकेला न होता तो इस धरती से एक बदमाश कम कर देता।

"आर्यन ये सब मत करो। यहाँ से चलो," सिपाही को 5000 रुपए देकर आरुषि बोली। वह तनाव में लग रही थी। उसकी आँखों में आंसू आ गए थे। मुझे बेचैनी हो रही थी। मेरा दिल जानता है कि मैं उस कमीने को किस तरह पीटना चाहता था।

"मैं जा रहा हूँ लेकिन मेरा यकीन करो, जब तक मैं तुम्हें जान से मार नहीं देता, मैं नहीं मरूँगा। मेरी बात लिख लो, तुम अपना अगला जन्मदिन मनाने के लिए जिन्दा नहीं बचोगे," मैंने उस कमीने की तरफ उँगली दिखाकर कहा।

"मैं समझती हूँ तुम्हें उसको मारने से पहले उसे जवाब देने की आवश्यकता है," आरुषि बोली और आगे बढ़ी। अगले ही क्षण आरुषि ने हिमांशु के गाल पर एक जोरदार तमाचा जड़ दिया। सभी आवाक रह गए। एक लड़की ने विधायक के लड़के के जन्मदिन पर उसे थप्पड़ मार दिया।

"दोबारा किसी लड़की को ऐसा मत बोलना। अगर सच में तू लड़की के बलात्कार का दुस्साहस करता है, तो पहले अपने घर से शुरू कर," आरुषि ने उसे चेतावनी दी और मुझसे बाइक स्टार्ट करने के लिए बोली।

"उन्हें जाने दो। अब तुम बस दिन गिनो। तुम दोनों। मैं वादा करता हूँ कि तुम लोगों की ज़िन्दगी बर्बाद कर दूँगा," मुझे पकड़ने की कोशिश कर रहे चेले को मना करते हुए हिमांशु ने कहा।

मैं और आरुषि बाइक स्टार्ट कर चले दिए। पूरे रास्ते, मैं सिर्फ आरुषि के बारे में सोचता रहा। मुझे उससे बात करने की ज़रूरत थी। मैं उदास था। मैं नहीं चाहता था कि आरुषि अपने कमरे पर वापस जाए।

उसके स्कूटी रोकने से पहले मैं उसके पास आ गया। वह खुद ही धीरे चलने लगी और बाइक सड़क के किनारे रोकने के लिए बोली। हमने अपनी बाइक एक चाय की दुकान के पास रोक दी।

"मुझे एक कप चाय पीनी है," सीट पर अपना हेलमेट रखते हुए आरुषि ने कहा। उसकी आँखे रक्त की तरह लाल थीं।

"हाँ ज़रूर, चलो पीते हैं," मैंने सहमति जताई। चाय वाले से दो कप चाय के लिए कहा। मैं उसके साथ फिर सब कुछ सामान्य कैसे करूँ, इसके लिए थोड़ा परेशान था । यह हमारी महत्वपूर्ण मुलाकात थी, लेकिन डेट पूरी तरह बेकार हो चुकी थी।

मैंने चाय का गिलास लिया और उसकी तरफ जाते हुए कहा "आपका जावा चिप फ्रेपचिनो मैडम," मैं एकदम गंभीर, शांत एक रोबोट की तरह खड़ा था।

उसने थोड़ी देर के लिए मुझे देखा और फिर हँसने लगी। जब तक उसकी आँखों से आंसू नहीं आ गए, वह हँसती रही। उसे सामान्य देखकर मुझे तसल्ली मिली। मेरी मुस्कान भी वापस आ गई।

"तुमने उसे क्यों कहा कि मरने से पहले तुम उसे जान से मार दोगे?" चाय की चुस्की लेते हुए आरुषि ने पूछा।

"मैं नहीं जानता। बस ऐसे ही बोल दिया। अगर मेरे पास बंदूक होती, तो मैं वहीं और उसी समय अपना वादा पूरा कर देता। और इसके अलावा, यह वादा मैंने उससे नहीं तुमसे किया है," आरुषि की आँखों में देखते हुए मैंने कहा।

"मैं इस बवाल से दूर रहना चाहती हूँ," आरुषि बोली।

"मैं भी," मैंने उसका समर्थन किया। "तुम जब तनाव में या दुखी होते हो, तो तुम सामान्यतः क्या करते हो?" चुस्की लेते हुए आरुषि ने पूछा।

"ड्रिंक" मैंने ईमानदारी से जवाब दिया। यदि मैं झूठ बोलता, तो वह मुझे आसानी से पकड़ लेती।

"मुझे अनुमान लगाने दो। तुम वही चीज करोगे, जो तुम खुश रहने पर करते, ठीक न!" व्यंग्यात्मक मुस्कान के साथ आरुषि बोली।

"हाँ, सही कहा। यह ग़म को भूलने और ख़ुशी मनाने की सबसे अच्छी दवा है," मैंने गर्व के साथ कहा मानो यह बहुत अच्छी आदत हो।

"तुम्हें पता है, मैं ड्रिंक नहीं करती और न ही कभी बार या क्लब में गई हूँ," मासूम सूरत बनाते हुए आरुषि बोली। भगवान कसम, वह इतनी अच्छी लग रही थी कि मैं अपने होंठ को उसके होंठ से मिला देना चाहता था। निश्चित रूप से कोई अलौकिक शक्ति मुझे ऐसा करने से रोक रही थी।

"हाँ, मैं क्या बोल सकता हूँ !" चूँकि मेरे पास इसका कोई उत्तर नहीं था, इसलिए मैंने आह भरी। मैं आश्वस्त भी नहीं था कि यह अप्रत्यक्ष प्रश्न है या नहीं।

"तुम आज मुझे क्लब ले चलोगे क्या? मैं अल्कोहल का स्वाद चखना चाहती हूँ," उसने कहा और मेरे जवाब के लिए मुझे देखने लगी।

मैं सातवें असमान पर था। लेकिन फिर मैं बिलकुल सतर्क हो गया। क्या यह जाँच रही है कि मैं लड़की को क्लब ले जाऊँगा या नहीं? क्या वह मेरे चरित्र को परखने का प्रयास कर रही है? क्या अभी भी मैं डेट पर हूँ? मेरे मन में बहुत सारे सवाल उठ रहे थे।

"हेलो? क्या तुम सुन रहे हो?" आरुषि ने अपना हाथ हिलाते हुए कहा।

"हाँ, बेशक। क्यों नहीं? मज़ा आएगा," मैंने कहा। मैं अभी भी अधीर था। हमने अपनी बाइक कमरे पर खड़ी करके कैब से जाने की योजना बनाई।

शराब पीकर गाड़ी चलाना (ड्रिंकिंग एंड ड्राइविंग) एक दंडनीय अपराध है और हमारा तो पहले से ही बुरा दिन चल रहा था।

हम अपनी मंजिल तक पहुँच गए। मैं अपने कमरे पर गया और आरुषि अपने हॉस्टल।

"ठीक है, तो 5 मिनट में मिलते हैं," मैंने कहा।

"5 मिनट! तुम मजाक कर रहे हो? मुझे तैयार होने के लिए कम से कम 15 मिनट चाहिए," आरुषि ने कहा।

"ठीक है फिर 15 मिनट में हम नीचे मिलते हैं," मैंने कहा और हम अपने-अपने कमरे पर चले गए।

"साले हरामी, आ गया तू," कमरे में घुसते ही निखिल बोला।

"भाई, मैं डेट पर गया था," उसकी बाइक की चाबी सोफे पर फेंकते हुए मैंने कहा। निखिल ने मेरी तरफ देखा, लेकिन वह कुछ बोलता, इससे पहले ही मैंने उसे रोक दिया।

"तकनीकी रूप से, मैं अभी भी डेट पर हूँ। क्योंकि अगले 15 मिनट में हम क्लब जा रहे हैं," निखिल की बाँह पकड़ कर मैं बोला।

"हम ! तुम्हारा मतलब मैं और तुम!" एक उम्मीद भरी मुस्कान के साथ निखिल ने पूछा।

तुम चुप रहो बेवकूफ। मैं आरुषि के साथ जा रहा हूँ," गर्व भरी मुस्कान के साथ मैंने उत्तर दिया।

"व्हाट द......? सच में? भाई तूने ये सब कैसे किया!" निखिल ख़ुशी के मारे उछल पड़ा।

अच्छे दोस्त होने का यही फायदा है। जब आप खुश हों, तो वे खुश होते हैं और जब आप पागल हो जाओ तो और ज्यादा खुश हो जाते हैं। क्योंकि वे जानते हैं कि आप अकेले नहीं हो।

"यह एक लम्बी कहानी है और मैं वापस आकर तुम्हें बताता हूँ। अब मैं फ्रेश होने जा रहा हूँ। मेरे पास 10 मिनट बचे हैं," मैंने कहा और वाशरूम में चला गया।

जब निखिल ने छलांग लगायी। मैं दरवाजा बंद करने वाला ही था, "भाई, तुम लोगों को देखने के लिए अगर मैं बरामदे पर आऊँ, तो तुम बुरा तो नहीं मानोगे न," दरवाजा पकड़ कर निखिल बोला।

"देख लेना साले, लेकिन हमारे लिए एक कैब बुक कर दे," मैंने आदेश दिया।

"ठीक है, कर दी" निखिल ने कहा और कैब बुक करने के लिए मोबाइल बाहर निकाला। इतने में मैंने नहाकर पार्टी के लिए कपड़े पहन लिए।

"भाई कैसा लग रहा हूँ," मैंने निखिल से पूछा। मैं काले रंग की कमीज और ग्रे रंग की पैंट पहने हुए था। मुझे विश्वास था कि मैं सुंदर दिख रहा हूँ।

"माँ कसम, अगर मैं गे होता तो तुम्हें अभी प्रपोज कर देता," मेरे गाल पर चूमते हुए निखिल ने कहा। मैंने उसे बगल किया और कुछ पारंपरिक गलियां दीं।

"अरे, कैब आ गई है," निखिल ने आवाज लगाई। वह बरामदे में गया और मुझे शुभकामनाएँ देकर नीचे जाने का इशारा किया। निखिल बरामदे में खड़े होकर हमारे कैब में चढ़ने का इंतजार कर रहा था। मैंने जानता था कि वह आरुषि की एक झलक देखना चाहता है।

मैं नीचे आकर आरुषि का इंतजार करने लगा। हम किस बकवास जगह जा रहे हैं," मैंने खुद से पूछा और निखिल की ओर देखा। निखिल, आरुषि को देखने के लिए बरामदे की जाली से झुका था।

"भाई, हमें कौन से क्लब भेज रहे हो?" मैंने निखिल से पूछा, क्योंकि उसी ने कैब बुक की थी ।

"क्वांटम क्लब, सेक्टर-18," निखिल ने चिल्लाकर बताया। "और शैम्पेन कॉकटेल लेना मत भूलना। बहुत ही शानदार होता है," शराब के नवाब ने सुझाव दिया।

"ओह मैन!" निखिल बोला। उसका मुँह खुला रह गया और आँखें आश्चर्य से बाहर निकली रह गयीं। मैंने पीछे देखा, और वहाँ वह थी।

सुनहरे रंग के बेल्ट के साथ वह सफ़ेद रंग की ड्रेस पहने थी। आरुषि किसी परी से कम नहीं लग रही थी। वह मेरी तरफ मुड़ी। जुल्फें उसके चेहरे को छुपा रही थीं। उसने अपनी जुल्फ को कान के पीछे फेर लिया। आरुषि अपने कानों में सुंदर झुमके पहने हुए थी। उसकी आँखें चमचमा रही थीं। उसका एकदम गोरा चेहरा भ्रम उत्पन्न कर रहा था कि यदि कोई उसे छू ले तो वह लाल हो जाएगा। सीधा लड़का भी उसके सोने के नथिए को देख कर आँखें बंद नहीं करेगा। गुलाब की तरह उसके होठों को किसी और रंग की जरुरत नहीं थी। अत्यंत जीवंत, अति उत्तम, मंत्रमुग्ध कर देने वाला, मनोहर, खुश रहने वाला, दिलचस्प... उसको बयान करने के लिए मेरे पास पर्याप्त शब्द नहीं थे।

उसका देखकर मैं डर गया था। मैंने सोचा, उसके साथ डेट पर जाने के लिए अब मैं काफी हैंडसम लग रहा रहा हूँ। लेकिन मेरा आत्मविश्वास कम हो रहा था। मैंने कैब के पीछे छुपने का फैसला लिया। उसने मुझे देखा और गहरी साँस ली।

मैं सहम गया। मैं हिल नहीं पा रहा था। मेरा दम घुट रहा था। मेरे हाथ लहर रहे थे। मैं उसकी तरफ जाने की सोच रहा था। जबकि मेरी आँखें अब भी उसी को देख रही थीं।

"धड़कन को थामे रहना, आज मुश्किल हो रहा है,
झुकी हैं जो तेरी पलकें, दिल बेकाबू हो रहा है"

"तुम क्या बड़बड़ा रहे हो?" आरुषि ने पूछा। उसने मुझे शायरी बोलते हुए देखा।

"अरे कुछ नहीं। इस ड्रेस में तुम बहुत ही खूबसूरत लग रही हो," उसके लुक्स की तारीफ करते हुए मैंने कहा। अपनी घड़ी ठीक करते हुए वह मुस्करायी।

"मेरे बारे में कम से कम तुम्हें कुछ कहना चाहिए," बॉलीवुड सुपर स्टार शाहरुख खान की तरह मैंने हाथ हवा में उठाते हुए कहा। वह हँसी और बोली, "क्या हमें अब बाइक स्टार्ट करनी चाहिए; क्योंकि बरामदे में खड़ा तुम्हारा दोस्त जल्दी ही नीचे गिरने वाला है। बरामदे की ओर दिखाते हुए आरुषि बोली, जहाँ निखिल रेलिंग पर झुका हुआ था। वह बेवकूफों की तरह खड़े होकर हँस रहा था।

मैंने आरुषि के लिए गेट खोला। मेरी उम्मीद के मुताबित उसने मेरी तारीफ की और कैब बैठ गई।

"तुम क्या चाहती हो, मैं आगे वाली सीट पर बैठूँ या तुम्हारे साथ पीछे की सीट पर?" मुस्कुराते हुए मैंने पूछा। आरुषि मुझे देखकर मुस्कुराई और फिर अपना लाल रंग का पर्स उठा लिया, जिसे उसने बीच वाली सीट पर पहले ही रख दिया था और उसे अपनी गोद में रख लिया।

"आई टेक दिस ऐज एस," मैं बोला और कैब के अंदर घुसा। नो आइडिया, आगे क्या करना है। मैंने हॉलीवुड फिल्मों में अभिनेताओं को अपनी डेट पर किस करते हुए देखा है। मैं भी उन खूबसूरत होठों को अपने होठों में बंद कर लेना चाहता था। लेकिन मुझे पता था, मेरे गाल पर एक जोरदार थप्पड़ के साथ सब कुछ समाप्त हो जाएगा। इसलिए मैंने अपना मन मार लिया।

"मैं मीटर चालू कर रहा हूँ," कैब ड्राईवर ने कहा। वह अच्छे कपड़ा पहने हुए, व्यावसायिक व्यवहार करने वाला जवान आदमी था। इसलिए उसने आरुषि का दीदार करने के लिए अपना शीशा हिलाया-डुलाया नहीं।

"जरुर, चलो," अपनी पैंट को ठीक करते हुए मैं बोला।

मुझे नहीं मालूम बातचीत की शुरुआत कैसे की जाती है। मैंने आरुषि को देखा और इस उम्मीद में मुस्कराया कि वह शुरुआत करे। आरुषि भी मुस्कुराई और फिर खिड़की से बाहर देखने लगी। शायद, उस समय वह चाहती थी कि मैं बात करना शुर करूँ।

"क्या मैं तुमसे कुछ पूछ सकता हूँ?" मैंने बहुत ही नरम लहजे में कहा; क्योंकि मैं चाहता था कि ड्राईवर हमारी बातचीत न सुन सके।

"यस, उसने जवाब दिया। उसकी आँखें इतनी मादक थीं कि कोई भी एक बार देख ले, तो मोहित हो जाए। मैं खुद को रोकने का प्रयास कर रहा था।

"तुम्हें मेरे साथ चलने में डर नहीं लग रहा है? मेरा मतलब, तुम मुझे जानती हो और देखा भी है कि मैं कितनी बेवकूफी भरी हरकतें करता हूँ। कुछ समय पहले, मैंने तुम्हारी शांति में खलल मचा दिया था और तुम मुझसे बहुत ज्यादा नफ़रत करने लगी थीं," उसकी आँखों से इतर देखते हुए मैं बोला। मैं उससे बात करने और देखने कि हिम्मत खो चुका था। भारत की युवा पीढ़ी में ऐसी समस्या है। हम पीछा करने, प्रेम पत्र लिखने और तमाम बेमतलब की बातों के महारथी थे। लेकिन प्रेमिका से आमना-सामना हुआ तो हमारी जुबान और स्वर तंत्रिका दोनों मौन अवस्था में चले गए। हमारे पास केवल धीमी गति से काम करता हुआ दिमाग ही बचा था।

"इधर देखो," उसने कहा। मैं उसकी तरफ मुड़ा।

"कल तक मैं सोचती थी, लेकिन तुम्हारे साथ जावा चिप फ्रेपचिनो पीने के बाद तुम्हारे प्रति मेरा नजरिया बदल गया है। मेरी आँखों में देखते हुए दिल खुश कर देने वाले लहजे में आरुषि बोली। कसम से मुझे उन थोड़े लम्हों में लाखों बार मोहब्बत हो गई थी। मैं मुस्कराया। वास्तव में मैं शर्मा रहा था।

"लेकिन, हम कॉफ़ी नहीं पी पाए," अफ़सोस जताते हुए मैं बोला।

"नहीं यह सही था। सड़क के किनारे वाली चाय की दुकान को तुम याद मत करो," उसने ताना मारा और मुस्कराई। प्रत्येक क्षण उसके प्रति मेरा प्यार बढ़ता जा रहा था। मैं चाहता था कि ड्राईवर पूरी रात ऐसे ही गाड़ी चलाता रहे। मैं कामना कर रहा था कि यात्रा ख़त्म ही न हो...।

"एक बात मैं और पूछना चाहता था। वास्तव में, मैं जानने के लिए उत्सुक हूँ कि तुमने उस आदमी को थप्पड़ क्यों मारा? मेरा मतलब, निसंदेह, वह इसी के लायक था, लेकिन तुमने ऐसा कैसे किया? सामान्यतः, ऐसे परिदृश्यों में मैंने लड़कियों को इतनी बहादुरी दिखाते हुए नहीं देखा है। मैं कहता हूँ, जो तुमने किया उसे देखते हुए अद्भुत लग रहा था," मैंने पूछा। इस बार मैं उसकी आँखों में आँखें डाल कर बात कर रहा था। अब मैं आत्मविश्वास से भरा हुआ महसूस कर रहा था।

"तुम जानते हो, जब हमने पुलिस स्टेशन से जाने का फैसला किया, तो उस समय मेरे मन में विचार आया कि यदि मैं आईएएस बन गई, तो इस दिन को न्यायसंगत साबित कैसे कर पाऊँगी। यदि मेरे पास ऐसी असुरक्षाओं से लड़ने की हिम्मत नहीं है, तो मैं कैसे सुनिश्चित कर पाऊँगी कि शहर में महिलाएँ सुरक्षित हैं? इसलिए मैंने उसे सबक सिखाने का मन बनाया और थप्पड़ मारने के लिए आगे बढ़ी। ऐसा करना बहुत कठिन था क्या?" मासूम चेहरा बनाते हुए आरुषि ने पूछा। मैंने मना करने के लिए अपना सिर हिलाया।

"अच्छा था। सही जगह पर सही इलाज," थंब्स अप करते हुए मैंने जवाब दिया। मैंने एम्बुलेंस का अलार्म सुना। ट्रैफिक में जगह पाने के लिए वह जूझ रही थी। नेताओं के लिए खाली रोड और एम्बुलेंस के लिए ट्रैफिक में जूझना हमारे देश में सामान्य दृश्य है।

"भैया, प्लीज़ कैब एक किनारे ले लो और एम्बुलेंस के लिए रास्ता दे दो," मैंने ड्राईवर से आग्रह किया। उसने अपना सिर हिलाया और कैब बाएं कर ली। एम्बुलेंस हमसे आगे चली गई और कुछ पल के लिए मैंने अपनी आँखें बंद कर लीं। ज़िन्दगी के लिए लड़ रहे व्यक्ति के लिए दुआएं मांगीं।

दुआ माँगते हुए आरुषि मुझे देख रही थी। वह पूछने से खुद को रोक नहीं पाई, "क्या तुम जब भी एम्बुलेंस देखते हो, दुआएं माँगते हो?"

मुझे अचरज हुआ। मैं गहरी साँस ले रहा था, क्योंकि उसने मेरी गुप्त प्रार्थना को देख लिया था। मैंने 'हाँ' बोलने के लिए सिर हिलाया। वह मुस्कराई और बोली, "गुड।"

"अगर बुरा न मानो तो कुछ व्यक्तिगत सवाल पूछूँ?" उसने कहा।

"नहीं। हम अपनी पहली डेट पर हैं और हमें अपने समय का उपयोग एक दूसरे को जानने के लिए करना चाहिए," मैं बोला। हालाँकि, डेट शब्द सुनकर आरुषि की भौहें चढ़ गई थीं, लेकिन उसने नज़र अंदाज कर दिया।

"क्या अभी भी तुम डेट पर ही हो?" लुभावनी मुस्कराहट के साथ आरुषि ने पूछा।

"हाँ। क्या तुम्हें संदेह है?" मुस्कराते हुए मैंने कहा। उसने मेरे अनुमान को स्वीकार करने के लिए एक मुस्कान दी।

"ओके, तो क्या तुम्हारा कोई बहुत नजदीकी था, जिसे तुम एम्बुलेंस में ले गए थे और इस कारण से तुम इस दर्द को अच्छे से समझ पा रहे हो और तुमने उसके लिए दुआएं की थीं," आरुषि ने पूछा।

"कभी नहीं, और मैं कामना करता हूँ कि ऐसा किसी के साथ कभी न हो। तुम जानती हो, यह ऐसा समय होता है, जब पीड़ित या उसके परिवार को ईश्वर के सहयोग की ज़रूरत होती है। मैं ऐसा अलग व्यक्ति लग रहा था, जो ईश्वर से दूसरों के लिए निवेदन करने की कोशिश कर रहा हो," मैंने विस्तार से बताया।

"तुम उतने बुरे नहीं हो," मेरी बाँह पर मुक्का मारते हुए आरुषि ने कहा। उसके स्पर्श के बाद मैं सातवें असमान पर था।

हँसी-ख़ुशी बातचीत करते हुए और उसकी सुंदरता की तारीफ करते हुए हम अपनी मंजिल पर पहुँच गए।

"भैया, हम आ गए," मीटर बंद करते हुए ड्राईवर ने बताया।

"बिल शेयर कर लेते हैं," अपना बटुआ निकलते हुए आरुषि ने कहा।

"नो प्लीज़। मैं जानता हूँ कि तुम एक आत्मनिर्भर लड़की हो लेकिन मेरी वजह से तुम पहले ही 5000 रुपए भर चुकी हो। इसलिए मुझे यहाँ करने दो," मैंने बोला और बिल चुकाया।

"क्वांटम क्लब" क्लब के गेट पर लगे फैंसी बोर्ड को पढ़ते हुए आरुषि ने कहा।

"क्या यह वही जगह है, जहाँ तुम अक्सर आते रहते हो? अपने कपड़े ठीक करते हुए आरुषि ने जानना चाहा।

"नहीं। यह पहली बार है। यह निखिल की पसंद है। अगर तुम्हें यह पसंद नहीं आया, तो मैं निखिल को तुम्हारे पास लाऊंगा, तुम उसे जान से मारने के लिए ज़हर दे सकती हो," मेरी बात सुनकर वह हँसने लगी।

उस जगह काफी अँधेरा था और लाइन में खड़े हुए हम म्यूजिक की गूंज सुन सकते थे। बहुत भीड़ थी और अंदर जल्दी घुसने के लिए लोग धक्का-मुक्की कर रहे थे। प्रवेश द्वार पर खड़े बाउंसर के लिए भी भीड़ को मैनेज करना कठिन हो रहा था।

मैं आरुषि को लेकर काफी सतर्क था। यह उसका पहली बार था और उसके साथ कुछ गलत न हो, इस पर मैं बखूबी ध्यान दे रहा था। पहले से ही मेरे पास एक थी। मैं उसे दोनों तरफ से कवर कर रहा था इसलिए उसे कोई धकेल नहीं सका। उसने पीछे मुड़ कर मुझे देखा और मुस्कराई। मैं एक जिम्मेदार व्यक्ति की तरह पेश आ रहा था। जल्दी से हमारी आईडी देखने के बाद बाउंसर ने हमारे हाथ पर एक स्टाम्प लगाया, जिस पर "QC" लिखा हुआ था।

डांस फ्लोर पर कई रंगों की फ़्लैश लाइट्स लगी थीं, लेकिन वे बहुत ज्यादा चमकीली नहीं थीं कि उसके पार पहुँच सकें। यह खचाखच भरा था। मैं बार की तरफ जा रहा था कि वहाँ डांस करने वाले लोगों से मेरा शरीर रगड़ खा रहा था। अंततः हमें कोने में एक बार स्टूल मिल गया।

"भगवान, यह पागलपन है," आराम की साँस लेते हुए आरुषि बोली। मैं और अधिक सहमत नहीं हो सका।

अब तक हमारी आँखें निकटस्थ अँधेरे को समायोजित कर रही थीं। दीवार पर नियान बियर के धब्बे अलग से चमक रहे थे, चेहरे चमक रहे थे और भीड़ की दरारें रोशन हो रही थीं, जबकि कुछ लोग अंधेरे में गायब हो रहे थे।

"वे क्या कर रहे हैं?" मेरे पीछे की मेज़ की तरफ इशारा करते हुए आरुषि ने कहा। एक नज़र देखने के लिए मैंने धीरे से अपना सिर घुमाया। एक लड़का

और लड़की एक दूसरे को चूमने में मग्न थे। वे अपनी जीभ से एक दूसरे की जीभ लड़ा रहे थे। मैं इस दृश्य का पूरी तरह आनंद ले रहा था, क्योंकि यह हमारे देश में बिलकुल दुर्लभ है। यहाँ आप सार्वजनिक स्थान पर पेशाब तो कर सकते हैं लेकिन किस नहीं कर सकते।

"मेरी समझ से वे अपनी पहली डेट पर हैं। यह एक पवित्र प्रथा है, जिसे पहली डेट पर पूरा करना ही होता है," मैं व्यंग्यात्मक लहजे में बोला, जिसे सुन कर आरुषि के चेहरे पर हैरानी छा गई।

"इसके बारे में मैंने सोचा भी नहीं था," एक थपकी देते हुए आरुषि बोली। मैं मूर्खों की तरह हंसने लगा।

"तो, मैं तुम्हारे लिए एक ब्रीज़र लाऊंगा और जो तुम्हें स्नैक्स पसंद हो, बोल दो," मैंने उसकी पसंद पूछी।

"ब्रीज़र क्या है?" आरुषि ने कौतुहल पूर्वक पूछा। मैं अपने चारों ओर देखने लगा कि अगर किसी ने लिया हो तो मैं उसे दिखा सकूँ। तब तक आरुषि ने दूसरा सवाल दाग दिया।

"क्या हम बार में चल कर फैसला लें?" आरुषि ने पूछा। वह ड्रिंक्स की सूची देखने के लिए उत्सुक थी। मैं मना नहीं कर सका और हम बार में गए।

"देखो, तुम अभी पहली बार पी रही हो, इसलिए मैं तुम्हें सुझाव दूँगा कि तुम पहले ब्रीज़र से शुरुआत करो," कई अन्य ड्रिंक्स के साथ शेल्फ में रखे क्रैनबेरी ब्रीज़र को दिखाते हुए मैंने उससे कहा।

"तुम क्या लोगे?" शेल्फ में रखी सभी बोतलों का जायज़ा लेते हुए वह बोली।

"मैं स्कॉच लूँगा," मैंने कहा, जिसे सुनकर उसने परेशान सा चेहरा बना लिया और फिर बारटेंडर का ध्यान आकर्षित करने के लिए हाथ लहराने लगी। जिस तरह से वह बोल रही थी, बिलकुल मज़ेदार था, भैया हमें भी पिला दो।"

"यस ब्यूटीफुल लेडी, आप क्या लेना चाहेंगी?" कॉकटेल बनाने में व्यस्त एक बारटेंडर ने पूछा। वह बोतल के साथ इस क्षेत्र में जितनी अच्छी कलाएं हो सकती हैं, दिखा रहा था।

"दो गिलास स्कॉच," आरुषि ने उत्तर दिया। सचमुच उसे चिल्लाना पड़ा, ताकि बारटेंडर उसे सुन सके।

"स्कॉच? क्या तुम्हें भरोसा है? तुम्हें इसका स्वाद पसंद नहीं आएगा, विश्वास करो," मैं उसे मनाने की कोशिश कर रहा था, लेकिन सफल नहीं हो सका। आर्डर देते समय वह मुझे अपने पीछे खड़े होने को बोली।

"कौन सा," शेल्फ में रखे सभी स्कॉच की तरफ इशारा करते हुए बारटेंडर ने पूछा। उत्तर जानने के लिए आरुषि ने मेरे पेट में नाख़ून चुभाया।

"आउच,... ब्लैक डॉग," दर्द भरी आवाज़ में मैं धीरे से बोला।

"क्या यह ड्रिंक है? या तुम मुझसे मज़े लेने की कोशिश कर रहे हो?" वह कन्फर्म करने के लिए मुड़ी।

"यहाँ देखो यह ड्रिंक है," शेल्फ में रखे ब्लैक डॉग की ओर इशारा करते हुए मैंने उत्तर दिया।

"ब्लैक डॉग," आरुषि ने दोहराया। म्यूजिक तेज़ होने के कारण बारटेंडर सुन नहीं सका, वह दूसरा आर्डर लेने लगा।

"भैया, ब्लैक डॉग दे दो," आरुषि चिल्लाई। उसने हामी भरी। सैकड़ों प्यासे लोगों की आवाजों में मेरी आवाज़ भी मिल गई।

अंततः चोटी रखे एक बारटेंडर को मेरे लिए फुर्सत मिली और कुछ समय बाद, जब तक कि वह धन्यवाद दे, आरुषि के सोचने से पहले उसके सामने दो पेग स्कॉच सरका दिए गए।

हमने अपने-अपने गिलास लिए और मेज़ के पास वापस चले गए। भगवान की कृपा से इस पर कोई बैठा नहीं।

"आह, वह दिलचस्प था," अपने कंधों को आराम पहुंचाते हुए वह बोली। धुंधले माहौल में भी उसकी गोरी त्वचा चमक रही थी। मैं उसे देख कर उत्तेजित हो रहा था।

"अब हम चियर्स करेंगे?" गिलास उठाते हुए वह बोली। मैंने भी अपना गिलास उठाया और चियर्स किया, "पहली डेट के लिए!" मैंने कहा और उसने अपनी किलिंग स्माइल के साथ उत्तर दिया।

उसने पहला घूँट भरा। शराब गले से उतर कर अपना काम कर रही थी, जिसके कारण उसके चेहरे का भाव बदल रहा था। उसने जबरन अपनी आंखें बंद कीं और बोली, "यक।"

"तुम लोग इस ड्रिंक को कैसे पीते हो? इसका स्वाद मीठा नहीं होता," मेज़ पर अपना गिलास रखते हुए बोली।

"जब कोई पहली बार पीता है, तभी यह समस्या होती है। यही वजह थी कि मैं तुम्हारी शुरुआत ब्रीज़र से कराना चाहता था। वह तुम्हें इससे मीठा लगता," दूसरा घूँट भरते हुए मैंने जवाब दिया।

"नहीं, ठीक है। मैं इसे संभाल सकती हूँ," दूसरा घूँट पीते हुए वह बोली। हर घूँट पीते हुए जिस प्रकार वह मुँह बना रही थी, वह मुझे बहुत प्यारा लग

रहा था। दूसरे नए लोगों की तरह उसने भी अपना पहला पेग पाँच मिनट में ही गटक लिया। मैं अभी भी पी रहा था।

"धीरे पियो यार, मुझे लगा तुम शराबी थे," उसने बोला। मैं देख सकता था कि शराब और म्यूजिक का नशा उस पर किस तरीके से असर कर रहा था। मैं मुस्कराया और टालने की कोशिश की ।

"आर्यन, तुम्हारे पीछे बहुत ही सुंदर लड़की है। तुम उसे याद नहीं कर सकते," उसने बोला और मुझे पीछे देखने का इशारा किया।

"क्या वह तुमसे भी खूबसूरत है," अपना पेग खत्म करने की कोशिश करते हुए मैंने पूछा।

"मुझे नहीं पता। शायद हाँ," अपने कंधो और भौंहों को एक साथ ऊपर उठाते हुए वह बोली।

मैं एक ही घूँट में पी गया, मेज़ पर गिलास पटका और बोला, "क्या होगा अगर मैं पीछे मुड़ता हूँ और एक दूसरे को देखने के बाद प्यार हो जाता है तो। "

आरुषि पागलों की तरह हँसी और बोली, मैं नहीं जानती थी कि एक पेग किसी व्यक्ति को ओवर कॉन्फिडेंट बना देता है।

"ठीक है, ये बात है तो मुझे उस पर अपना मौका आजमाने दो," मैं बोला और जिस लड़की के बारे में हम बात कर रहे थे, उसे देखने के लिए मैं पीछे मुड़ा। आरुषि उसके शिकार में मेरे पीछे खड़ी थी। "वह वहाँ थी। रेड ड्रेस, हाई हिल्स," वह बोली। वह डांसिंग फ्लोर पर अपने दोस्तों के साथ डांस कर रही थी। वह हॉट लग रही थी, लेकिन सुंदर नहीं।

"तुम्हें उसमें क्या पसंद आया," आरुषि ने पूछा। हम दोनों लड़की को देख रहे थे और बात कर रहे थे।

"उसका फ़िगर," मेरे अंदर के नशे ने बोला।

"क्या? तुम सभी लड़के एक जैसे होते हो। केवल फ़िगर देखते हो," वह मुझसे निराश और नाराज़ हो गई।

"तुम क्या चाहती हो कि मैं उसमे देखूं? मैं भी एक लड़का हूँ और इसके आलावा अभी मैंने शराब पी रखी है," मैंने अपने बचाव में कहा।

"अच्छा, वह पहली चीज कौन सी थी, जिसे तुमने मेरे अंदर देखा था?" फुर्सत से गढ़े गए चेहरे को पूरी तरह से दिखाने के लिए अपनी जुल्फों को कान के पीछे करते हुए आरुषि ने पूछा। मैं मुस्करा रहा था।

"तुम मुस्करा क्यों रहे हो?"

"यह पहली बार है कि इतने करीब से खुद को देखकर तुम मुझसे पहली बार पूछ रही हो। क्या यह बड़ी बात नहीं है," चेहरे पर एक लम्बी मुस्कान के साथ मैं बोला।

"प्लीज़। मैंने तुमसे कुछ पूछा है। पहली बार तुमने मेरे अंदर क्या देखा," उसने अपना सवाल दोहरया। मैं अब गंभीर हो गया।

"मेरी ठोढ़ी के नीछे देखने की हिम्मत मत करना," मेरी हद बताते हुए उसने तर्जनी उँगली अपनी ठोढ़ी पर रख कर मुझे चेतावनी दी।

"क्या मैं इसका जवाब बाद में दे सकता हूँ? मेरा मतलब, मैं दूसरी बार बता दूँगा," मासूम चेहरा बनाया और खाली गिलास दिखाते हुए मैंने कहा। उसने सहमति में अपना सिर हिलाया और मैं दुबारा आर्डर देने के लिए चला गया।

"एक बात और, तुम मुझसे वादा करो कि मेरे जवाब को तुम मुझे अपने प्रेमी के रूप में अस्वीकार करने के लिए औजार की तरह प्रयोग नहीं करोगी," मैंने कहा। आरुषि पेग में बर्फ के टुकड़े गिन रही थी। उसने बेमन से मेरी ओर देखा और फिर गिनने लगी।

हम तीन पेग पी चुके थे। सौभाग्य से हमें बैठने और बात करने के लिए सीट मिल गई। आरुषि पूरी तरह नशे में थी और कई बार वह बात करने में गड़बड़ कर रही थी। मुझे पता था कि वह मुझसे प्रतिस्पर्धा कर रही है और यदि मैं एक पेग और लेता हूँ तो वह भी लेगी। इसलिए, मैंने और अधिक पेग न लेने की योजना बनायी और ज्यादा से ज्यादा समय एक दूसरे को जानने में बिताया।

"मैं उड़ रही हूँ," हवा में अपने हाथ को लहराते हुए वह बोली। वह बिना ताज के ही परी की तरह लग रही थी।

"तुम जानते हो आर्यन, मैंने पहले इस तरह कभी नहीं जिया," मेरे ऊपर हाथ रखते हुए आरुषि बोली। उस क्षण मेरी सभी इन्द्रियां सक्रिय हो गयीं। उसकी हथेली नर्म कोमल और गर्म थी। मैं अपनी जगह से हिला नहीं।

"मैं भी," मैं उसकी आँखों में देखते हुए बोला, जो उस बार में किसी अन्य शराब से ज्यादा मादक लग रही थीं।

"तुम मेरे बारे में जानना चाहते थे, ठीक?" शराब का एक घूँट भरते हुए वह बोली। मैंने सिर हिलाया और "हाँ" बोला।

"अच्छा तो मैं कहाँ से शुरुआत करूँ?" वह हैरान हुई।

"क्यों न तुम्हारे परिवार से?" मैंने सुझाव दिया।

"हाँ... अच्छा। आर्यन मेरी पारिवरिक पृष्ठभूमि बहुत अच्छी नहीं है। तुम इसे सुन कर उब जाओगे। मैं उत्तर प्रदेश के बुलंदशहर से हूँ। मेरे पिता...," वह बोलते हुए रुक गई और मुझे देखने लगी। मैं उसकी आँखों में आंसू देख सकता

था। वह अपने आंसुओं को रोकने की कोशिश कर रही थी। मैं उसे गले लगा लेना चाहता था और इस क्षति के लिए, जिसे मैं पहले ही जान चुका था, मैं उसे सांत्वना देना चाहता था। मैंने अपना हाथ उसके ऊपर रखा और बोला, “ठीक है, मैं तुम्हें अपनी सारी बातें बताने के लिए दबाव नहीं डालूँगा। अगर तुम कुछ भी नहीं बताओगी, तब भी कोई बात नहीं है, लेकिन मैं तुम्हारी आँखों में आंसू नहीं देख सकता”.. उसने खुद को संभाला और मुस्कराई। मैंने अपना हाथ हटा लिया।

“जब मैं केवल पाँच साल की थी, तभी मेरे पापा और छोटे भाई की मौत एक सड़क दुर्घटना में हो गई थी। मेरा छोटा भाई संकल्प मुझसे दो साल छोटा था। उस दिन वह पापा के साथ हमारे पुराने स्कूटर पर मम्मी के लिए गिफ्ट लेने जा रहा था। उस दिन उनका जन्मदिन था,” आरुषि अपनी बात बता रही थी।

“मेरे पापा मेरी मम्मी के लिए लाल रंग की एक सुंदर साड़ी लाए थे। आर्थिक रूप से हम बिलकुल गरीब थे, लेकिन दिल से अमीर थे। मेरे पापा बढ़ई थे और परिवार में कमाने वाले केवल वही थे। वे और मम्मी दोनों मेरे छोटे भाई और मेरे लिए हर चीज से समझौता कर लेते थे। उनके बहुत सारे सपने थे और हमेशा कहते थे कि एक बार मेरी बेटी आई ए एस अधिकारी बन जाए, उसके बाद मैं सुकून से मर सकूंगा। उत्तर प्रदेश और बिहार में माता-पिता के लिए यह बिलकुल सामान्य है। वे सभी चाहते हैं कि उनके बच्चे आई ए एस और आई पी एस बनें। मेरे माता-पिता भी उनमे से एक थे,” मुस्करा कर पीते हुए आरुषि बोली।

“अपनी तरह गरीब बच्चों के साथ मैं मुहल्ले में खेल रही थी। मम्मी शाम के लिए खीर बना रही थी। यह वास्तव में हमारे लिए ख़ास दिन था। क्योंकि ज्यादातर रात के खाने में चावल और घर का बना हुआ आचार होता था। उस दिन किसी भी तरह से ईश्वर नहीं चाहता था कि हम ख़ुशी मनाएँ,” वह दुखी स्वर में बोली।

कुछ मिनट के लिए हवा में सन्नाटा छा गया। आरुषि आसुओं से लड़ाई हार रही थी।

“उसने पीछे से मेरे पापा को धक्का मार दिया। मेरे भाई की तुरंत मौत हो गई। पापा को अस्पताल ले जा रहे थे, लेकिन उन्होंने भी बीच रास्ते में ही दम तोड़ दिया। मेरी मम्मी उनके पार्थिव शरीर को भी नहीं देख पाईं। पुलिस ने बताया कि उनका शरीर कुचल गया है और उन्होंने हमें लाश दिखाने से मना कर दिया। पुलिस ने पापा द्वारा खरीदी गई साड़ी मम्मी को सौंप दी। एक विधवा

के लिए लाल रंग की साड़ी!," आरुषि फुसफुसाई। उसके गालों पर आंसुओं की धारा बह रही थी।

"कुछ दिनों बाद, मेरी माँ ने, हमारी ज़िन्दगी तबाह करने वाले व्यक्ति के खिलाफ एफ.आई.आर करने का फैसला लिया। जिन लोगों ने एक्सीडेंट होते हुए देखा था, उन्होंने उस व्यक्ति के बारे में सूचना दी। वह व्यक्ति एक जाने-माने बिल्डर का लड़का था और उसके बाप की जान-पहचान नेताओं से थी। कई दिन तक थाने का चक्कर लगाने के बाद आख़िरकार पुलिस एफ.आई.आर दर्ज करने के लिए तैयार हुई। उसने हमें ऐसा न करने की धमकी दी। और ऐसा करने पर परेशानी का सामना करने लिए तैयार रहने को कहा। क्या यह सब अजीब नहीं था?" आरुषि ने पूछा। मैं बिलकुल घुप्प शांत था। मैं जानता था, यह सवाल मेरे लिए नहीं था, बल्कि वह खुद से पूछ रही थी।

"हम दूरस्थ इलाके में रहते थे, जो चारों तरफ से खेतों से घिरा हुआ था। इलाके में पचास से ज्यादे घर नहीं थे। उस दिन दो लोग मेरे घर आए और दरवाजा खटखटाने लगे। मैं रात का भोजन कर रही थी और मेरी मम्मी मुझे गर्मी से राहत देने के लिए पंखा झल रही थी। खटखटाने की आवाज़ सुनकर वह दरवाजा खोलने गईं। वे अंदर घुसे और दरवाजा बंद कर दिया। मेरे कुछ करने से पहले उन्होंने मेरी माँ को थप्पड़ मारा और..." आरुषि रुक गई और गहरी सांस लेने लगी। आँखें खुली हुईं और नम थीं।

"उन्होंने मेरी माँ की साड़ी फाड़ दी। माँ चीख चिल्ला रही थीं, बिलख रही थीं, लेकिन दुनिया बहरी हो गई थी। उनमे से एक आदमी ने मुझे उठा लिया और मेरी माँ को धमकी देने लगा कि अगर वे उसका साथ नहीं देंगी, तो वह मेरा बलात्कार कर देगा। उस उम्र में मुझे मालूम नहीं था कि बलात्कार क्या होता है। मैं रो रही थी और चिल्ला रही थी कि अंकल मुझे छोड़ दो, जिसे सुन कर वह ठहाके मार रहा था। अंत में मेरी माँ हार मान गईं और मेरी आँखों के सामने उनका बलात्कार हुआ। उन्होंने मेरी माँ के शरीर में कठोर वस्तुएं घुसा दीं और खून से लथपथ शरीर छोड़ दिया। मैं चिल्ला रही थी और जिस आदमी ने मुझे पकड़ा था उसे पैरों से मार रही थी। जब मैंने देखा कि मेरी सहायता कोई नहीं करेगा, तो मैंने उसकी बाँह पर दाँत से काट लिया। वह चिल्लाया और मुझे मेरी माँ के नंगे शरीर पर फेंक दिया। उन्होंने मुझे पकड़ा और भरी आखों से मेरी ओर देखने लगीं। उनका पूरा शरीर छिल गया था। उन्होंने मेरी आँखैं पोंछीं और रोने के लिए मना किया। जिस आदमी ने मेरी माँ का बलात्कार किया था, उसने मुझे थप्पड़ मारा। बाल पकड़ कर खींचे और फेंक दिया।

"वह स्टोव लेने के लिए आगे बढ़ा। इतने में उसका मोबाइल बजा और उसने स्टोव मेरे ऊपर फेंक दिया। उनके बॉस ने कहा कि मेरी माँ को जान से मार दें और वहाँ से निकल लें। उसके बाद उन्होंने मेरी माँ का गला रेत दिया और वहाँ से चले गए," आरुषि ने बताया।

उसकी आँखें लाल हो गई थीं और वह पूरी तरह जड़ हो चुकी थी। मेरी रीढ़ की हड्डी भी कांपने लगी। मैं महसूस कर सकता था कि वह कितना कठोर बनने की कोशिश कर रही है। मुझे नहीं पता था कि उससे क्या बोलना चाहिए और उसे शांत कैसे कराया जाए।

"माँ के गले से बह रहे खून को मैं अपने फ्राक से रोकने की कोशिश कर रही थी। वह पल-पल मौत के मुँह में जा रही थीं। उनको साँस लेने में तकलीफ हो रही थी। मुझे महसूस होने लगा कि अब वे और नहीं झेल पाएंगी। उन्होंने मेरे गाल पर अपना हाथ फेरा और मेरा सिर अपनी छाती पर रख कर कस कर पकड़ लिया। मैं रो रही थी और उनसे उठने के लिए बोल रही थी। कुछ क्षण बाद उनकी पकड़ ढीली पड़ गई और वे चल बसीं।"

"बाद में मुझे के सरकारी अनाथालय में भेज दिया गया, जहाँ से मेरी पढ़ाई पूरी हुई। उच्च शिक्षा के लिए मुझे छात्रवृत्ति मिली और मैं आई ए एस की तैयारी करने लगी। प्रारंभिक परीक्षा पास करने के बाद मुख्य परीक्षा के लिए मैं नॉएडा आ गई। अपना जीवन यापन करने के लिए मैं ट्यूशन पढ़ाती हूँ और मैंने लखनऊ के एक मॉल में भी काम किया है," एक छोटी सी मुस्कान के साथ आरुषि ने अपनी बात पूरी की।

उसकी मुस्कान देखकर मुझे थोड़ी संतुष्टि मिली।

"मुझे मुख्य परीक्षा पास करनी पड़ेगी," सोफे पर रिलैक्स होते हुए आरुषि ने कहा।

"तुम इसमें ज़रूर सफल होगी," मैंने बोला। उसने मेरी ओर देखा और अपने आसुओं को पोंछते हुए मुस्कराई। उसके आँख का काजल फ़ैल गया था, लेकिन वह अब भी उस क्लब की सभी लड़कियों से ख़ूबसूरत दिख रही थी।

"आर्यन, मुझसे वादा करो कि तुम ये सब बातें किसी को नहीं बताओगे। निखिल को भी नहीं। इस बारे में स्वाति भी नहीं जानती। मैंने उसे बताया है कि मेरी माँ लखनऊ में रहती हैं और वे एक दर्जी हैं। मुझे किसी कि हमदर्दी नहीं चाहिए," अपना हाथ आगे बढ़ाते हुए आरुषि बोली। मैंने अपनी हथेली उसकी हथेली पर रख दी और वादा किया। उसने अपनी पलकें झपकाईं और बोली, थैंक्स।

"ओके, मुझे लगता है कि मैंने रात ख़राब कर दी," डांस फ्लोर पर देखते हुए आरुषि ने कहा, जहाँ लोग जंगली गोरिल्ले की तरह ठुमके लगा रहे थे।

"आरुषि, क्या मैं तुमसे कुछ विनती कर सकता हूँ?" मैंने पूछा। उसने अपना सिर हिलाया और बोलने के लिए कहा।

"प्लीज़ तुम मुझे गलत मत समझना," मैंने कहा और मेज़ पर रखी आरुषि और अपनी शराब गटक गया। उसने नाराज़गी से मेरे तरफ देखा।

"आई एम सॉरी। लेकिन मुझे इसकी जरुरत थी। देखो, जिस दिन मैंने तुम्हें छत पर देखा था, उसी समय तुम मुझे पसंद आ गई थीं। कोई लड़का या तो अंधा होगा या फिर गे होगा, जिसे तुम्हें देखने के बाद पहली नज़र में प्यार न हो जाए। मैं बिलकुल निश्चिन्त हूँ, क्योंकि तुम इसे जानती हो। तुम्हें आईने में भी देखना चाहिए और इसके आलावा हॉस्टल की लड़कियों को भी," मैंने कहा। वह मुस्कराई मानो उसने मेरी बात स्वीकार कर ली हो।

"और यह पहली बार नहीं हो रहा है। इसके पहले भी मुझे कई बार पहली नज़र में लड़कियाँ पसंद आई हैं, लेकिन इस बार कुछ ख़ास था। सभी जगह तुम मेरा पीछा कर रही थीं। मेरा मतलब शरीर से नहीं, लेकिन रोज रात मेरे सपनों में, मेरे विचारों में और तब भी, जब मैं ऑफिस में बैठ कर स्टुपिड कोड लिखता था। तुम मेरे सामने कभी नहीं मुस्कराईं, लेकिन मेरे सामने हमेशा तुम्हारा मुस्कराता हुआ चेहरा रहता था। अच्छी बात यह है कि हम एक दूसरे को किस भी करते थे," मैं ऊपर हाथ उठाते हुए बोला, यह दिखाने के लिए कि मेरी कल्पना कितनी भव्य हो सकती थी।

उसकी आँखें खुली की खुली रह गईं। वह कुछ बोलने ही वाली थी कि तभी मैंने उसे ऐसा करने से रोक दिया, "प्लीज़ कुछ मत कहो। कुछ क्षण के लिए अपने होंठों पर उँगली रख कर चुप हो जाओ। मुझे बोलने दो। तुम इसके लिए बाद में थप्पड़ मार सकती हो, "मैंने आदेश दिया जिसका उसने पालन किया।

"मैं जानता हूँ, यह बेवकूफी भरी बात है। कोई लड़का इतनी जल्दी किसी लड़की के प्यार में पागलों की तरह कैसे पड़ सकता है, लेकिन यह बिलकुल वैसा ही है, जैसा मैं चाहता था। देखो, मैं चाहता हूँ कि मेरे बारे में जो तुम्हें पसंद नहीं, वह सब भूल जाओ। मैं नए सिरे से शुरुआत करना चाहता हूँ। तुम चाहो तो मुझे अपना दोस्त न बनाओ, क्योंकि मेरी हैसियत नहीं है। यह उसी तरह है, जैसे किसी व्यक्ति की आँखों पर पट्टी बांध कर उसे ताजमहल के सामने खड़ा कर दिया जाए," उसकी आँखों में देखते हुए मैंने कहा। वह अपनी हँसी रोकने की

पुरजोर कोशिश कर रही थी। आखिर अपनी हथेली से मुँह ढक कर वह धीरे-धीरे हँसने लगी।

“आरुषि तुमने अपने जीवन में जो संघर्ष किया और उससे उबर गईं, इसके लिए मैं तुम्हारा सम्मान करता हूँ। मैं चाहता हूँ कि बीते हुए लम्हों में जाकर सब कुछ तुम्हारी इच्छा के अनुसार ठीक कर दूँ। जिसने तुम्हारे साथ ये सब किया, उस हरामी को मौत के घाट उतार दूँ। अगर मैं तुम्हारी परिस्थिति में होता, तो संभाल नहीं पाता। आज जो तुम्हारे पास है, तुम उससे कहीं ज्यादा की हक़दार हो,” मैं गहराई से उसकी आँखों में देखते हुए बोला। उसके चेहरे पर शांति और स्थिरता झलक रही थी।

“तुम जानती हो कभी-कभी तुम्हारे दिल का पीछा करना अच्छा होता है। समस्या तब आती है, जब दिल, दिमाग से सलाह लेने लगता है। जो अधिक गणित करके हमारे जीवन को और भी जटिल बना देता है। लेकिन अच्छी बात यह है कि मेरे दिमाग के पास भी दिल है और इसलिए जिंदगी मुझे जो दे देती है, उसे मैं स्वीकार कर लेता हूँ और दिल जिसे सही कहता है, उसे करता हूँ। और, मेरा दिल कहता है, तुम मेरे लिए बिलकुल ठीक हो,” मैंने उसे विस्तार से बताया।

“तुमने मुझसे पूछा, मैंने पहली बार में तुममें क्या देखा था,” मेरी बात पर उसने अपना सिर हिलाया और जवाब सुनने के लिए मेरी तरफ झुकी।

“तुम बुरा तो नहीं मानोगी, अगर मैं प्यार के लहजे में बोलूं तो,” मैंने उसकी अनुमति मांगी। उसने कान्तिमान मुस्कान के साथ सिर हिलाते हुए सहमति दी।

“आरुषि, तुम्हारी आँखों की नक्काशी करते समय ईश्वर ने यवरस पी कर बनाया होगा। तुम्हारे होंठो के लिए सबसे अच्छा रंग गुलाबी लिया होगा और मेरे भाग्य में तुम्हारा नाम जोड़ने से पहले लाखों बार सोचा होगा। मैं तुम्हारे लिए सबसे अच्छा लड़का तो नहीं हूँ,” उसकी आकर्षक आँखों में देखते हुए बोला। उसके व्यक्तित्व ने मेरे दिल और दिमाग दोनों को एक साथ जीत लिया था। मैं अपनी पूरी ज़िन्दगी उसके साथ बिताना चाहता था। उसने अपनी पिछली ज़िन्दगी में जो दुःख सहे हैं, उनकी भरपाई के लिए मैं उसे सारी खुशियाँ देना चाहता था।

“क्या हम डांस करें?” अपनी आँखों को चारो तरफ से साफ करते हुए उसने पूछा।

"तुम्हारी जैसी सुंदर लड़की के साथ डांस करने के लिए कौन मना करेगा?" मैंने कहा और डांस फ्लोर पर उसे लाने के लिए एक जेंटलमैंन की तरह उसकी तरफ हाथ बढ़ाया।

"प्लीज़। मैं खुद से आ जाउंगी," आरुषि ने कहा और खड़ी हो गई। ठीक है, यह बिलकुल आसान था।

हम डांस फ्लोर पर खड़े थे। लोग हमारे चारों ओर ऐसे थिरक रहे थें, मानो उनके पवित्र शरीर पर किसी असाधारण आत्मा ने कब्ज़ा कर लिया हो। डीजे की धुन पर डांस करने के लिए आरुषि ने अपने सैंडल उतारे। वह अपने हाथ और सिर को हिलाने लगी और उसके बाद पूरे शरीर को। डांस करने के लिए पार्टनर के रूप में उसको मेरी आवश्यकता नहीं थी। वह दिल से डांस कर रही थी। उसे फ़िक्र नहीं था कि कोई क्या बोलेगा। उसके दायरे में जो भी आया, उनमें से सभी को उसने अपने हाथों और पैर से जरुर मारा। जिन्हें आरुषि से धक्का लगता था, फ्लोर पर मेरा काम केवल उनसे माफ़ी मांगना था और यह भरोसा दिलाना कि वह उन्हें सिर से नहीं मारेगी। जल्दी ही, डांस फ्लोर भूकंप वाली जगह लगने लगा और उसका केंद्र आरुषि थी। लोगों अवाक होकर देख रहे थे।

मैंने महसूस किया कि आरुषि कुछ गड़बड़ करे, इससे पहले यहाँ से निकल लेना चाहिए। मैंने कैब बुक किया। भाग्य से यह हमसे केवल एक किलोमीटर दूर था।

"आरुषि, मुझे लगता है, अब हमें चलना चाहिए," उसका हाथ पकड़ते हुए मैंने कहा और धीरे से उसे फ्लोर से नीचे उतारा। डरावने डांसर के आकांक्षी सभी लोगों के चेहरे पर मैं सुकून देख सकता था। "क्यों," वह बोली और पकड़ से छुड़ाने के लिए हाथ को झटका दिया।जब मैंने उसे अपनी ओर खींचा और उसकी पतली कमर को पकड़ा, तो वह फिर से फ्लोर पर जाने की कोशिश करने लगी।

हम लोग एक दूसरे के इतने करीब थे कि मैं उसकी गर्म सांसों को अपने चेहरे पर महसूस कर रहा था। वह अपने हाथ को मेरे सीने पर रख कर आराम दे रही थी। वह अपनी मदहोश आँखों से मुझे देख रही थी। उसकी आँखें मैंने बंद कर दीं और उसके करीब आया। मैं नहीं जानता कि मेरे दिल ने इतनी मेहनत कभी की होगी। एक रोमांटिक हवा बाहर निकल रही थी। उसके चेहरे पर लटकी जुल्फों को मैंने उसके कान के पीछे किया। उसने अपनी आखें बंद कर लीं। वह सिहर गई। उसके गुलाबी और कोमल होंठ कांप रहे थे और एक विचित्र कंपन

मेरी तंत्रिकाओं में भेज रहे थे। यह वही पल था, जब हम पहली बार किस करने जा रहे थे, लेकिन मैंने खुद को रोक लिया।

चुम्बन की प्रत्याशा में उसने अपनी आखें खोलीं और मुझे देखने लगी। वह अभी भी कांप रही थी। मैंने उसे छोड़ दिया।

"अगर तुमने आज ड्रिंक न किया होता, तो हम जीवन का अच्छा समय व्यतीत कर सकते थे," मैंने कहा। मैं उसकी नम आँखों को देख सकता था।

"मेरे प्यार ने और तुम्हारे अंदर की शराब ने हम दोनों को बहुत करीब ला दिया है," मैंने कहा। मैं उसका हाथ पकड़ता, इसके पहले ही वह पीछे हट गई। "जिस दिन मैं तुम्हारा दिल की गहराई से चुम्बन करूँगा और अपने प्यार का इज़हार करूँगा, मैं वादा करता हूँ, तुम्हें खा जाऊंगा," मुस्कुराते हुए मैंने कहा। इस पर वह भी मुस्कराई और प्यार से मेरे गाल पर चपत लगाया।

हमारी कैब आई और हम लोग वहाँ से निकल गए। आरुषि ने इतनी पी ली थी कि वह सांप की तरह लुढ़क रही थी। पूरे रास्ते वह खिड़की से बाहर देख रही थी और ठंडे मंद पवन को अपने बालों से खेलने दे रही थी। वह मुस्करा रही थी, जो मेरे दिल को सुकून पहुँचा रहा था। मैंने उसे खुद के सपने में खो जाने दिया। वह जब भी मुस्कराती थी, आश्चर्यजनक रूप से बहुत ही खूबसूरत लगती थी। उसके चेहरे पर पड़ रही चाँदनी से सब कुछ दिव्य लग रहा था।

मैंने किराया दिया और आरुषि की कैब से उतरने में सहायता की। हम उसके हॉस्टल के प्रवेश द्वार पर खड़े थे। वहाँ कोई भी गार्ड और वार्डन नहीं था।

उसने अपना हाथ मेरे कंधे पर रखा और स्वाति को बुलाने के लिए कहा।

"मेरे पास उसका नंबर नहीं है," मैंने बताया। उसने अपना फ़ोन पर्स से निकला और स्वाति का नंबर खोजने लगी।

"तुम्हारा फ़ोन स्विच ऑफ है," मैंने कहा, जिस पर उसने पिल्ले की तरह मुँह बनाया।

"क्या मैं देखूं?" दरवाजा खोलते हुए मैंने पूछा। दरवाजे से बहुत बहुत तेज़ आवाज़ निकल रही थी, जिसे सचमुच चिकनाई के लिए ग्रीस की आवश्यकता थी।

"ओके," आरुषि बोली और मुझे अनुमति दी कि जब मैं गिरने लगूंगी तभी मुझे पकड़ना। वह खुद के दम पर चलने को तरजीह दे रही थी।

आरुषि हर कदम सावधानी से रख रही थी, मानो उसे टाइल्स के नीचे लैंड माइंस लगे होने की आशंका हो रही हो। मैं उसके पीछे उसके गार्ड की तरह चल रहा था।

"कौन सा फ्लोर है?" वहाँ लिफ्ट न देखकर मैंने पूछा। वह पीछे मुड़ी, अपनी कमर पर हाथ रखा और तेवर दिखाते हुए बोली, "तुम नहीं जानते हो?" मैं बेवकूफों की तरह मुस्कराया और कान पकड़ कर सॉरी बोला।

मैं दरवाजा खटखटाने वाला ही था कि तब तक आरुषि ने मुझे रोक दिया।

"सुनो," दरवाजा खटखटाने से रोकते हुए मुझसे बोली।

"इस बेहतरीन शाम के लिए बहुत-बहुत धन्यवाद," मेरी आँखों में देखते हुए मुस्करा कर बोली। वह कुछ कहेगी जैसे, आई लव यू या इस विषय में कुछ सोचेगी, इस इंतजार में मैं व्यर्थ ही खड़ा रहा।

"मैं निश्चिन्त नहीं हूँ कि मेरे पास अब कभी तुमसे प्यार करने के लिए समय रहेगा या फिर इस मामले में किसी के लिए भी हो, लेकिन मैं चाहती हूँ कि तुम्हें तुम्हारी पसंद का प्यार मिले। मुझ पर अपना समय बर्बाद मत करो। क्योंकि जब तुम किसी से प्यार करते हो, तो यह उम्मीद करते हो कि वह भी उतना ही प्यार करे। यह सत्य है। मुझे नहीं पता प्यार का मुहावरा क्या कहता है, यह सब बकवास है। इसलिए अच्छा होगा कि तुम कोई दूसरी लड़की ढूँढ लो, क्योंकि मैं तुम्हारे प्यार के बदले कुछ भी देने के लायक नहीं हूँ," आरुषि ने कहा। इस समय उसकी आँखें नम थीं। शायद, अपनी पिछली ज़िन्दगी के कारण वह खुद को प्यार मोहब्बत से दूर रखना चाहती थी।

"एक दिन तुम मुझसे प्यार करोगी। मेरा विश्वास करो, तुम करोगी। मैं तुमसे वादा करता हूँ," मैंने कहा और उसका हाथ पकड़ लिया, "जब तक तुम अपने प्यार का इज़हार नहीं कर देतीं, तब तक मैं तुमसे आई लव यू नहीं बोलूँगा; क्योंकि मैं पहले से तुमसे प्यार करता हूँ," मैं उसकी आँखों में देखते हुए बोला। वह स्तंभित रह गई।

"जहाँ तक उम्मीद की बात है, मुझे तुमसे सिर्फ एक आशा है," मैंने कहा, जिसे सुनकर उसने अपनी भौहें उठाईं और पूछने के लिए बोली, क्या? "अपने ऊपर मेरा प्यार बरसाने से तुम मुझे नहीं रोक सकती। मैं फिजिकल नहीं हूँगा, मैं तुमसे कोई लाभ नहीं लूँगा और भरोसा करो, तुम्हें मुझ पर बहुत विश्वास है," मैंने अपनी स्थिति बयां की।

"मैंने सोचा, प्रेम शर्तरहित होता है। हमारी पहली मुलाकात में तुमने बमबारी की स्थिति उत्पन्न कर दी," बच्चों की तरह अपनी आँखें मलते हुए आरुषि बोली।

"यहाँ तुमसे प्यार करने की शर्त है। यदि मैं ये बात तुम्हें नहीं बताऊंगा, तो कैसे अपने पहले हनीमून की फ्लाइट में तुम्हारी बगल में बैठने लायक बनूँगा," मैंने व्यंग्यात्मक लहजे में एक मुर्खता भरी मुस्कान के साथ कहा। वह मुस्कुराई और अचानक अपनी हथेली मुँह पर रख ली और दरवाजा पीटने लगी। मैंने उसे पकड़ लिया और उल्टी करने के लिए कहा।

"रोको मत। पीने के बाद उल्टी करने से ठीक होता है। यह सुहागरात में ब्लीडिंग के जैसा है," मैंने ऐसा कुछ बोला, जो मुझे नहीं बोलना चाहिए था। वह मेरी तरफ मुड़ी। वह खुद को रोक नहीं पाई और उल्टी कर दी। कहीं और नहीं, बल्कि मेरी पसंदीदा शर्ट पर। कुछ सेकंड्स के लिए मैं उस तबाही के साथ खड़ा रहा, फिर अपनी शर्ट को देखा और फिर आरुषि को, जो आवाक खड़ी थी।

"क्या बकवास है?" चिल्लाते हुए स्वाति ने दरवाजा खोला और उल्टी करने का पूरा कार्यक्रम देखा। "आरुषि तुमने शराब पी है?" अपनी बाँहों में आरुषि को लेते हुए उसने पूछा। वह मुझे घूर रही थी।

"थोड़ी-सी ," अपने रूम के अंदर जाते हुए आरुषि ने जवाब दिया।

"स्टार बक्स ने कब से ड्रिंक ऑफर करना शुरू कर दिया?" स्वाति चिल्लाई। वह मेरे ऊपर अत्यंत क्रोधित थी। मैं शांत था, क्योंकि मेरा एक भी शब्द बोलना दूसरे विश्व युद्ध को न्योता दे देता। इसके आलावा, वह इस प्रश्न के उत्तर की भी आशा नहीं कर रही थी।

"मैं ही थी, जिसने उसे बोला। उसकी कोई गलती नहीं है," आरुषि बिस्तर पर खुद को फेंकते हुए बोली। वह इतनी मासूम लग रही थी कि मैं उसके कमरे में जाकर, उसकी बगल में बैठकर उसे बाँहों में भर लेना चाहता था। ऐसा सोचते हुए मेरे चेहरे पर छोटी सी मुस्कान आ गई। लेकिन स्वाति को मेरी मुस्कान हज़म नहीं हुई।

"तुम जानते हो, तुम इसी लायक हो," मेरी पूरी शर्ट पर लगी उल्टी की ओर दिखाते हुए वह बोली। मैं अपनी शर्ट को देखते हुए उसकी तरफ गया। अभी भी मैं आरुषि को आलिंगन करने की कल्पना कर रहा था। मैं मुस्कुराया। स्वाति किसी भी तरह मेरी उपस्थिति बर्दाश्त नहीं कर पा रही थी। उसने तेजी से दरवाजा बंद किया।

मैं अपने फ्लैट पर पहुँचा और आरुषि के साथ बिताए पलों की खुशनुमा यादों में खो गया। "वह बहुत अच्छी है। उसका चेहरा ही नहीं, उसका दिल भी बहुत सुंदर था। मैं उसे कभी धोखा नहीं दे सकता," मैं खुद से बातें कर रहा था। " करा ली अपनी बेज़्ज़ती?," दरवाजा खोलते ही निखिल ने ताना मारा। मैंने उसे देखा और गले लगा लिया।

"बदमाश, दूर हो जा मुझसे। खुद को देख। इस उल्टी लगी शर्ट को देख," मुझे धक्का देते हुए निखिल ने कहा। मैंने शर्ट उतारी और कहा, "यह आरुषि की उल्टी है," गर्व से एक मुस्कान के साथ बोला। वह मेरी मूर्खता की पराकाष्ठा को देखकर स्तब्ध था।

"मैंने कभी ऐसे प्रेमी के बारे में नहीं सुना, जो अपने साथी की उल्टी पर गर्व महसूस कर रहा हो," सिगरेट जलाते हुए निखिल बोला। मैंने अपना हाथ मोड़ा और उससे एक सिगरेट माँगी। उसने पैकेट मेरे मुँह पर फेंका और बाल्कनी में चला गया। मुझे ठीक से समय याद नहीं है, लेकिन शहर पूरी तरह शांत था। गली के कुत्ते भी सो गए थे। उसकी प्रजाति में से केवल एक जग रहा था, वो था निखिल।

"तुम्हें पता है, वह बहुत ही अच्छी लड़की है," बाल्कनी में रखे बीनबैग पर गिरते हुए मैंने कहा। निखिल कम रुचि ले रहा था।

"मैं उस हरामी को जान से मार दूँगा," एक कश लेते हुए मैंने कहा। यह सुनकर निखिल सन्न रह गया। वह मेरी ओर मुड़ा और पूछा "कौन? क्या हुआ, मुझे बताओ? उसने एक स्टूल खींचा और बात सुनने के लिए मेरी बगल में बैठ गया। मैंने उसे पूरी कहानी विस्तार से बताई।

"तुम्हें ज़रा भी एहसास है कि तुमने किसे धमकी दी है?" बिलकुल गंभीर होकर निखिल ने कहा। मैंने एक शब्द भी नहीं बोला। मैं तारों को घूर रहा था जबकि असलियत में मैं हिमांशु को जान से मारने की योजना बना रहा था।

"तुम्हें याद है, एक बार मैंने तुम्हें बताया था कि गर्ल्स हॉस्टल के वार्डन और हिमांशु जोशी का अच्छा संबंध है," इस बात को याद दिलाने के लिए निखिल ने मुझे झकझोरा। मैंने उसे देखा और अपना सिर हिला कर हामी भरी।

"वह अपने बाप की राजनितिक और आर्थिक शक्ति का दुरुपयोग करता है। सलीम ने मुझे एक बार बताया था कि वह कभी-कभी हॉस्टल की कुछ लड़कियों को अपनी प्राइवेट पार्टी के लिए ले जाता है। मुझे विश्वास है कि तुम समझ गए होगे कि वह पार्टी में लड़कियों के साथ क्या करता होगा," निखिल गंभीरता से बोला।

"लेकिन वार्डन तो गर्ल्स हॉस्टल की सुरक्षा को लेकर बहुत ही चिंतित दिखती है," मैं वार्डन के पक्ष में बोला।

"वह कुतिया है। मैं समझता हूँ, तुम आरुषि से उस हॉस्टल को छोड़ने के लिए कहोगे। वहाँ रहना उसके लिए अब सुरक्षित नहीं है," निखिल ने सुझाव दिया। मैं जानता था कि वह आरुषि की सुरक्षा को लेकर कितना चिंतित है, लेकिन मैं यह भी जानता था कि आरुषि को मनाना इतना सरल भी नहीं था।

"मैं उससे बात करूँगा। उसने बहुत सोचा होगा। अब मैं उसके लिए मुसीबत नहीं लाना चाहता," मैंने कहा।

मैं पूरी रात नहीं सो सका। टहलते हुए सोच रहा था कि उन खूंखार लोगों से अपनी माँ को बचाते वक्त आरुषि की क्या स्थिति रही होगी। वह अपने काले अतीत को कैसे भूला पाई होगी और अकादमिक्स में आने के लिए उसने कितना संघर्ष किया होगा। हममें से ज्यादातर लोग सभ्य जीवन जीते हैं। हमारे माता-पिता हमारी देख भाल करने के लिए होते हैं, लेकिन अभी भी हम अपनी जिन्दगी से शिकायत करते हैं, जबकि इस लड़की को, लोगों की छोड़ो, ईश्वर तक की सहायता नहीं मिली। पूरी ज़िन्दगी संघर्ष करती रही, फिर भी किसी से कोई शिकायत नहीं है। मेरे सामने कौन सी चीज ने उसे कमजोर बना दिया, जो उसने अपने जीवन की सभी बातें बता दीं, जो कि उसने अपनी सबसे अच्छी सहेली स्वाति को भी नहीं बताई थीं। क्या ऐसा शराब पीने के कारण हुआ था या सच में भरोसा करती है? मैंने खुद से वादा किया है कि यह मायने नहीं रखता कि मेरे भाग्य में क्या लिखा। मैं सभी विषमताओं से लड़ूंगा और प्रतिज्ञा करता हूँ कि अब उसे कभी भी जीवन में कष्ट न उठाना पड़े।

आई.ए.एस ऑफिसर बनना आरुषि का सपना था और मरते दम तक आरुषि से प्यार करना मेरा। जीवन पथ में हमेशा हमें दो विकल्प मिलते हैं, या तो आप अपने सपनों को छोड़ दें या फिर अपने सपनों को जिएँ। मैंने बाद वाला चुना।

मैं चाहता हूँ कि भगवान की कृपा से आरुषि को उसकी सारी खुशियाँ मिलें और वह अच्छे पद पर रहे, ताकि वह मेरा प्यार स्वीकार कर सके। लेकिन ईमानदारी से, मैंने परमात्मा से कभी भी सहानुभूति नहीं मांगी।

अध्याय 13

"अब मेरी बारी थी"

***

मुझे पता नहीं चला कि मैं कब सो गया। मेरे मोबाइल का अलार्म बहुत तेज़ बज रहा था।

"बेवकूफ, जब तुझे 8 बजे उठना होता है, तो तू 7 बजे का अलार्म क्यों लगाता है !," मेरे ऊपर तकिया फेंकते हुए निखिल चिल्लाया। वह गुस्से में दिख रहा था। मैंने अपनी आँखें मलीं और सेल फ़ोन खोजने लगा। रिंगटोन खिझाने वाली थी।

"मेरा मोबाइल फ़ोन कहाँ है?" पजामे में न मिलने के बाद मैंने पूछा।

"अपने ऐस में देख ले, कमीने," निखिल चिल्लाया। इस बार उसने अपना कम्बल फेंका और खड़ा हो गया, मानो मेरे ऊपर कूद पड़ेगा और गला घोंट देगा।

अंत में, कुछ मिनट के बाद और सभी संबंधियों से जुड़ी गालियाँ सुनने के पश्चात् मैंने सोफे के कुशन के नीचे अपना मोबाइल खोज लिया। मैंने मोबाइल साइलेंट किया और निखिल की ओर देखा। वह अब भी अपने बिस्तर पर खड़ा था। वह कंफ्यूज्ड था कि मुझे मारे या बिस्तर को। मैंने उसे उसकी हालत पर छोड़ दिया और बाशरूम चला गया।

अगले एक घंटे में हम ऑफिस के लिए निकल गए। मिहिर मेरी मेज़ पर एक टिप्पणी छोड़ कर गया था, "मीट मी व्हेन यू आर इन."

"क्या तुमने साईट पर जाने के बारे में निर्णय ले लिया," अपना लैपटॉप चालू करते हुए निखिल ने पूछा। मैं उलझन में था। मैं भी सभी सॉफ्टवेयर इंजीनियर की तरह नहीं जाना चाहता था। मेरे शरीर में भी वह ऑनसाईट बग था, जो मुझे अंतिम निर्णय लेने से रोक रहा था।

"क्या मैं आरुषि से पूछ लूँ?" मैंने निखिल से पूछा। वह अपने कंप्यूटर पर काम करने में मगन था। उसने मुझे देखा और करीब आने के लिए बोला। मैं उसकी ओर झुका, ताकि वह मुझे अच्छा सुझाव दे सके, लेकिन हमेशा की तरह वह कुछ बेतुके ढंग से बोला, "मेरा दिमाग मत खाओ," वह भुनभुनाया।

मैंने उसे मिडिल फिंगर दिखाई और अपना काम करने लगा। मुझे पता था कि वह बिलकुल भी अच्छे मूड में नहीं है। आख़िरकार मैंने उसकी सुबह

ख़राब कर दी थी। बाद में आरुषि को कॉल नहीं कर पाया, क्योंकि उसका नंबर ही मेरे पास नहीं था।

काम करने का बिलकुल मन नहीं था। मैंने अपना लैपटॉप ऑन किया और स्पैम मेल पढना प्रारंभ कर दिया। बिश्वास कीजिए, ऑफिस में स्पैम मेल पढ़ना खुद को विश्राम देने का एक बेहतरीन तरीका है। और ईमानदारी कहूँ, घर पर कौन स्पैम मेल पढ़ता है? ज्यादातर स्पैम की सब्जेक्ट लाइन बहुत ही प्रफुल्लित करने वाली होती हैं। आप आश्चर्य करेंगे कि इस ग्रह पर आए हुए सभी लोग आप को बेवकूफ समझते हैं।

"grow your genitals in 3 easy steps."

"Congratulations! You have won GBP 300000000."

"Meet Meenakshi… your perfect from delhi."

"Dr. Batra claims to grow your hair in 2 weeks."

"Meet and have fun… no credit card required!" और ऐसे ही हजारों मैसेज। मैं मुस्कुरा रहा था और सारे मैसेज डिलीट कर रहा था। तभी मिहिर ने मेरे डेस्क फ़ोन पर कॉल किया।

"यस, मिहिर," फ़ोन उठाकर मैं बोला।

"मैंने तुम्हारी मेज़ पर एक नोट रखा था, क्या तुमने उसे देखा?" मिहिर ने पूछा।

"हाँ, मैं आ रहा हूँ। मैंने निखिल को फिक्स करना सिखा रहा था। मैं कुछ देर में आता हूँ," मैंने कहा और फ़ोन रख दिया। निखिल ने मेरी बात सुन ली। वह मुझे गुस्से में घूर रहा था। उसे और गुस्सा दिलाने के लिए मैंने उसे फ्लाईंग किस दिया। उसने क्या कहा, मैं सुन नहीं सका, लेकिन निश्चित रूप से वह संसदीय बात नहीं थी। मुझे आभास हुआ कि वह मेरी दादी माँ को लेकर गाली दे रहा था।

"हाय," मिहिर के केबिन में घुसते हुए मैंने कहा। वह अपने सेलफ़ोन में व्यस्त था। निश्चित रूप से वह कॉल पर नहीं था। मेरा अनुमान था कि वह फेसबुक चला रहा था। कारण कि उसने मुझसे पूछा, मैं फेसबुक पर हूँ या नहीं।

"मैं तुम्हें फेसबुक पर खोजता हूँ। कुर्सी ले लो," उसने कहा और फेसबुक पर लाखों आर्यन के बीच मुझे खोजने लगा।

"हे ईश्वर, प्लीज़ कुछ क्षण के लिए मेरा अकाउंट हटा दीजिए," मैंने भगवान को मनाया। "इस धरती पर ऐसा कौन होगा, जो चाहेगा कि उसका

मेनेजर उसके फेसबुक मित्र सूची में हो। दूसरी बात, जब आप बीमार होने का बहाना बना कर छुट्टी लेते हैं, लेकिन वास्तव में बार जाते हैं। हॉट गर्ल्स के साथ फेसबुक पर तस्वीर डालते हैं तो आपका मेनेजर ही पहला व्यक्ति होगा, जो लाइक और कमेंट करेगा। और उसने कितना लाइक किया है, इसका पता आपके मूल्यांकन के समय लगेगा।

"एक लड़का बियर के गिलास और सिगरेट के साथ," सुनिश्चित करने के लिए मिहिर मेरी तरफ देखते हुए बोला। यह कड़वा सच स्वीकार करने के लिए मैंने अपना सिर हिलाया।

"सेंट," मिहिर बोला और एक बेवकूफी भरी मुस्कान के साथ मुझे देखा। सेलफोन पर अपना फ्रेंड रिक्वेस्ट स्वीकार करने के लिए उसने मुझे इशारा किया। मैंने सोचा कि सोशल नेटवर्किंग साईट पर फ्रेंड रिक्वेस्ट भेजने के बाद कितना बेवकूफ की तरह लगने लगता है। वह रिक्वेस्ट स्वीकार करने की वकालत करता है। कुछ क्षण के लिए मैंने सोचा कि इससे पहले कि मिहिर मेरी व्यक्तिगत चीजों को देखे, अपना अकाउंट डिलीट कर दूँ, लेकिन फेसबुक एक लत है। एक बार कोई अकाउंट बना ले, तो वह समझता है कि पूरी दुनिया उसके पास है। असहाय होकर मैंने उसका फ्रेंड रिक्वेस्ट स्वीकार कर लिया।

"एक्सेप्टेड," मैंने बटन दबाते हुए कहा। मिहिर मुस्कुराया और अपनी कुर्सी से खड़ा हो गया।

"तो, अब मुझे चलना चाहिए। अब हम फेसबुक पर दोस्त बन गए हैं," मैंने व्यंग्यात्मक लहजे में बोला।

"नहीं। ऑनसाईट ऑफर पर मैं तुम्हारा निर्णय जानना चाहता हूँ," मेरे कंधे पर हाथ रख कर मिहिर बोला। कुछ देर के लिए मुझे सच में संदेह हुआ कि वह गे है। मैं डर गया था। मैं अपनी कुर्सी से उठा और बोला, "मैंने इस बारे में सोचा कि मैं वहाँ जाने के योग्य नहीं हूँ। सॉरी।"

"क्या? तुम पागल हो? साईट पर जाना हर सॉफ्टवेयर इंजीनियर का सपना होता है और तुम इस मौके को हाथ से जाने देना चाहते हो," मिहिर ने कहा और पुरुष के शरीर में छुपे औरत के लक्षण को दिखाने के लिए वह हाथ को सभी संभावित दिशाओं में घुमाने लगा।

"मिहिर मैं पूरी तरह से बात समझता हूँ| लेकिन मैं समय के इस बिंदु पर नहीं जा सकता," मैंने कहा। अपनी निराशा दिखाने के लिए मिहिर ने लड़कियों की तरह मुँह बनाया। उसने अपना कॉफ़ी मग उठाया और फ्लास्क में गर्म पानी उड़ेला।

"क्या तुम ग्रीन टी लेना पसंद करोगे?" मिहिर ने पूछा।

"नो, थैंक्स," मैंने विनम्रता से मना कर दिया।

"कोई बात है जो तुम मुझे बताना चाहते हो? मेरा मतलब, कौन सी बाधा है, जो तुम्हें जाने से रोक रही है," वह फिर मुझे राजी करने लगा।

"कोई बात नहीं है बताने के लिए। यह मेरा विचार है," अपने भावुक पक्ष को न दिखाते हुए मैंने कहा।

"हुह, ओके। मैं तुम पर दबाव नहीं डालना चाहता," वह बोला और ग्रीन टी की एक चुस्की ली। "आप निखिल को क्यों नहीं भेज देते। वह मुझसे ज्यादा लायक है," मैंने सुझाव दिया। मिहिर ने मेरी तरफ एक नटखट मुस्कान के साथ देखा।

"हाँ, मैं जानता हूँ। लेकिन वह एक भारतीय क्लाइंट के लिए काम काम कर रहा है," मिहिर बोला। जिसने मुझे सचमुच दुःख पहुँचाया, वह था, येह, आई नो।" मेरे कहने का मतलब वह मेरे सामने ही कैसे मान सकता है कि निखिल मुझसे ज्यादा होशियार है। क्या वह इस राज़ को अपने तक ही नहीं रख सकता था। यद्यपि यह सच है, लेकिन उसे मेरे कठपुतली जैसे चेहरे के सामने ऐसा नहीं बोलना चाहिए था। आख़िरकार, मिहिर और हमारे बीच फेसबुक फ्रेंड का एक नया संबंध बन गया था।

"ओके तब मैं आपसे विदा लेता हूँ," उसके केबिन का दवाजा खोलते हुए मैंने कहा।

"येह, मिलते हैं," मिहिर ने कहा और अपने सेलफोन पर व्यस्त हो गया।

निखिल ने मुझसे सिगरेट पीने के लिए पूछा। मुझे पता था, वह मेरे फैसले को जानने में रूचि ले रहा था। मेरे तथा मिहिर के बीच हुई बातचीत के बारे में जानना चाहता था। "येह, आई नो" के आलावा मैंने पूरी कहानी विस्तार से बताई।

"जब तुमने मेरा नाम आगे किया तो उसने क्या बोला?" एक गहरी कश लेते हुए निखिल ने मुझसे पूछा। मनगढ़ंत जवाब देने के लिए मैंने थोड़ी देर सोचा, फिर बोला, "उसने कहा कि तुम्हें ज्यादा मुखर होने और कोडिंग का काम और सीखने की जरुरत है।" यह बात सुनकर निखिल भौचक्का रह गया, बहुत ज्यादा स्तब्ध। वह खुद को अपमानित महसूस करने लगा और उग्र भी।

"इतना निकम्मा। मैं सारा कोड उसकी गांड में डाल दूँगा। अब क्या वह मुझे कोडिंग सिखाएगा? कोडिंग के बारे में क्या जानता है वह? वह ऑफिस में इधर-उधर सिर्फ इस उम्मीद में घूमता है कि कोई लड़का उसकी ऐस देख कर उससे प्यार कर बैठे। कमीना!" एक ही सांस में निखिल चिल्लाया। मुझे अच्छा

लगा। सबसे अच्छा तो यह था कि आज उसका बुरा दिन था और यह सिर्फ मेरे कारण। सच में, अच्छे दोस्त ही अच्छे दुश्मन होते हैं।

ब्राउज़िंग और अगले छः घंटे बर्बाद करने के बाद हम अपने कमरे पर जाने के लिए निकल गए। निखिल ने पूरा दिन रिज्यूमे बनाने और इसे विभिन्न जॉब पोर्टल पर अपलोड करने में व्यतीत कर दिया। वह सच में निराश था। मैं उसके लिए दुखी था लेकिन मैंने सच छुपाने का निर्णय ले लिया था। क्योंकि निखिल मुझे मार देता।

रास्ते में, अनजान नंबर से एक मैसेज आया।

"सॉरी फॉर यस्टरडे। प्लीज़ अपनी शर्ट मुझे दे देना, उसे धुलना है," मेसेज पढ़ा।

मुझे मालूम था यह आरुषि है। मैं मैसेज देखने के लिए उत्तेजित था। मेरी धड़कन निखिल की बाइक से तेज़ दौड़ रही थी। एक मनमोहक जवाब के लिए मैं अपने दिमाग पर जोर डालने लगा, आख़िरकार उसके लिए यह मेरा पहला मैसेज था।

"कहे तो जान दे दूँ तेरी चौखट पर, कह देना इश्क की क़ुरबानी है

लेकिन कैसे कह दूँ उस कमीज़ को, जिस पर मेरे प्यार की पहली निशानी है"

मैंने अपने स्टाइल में जवाब दिया।

एक प्यारी सी मुस्कान देखकर ऐसा लगा जैसे यह आरुषि का सुंदर चेहरा हो। उसने उत्तर दिया, "वाह वाह! वैसे भी, मेरे पास तुम्हारे लिए कुछ है... अगर तुम खाली हो, तो हम कृष्णा मंदिर चलें क्या।"

"दूसरे दिन।" मेरे सक्रिय दिमाग ने कहा। मेरा दिल सब सही- सही जानता था कि क्या हो रहा है। प्यार का अनुभव बहुत ही अद्‌भुत होता है। कोई भी इसे पराजित नहीं कर सकता है। किसी विशेष व्यक्ति के साथ अपना समय गुजारना, जिसे तुम पहले से न जानते हो, लेकिन जल्दी ही तुम उसे खोजना शुरू कर देते हो, वह शब्दों में बयाँ नहीं हो सकता है। अब मैं समझ सकता हूँ कि ईश्वर ने मुझे कोई भी कमिटमेंट करने से क्यों बचाए रखा। शायद, ईश्वर भी मेरी प्रेम कहानी लिखने में व्यस्त था।

"क्या होगा, अगर मैं तुम्हें किडनैप कर लूँ और उसी मंदिर में तुमसे शादी कर लूँ?" मैंने मैसेज किया साथ में एक चतुर मुस्कान का एमोज़ी।

एक मिनट भी नहीं बीता होगा, आरुषि का मैसेज मेरे इनबॉक्स में आ गया।

"ऐसा करने की हिम्मत है। अगले क्षण ही नरक का दरवाजा खटखटाओगे," आरुषि ने जवाब दिया। मैंने एक बेवकूफी भरी मुस्कराहट के साथ जवाब दिया

और अपनी उपस्थिति सुनिश्चित की। मैं उसके लिए किसी भी तरह 24*7 हाज़िर था।

"भाई, आज तूने सिर्फ अपने लिए डिनर मँगाया," अपने ऑफिस बैग को हॉल के किसी कोने में फेंकते हुए मैंने कहा। निखिल ने मुझे सशंकित नज़रों से देखा, जैसे मेरे व्यवहार में उसे कुछ गड़बड़ लग रहा था। मैं उसके साथ अच्छे से पेश आना चाहता था, जो उसे बिलकुल भी हज़म नहीं हो रहा था।

"क्यों, डिनर में तुम ज़हर खाने जा रहे हो?" लैपटॉप ऑन करते हुए निखिल फुसफुसाया। मैंने फ्रीज़ से बियर की बोतल निकाली,उसे हवा में उछाला और चिल्लाया, "कैच !"

जोंटी रोड्स की तरह निखिल ने छलांग लगायी और बोतल पकड़ ली। मैंने सोचा, वह कैच करने की योग्यता का बखान करने के लिए बोलेगा, लेकिन वह बिलकुल भी मजाक के मूड में नहीं था।

"यदि यह टूट जाती, तो माँ कसम मैं तुम्हें मार डालता," निखिल चिल्लाया, वह अपनी कुहनी रगड़ रहा था, क्योंकि हीरोपंती के चक्कर में उसे चोट लग गई थी। मैं पागलों की तरह हँसा।

"इसमें हँसने की क्या बात है?" ओपनर ढूंढते हुए निखिल ने पूछा।

"सुबह तुमने मेरे परिवार के सभी सदस्यों, यहाँ तक कि मेरे पूर्वजों को भी गाली दी। केवल मैं बचा हूँ, जिसे तूने बख्शा है। और अब तुमने मेरे साथ भी वही कर दिया," मैंने कहा, जिस पर वह मुस्कराया और मुझे लत्ती मारी। दोस्ती में हम गालियों का मतलब नहीं निकालते और यदि कोई निकालता है, तो भरोसा करो ऐसी दोस्ती ज्यादा दिन तक नहीं चलती।

"तुम डिनर कहाँ लेने जा रहे हो?" निखिल ने पूछा, वह उस समय अपना रिज्यूमे अपडेट कर रहा था। वह अभी भी मानसिक आघात में था और उसे विश्वास नहीं हो रहा था कि मिहिर उसके बारे में इतनी बेहूदी राय रखता है।

"आरुषि और मैं कृष्णा मंदिर जा रहे हैं," अलमारी से एक धुली हुई शर्ट निकालते हुए मैंने कहा।

"मुझे मत बताओ, लेकिन क्या तुम शादी करने जा रहे हो?" सन्देहपूर्वक निखिल ने पूछा।

"दुआ करो कि ऐसा ही हो। वैसे, इस पवित्र धरती पर किसने कहा है कि अगर एक लड़का और एक लड़की साथ में मंदिर जाते हैं, तो शादी करने के लिए ही जाते हैं?" मैंने उससे प्रश्न किया।

निखिल ने एक शातिर मुस्कान दी और दूसरी मुलाकात के लिए शुभकामनाएँ। मैं नहाया और कुर्ता-पायजामा पहना। सभी जगहों के लिए ड्रेस कोड निर्धारित है। मैंने सोचा पारंपरिक पोशाक में देखकर भगवान कृष्ण मेरी प्रार्थना सुन लेंगे। मनुष्य बहुत ही स्वार्थी किस्म का होता है।

मैंने तैयार होकर आरुषि को मैसेज किया, “लेट्स गो इल्स द प्रीस्ट मे लीव.” (जल्दी चलो नहीं तो पुजारी चला जायेगा।

“यस। मैं तैयार हूँ। पुजारी को जाने दो वह बहुत जरुरी नहीं है?” आरुषि ने मैसेज किया।

“हमारी शादी में वैदिक मंत्र पढ़ने वाले की तुम्हें जरुरत नहीं है या शादी करने के लिए तुम चर्च में किस करने की योजना बना रही हो,” एक चतुर मुस्कान वाले इमोटिकॉन के साथ मैंने जवाब दिया।

“क्या तुम कभी सीरियस होगे? मैं नीचे इंतजार कर रही हूँ,” वह गुस्से में बोली।

मैंने निखिल की बाइक ली। निखिल सैकड़ों जॉब पोर्टल पर हजारों जॉब्स में से अपने मन मुताबिक जॉब खोजने में व्यस्त था।

“आज तो ख़ुदा भी अपनी काबिलियत पर गुरुर करेगा,
ज़रा नज़रें बचा के रखना उससे, वरना
वो भी इंसानों वाली भूल करेगा।”

मैं इतनी तेज़ आवाज़ में बोला कि वह इसे सुनकर मेरी तरफ देखे। वह पीले रंग के सलवार सूट तथा कंधे पर सलीके से पिन किया हुआ सफ़ेद दुपट्टा पहने हुए थी। उसे किसी कृत्रिम मेकअप की ज़रूरत नहीं थी, भगवान ने पहले ही उसे इतना सुंदर बना दिया था।

“भगवान के लिए प्लीज़, मेरे साथ फ़्लर्ट करना बंद करो,” जब मैं किक मार कर बाइक स्टार्ट कर रहा था, तब वह बोली। वह पीछे बैठ गई और लहराते हुए दुपट्टे को उसने संभाल कर अपनी गोद रख लिया। मैंने उसे साइड मिरर से देखा और मुस्कराया।

“क्या?” उसने पूछा।

“बाइक पर मेरे पीछे बैठने का नियम वही होता है,” मैंने एक नटखट मुस्कान दी।

“कौन सा नियम?” चिड़चिड़े अंदाज़ में उसने पूछा ।

“उबड़-खाबड़ गली पूरी तरह से सरकार की लापरवही को दर्शाता है। दुर्घटना से बचने के लिए ब्रेक लगाना एक बड़ा कदम माना जाना चाहिए। यदि कोई पीछे की सीट पर बैठता है, तो वह ब्रेक लगाने से पहले ही ड्राईवर से सट जाता है। इसे लॉ ऑफ़ इनेर्सिया के कारण उत्पन्न एक संयोग माना जाना चाहिए।

किसी भी असुविधा के लिए राइडर को जिम्मेदार नहीं माना जाना चाहिए," मैं बिलकुल गंभीर मुद्रा में बोल रहा था।

आरुषि मुस्कराई और ड्राइव करने का इशारा किया। दस मिनट के अंदर हम मंदिर पहुँच गए। मैंने अपनी बाइक खड़ी की और फिर सैंडल स्टोर में अपने जूते-चप्पल रख दिए। यह कितना उल्लासपूर्ण है। ज्यादातर भक्त, जो मंदिर जाते हैं उनके मन में पहला विचार आता है कि "अगर किसी ने मेरा जूता चुरा लिया, तो क्या होगा।"

आरुषि ने प्रसाद काउंटर से कुछ फूल और मिठाई खरीदी। मैं साए की तरह उसका सहचर बना हुआ था। उसकी दैवीय सुंदरता में मैं खो गया था। उसके चेहरे की निर्मलता देखने पर ऐसी लगती थी मानो दुआएं दे रही हो।

"अरे, कैसे हो मेरे बच्चे?" एक आवाज़, जिसने मेरी उपासना भंग कर दी और मैं स्तब्ध रह गया। वह कोई और नहीं पुजारी घनश्याम जी थे। जिन्होंने मुझे एक बार गाय का गोबर दिया था। मैं उनके पैर छूने के लिए झुका।

"मैं कुशल हूँ पंडित जी," झूठी मुस्कान के पीछे अपनी डरी हुई स्थिति को छुपाते हुए मैंने कहा। आरुषि भी पास आई और पुजारी के पैर छू कर सम्मान दिया।

"सुखी रहो!" घनश्याम जी ने आशीर्वाद दिया और मेरी ओर देखा। जो नहीं पूछना चहिये था वही उन्होंने पूछ लिया।

"उस दिन तुम गृह प्रवेश समारोह के लिए गोबर ले गए थे। सब कैसा रहा?" मुस्कराते हुए उन्होंने पूछा।

"गोबर कैसा था या समारोह?" मुस्कराते हुए मैंने पूछा। उन्होंने मेरा गाल खींचा और कहा, "बहुत चालक हो तुम। ठीक है, अब मैं चलता हूँ। जय श्रीकृष्णा।" गोबर वाली पूरी कहानी पहले से मालूम होने के कारण आरुषि मुस्करा रही थी।

"सुनो, मैं प्रर्थाना करने जाऊँ, इससे पहले मैं तुम्हें कुछ बताना चाहती हूँ," पूजा की थाली में रखे फूलों को ठीक करते हुए आरुषि बोली। यह सुन कर मैं चिंतित हो गया कि क्या वह किसी और से प्यार करती है? या वह यहाँ पर अपने बॉयफ्रेंड से मिलाने के लिए लाई है? क्या होगा अगर वह मेरा दिल तोड़ देगी तो? मेरे दिमाग में ऐसे ही बहुत अजीब से विचार आने लगे।

"क्या बात है?" मैंने पूछा। आस-पास बैठने के लिए वह जगह देखने लगी।

"चलो वहाँ चल कर बात करते हैं," मंदिर परिसर में विशाल बरगद के पेड़ के नीचे रखी बेंच की ओर इशारा करते हुए आरुषि बोली।

"यह तुम्हारे लिए है," आरुषि ने कहा और एक लिफाफा मेरे हाथ में थमा दिया। पहले मैंने सोचा कि उसने मेरे लिए प्रेम पत्र लिखा है, लेकिन बाद में देखा तो यह सी.डी.एस. (कंबाइंड डिफेन्स सर्विसेज) की तरफ से पत्र आया था। मैं खुश हो गया।

"डाकिया से सलीम ने रिसीव किया था। उसने मुझे यह बोल कर दिया कि यह आर्यन भैया का है। मुझे पूरा विश्वास है कि तुमने उसे भी अपने इस षडयंत्र में सम्मिलित किया है," जब मैं लिफाफा बहुत ही ध्यान से खोल रहा था, तब मुस्कुराते हुए आरुषि बोली। चतुर मुस्कान के साथ मैंने मान लिया कि हाँ, सलीम भी इस प्यार वाले मामले में शामिल है।

"भगवान, मैं सेलेक्ट हो गया। मुझे एस.एस.बी. इंटरव्यू के लिए मैसूर बुलाया गया है!" मैं जोश में उछलने लगा। मुझे खुश देख कर आरुषि भी खुश हो रही थी। वह मुझे बधाई देने के लिए खड़ी हुई।

"तुम मेरे लिए लकी स्टार हो," मैंने कहा और उसके गले लग गया। हाँ, मैंने उसे गले लगा लिया। कुछ क्षण के लिए दोनों को महसूस नहीं हुआ कि क्या हो रहा है, लेकिन जल्द ही मैंने देखा कि आरुषि एकदम फ्रोजेन स्टेट में है, तो मैंने पकड़ ढीली कर दी और एक मासूम बच्चे की तरह उसके सामने खड़ा हो गया। उसने मुझे देखा और बोली, "अंतिम चेतावनी।" मैंने सिर हिला कर अपनी स्वीकृति दी।

"मैं तुम्हारे लिए खुश हूँ। अब तुम जल्दी ही इंडियन एयरफोर्स में अधिकारी बन जाओगे," आरुषि बोली।

"उम्मीद है। लेकिन यह मेरा तीसरी बार है। मैं पहले भी प्रयास कर चुका हूँ, लेकिन एस.एस.बी. इंटरव्यू में सफल नहीं हो पाया। बहुत कठिन होता है। इंजीनियरिंग प्रवेश परीक्षा की तरह नहीं होता, जहाँ आप कुछ महीने तैयारी करके सफलता प्राप्त कर सकते हैं। एस.एस.बी. में सफल होने के लिए तो दिखाना पड़ता है कि वास्तव तुम योग्य हो । मेरा मतलब, जो अधिकारी इंटरव्यू लेते हैं व आसानी से समझ जाते हैं कि तुम गलत हो या सही," एस.एस.बी. के कटु सत्य को महसूस करते हुए मैं उदास लहजे में बोला। आरुषि ने मुझे देखा और मुस्कुराई।

"तो, रिजेक्शन से डर लग रहा है,"उसने मुझसे पूछा।

"हाँ, मैं डर रहा हूँ। तुम नहीं समझ पाओगी, क्योंकि तुम कभी रिजेक्ट नहीं हुई हो," मैंने दो टूक बोला। आरुषि ने मुझे उपहास की दृष्टि से देखा।

"मैंने जीवन रिजेक्शन में ही तो गुजारा है," आरुषि भुनभुनाई। उसकी आँखें गीली हो आई थीं। मुझे लगा, मैं अपनी जीभ काट दूँ। उसे सांत्वना देने के लिए मेरे पास शब्द नहीं थे। उसका दिल दुखाने का मेरा कोई इरादा नहीं था, मैं बस उसे अपने जीवन कि असफलताओं से रूबरू कराने का प्रयास कर रहा था। लेकिन मैंने गलत शब्दों का चयन कर लिया था।

"मैं माफ़ी मांगता हूँ, तुम्हें दुःख पहुंचाने का मेरा कोई इरादा नहीं था। प्लीज़," मैंने अपना कान पकड़ कर कहा और माफ़ी मांगी।

"प्लीज़ ऐसा मत करो। मैं ठीक हूँ और तुम्हारी परिस्थिति समझ सकती हूँ," वह कान से हाथ हटाने के लिए बोली।

"तुम जानती हो, मेरा जन्म और पालन पोषण पंजाब के पठान कोट में हुआ है। पठानकोट में भारतीय वायु सेना का स्टेशन है। वे लड़ाकू विमान, उनके इंजन की आवाज ये चीजें मुझे आकर्षित करती थी। इसके अतिरिक्त, भारतीय वायु सेना का यूनिफार्म सबसे अच्छा था। मैं खुद को भारतीय वायु सेना के यूनिफार्म में देखना चाहता था, जिसमें कंधे पर बैंड्स और चेस्ट पर मैंडल चमकता रहे। लेकिन, सारे सपने पूरे नहीं हो सकते। ज्यादातर इंजीनियरिंग स्टूडेंट और मैं भी सॉफ्टवेयर इंडस्ट्री में आए। जहाँ हमें ये बकवास कोड्स लिखने पड़ते हैं, बग फिक्स करने पड़ते हैं जो जिसका परिचय आप अपने कोड में देते हैं और साल के अंत में अपने पे स्लिप पर अधिक पैसे का इंतजार करते हैं," मैंने अपना प्रयोजन बताया।

"जिनके सपने असमान छूने के थे,
वो ज़मीन पर ही फ़ना हो गए।"

"तुम्हें पता है, कभी-कभी मैं सोचती हूँ कि कोई तुरंत कैसे शायरी बोल देता है," आरुषि ने कहा। वह मेरी प्रतिभा को देखकर हैरान थी। मैंने और भी गुमान में भर कर अपना कालर ऊपर उठाया।

"रुको, मैं नहीं कहती कि मुझे पसंद है, इसलिए ऐसा व्यवहार मत करो, मानो तुमने मुझे अपनी दो पंक्तियों से प्रभावित कर दिया है," उसने मुझे उकसाया।

"तुम मेरी प्रतिभा से बहुत जलती हो। दुखी मत हो, जब हमारी शादी हो जाएगी, तब मैं तुम्हें सिखा दूँगा," मेरी बात सुन कर उसने इशारा किया कि सब बकवास है।

"तुम जानते हो, तुम्हें कभी जीवन में असफलताओं से घबराना नहीं चाहिए क्योंकि यह वही समय होता है जब आप खुद को पहचान सकते हो। तुमने कहा कि तुम पिछली बार फेल हो गए थे और मुझे पूरा भरोसा है कि तुम्हें

उसका कारण पता है। क्या नहीं पता है?" मेरी आँखों में देखते हुए आरुषि ने पूछा। उससे झूठ बोलना मेरे लिए कठिन था।

"हाँ मैं जनता हूँ। इंटरव्यूअर ने मुझसे जितने सवाल पूछे, ज्यादातर प्रश्नों का जवाब मैंने गलत बताया था। मैंने सोचा कि इससे वे सोचेंगे कि मैं ही उपयुक्त उम्मीदवार हूँ, मैंने अपना पक्ष रखा।

"अब ईमानदारी से रहो और पिछली बार की तरह कुछ भी गलत मत करना," उसने समझाया।

मैंने आरुषि की ओर देखा और उसके मार्गदर्शन को स्वीकृति प्रदान करने के लिए मुस्कराया।

"एक और बात है, जो मैं तुमसे कहना चाहती हूँ," अपनी जुल्फों को कान के पीछे करते हुए आरुषि बोली।

"क्या तुम मुझसे प्यार करती हो?" मैंने बोला, जिसे सुन कर उसका चेहरा भावशून्य हो गया और उसने मुझे डांट दिया।

"मेरी मुख्य परीक्षा आने वाले तीसरे सप्ताह में है। यह 3 अगस्त, मंगलवार को है," आरुषि ने जोश के साथ कहा।

"अच्छा है। लेकिन उसके लिए तुम इतना खुश क्यों हो। परीक्षा नजदीक आती है, तो मेरे सिर में दर्द होने लगता है और तुम्हें यह जान कर आनंद की अनुभूति हो रही है," मैं बोला।

"तुम्हें सिर दर्द होता हैं, क्योंकि तुम फेल होने से डरते हो और मेरे अंदर उत्साह भर जाता है, क्योंकि मैं अपने सपने को जल्दी ही पूरा कर लूंगी," उसने कहा।

वह मेरे लिए प्रेरणा स्रोत थी। मैंने अपने जीवन में उसकी तरह सकारात्मक सोच वाला व्यक्ति कभी नहीं देखा। उसे पूरा विश्वास है कि वह सफल होगी, इसलिए वह असफलता से कभी नहीं डरती। मेरे मामले में वह सफलता प्राप्त करने की तैयारी करने से पहले फेल होने के लिए बहाना बनाने लगता है।

"इतने अच्छे फीडबैक के लिए धन्यवाद," मैंने आह भरी।

"तो, तुम्हारा इंटरव्यू कब है?" आरुषि ने जानना चाहा ।

"मुझे 2 अगस्त को मैसूर कैंपस पहुँचना है। अगर मैं पहले दिन की परीक्षा पास कर लेता हूँ, तो मुझे अगले चार दिन रुकना पड़ेगा," मैंने उत्तर दिया।

"तो तुम मेरे एग्जाम से एक दिन पहले जा रहे हो," आरुषि बोली। मैंने उसकी तरफ देखा कि वह मेरे जाने से खुश है या दुखी। वह खुश नहीं दिख रही थी, जो मेरे दिल को सुकून पहुँचा रहा था।

"तुम्हें तो खुश होना चाहिए, क्योंकि अपने विशेष दिन पर तुम मुझे नहीं देख पाओगी," मैंने उससे बोला।

आरुषि ने मेरी ओर देखा और दाँत निपोड़ दिए। कुछ देर उसने सोचा और कहा, "इसमें कोई संदेह नहीं है कि जब मैंने तुम्हें पहली बार देखा था, तो तुमसे घृणा करती थी। तुम भी उन छेड़खानी करने वाले आवारा लड़कों में से एक थे, जो गली से गुजरती हुई लड़कियों को घूरते थे। लेकिन मिलने के बाद और तुम्हारे बारे में थोडा बहुत जानने के बाद मुझे लगा कि तुम स्टुपिड और इडियट हो। उन लोगों की तरह नहीं हो, जो स्वार्थी होते हैं और गलत इरादा रखते हैं।"

मैं मुस्कुराया और यह पहली बार था कि मुझे किसी के द्वारा कहे गए स्टुपिड, इडियट और इनके अन्य समानार्थी शब्द अच्छे लगे।

"आरुषि, अगर तुम्हारा कोई बॉयफ्रेंड होता, तो मैं अब भी इधर-उधर भटक रहा होता," अपनी उंगलियों से क्रॉस बनाते हुए मैंने पूछा। उसने मुझे देखा और बोली, "क्या यह बात तुम्हारे लिए मायने रखती है?"

"नहीं-नहीं, लेकिन हाँ, कहीं यह मायने रखती है। भावी प्रेमी होने के नाते, मुझे तुम्हारी पसंद और नापसंद का ध्यान रखना चाहिए, जिससे तुम्हारे मना करने के अवसर कम हो जाएँ" मैंने दो टूक जवाब दिया।

"मुझे किताबें पढ़ना पसंद है। इतिहास के पात्रों से मुझे प्यार है। मुझे आश्चर्य होता है कि बिना किसी बेल कर्व और स्वोत एनालिसिस के अपने सम्राट को कैसे मैंनेज करते थे। विश्व इतिहास में सीखने के लिए बहुत कुछ है," दिलचस्प तरीके से आरुषि ने बताया।

यह सब सुन कर मैं स्तब्ध रह गया। कोई इतिहास की किताबों से कैसे प्रेम कर सकता है?

"लगता है तुम इतिहास पसंद नहीं करते?" मेरे उदासीन चेहरे को देख कर आरुषि ने पूछा।

"नहीं। बिलकुल नहीं। मैं कुछ मौलिक करने में विश्वास करता हूँ," कुर्ते की बाँह चढ़ाते हुए मैंने कहा।

"प्लीज़, अपनी कमजोरी को छुपाने के लिए अपने मुखर कौशल का प्रयोग मत करो," वह चिल्लाई।

"कम से कम, तुम सहमत हो कि मैं वाकपटु हूँ। बहरहाल, जब मैंने तुमसे तुम्हारी पसंद और नापसंद के बारे में पूछा, तो मेरा मतलब औरंगजेब या बाबर नहीं था। मैं जानना चाहता हूँ कि तुम्हें ऐसी क्या चीज है जो खुश रखती है। जिससे तुम प्यार करती हो?" मैंने अलग ढंग से अपना प्रश्न पूछा।

"मुझे अभी तक नहीं पता है। मुझे अभी भी अपने जीवन में ख़ुशी के पल का इंतजार है। लेकिन इसका मतलब यह नहीं है मैं दुखी हूँ या खिन्न हूँ। सिर्फ यही है, अनाथ होने के कारण मैंने अपनी ज़िन्दगी में बहुत कुछ खोया है। मैं अभी भी इससे उबरना चाहती हूँ। जिस दिन मैं अपने पापा के सपने को पूरा करूँगी, उस दिन मुझे एहसास होगा कि ख़ुशी क्या होती है," आरुषि ने कहा। उसकी आँखें चाँद की रौशनी से चमक रही थीं।

"मैं समझता हूँ। मुझे भरोसा है कि तुम जरुर पूरा करोगी। लेकिन ये बताओ तुम मंदिर क्यों आती हो? मुख्य परीक्षा पास करने के लिए रिश्वत देने," अपनी बातचीत को खुशनुमा बनाने के लिए मैंने कहा।

आरुषि मुस्कुराई और बोली, हाँ, अब बहुत देर हो चुकी है। रिश्वत अभी भी थाली में ही है। चलो चलते हैं," वह अपने साथ पूजा में शामिल होने के लिए बोली।

"मैं बाहर तुम्हारा इंतजार कर रहा हूँ। तुम जाओ," मैंने कहा।

"तुम अपने एस एस बी इंटरव्यू के लिए भगवान को रिश्वत नहीं देना चाहते?" आरुषि ने ताना मारा।

"जो मांग के मिले,
वो उपहार कैसा,
जो मांगने पे दे,
वो भगवान कैसा,"

मैंने अपने स्टाइल में कहा। उसने कहा "वाह- वाह" और जब तक वापस नहीं आ जाती, इंतजार करने के लिए बोली।

"अरे रुको," मैंने कहा।

"क्या" वह बोली और मेरी बात सुनने के लिए सीढ़ियों पर रुक गई। मैं उसके पास गया और दुपट्टे से उसका सिर ढँक दिया। वह कुछ बोल न सकी।

"अब तुम पूर्ण लग रही हो," नीचे उतरते हुए मैंने कहा।

"तुम भगवान की प्रार्थना नहीं करोगे?" उसने मुझसे पूछा।

"मैंने पहले ही प्रार्थना कर ली है," आरुषि की तरह अपना हाथ दिखाते हुए मैं बोला। वह मुस्कराई और पूजा-अर्चना के लिए मंदिर के अंदर चली गई। इस दौरान मैं एस.एस.बी. कॉल लैटर को फिर से देखने लगा। मुझे विश्वास नहीं हो रहा था कि मुझे अपनी पसंद की ज़िन्दगी जीने का दूसरा मौका मिल गया है। आरुषि की वे प्रेरणादायक बातें हर पल मेरे दिमाग में आ रही थीं।

"मैं एयर फ़ोर्स की पोशाक में कैसा लगूंगा?" मैं कल्पना कर रहा था, जैसे मैं एयरफोर्स की वर्दी में अपने बैज के साथ रे बैन का सनग्लास लगाए हुए चल

रहा हूँ। मैंने अपनी इस कल्पना का लाभ उठाया और एक शानदार व्यक्तित्व बनाया। मैं खुद पर मुस्करा रहा था, तभी आरुषि ने मुझे सच में झकझोरा।

"तुम कहाँ खोए हो?" पुजारी से आशीर्वाद के रूप में प्राप्त फूल देकर वह मुझसे बोली।

"क्या तुम मुझे प्रपोज़ कर रही हो?" प्रसन्नता के साथ मैंने कहा। आरुषि ने मुझे देखा और हँसी।

"प्लीज़ मंदिर के अंदर फ़्लर्ट करना बंद करो। यह फूल सिर्फ तुम्हारे अच्छे भाग्य के लिए है। इंटरव्यू के लिए जाते वक्त इसे अपने साथ रखना," उसने कहा और प्रसाद के रूप में एक लड्डू दिया।

"प्लीज़ अब ये बेवकूफी भरी बातें मत बोलना कि यह लड्डू इस बात का प्रमाण है कि मैं तुम्हें अपने जीवन में पाकर खुश हूँ। यह सिर्फ "प्रसाद" है, अपनी तरफ से सब कुछ स्पष्ट करते हुए आरुषि बोली।

"तुमने मुझे गुलाब क्यों नहीं दिया? कम से कम यह मुझे प्रपोज करने का तुम्हारा ड्रेस रिहर्सल हो जाता," फूलों की टोकरी की ओर इशारा करते हुए मैं बोला।

"अपने ख्वाब से बाहर आइये मिस्टर जावा। सॉरी, लेकिन मुझे गुलाब बहुत अच्छे लगते हैं। मैं इन्हें तुमको नहीं दूंगी," अपने दुपट्टे से केवल गुलाब को छुपाते हुए उसने कहा।

"पीते रहें जाम ज़िन्दगी भर,
जिन्हें मोहब्बत शराब से है,
हम तो काँटों की तरह, उनकी आँखों में ढूंढते रहे प्यार,
जिन्हें मोहब्बत गुलाब से है"

"कुछ भी" मेरी शायरी पर मुस्कुराते हुए आरुषि ने कहा। मैंने आह भरी।

"अरे, हम लोग डिनर के लिए चलें?" काउंटर से अपने जूते-चप्पल लेते हुए मैंने कहा।

"थोड़ा इसे पकड़ो तो," पूजा की टोकरी देकर आरुषि बोली, ताकि वह सैंडल पहन सके।

"मैं तुम्हारी मदद करूं?" मैंने आरुषि से पूछा।

"नो थैंक्स, मैं पहन लूंगी। इसका स्ट्रैप टूट गया है। इसे ठीक करने की आवश्यकता है," आरुषि स्ट्रैप को ठीक करते हुए बोली। उसका सैंडल टूट गया था, लेकिन अन्य लड़कियों से अलग मेरे साथ आने में बुरा नहीं मानी।

"मेरी समझ से तुम्हें अब दूसरी सैंडल खरीद लेनी चाहिए," मैंने कहा। आरुषि मुस्कराई और बाइक लाने के लिए कहा।

आरुषि बाहर जाने में सुखद महसूस नहीं कर रही थी, इसलिए हमने फैसला लिया कि सलीम के ढाबे पर ही डिनर करेंगे। लेकिन मैं जानता था कि मानसिक सुख मिलने के कारण वह अच्छे रेस्तरां में जाने के लिए मना नहीं करेगी। यह फैंसला इसलिए भी था क्योंकि आर्थिक स्थिति महंगें डिनर का खर्च उठाने लायक नहीं थी। मैंने उस पर किसी भी तरह से दबाव नहीं डाला। और जो भी हो, सलीम के ढाबे से अच्छी जगह डिनर के लिए कहीं हो सकती थी क्या, मेरा सह-षडयंत्रकारी!

"अरे भैया-भाभी एक साथ!" हर्षोन्माद के साथ सलीम हाथ जोड़ कर हमारा स्वागत करते हुए बोला। हालाँकि भाभी शब्द मेरे दिल को तसल्ली दे रहा था, लेकिन आरुषि को अच्छा नहीं लगा। यह शब्द सुनकर वह दहल गई।

"सलीम भाई, मैं आपकी भाभी नहीं हूँ। हम सिर्फ दोस्त हैं," आरुषि ने बताया।

"क्या? तुमने मुझसे कहा था कि तुम मेरी दोस्त नहीं हो," मैं चिल्लाया। सलीम हम दोनों की ओर देख रहा था, मौका देख रहा था हमारी बात में कैसे कूद पड़े।

"ठीक है, हम दोस्त नहीं हैं। लेकिन मैं आपकी भाभी नहीं हूँ," सलीम को समझाते हुए आरुषि ने कहा। रोबोट की तरह सलीम ने स्वीकृति देने के लिए सिर हिलाया।

"तुमने अपनी बात ख़त्म कर ली या नहीं," मैंने कहा क्योंकि आरुषि निराश लग रही थी और नाराज़ होकर बगल में रखी कुर्सी पर बैठ गई थी। सलीम ने मेरी तरफ देखा और पूछा, "अब क्या है?" मैंने उसे चुप हो जाने का इशारा किया और मेनू मंगाया।

"वह अभी तक तुम्हारी भाभी नहीं है। लेकिन एक दिन हो जाएगी," मैंने गर्व के साथ सलीम से कहा। आरुषि ने मुझे देखा और बोली, "ये क्या बकवास कर रहे हो आप लोग? "क्या हम जल्दी से डिनर करके चल नहीं सकते!"

मैं चुप था। सलीम को मेनू लाने के लिए इशारा किया। सलीम चेहरे पर उदास मुस्कान के साथ मेनू कार्ड लेकर आया और मुझे थमा दिया।

"भाभी को दो," मैंने कहा और आरुषि मेरे मुँह पर सैंडल उतार कर मारती, इससे पहले अपनी बात को बनाते हुए बोला, "मैडम को दो।"

आरुषि ने मेनू कार्ड लिया और क्या मंगाए, यह देखने लगी। तब तक मैंने सोचा कि ज्योतिषी से बात कर ली जाए कि वह जिंदा है या मर गई।

"हाय, आजकल कहाँ हो आप। आपका मार्ग दर्शन नहीं मिल रहा। अपने फ्लैट के सामने वाली दुकान पर मैं आरुषि के साथ बैठा हूँ। वह मुझ पर

गुस्सा है। उसे मनाने के लिए मुझे क्या करना चाहिए?" मैंने लेडी एस्ट्रोलॉजर को मैसेज किया। मुझे मेरे मैसेज का तुरंत जवाब आया। मुझे लगा शायद मैं इसका इकलौता ग्राहक हूँ।

"तुम उल्लू हो। तुमने उस लड़की को शराब पिलाई। इसके अलावा तुमने एक काम और गलत किया, उसकी रूम मेट की स्कूटी टो करवा कर पुलिस स्टेशन भेज दी," स्वाति, जिसे हम लेडी एस्ट्रोलॉजर के नाम से जानते हैं, का मैसेज पढ़ कर डर गया। "ये इस घटना के बारे में कैसे जानती है?" मैंने खुद से पूछा।

"उस दिन जो स्कूटी तुम स्टारबक्स तक चला कर लाई थीं, वह तुम्हारी थी या स्वाति की?" जब वह सलीम को आर्डर दे रही थी, तब मैंने आरुषि से पूछा। आरुषि ने आश्चर्य में अपनी भौहें उठाईं कि मैंने कैसे अंदाज़ा लगा लिया।

"जिस स्कूटी को तुमने मज़े के लिए टो करवा दिया था, वो स्वाति की थी। हम एक स्कूटी का खर्च कैसे उठाते हैं, तुम जानते हो? और इसके आलावा, जो ड्रेस मैंने क्लब के लिए पहनी थी, और जिसकी तुमने तारीफ की थी, वह भी स्वाति की थी," मुझे देख कर आरुषि ने कहा और सोचा कि मैं उससे ये सब क्यों पूछ रहा हूँ।

आरुषि के जवाब से लेडी एस्ट्रोलॉजर के प्रति मेरा विश्वास और बढ़ गया। "ईश्वर से उसका कुछ सीधा संबंध है। ये सब बकवास वह कैसे जानती है कि वह स्कूटी स्वाति की है," मैं खुद से बुदबुदाया।

"मैंने इसे इरादतन नहीं किया था। सच में उसकी रूम मेट सब कुछ बढ़ा-चढ़ा कर बोलती है। वह पागल है। छोड़ो उसकी बात। ये बताओ कि आरुषि को मेरा प्यार एक्सेप्ट करने में कितना समय लगेगा," जब मैं मैसेज कर रहा था तब आरुषि मुझे घूर रही थी। मैंने उसे देखा और अपनी घबराहट छुपाने के लिए मुस्कराया।

"तुम क्या कर रहे हो?" मुझे सेलफोन छुपाते देख आरुषि ने टोका।

"कुछ नहीं बस मैसेज-मैसेज खेल रहा हूँ," मैंने जवाब दिया। वह कुछ नहीं बोली।

"क्या तुम ट्यूशन जाती हो?" विषय से ध्यान हटाने के लिए मैंने पूछा।

"नहीं, मुझे इसकी आवश्यकता नहीं है। मेरे पास तैयारी के लिए काफी समय रहता है," अपनी रंगीन चूड़ियों से खेलते हुए उसने कहा।

"इसका कारण यह तो नहीं कि तुम्हारे पास इसके लिए पर्याप्त पैसे नहीं हैं," मैंने पूछा। उसने नाराजगी से मेरी तरफ देखा और बोली, "मेरे पास किताबें

खरीदने के लिए पर्याप्त पैसा है," यह सुन कर मैं बिलकुल निरीह और शांत हो गया।

मेरे सेल फ़ोन में बीप की आवाज़ नया मैसेज आने की सूचना देती थी। मैसेज पढ़ने की अनुमति के लिए मैंने आरुषि की ओर देखा। आरुषि मुझसे बोली, क्या? यह तुम्हारा मोबाइल है। तुम मुझे क्यों देख रहे हो। मैसेज-मैसेज खेलो," वह मुझे चिढ़ाने लगी। मैंने एक नज़र में मैसेज देखा और पढ़ लिया।

"उसे पागल बोलने की हिम्मत कैसे हुई तुम्हारी? वही लड़की है, जो तुम्हें आरुषि से मिला सकती है। अब ऐसी बात दुबारा मत बोलना और मुझे कभी मैसेज मत करना। मैं तुम्हारी अधूरी प्रेम कहानी को तबाह कर दूंगी," मैंने मैसेज पढ़ा।

जब भी वह मेरी प्रेम कहानी तबाह करने के लिए कहती, मुझे उसकी बात गवारा नहीं होती। यह ब्लैकमेल करने का एक तरीका था। मैंने प्रण किया कि आरुषि एक बार मेरा प्रेम स्वीकार कर ले, फिर इस अड़ियल एस्ट्रोलॉजर को मैसेज करूँगा "भांड़ में जाओ।"

इसी दौरान डिनर के लिए आरुषि ने जो आर्डर दिया था, उसे सलीम ने लगा दिया। दाल मखनी, भिन्डी हरा-भरा और तंदूरी रोटी।

"भिन्डी! मुझे बिलकुल पसंद नहीं है। भिन्डी कौन पागल खाता है?" बिना सोचे कि यह आरुषि ने आर्डर किया है, मैं तेज चिल्लाया।

भौं सिकोड़ते हुए वह मुझसे बोली, "जब मैं आर्डर दे रही थी, तब तो तुम अपना फ़ोन चलाने में रमे हुए थे। अब जो मुझे पसंद था, वो मैंने मंगा लिया है तो तुम्हें दिक्कत हो रही है। इसके अलावा भिन्डी में बहुत सारे विटामिन, कैल्शियम और आयरन..." वह माँ की तरह समझाने लगी।

"स्टॉप, स्टॉप, स्टॉप," मैंने आरुषि को रोका, जो भिन्डी की तौहीन खुद पर ले गई थी। मुझे लगा था कि हम लोग नॉन-वेज खायेंगे," मैंने सुझाव दिया।

"मैं शाकाहारी हूँ। अगर तुम खाना चाहते हो, तो तुम आर्डर कर सकते हो," खाने की शुरुआत करने हुए आरुषि बोली। सलीम शांत होकर तमाशा देख रहा था। मैंने सलीम की ओर देखा और उसे जाने का इशारा किया। लेकिन उसके पास मुझे परेशान करने की कुछ नई योजना थी।

"लाइट धीमी करके मेज़ पर मोमबत्ती रख दूँ क्या। यह रोमांटिक रहेगा," सलीम ने इस उम्मीद में कहा कि उसके इस रचनात्मक विचार के लिए उसकी तारीफ की जाएगी। अपना दूसरा कौर आरुषि ने आधे पर रोक दिया और मेरी

ओर देखा। वह बहुत गुस्से में लग रही थी। मैं डर गया था कि कहीं वह दाल मखनी मेरें मुँह पर न दे मारे।

"भाई तू जा। आज के लिए बहुत है," मैंने सलीम से जाने के लिए कहा। सलीम हमारे इस बर्ताव से खुश नहीं दिख रहा था, वह चला गया।

"इस इलाके में और कोई जानता है कि मैं तुम्हारी गर्ल फ्रेंड हूँ?" अपने हाथ में फोर्क दिखाते हुए आरुषि ने पूछा। मैंने उसकी तरफ देखा, मेरी आँखें खुली की खुली रह गई, मैंने तुरंत उसके हाथ से फोर्क छीन लिया।

"तुम्हारे सिवाय सभी लोग जानते हैं। मेरा मतलब निखिल, स्वाति, सलीम, कुछ पड़ोसी, जिन्होंने हमें साथ देखा है और वे बच्चे, जिन्हें मैं और निखिल सप्ताह के आखीर में दिन का भोजन कराते हैं," मैं ढिठाई दिखाते हुए बोला।

"बच्चे भी?" आरुषि ने कहा, जो यह सब सुन कर सदमे में चली गई थी। बेशर्म आदमी की तरह मैंने हाँ कहने के लिए सिर हिलाया। उसने लम्बी साँस ली। मैं उससे सीधे आँख मिलाने से बच रहा था।

अगले दस मिनट तक हमने आपस में कुछ नहीं बोला, जब तक कि मेरे दिमाग में वह बात नहीं आ गई कि निखिल ने आरुषि को हॉस्टल छोड़ने के बारे में सुझाव दिया था।

"मैं कुछ बोलूं," मैंने अनुमति लेने के लिए पूछा। झूठी मुस्कान के साथ आरुषि मेरी ओर देखते हुए बोली, "अगर मैं अनुमति नहीं दूंगी, तो तुम नहीं बोलोगे?"

"यह बहुत ही जरुरी है, इसलिए वास्तव में यह मैटर नहीं करता है," मैं उसका मूड हल्का करने के लिए मुस्कराते हुए बोला।

"यह बेहतर होना चाहिए या जो भी हो, मेरे पास अभी भी एक फोर्क है," मेरी तरह फोर्क करते हुए आरुषि बोली।

"हिमांशु अच्छा आदमी नहीं है," मैंने बताना शुरू किया। वह प्राइवेट पार्टी करवाता है और उसके लिए हॉस्टल से लड़कीयाँ ले जाता है," मैंने उसे बताया।

"क्या? क्या तुम पागल हो? तुमने मेरे हॉस्टल वार्डन को नहीं देखा है?" आरुषि चिल्लाई।

"वह कुतिया है," पीछे से आवाज़ आई। सलीम हमें स्पेस देने के लिए परदे के पीछे छुप रहा था, लेकिन वह हमारी सारी बातें भी सुन रहा था।

मैंने पीछे की ओर देखा और उसे बाहर आने के लिए कहा। सलीम शर्माते हुए खड़ा हो गया, जैसे उसे किसी ने रंगे हांथों पकड़ लिया हो।

"यहाँ आओ, ये कुर्सी खींच लो," सलीम की तरफ कुर्सी सरकाते हुए आरुषि बोली। मैं सोच रहा था कि मैं खाता रहूँ या बातचीत में गंभीरता से शामिल हो जाऊँ।

"भाभी, मैं उस वार्डन को जनता हूँ," सलीम ने बताना प्रारंभ किया। अपने लिए भाभी शब्द का संबोधन सुनकर आरुषि सलीम को चांटे लगाती, इससे पहले मैं बीच में बोल पड़ा।

"साले तू मरवाएगा आज!" मैंने सलीम को धमकाया।

सलीम ने दोनों कान पकड़ कर माफ़ी मांगी। आरुषि उससे कान छोड़ने को बोली, लेकिन वह मेरी तरफ अंतिम स्वीकृति के लिए देखने लगा। मैंने बहुत ही गंभीर मुद्रा में उसकी ओर देखा और बोला "पकड़े रह, तेरे ऊपर यही अच्छा लग रहा है।"

"बताओ तुम क्या जानते हो," अपने हाथ पोंछते हुए आरुषि ने पूछा।

"आपकी वार्डन और हिमांशु एक दूसरे के घनिष्ठ हैं। हिमांशु के गेस्ट हाउस पर प्राइवेट पार्टी के लिए वह हॉस्टल से लड़कियों को ले जाती है। और जब वह उन्हें शराब के नशे में धुत्त कर देती है, तो हिमांशु के दोस्त उन लड़कियों से शारीरिक होने लगते हैं, तब वह उनका विडियो बनाती है। उसके बाद लड़कियों को धमकी दी जाती है कि अगर वे पुलिस में शिकायत करती हैं, तो उनका विडियो वायरल कर दिया जाएगा। कुछ लड़कीयाँ समझौता कर लेती हैं, लेकिन उनमें से एक लड़की थी, जिसने समझौता नहीं किया," सलीम ने बताया। मैं और आरुषि यह सब सुनकर स्तंभित थे। एक औरत इस प्रकार की शर्मनाक हरकत कैसे कर सकती है।

"वह लड़की कौन थी और उसने फिर क्या किया?" आरुषि ने पूछा।

"दिव्या। वह एम्स में मेडिकल स्टूडेंट थी। उसी लड़की मुझे यह सब बताया था। उसने अपने वार्डन से निवेदन भी किया लेकिन सब व्यर्थ चला गया। वह बहुत ही सुंदर थी, इसलिए वह हिमांशु की पहली पसंद बनी। एक दिन उसने हॉस्टल छोड़ने का फैसला किया और वहाँ जाने का निर्णय लिया जहाँ उसे कोई ढूँढ न पाए। उसने सुबह जल्दी ही हॉस्टल छोड़ दिया। मैंने उसके लिए कैब कर दी थी। मैंने उससे नहीं पूछा कि तुम कहाँ जा रही हो और न ही उसने अपनी योजना के बारे में कुछ बताया। कुछ दिनों बाद उसने खुदकुशी कर ली। एम्स के

प्रत्येक स्टूडेंट तक उसका एस एम एस फैला दिया गया था," सलीम ने बताया। उसकी आँखें नम हो गयीं थीं।

आरुषि अपने आसुओं को रोक नहीं पाई। "मैं समझ सकती हूँ कि दिव्या के ऊपर क्या बीता होगा," वह बोली।

उसकी आत्महत्या का कारण हिमांशु नहीं था, हम थे। हिमांशु ने एसएमएस बनाया लेकिन उसे देखने वाले कौन थे? इसके विरुद्ध लड़ने की हिम्मत किसी ने क्यों नहीं दिखाई। किसी लड़की का रेप हो रहा हो, उस विडियो को देखने में क्या मज़ा आता है। क्यों लोग नहीं सोचते कि इस विडियो में कभी उनकी बहन और बेटी भी हो सकती है? उन्होंने दिव्या के साथ जो किया, वो उनके साथ भी कर सकते हैं? इंसाफ के लिए मोमबत्ती जलाने का कोई मतलब नहीं है, जब तक कि हमारे दिल में इस अपरिपक्वता से लड़ने की चिंगारी नहीं जल जाती और पीड़ित को इंसाफ नहीं मिल जाता।

"मैंने इस घटना के बारे में पढ़ा था, लेकिन मुझे यह नहीं पता चल पाया था कि यह इस हॉस्टल की घटना थी। किसी ने कभी बताया भी नहीं, स्वाति ने भी नहीं," आरुषि विस्मित थी।

"यह बात बताने की हिम्मत कोई नहीं कर सकता। तुम इस हॉस्टल में अभी-अभी आई हो। चुनाव नजदीक होने की वजह से हिमांशु ने पार्टी करना भी बंद कर दिया है, जिससे मीडिया का ध्यान इस तरफ नहीं गया। नहीं तो उसके बाप की राजनितिक छवि ख़राब होती। आर्यन भैया ठीक कह रहे हैं "जितनी जल्दी हो सके आपको यह हॉस्टल छोड़ देना चाहिए," सलीम ने सुझाव दिया।

आरुषि के विचार जानने के लिए मैंने उसकी तरफ देखा। मैं जानता था, आरुषि समस्याओं से भागने वाली लड़की नहीं थी, वह पूरी जिंदगी कठिनाईयों से ही तो लड़ी थी।

"यह बहुत ही शर्म की बात है। मैं आज ही स्वाति से बात करती हूँ। मैं उस हरामी को सलाखों के पीछे भेज कर रहूंगी," आरुषि ने प्रण लिया। यह सब सुन कर मैं सदमे में था। मैं चाह रहा था कि वह कोई दूसरी जगह देख ले, लेकिन वह ऐसी योजना बना रही थी कि जो उसके लिए बहुत ही घातक थी।

"आरुषि तुम्हारा एग्जाम नजदीक है और तुम्हें सब कुछ छोड़ कर उसकी तैयारी करनी चाहिए। मैं तुम्हारे लिए एक महफूज जगह खोज देता हूँ, जहाँ तुम्हें कोई परेशानी न हो और तुम सुरक्षित रहो," मैंने भावी आईएएस अधिकारी को समझाया।

"हम अपनी सुरक्षा को लेकर चिंतित क्यों हों? तुम जानते हो, हमारे देश में यही समस्या है। जिन्होंने कुछ गलत नहीं किया, वे अपनी सुरक्षा को लेकर व्याकुल हैं और जो अपराध करते हैं, वे निडर होकर घूम रहे हैं। हमें परेशान होने की क्या जरूरत है? हमने क्या गलती की है? ज्यादा से ज्यादा मेरे साथ बुरा क्या हो सकता है, मैं मर जाउंगी। इससे ज्यादा कोई मेरा और क्या बिगाड़ सकता है? जब तक मैं जिंदा हूँ, लड़ूंगी," आरुषि ने कहा।

मैं उसकी आँखों में खीझ देख सकता था। सलीम और मैं शांत थे, क्योंकि उसे राजी करने का और कोई माध्यम हमारे पास नहीं बचा था। और जो भी मैं बोल सकता था, बोला। वह गलत नहीं थी।

"मैं तुम्हारे साथ हूँ। इससे फर्क नहीं पड़ता कि तुम्हारी योजना क्या है, लेकिन मैं साथ हूँ," मैं आरुषि की आँखों में देखते हुए बोला और उसे आश्वस्त किया कि वह इस संघर्ष में अकेली नहीं है।

आरुषि मुस्कराई और समर्थन के लिए धन्यवाद कहा।

"ठीक है, फिर मैं आज स्वाति से बात करती हूँ और आगे क्या करना है इसकी योजना बनाते हैं," बिल देने के लिए अपना पर्स निकालते हुए आरुषि बोली।

"मैं दे रहा हूँ," मैंने कहा।

"किसी को भी पैसा देने की जरुरत नहीं है। यह समझ लो कि मेरे साथ आप लोगों की पहली डेट थी," इतराते हुए सलीम बोला। मैं खुल कर हँसना चाहता था। मैं जान गया, आरुषि इसे इस बात पर लात से मारने वाली है, इसलिए मैं चुप हो गया और आरुषि के जवाब की प्रतीक्षा करने लगा।

"ये पैसा है। इसे रखो," आरुषि पैसा देते हुए बोली, उसने डिनर का आर्डर डेरे समय ही पैसा जोड़ लिया था। मैं कुर्सी से खड़ा हुआ और कम पड़ रहे पैसे को अपने पास से मिला दिया। मैंने सारा पैसा सलीम की जेब में रख दिया।

"थैंक्स, खाना सच में बहुत बढ़िया था," जाते-जाते आरुषि ने कहा। मैंने भी खाने के लिए वही बात बोली।

"और, प्लीज़ हमारी पहली डेट के बारे में मत बात करो। यह बहुत ही बेकार था," आरुषि बोली और चली गई।

सलीम ने भी आश्चर्य से मेरी ओर देखा। मैं तय नहीं कर पा रहा था कि यह मेरा अपमान है या कुछ और। मैं उसके पास पहुँचने के लिए पीछे दौड़ा।

"अरे, हमारी पहली मुलाकात बेकार नहीं थी। मैंने सोचा, तुम्हें अच्छा लगा होगा," इस उम्मीद से मैंने बोला था कि वह अपनी कही हुई बात को

सुधारेगी। वह अपने हॉस्टल के गेट के पास रुकी और बोली, "घटिया था और मैं यह बात सबसे बताने जा रही हूँ, जो भी इस बारे में जानता है," चेहरे पर मुस्कान के साथ। मैं जानता था, वह सिर्फ मुझसे मजाक करने की कोशिश कर रही थी।

"अगर यह बात है, तो सबसे पहले अपने दिल से कहो। मैं शर्त लगाता हूँ, वह तुम्हारी झूठी बातों में नहीं आएगा," उसके चेहरे पर लटकती जुल्फों को कान के पीछे करते हुए मैंने कहा। वह स्थिर हो गई। हम दोनों एक दूसरे को अपलक देखने लगे और उसी अवस्था में तब तक रहे, जब तक कि बालकनी से स्वाति चिल्लाई नहीं, "कम ऑन गाइज, मैं एक किस देखना चाहती हूँ!"

यह जानकर कि स्वाति ने उसे देख लिया है, आरुषि को सदमे से ज्यादा आघात पहुँचा। जिस बात को लेकर वह शरमा रही थी, उससे मेरा हौसला बढ़ रहा था।

"जो मोहब्बत तेरे दिल में है,
काश तेरी जुबान पर होती,
गलती तेरी नहीं खुदा की है,
काश दिल को जुबान दी होती"

आरुषि के चेहरे पर एक हल्की सी मुस्कान मेरे दिल को सुकून दे गई। अब वे दिन चले गए थे, जब वह मुझसे और मेरी शायरी से नफ़रत करती थी। बिना एक शब्द बोले हम वहाँ दो मिनट तक खड़े रहे।

"बाय," आरुषि ने कहा, जैसे अब वह और ज्यादा देर तक खड़ी नहीं हो पा रही थी और सीढ़ियों की ओर भागी।

"अरे सुनो, मेरी तरफ से स्वाति को सॉरी बोल देना," मैं चिल्लाया। आरुषि सुनने के लिए रुक गई।

"क्यों? क्योंकि उसने हमें पकड़ लिया है?" उसने कन्फर्म किया।

"यह कारण बिलकुल नहीं है। असल में तो उसे ही सॉरी बोलना चाहिए, जो उसने हमारा मूड ख़राब किया," यह देखने के लिए पिल्ले की तरह मुँह बनाया कि 'किस-मिस' करना मुझे कितना बुरा लग रहा था। आरुषि मुझे अपनी हथेली दिखाई और थप्पड़ मारने का इशारा की।

"फिर किसलिए तुम चाहते हो कि मैं स्वाति से सॉरी बोलूं?" आरुषि ने पूछा।

"ईमानदारी से मैं भी नहीं जानता कि उसे सॉरी बोलने की क्या आवश्यकता है, लेकिन हमारी लव स्टोरी में उसकी अहम भूमिका है," मैंने कहा और सोचने लगा कि लेडी एस्ट्रोलोजर ने सॉरी बोलने के लिए क्यों कहा।

"सच में तुम पागल हो। कभी-कभी मैं तुम्हें समझ नहीं पाती," सीढ़ियों पर चढ़ते हुए आरुषि बोली।

"गुड नाईट" मैं चिल्लाया, यद्यपि मैं उसे देख नहीं पा रहा था, लेकिन जवाब आया, "सी यू टुमारो।"

अध्याय 14

"चौथा दिन"

***

"आर्यन, अब तुम्हें सो जाना चाहिए," अली सर ने कहा। मैं रात भर जगा था। मेरी आँखें लाल थीं, शरीर थक चुका था, फिर भी दिल आराम करने को राज़ी नहीं हो रहा था। लैंप पोस्ट की रोशनी में मैं सारी रात लिख रहा था, जो कि बिलकुल मेरे सेल के सामने लगा हुआ था।

"कुछ घंटे और सर प्लीज़। उसके बाद मैं हमेशा के लिए गहरी नींद में चला जाउँगा, मैं आपसे वादा करता हूँ। आप बुरी तरह से मुझे अपने बेंत से पीटेंगे, फिर भी मैं नहीं उठूँगा," मैंने उनके हाथ में पकड़े हुए बेंत की ओर इशारा किया और मुस्कराते हुए बोला।

"आर्यन, मुझे यह नौकरी करते ग्यारह बरस हो गए, लेकिन इतना असहाय पहली बार महसूस कर रहा हूँ। तुम किसी हत्यारे और बलात्कारी की तरह नहीं लगते। मुझे लगता है, तुम बुरे वक्त के मारे हो। मुझे नहीं पता मैं कैसे तुम्हें फाँसी पर चढ़ते हुए देखूँगा," मेरी आँखों में देखते हुए एक जवाब की उम्मीद में उन्होंने बोला।

"सर, मैं अपनी इच्छा से हत्यारा बना। मैंने हिमांशु की नृशंस हत्या की। मैंने उसके शरीर के टुकड़े-टुकड़े कर दिए। मेरे पूरे शरीर में हिमांशु का खून लग गया था। मैं उसके कटे हुए शरीर के बगल में लेट गया। मेरा भरोसा कीजिए, उस क्षण और आज भी मैं इसके लिए ख़ुशी महसूस करता हूँ। मुझे कोई पछतावा नहीं है," मैंने जवाब दिया।

अली सर मेरी आँखों में गुस्सा देख रहे थे। वे कुछ देर के लिए रुके और फिर उन्होंने एक प्रश्न किया, जिसका मेरे पास उत्तर नहीं था।

"और जो तुम्हारे ऊपर रेप का मामला है, वह क्या है? क्या तुमने उस लड़की का बलात्कार किया था?" मेरा हाथ पकड़ कर अली सर ने मुझसे पूछा। मैं उनका सामना न कर पाया और अपना सिर झुका लिया।

"कहो आर्यन, मैं यह सब तुमसे जानना चाहता हूँ। तुम क्यों नहीं समझते हो, अगर तुम बात नहीं करोगे, तो चीजे नहीं बदलेंगी। मैं जानना चाहता हूँ कि वास्तव में तुम्हारे साथ क्या हुआ था। हिमांशु बड़े बाप का बेटा था और मैं भलीभांति जानता हूँ कि सत्ता किस प्रकार न्याय व्यवस्था को प्रभावित करती है। तुम्हारे केस में मुझे कुछ गड़बड़ लग रहा है। तुम समझते हो कि जज साहब सच नहीं जानते होंगे? राजनीतिक दबाव ने कानून के हाथ बांध रखे हैं। वे गवाहों और कानून की किताबों के आधार पर अपना फैसला देंगे। लेकिन आज मैं तुमसे जेलर के नाते नहीं पूछ रहा, एक दोस्त की तरह पूछ रहा हूँ। मुझे सच्चाई बताओ," अली सर ने कहा।

उनके स्वर की हताशा को मैं समझ सकता था। वह चाहते थे कि मैं कुछ बोलूं, लेकिन मैं मूक हो गया था। मैं कुछ देर के लिए बिलकुल शांत हो गया था और मैं उनसे दूर हटने लगा। मटके से एक कटोरे में पानी लिया और मुँह धोया। मेरी दाढ़ी बहुत बढ़ गयी थी, मैं शीशे में अपना चेहरा देखने के लिए आतुर था।

"अली सर, क्या यह संभव है कि कल मेरी दाढ़ी बन जाए और मेरा चेहरा देखने के लिए मुझे एक आइना उपलब्ध करा दिया जाए, ताकि फाँसी पर चढ़ने से पहले मैं आश्वस्त हो जाऊं कि मैं हैण्डसम दिखता हूँ? मैं नहीं चाहता कि जब मैं स्वर्ग का दरवाजा खटखटाऊँ तो देवदूत मुझे देख कर मुँह बिचकाएं," मैंने विषय बदलने की ग़रज़ से बोला। अली सर बनावटी मुस्कान के साथ मुझे देखने लगे, मानो वे जानते हों कि यह मेरे प्रश्न का जवाब नहीं देने वाला। उन्होंने आह भरी और चले गए। मुझे बुरा लगा, लेकिन इसके आलावा मेरे पास कोई चारा नहीं था।

जिन पन्नो पर मैंने लिखा था, उन्हें एकत्रित करके व्यवस्थित क्रम में लगा दिया। मैंने अपने शरीर को आराम देने के लिए शरीर में खिंचाव किया और लेखन कार्य के अंतिम चरण के लिए तैयार हो गया। मुझे अपनी कहानी पूरी करनी थी और मेरे पास चौबीस घंटे से भी कम समय बचा था।

मैंने आरुषि का फोटो हाथ में लिया और उसके मासूम चेहरे की तारीफ करने लगा। मुझे ऐसा लग रहा था कि वह अपनी भावपूर्ण आँखों से बातें कर रही थी। वह बिलकुल अलग लड़की थी। जैसे-जैसे मैं अपनी मौत के करीब जा रहा था, उसके साथ बिताए गए पल मेरी आंखों के सामने से गुजर रहे थे। वे प्रेरणादायक बातें, जो उसने मुझे प्रेरित करने के लिए कही थीं, उसके सुंदर विचार, विषम परिस्थियों से लड़ने की हिम्मत और उसकी प्यारी मुस्कान मेरे

दिल को शांति पंहुचा रही थी। उसका आईएएस बन कर चमकने का सपना, अपनी जुल्फों को हाथ से कान के पीछे ले जाना, पूर्णिमा के चाँद की तरह उसके चेहरे पर चमकती हुई नोज रिंग मेरे दिल को बहुत ही सुकून पहुँचा रहे थे। मैंने फोटो को बहुत कोमलता से चूमा और अपनी जेब में रख लिया। मैंने बादलों से घिरे हुए आकाश की ओर देखा। सर्दी के मौसम में बादल, मुझे ताज्जुब हुआ। दिल्ली में सर्दी के मौसम में बादल दिखना बहुत ही दुर्लभ था।

"अरे, मैं जानता हूँ तुम मुझे बादलों के पीछे से देख रहे हो। जरूर मेरे इंतजार में, मैं सच बोल रहा हूँ न? इस हालत में मुझे देख कर तुम्हें तो खुश होना चाहिए। मैंने क्या अपराध किया था? आरुषि अस्पताल में अपनी ज़िन्दगी और मौत से लड़ रही थी। अगर वह कल की सुबह देख लेगी, तो यह आश्चर्य की बात होगी। मैंने तुमसे कभी कुछ नहीं माँगा, तुम्हारी पूजा नहीं की और न ही तुम्हें खुश रखने के लिए कुछ चढ़ावा चढ़ाया। क्या तुम इन सब बातों का बदला ले रहे हो? मैं जल्दी ही तुम्हारे पास आ रहा हूँ, तुम मेरे सभी सवालों का जवाब देने के लिए तैयार रहना," आसमान की तरफ घूरते हुए मैंने ईश्वर को चेतावनी दी।

"आर्यन, तुमसे कोई मिलने आया है," गार्ड मनोज ने सूचना दी। मैंने उसकी ओर देखा और मिलने वालों के बारे में पूछा।

"तुम्हारी माँ, पापा और वही लड़का जो हमेशा उनके साथ आता है," बहुत ही कशमकश करके मनोज ने नाम याद कर लिया और बोला 'निखिल'।

"वह मेरा दोस्त निखिल है," अपनी शर्ट से धूल झाड़ते हुए मैंने कहा।

"अच्छा, निखिल, बहुत ही सुंदर नाम है। हमारे गाँव में सरल नाम रखे जाते हैं, जैसे- राम, श्याम, रमेश, सुरेश, महेश। ये बोलने और याद रखने, दोनों में आसन होते हैं," सेल को खोलते हुए मनोज बता रहा था।

"अभी जल्दी ही मुझे फेसबुक के सीईओ का नाम पता चला, मार्क जुका... नहीं मार्क हुक्का... कुछ बर्गर की तरह... क्या बकवास है ये सब!" फेसबुक के सीईओ का नाम उच्चारण करने में मनोज को दिक्कत हो रही थी। यह देखकर बहुत हँसी आ रही थी।

"मार्क जकरबर्ग," मैंने उसकी सहायता की। उसने गहरी साँस ली।

"तुम जानते हो अगर वह बिहारी होता, तो हम उसे ऐसे बोलतें 'अरे मार्कवा बहुत पैसा कमा रहे हो बे," मनोज ने कहा और जोर से हँसा। मैं भी उसके विनोदिता के गुण को प्रात्साहित करने के लिए हँसा। बिहार में प्रत्येक नाम में 'वा' प्रत्यय लगाना बहुत आम बात है। मुझे विश्वास है की आस्ट्रेलिया

के केवल दो खिलाड़ी बिहारियों के इस 'वा' से अपमानित महसूस नहीं करते होंगे।

ऐसे ही कुछ जटिल नामों के उच्चारण के संबंध में बात करते हुए हम विजिटर एरिया में पहुँच गए। वे जो कर रहे थे, उसे देख कर मैं लॉबी में घुसने से पहले रुक गया।

मैंने देखा, मेरी माँ अपने आंसू पोछ रही हैं, जबकि मेरे पापा उन्हें कसकर पकड़े हुए थे। शायद उन्हें खुद को सँभालने के लिए बोल रहे थे। अपने हाथ में टिफ़िन लिए हुए निखिल शांत खड़ा था। मेरी माँ ने अपने छोटे से पर्स में से 'हनुमान चालीसा' निकाला। वे असहाय लग रही थीं और उनके चेहरे को देख कर मैं बता सकता था कि वे बहुत समय से सोयी नहीं हैं। वे अपने इकलौते बेटे को खोने जा रही थीं, उनका दर्द मैं समझ सकता था। यह उनसे मेरी आख़िरी मुलाकात थी। दूसरे दिन उन्हें बुलाकर मेरा मृत शरीर दे दिया जाएगा, ताकि वे यादों को फिर से ताज़ा कर सकें।

"आर्यन, मैं समझ सकता हूँ कि तुम्हारे परिवार पर क्या बीत रहा है। लेकिन तुम्हारे पास मुलाकात के लिए ज्यादा समय नहीं है। मेरे हिसाब से तुम्हें उनसे जाकर मिल लेना चाहिए," मनोज ने कहा, जब उसने मेरी आँखों में आंसू देखे।

"हाँ, तुम सही कह रहे हो, मेरे पास ज्यादा समय नहीं है," मैंने कहा और अपने आंसुओं को पोंछा। मैंने लॉबी में मुस्कराते हुए प्रवेश किया, ताकि मेरे माता-पिता सहज महसूस करें।

मैंने हाथ जोड़कर उनका अभिवादन किया। मेरी माँ ने मेरी हथकड़ी देखी और मनोज को घूरने लगीं। वे जानती थीं कि मनोज मेरा हाथ नहीं खोलेगा। मैंने माँ को देखा और बोला "ओह ओ" इन हथकड़ियों को देख कर तुम परेशान क्यों हो रही हो। मैं आपके सामने हूँ क्या यह काफी नहीं है।

मुझे छूने के लिए उन्होंने अपनी उँगलियों को ग्रिल के अंदर डाला। मैंने उनको सहज महसूस कराने के लिए उनकी उँगली को छुआ। मेरे पिता जी दृढ़ और गंभीर मुद्रा में खुद को भावुक होने से रोक रहे थे। मैंने उन्हें देखा और रिलैक्स होने के लिए बोला, जैसे कि सब कुछ ठीक हो। उनकी सुर्ख आँखों को देख कर मैं समझ सकता था कि वे इन दिनों मेरे लिए कितना रोए हैं। मैं अगले कुछ मिनटों तक शांत हो गया। बस हम एक दूसरे को देख रहे थे। बचपन की सारी यादें मेरी आँखों के सामने घूम रही थीं। बचपन में मेरी माँ मुझे अपने हाथ से कैसे खाना खिलाती थीं, मेरे पिता घर में ही मुझे कंधे पर बैठा कर कैसे दौड़

लगाते थे, मेरी गन्दी हरकतों के कारण जो मुझे डांट और चांटे पड़ते थे, मेरे जन्मदिन पर पूरे दिन मेरी माँ रात के लिए स्वादिष्ट व्यंजन और बहुत सारी चींजे बनाने में लगी रहती थीं। मैं ज्यादा देर तक अपने आंसुओं को रोक नहीं पाया और टूट गया। "मेरे जाने के बाद मेरे माता-पिता का क्या होगा?" मैं फूट-फूट कर रोने लगा। वे बूढ़े हो रहे थे और मैं इस चिंता में था कि बुढ़ापे में उनकी देखभाल कौन करेगा।

"आई एम सॉरी। प्लीज़ मुझे माफ़ कर दो," मैंने कहा और उन्मत्त होकर रोने लगा। इस समय तक सभी लोग, जो न रोने का दिखावा कर रहे थे, रोने लगे थे। मिलने की अवधि के अंतिम समय में हम लोग एक दूसरे को लिपट रहे थे, लेकिन हमारी संवेदनाएँ और भावनाएँ दिल में ही दफ़न हो चुकी थीं। जैसे वहाँ आख़िरी इच्छा के लिए कुछ बचा ही न हो। निखिल मेरे माता-पिता को शांत करा रहा था और भरी आँखों से मुझे देख रहा था।

"तुम ऐसा क्यों कर रहे हो आर्यन? तुम कुछ बोल क्यों नहीं रहे हो? तुम हमें हमेशा के लिए क्यों छोड़ के जा रहे हो?" ग्रिल को झकझोरते हुए निखिल बोला। निखिल के इस व्यवहार पर मनोज उसे धमकाने वाला था, लेकिन जब मैंने कुछ न कहने का आग्रह किया, तो उसने खुद को रोक लिया।

"तुम बताओ निखिल मेरे ऊपर कौन भरोसा करेगा? मेरी निर्दोषिता का न तो कोई गवाह है और न ही सबूत। हम ऐसे देश में रह रहे हैं, जहाँ सत्ता और पैसे वाले लोग गवाह को कोर्ट में गवही न देने के लिए धमाका सकते हैं और सबूतों के साथ छेड़छाड़ कर सकते हैं। सिर्फ मेरे कहने से क्या होता है कि मैं अपराधी नहीं हूँ? मेरी बात का कौन विश्वास करेगा? कोर्ट में बेगुनाही साबित करने के लिए सबूतों और गवाहों की आवश्यकता होती है। मैं विवश हूँ, प्लीज़ समझने की कोशिश करो," मैं रोने लगा। ऐसा कुछ भी नहीं था, जो मैंने झूठ बोला हो, उन्हें भी पता था कि जो कुछ मैं बोल रहा हूँ, सत्य बोल रहा हूँ और वे इससे इंकार भी नहीं कर सके।

मेरी माँ ने अपने आँसू पोंछे और बोलीं, "तुम्हें कुछ नहीं होगा मेरे बेटे, परेशान मत हो। तुम दोषी नहीं हो, भगवान तुम्हारी रक्षा जरुर करेगा।" वे मुझे नहीं, बल्कि खुद को आश्वासन दे रही थीं। उन्होंने ग्रिल से मुझे हनुमान चालीसा थमाया और रोज सात बार पढ़ने की हिदायत दी, ताकि भगवान मुझे इस प्रारब्ध से बचा सके। मैं मुस्कराया और हनुमान चालीसा ले लिया।

"बेटा, बाहर तुम्हारे लिए बहुत ज्यादा नफ़रत है। सभी चाहते हैं कि तुम्हें फाँसी हो जाए। तुम्हें निर्दोष बताना और सभी को राजी करना हमारे लिए बहुत मुश्किल है। मैं नहीं जानता कि हम कैसे कल सभी का सामना करेंगे। जब एक तरफ हम तुम्हारे मृत शरीर को देख कर चूर-चूर हो रहे होंगे, तो दूसरी तरफ लोग तुम्हारी मौत का जश्न मन रहे होंगे। इन सब चीजों का सामना करने की शक्ति अब हमारे अंदर नहीं है। यह जानते हुए कि तुम अपराधी नहीं हो, हमारा रास्ता और कठिन होता जा रहा है," पापा ने अपनी भावना को व्यक्त किया।

बाहरी दुनिया मेरी फाँसी का इंतजार कर रही थी। उनके लिए मैं वह व्यक्ति था, जिसने अपनी प्रेमिका का बलात्कार किया था। मीडिया सब कुछ दिखा रहा था, जो उसके दर्शकों की संख्या में बढोत्तरी करता। बाहर मैं बहुत ज्यादा मशहूर हो गया था, लेकिन गलत कारणों से। जो भी बोलता था, सिर्फ आरुषि के लिए इंसाफ मांगता था। आरुषि के समर्थन और जल्दी ठीक होने की कामना से नारे लगाए गए, बैनर बनाए गए और कैंडल मार्च निकाले गए। निखिल से यह सब सुन कर मैं खुश था। कम से कम आरुषि जल्दी ठीक हो जाए, इसके लिए लाखों दुआएं तो मिल रही हैं।

लेकिन इन सबके बावजूद जो बात मुझे आश्चर्य में डाल रही थी, वह यह थी कि ये लाखों लोग तब कहाँ थे, जब आरुषि का बलात्कार हो रहा था और उसके बाद उसे मरने के लिए फेंक दिया गया था? उसके फ्लोर पर सो रहे लोगों में से किसी ने तब क्यों नहीं देखा, जब उसका खून बह रहा था? किसी ने एम्बुलेंस बुलाने की ज़हमत क्यों नहीं उठाई और अस्पताल क्यों नहीं पहुँचाया? क्यों उस दिन सब लोग अंधे, गूंगे और बहरे हो गए थे? उस समय ये लोग कहाँ थे? हम दोष देते हैं, हड़ताल करते हैं, लेकिन कब महिलाओं पर हो रहे अत्याचार और जघन्य अपराधों के खिलाफ खड़े होंगे। बलात्कार के खिलाफ आवाज़ उठाना कैंडल मार्च के लिए कैंडल खरीदने से सरल है। लेकिन हमारे देश में कैंडल खरीदना किसी की ज़िन्दगी से भी सस्ता है। इसके लिए हिम्मत की आवश्यकता होती है, लेकिन हममे से ज्यादातर लोग कायर हैं। हम खुद अपराध होने देते हैं और फिर सहानुभूति दिखाने के लिए कैंडल मार्च में जाते हैं।

"पापा, परेशान मत होइए आप। सब कुछ ठीक होगा। दूसरे लोग क्या सोचते हैं, इसे लेकर आपको परेशान होने की जरुरत नहीं है। आप सच्चाई जानते हैं, दूसरे को बताने की कोई आवश्यकता नहीं है। आप सभी ने यह मान लिया

कि मैं अपराधी नहीं हूँ, यह बात मुझे शांति से मरने देने के लिए काफी है। आप अपना और माँ का ख़याल रखना। मैं बस यही चाहता हूँ। और माँ, प्लीज़ मत मत रोइए। कम से कम आप कल मुझे सीने से लगा तो पाएंगी। आप मेरा सिर अपनी गोद में रख कर जितना चाहें, प्यार कर पाएंगी। आपको रोकने वाला कोई नहीं होगा," ग्रिल को जकड़ कर पकड़ते हुए मैं बोला। यह बात स्वीकार करना सबके लिए कठिन था कि यह हमारी आख़िरी मुलाकात थी। जब मनोज ने समय ख़त्म होने की सूचना दी, तो मेरी माँ गिड़गिड़ाने लगी। मनोज अंतिम बार दो मिनट का समय देने को राज़ी हो गया।

"बेटा, मैंने तुम्हारी पसंद की मिठाई बनाई है," निखिल से टिफ़िन लेकर माँ ने कहा। मैं उनकी आँख में संतुष्टि देख सकता था।

"क्या ये बेसन के लड्डू हैं?" मैंने उल्लास के साथ पूछा। मैंने मनोज से भी लड्डू लेने का आग्रह किया, यद्यपि मेरी माँ नहीं चाहती थीं कि मैं लड्डू मनोज को दूँ।

"अब सब यहीं खा जाएगा," माँ बहुत धीमी आवाज में चिढ़ाने के लिए बोलीं। यह इतना धीरे था कि मनोज के कान तक नहीं पहुँच पाया। मैंने माँ को देखा और मुस्कुराया। मनोज ने दो लड्डू उठाए और थैंक्स बोला। मेरी माँ को उम्मीद नहीं थी कि मनोज टिफ़िन से दो लड्डू उठाएगा। वे निराश होकर मुझे देखने लगीं। मैंने उन्हें शांत रहने का इशारा किया। नाराज़गी दिखाने के लिए उन्होंने अपना मुँह फेर लिया।

"मेरी समझ से वक्त ख़त्म हो गया है आर्यन, अब तुम्हें चलना चाहिए," मनोज बोला। उसे महसूस नहीं हो रहा था कि वह मेरी माँ द्वारा बनाए गए लड्डू के साथ खड़ा है। मेरी माँ इस बात से खुश नहीं थीं कि मैंने लड्डू मनोज को भी दे दिए थे। मेरी माँ मनोज की बात को सुनकर उग्र हो गईं और चिल्लाईं, "देखो, मैंने तुम्हें आगाह कर दिया है। तुम्हें लगता है, यह अच्छा आदमी है, लेकिन लड्डू लेने के बाद यह आदमी तुम्हें चलने के लिए बोल रहा है।"

मनोज को कुछ समझ में नहीं आया कि क्या हुआ। वह बातों को समझने के लिए मेरी तरफ देखते हुए कंफ्यूज्ड हालत में खड़ा था। उसे समझ नहीं आ रहा था कि लड्डू खाना है या वापस करना है।

"माँ, प्लीज़ ऐसे मत बोलो। वह अपना काम कर रहा है। इसके आलावा उसने मुझे चलने के लिए बोला है, आपको नहीं," मैंने अपनी माँ को शांत करने की कोशिश की।

"हम यहाँ क्या करेंगे, अगर तुम चले जाओगे तो? क्या वह नहीं समझता कि हम तुम्हें आख़िरी बार देख रहे हैं? एक बार तुम चले जाओगे, फिर कभी वापस नहीं आओगे," माँ ने जवाब दिया। इस बार वे अपने आंसुओं को नहीं रोक पाईं। वे बिलखने लगीं। कहीं न कहीं सबको पता चल गया था कि अब जाने का समय हो गया है। इसलिए बहुत कठिन था कि कोई भी अपने आंसुओं को रोक पाता।

"निखिल, तुम मुझ पर एक एहसान करोगे," मैंने उससे पूछा।

"साले, तू कब से एहसान के बारे में पूछने लगा है मुझसे? क्या तू समझता है, इस तरह की औपचारिक भाषा का प्रयोग करने से हमारी दोस्ती ख़त्म हो जाएगी?" नाराज़ होते हुए निखिल बोला। उसे शांत करने के लिए मैं मुस्कुराया।

"तुम्हें याद है, तुमने वादा किया था कि अगर मैं आरुषि को अपनी ज़िन्दगी में पा लेता हूँ, तो जो तुम बोलोगे मैं वो करूँगा?" मैंने उसका दिया हुआ वचन याद दिलाया।

"हाँ, मैं अपना वचन निभाऊंगा। बोलो, तुम मुझसे क्या करवाना चाहते हो!" उसने मुझसे पूछा।

"आरुषि को जब से मैंने देखा है, तब से लेकर अब तक की कहानी मैं लिख रहा हूँ। इस अच्छे समय में बुरे लोग भी हैं। मैं अपनी किताब प्रकाशित कराना चाहता हूँ। कल जब तुम लोग मेरा मृत शरीर लेने आओगे तो अली सर से मेरी किताब लेना मत भूल जाना।"

मेरे माता-पिता बिना एक शब्द बोले मेरी ओर देख रहे थे। शायद वे मेरी अंतिम यादों को अपने दिल में संजोए रखना चाहते थे।

"तुम्हारी किताब में मेरे लिए भी कोई जगह है या नहीं? अच्छा होता, अगर मैं अपने नाम से इसे प्रकाशित करवाता;" निखिल ने कहा।

"हालाँकि तुम मेरी किताब में जगह रखने के लायक नहीं हो, फिर भी मैंने तुम्हें साइड एक्टर के बतौर थोड़ी जगह दी है," मैंने ताना मारा। निखिल ने सिर हिला कर अपना वादा पूरा करने का वचन दिया।

विजिटर एरिया मुझे एक बड़ी गोल घड़ी नज़र आई। घड़ी की सुइयां तेज़ गति से चल रही थीं, जो मुझे चेतावनी दे रही थीं कि अब तुम्हारी मौत नज़दीक है। मैं स्टूल से खड़ा हुआ और अंतिम बार हाथ जोड़ कर अपने माता-पिता का अभिवादन किया। मेरी हमेशा के लिए विदाई हो रही है, यह सोच कर मेरा शरीर काँप रहा था। आंसू रुक नहीं रहे थे और शरीर शिथिल पड़ गया था।

"मुझे जाना पड़ेगा। प्लीज़ मत रोओ आप लोग। एक हत्यारे और बलात्कारी के लिए यही सजा होनी चाहिए। बाहर लोग खुश होंगे, क्योंकि वे पहली बार एक ज़ायज फैसले के गवाह बनने जा रहे हैं। मुझे बस आपकी आँखों में अपने लिए प्यार और इज्जत चाहिए और यह मुझे सुकून से मरने के लिए काफी है। मेरे बारे में सोच कर अपनी सेहत मत ख़राब करो। मैंने आप लोगों को अकेला नहीं छोड़ने वाला। मैं हमेशा आपके इर्दगिर्द ही रहूँगा। प्लीज़ आरुषि का ख्याल रखना। उसने अपने जीवन में बहुत दुःख देखें हैं। अब मैं उसे और दुखी नहीं देखना चाहता। मुझे पूरा भरोसा है कि वह अपना जीवन अच्छे से जी लेगी, क्योंकि मुझे पता है वह बहुत हिम्मती लड़की है। वह हार नहीं मान सकती, कभी नहीं," मैं बोलता रहा, मेरे आंसू रुक नहीं रहे थे।

"प्लीज़, बेटा हमें छोड़ कर मत जाओ, प्लीज़ मत जाओ। आर्यन बेटा, मेरी ओर देखो, प्लीज़," मेरी माँ बिलख रही थीं। वे सलाखों को झकझोर रही थीं और मुझे पुकार रही थीं। वे चाहती थीं कि मैं एक बार मुड़ कर उनकी तरफ देख लूँ। मेरे लिए पीछे मुड़ कर अपने माता-पिता की दयनीय स्थिति को देखना आसान नहीं था। लेकिन, यह सोच कर कि अब मैं दुबारा इनसे मिलने के लिए नहीं आऊँगा, विजिटर एरिया से जाना भी मेरे लिए बहुत कठिन था। मनोज मेरे माता-पिता की आँखों में दुःख की पराकाष्ठा देख सकता था। उसने मुझे एक बार पीछे मुड़ कर देखने के लिए इशारा किया। लेकिन, आख़िरी बार अपने माता-पिता को देखने के लिए मेरे पास पर्याप्त साहस नहीं था। अपने अंदर हिम्मत लाने के लिए मैंने एक गहरी साँस लेकर उनसे अंतिम विदाई ली। अभी भी मेरी आँखों से आंसू बह रहे थे। मैंने हाथ जोड़े और उनका आशीर्वाद लेने के लिए अपना सिर झुका लिया। मैं समझ सकता था कि एक माता-पिता के लिए अपने बेटे की यह अंतिम अवस्था देखना कितना कठिन होता है। जिन्होंने इतने प्यार और स्नेह से उसका लालन-पालन किया है। कल वे कितनी भी कोशिश कर लें, मैं वापस नहीं आऊँगा; क्योंकि मृत शरीर कभी भी वापस नहीं आता।

मैं उनका सामना थोड़ी देर भी नहीं कर सका और वहाँ से चला गया। मेरे माता-पिता के रोने की आवाज पूरी जेल में तब तक गूंजती रही, जब तक कि उन्हें वहाँ से जाने के लिए नहीं कह दिया गया। उनको बताया गया कि कल आकर मेरी बॉडी ले जाएँ। अपनी गोद में मेरी बॉडी को कैसे रखेंगी, यह सोच कर मेरी माँ बेहोश हो गयीं। किसी तरह उन्हें होश आया, तो मेरे पापा ने माँ

को सच बताया, जिससे उनके अंदर हिम्मत पैदा हो सके और कठिन समय में लड़ सकें जिसका सामना वे बहुत जल्दी ही करने जा रहे थे।

मैं कोठरी में दिल खोल कर चिल्लाना चाहता था। मैं फाँसी पर लटकने से नहीं डर रहा था, लेकिन मम्मी-पापा की यादें मुझे शांत नहीं रहने दे रही थीं। महसूस हो रहा था कि अब मेरे पास कोई अतिरिक्त दिन जीने के लिए नहीं बचा है। मैंने अपने आंसू पोंछे और आख़िरी अध्याय लिखना प्रारंभ कर दिया।

अध्याय 15

“एफ. आई. आर.”

***

कुछ दिन बीते और मेरा एग्जाम नजदीक आ गया। आरुषि पूरे दिन पढ़ती थी और मेरे मैसेज का जवाब नहीं देती थी। कभी-कभी अपनी उपेक्षा मुझे बुरी लगती थी। लेकिन बाद में उसने मुझे समझाया कि वह कितनी शिद्दत से अपने सपने को पूरा करना चाहती है। मुझे भी एहसास हुआ कि उसके लिए उसका सपना कितना महत्वपूर्ण है। कभी जवाब न देने का कारण यह था कि उसका जवाब, मेरी बात करने की ललक को और बढ़ाता, जिससे उसकी पढ़ाई प्रभावित होती। लेकिन फिर भी, वह मेरी सभी गलतफहमिओं को सलीम की दुकान पर दूर कर देती थी, जहाँ हम प्रतिदिन शाम को मिलते थे।

सामान्य ज्ञान की पुस्तक मुझे पकड़ा कर वह कहीं से भी प्रश्न करने के लिए कहती थी। इसके लिए मैं एक शर्त रखता था कि प्रत्येक गलत उत्तर पर वह मुझे 'आई लव यू' बोलेगी। लेकिन, सामान्य ज्ञान में उसे महारथ हासिल थी, इसलिए मेरे कानों को कभी भी उसके मुँह से दुनिया के तीन सबसे सुंदर शब्द सुनने का मौका नहीं मिला।

कभी-कभी सलीम भी हमारे बीच में कूद जाता था और कुछ कठिन सवाल पूछने का सुझाव देने लगता था, लेकिन आरुषि हमेशा सभी प्रश्नों के सही उत्तर देती थी। हालाँकि, मैं उससे आई लव यू नहीं कहलवा सका, लेकिन कहीं न कहीं मैं भी चाहता था कि वह सभी प्रश्नों के उत्तर दे। प्रत्येक प्रश्न का सही उत्तर देने के बाद वह मुस्कराती थी। उसकी मुस्कान से मुझे प्यार हो गया था। मैं उससे ज्यादा नहीं पूछता था।

31 जुलाई का दिन था और अगले दिन मुझे एसएसबी इंटरव्यू के लिए मैसूर निकलना था। मैंने छुट्टी लेने के बारे में मिहिर से कुछ नहीं बताया था। मुझे पता था वह मुझे छुट्टी नहीं देने वाला। ऑनसाईट प्रोजेक्ट पर जाने से मना करने के बाद मिहिर से मेरा संबंध अच्छा नहीं रहा था।

आरुषि ने हिमांशु और वार्डन के बारे में अधिक जानकारी प्राप्त करने के लिए स्वाति से बात करने का फैसला किया। ईमानदारी से, मैं नहीं चाहता था

कि आरुषि इस झमेले में पड़े। लेकिन अन्याय के खिलाफ लड़ने से उसे रोक पाना असंभव था। उसका पूरा जीवन ही इन परिस्थितिओं से लड़ते हुए बीता था।

आधी रात बीत चुकी थी और स्वाति सोने की तैयारी कर रही थी, जब आरुषि ने उससे दिव्यके बारे में पूछा। यह सब सुनकर स्वाति आश्चर्य में पड़ गई। वह एक भी शब्द नहीं बोल पाई। वह चकित थी कि दिव्या की घटना के बारे में आरुषि को कैसे पता चल गया।

"तुम्हें दिव्या के बारे में किसने बताया?" बिस्तर पर तकिया सही जगह रखते हुए स्वाति ने पूछा।

"क्या इससे फर्क पड़ता है? मैं जानना चाहती हूँ, वास्तव में दिव्या के साथ क्या हुआ था? उसने खुदकुशी की थी या उसे मारा गया था?" बिस्तर सही करने में उसकी सहायता करते हुए आरुषि ने पूछा। स्वाति ने कुछ क्षण के लिए आरुषि की ओर देखा और बालकनी में चली गई। सच्चाई जानने के लिए आरुषि उसके पीछे-पीछे गई।

"इस तरह की परिस्थितियों से तुम अपना मुँह नहीं मोड़ सकतीं," स्वाति का हाथ पकड़ कर आरुषि बोली। स्वाति ने गहरी साँस ली और पूरी घटना बताने के लिए राज़ी हो गई। स्वाति ने जो भी कहा, वह बिलकुल सलीम द्वारा बताई गई बात थी।

"तो, कोई इसके खिलाफ कदम क्यों नहीं उठाता?" आरुषि ने पूछा।

"तुम उनसे क्या करने की उम्मीद करती हो? जाओ और हिमांशु के खिलाफ एफआईआर करो फिर इन्टरनेट पर वायरल हो जाओ और रात भर में वेश्या का टैग मिल जाएगा?" गुस्से में स्वाति ने जवाब दिया। आरुषि, स्वाति की भावनाओं को समझ गई। उसने स्वाति को बाँहों में भर लिया और बोली, "तुम समझती हो कि इसके खिलाफ न लड़ना ही सबसे अच्छा उपाय है!"

"क्या मतलब है तुम्हारा? बताओ, मुझे क्या करना चाहिए?" बाँहों की जकड़ ढीली करते हुए आरुषि ने जवाब दिया।

"मैं जानती हूँ इस हॉस्टल में कुछ लडकियां हैं, जो इस स्कैंडल का शिकार हुई हैं। मेरे कहने का मतलब है, वे स्वतंत्र नहीं हैं। यह हॉस्टल उनके लिए किसी जेल से कम नहीं है। हिमांशु उन्हें किसी भी समय ब्लैकमेल कर सकता है और जब वह चाहे, उन्हें सेक्स टॉय की तरह प्रयोग कर सकता है। तुम लोगों ने कड़ा कदम उठाने के बारे में कभी नहीं सोचा?" स्वाति को मनाने के लिए आरुषि ने पहली दफा प्रयास किया। थोड़ी देर की चुप्पी के बाद, न्याय के लिए स्वाति आरुषि का साथ देने के लिए राज़ी हो गई।

"तुम सही हो। हमें हाथ पर हाथ धरे इतनी आसानी से नहीं बैठ जाना चाहिए। हम लड़ेंगे और कमीने को इस कुतिया के साथ सलाखों के पीछे भेज कर रहेंगे," दीवार पर एक तेज़ ठोकर मारते हुए स्वाति बोली। उसका गुस्सा आसानी से देखा जा सकता था। उसकी यह कुंठा बहुत दिनों से उसके मन में पल रही थी। उस दिन आरुषि की वजह से उसने इस ज्यादती के खिलाफ लड़ने की हिम्मत जुटा ली।

"पहले मैं यह जानना चाहती हूँ कि इस हॉस्टल में कोई और लड़की हिमांशु की पार्टी का शिकार हुई है या नहीं," स्वाति को स्टूल देते हुए आरुषि बोली।

"रम्या, काजल और प्रीति। ये लोग 102 नंबर कमरे में रहती हैं। एक बार वार्डन उन्हें यह बोल कर ले गई थी कि यदि वे कैट की परीक्षा पास कर लेती हैं, तो उनकी पढ़ाई में हिमांशु सहायता करेगा। तीनों लड़कीयाँ कैट की परीक्षा की तैयारी कर रही हैं और राजेंद्र नगर के एक कॉल सेंटर में काम करती हैं," स्वाति ने बताया। वह कहानी बताते हुए अपने विचारों में एकदम खो सी गई थी।

"यह सब हाल में ही हुआ है। जहाँ तक मुझे याद है, तुम्हारे आने से एक सप्ताह पहले की बात है। मुझे याद है कि पार्टी में जाने से पहले रम्या मेरे कमरे में मुझसे सैंडल मांगने आई थी। वह बेबी पिंक टॉप और फेडेड जीन्स पहने हुई थी। सच में वह बहुत प्यारी लग रही थी। मैंने उससे पूछा कि कहाँ जा रही हो, तो उसने जवाब दिया कि काजल, प्रीति और वह वार्डन के साथ पार्टी में जा रहे हैं। वह बहुत ही उत्साहित लग रही थी," स्वाति बोली और भरी आँखों से आरुषि को देखने लगी।

"उनके साथ रेप हुआ, छेड़खानी की गई और इन सब की फोटोग्राफी भी हुई। जब मैं उनसे एफआईआर करने के लिए बोली तो उन्होंने मना कर दिया। क्योंकि उन्हें वार्डन ने धमकी दी थी उनकी फोटो और विडियो इन्टरनेट पर डाल दी जाएगी। खुद को बदनामी से बचाने के लिए वे शांत हो गयीं। कहीं न कहीं मैं भी इसके खिलाफ आवाज़ उठाने में डर गई। लेकिन अब नहीं," अपने आंसू पोंछते और आरुषि की सहायता का वादा करते हुए स्वाति बोली।

"फिर हमें हिमांशु और वार्डन की पोल खोलने के लिए रणनीति बनाने पर विचार करना चाहिए। उन तीनों में से कम से कम एक लड़की को हमें राजी करना पड़ेगा। तुम्हारे हिसाब से कौन सी लड़की को जल्दी मनाना आसान होगा?" आरुषि ने पूछा। स्वाति ने कुछ क्षण सोचा और बोली, "रम्या।"

"बहुत बढ़िया! कल मैं रम्या को अपने कमरे में बुलाऊंगी। मैं कोशिश करुँगी कि उसे कमरे में बुलाने का कोई बहाना मिल जाए। वार्डन छुट्टी पर है, इसलिए

हमें परेशान नहीं होना चाहिए कि वह इस मामले में हस्तक्षेप करेगी," आरुषि ने योजना बनाई। स्वाति ने मूक अनुयायी की तरह सिर हिलाकर सहमति दी।

"अरे, आर्यन ने कहा था कि मेरी तरफ से स्वाति को सॉरी बोल देना," चाय बनाने के लिए इंडक्शन पर केतली रखते हुए आरुषि ने बताया।

"ओके। अच्छा है, उसने जो किया, मैं उसे परेशान कर दूंगी," स्वाति ने कहा। आरुषि मुस्कराई और स्वाति को उसे ज्यादा न परेशान करने के लिए उकसाया।

"ओह, ओह, तो लगता है, आर्यन के लिए मैडम के दिल में कुछ है। तुम लोगों के बीच कुछ गड़बड़ लग रहा है मुझे," फूलदान से आरुषि पर फूल मारते हुए स्वाति ने ताना मारा।

"अरे बेवकूफ, इसे मत फेंको। मुझे रोज बहुत पसंद हैं," अपनी सैकड़ों मोटी किताबों में से एक किताब के अंदर पन्नो के बीच उसने गुलाब उठा कर रख दिया।

"ओके, तो तुम्हें गुलाब अच्छे लगते हैं। अब देखती जाओ ये लड़का तुमसे प्रतिदिन एक गुलाब देने वाला है," एक कुटिल मुस्कान के साथ स्वाति बोली। उसने अपना सेल फ़ोन उठाया और मैसेज कर दिया।

"मैं देख सकती हूँ कि अब उसके दिल में तुमने जगह बना ली है। उसे गुलाब देने का बिलकुल सही समय है। उसको बिना बताए तुम्हें ऐसा हर दिन करना चाहिए।"

निखिल और मैं सो चुके थे, तभी मैसेज के बीप साउंड ने मुझे जगा दिया। इतनी रात में लेडी एस्ट्रोलोजर का मैसेज देख कर मैं दंग रह गया। मैसेज पढ़ने के लिए मैंने अपनी आँख साफ की। मैसेज का पहला भाग पढ़ने में बहुत सुखकर लगा, लेकिन दूसरा भाग चुनौती से भरा हुआ था।

"किस घटिया जगह पर मुझे गुलाब मिलेंगे?" मैं बड़बड़ाया। निखिल जल्दी सो गया था। मैंने उसे जगाने के लिए उसके शरीर को धीरे-धीरे हिलाया। वह डर के मारे बहुत तेज़ उछल कर खड़ा हो गया, उसे लगा कुछ बुरा हुआ है। मैं उसके ठीक सामने बैठा था, उसने पूछा, "क्या हुआ? तूने मुझे क्यों जगाया?" वह निश्चिन्त होने के लिए कमरे में चारों तरफ देखने लगा कि कहीं आग तो नहीं लगी है। मेरा दिल तो चाहता था कि उससे 'गुलाब' के बारे में पूछूं, लेकिन मेरे दिमाग ने मुझे रोक दिया। मैं चुप था, जिससे निखिल मेरे ऊपर ज्यादा गुस्सा हो गया।

"अब बोलेगा भी कि हुआ क्या?" निखिल चिल्लाया। हालाँकि अँधेरा था, लेकिन मैं उसकी आँखों में गुस्सा देख सकता था। मुझे ऐसा प्रतीत हो रहा था कि

मुझे कभी भी थप्पड़ लग सकता है। मैंने कुछ भी न बोलने का फैसला किया और सोने चला गया। मैं लेट गया और ओढ़ने के लिए कंबल खींचा। निखिल अभी भी अचंभित था कि मैंने उसे क्यों जगाया।

"साले हरामी, अब तुम सोना चाहते हो। तुमने मुझे क्यों जगाया?" मेरे पिछवाड़े पर लात मरते हुए निखिल चिल्लाया। मैं बिस्तर से गिरते-गिरते बच गया।

"कॉलोनी में मुझे गुलाब कहाँ मिलेंगे?" मैं धीरे से फुसफुसाया और फर्श पर अपना बायाँ पैर उतार लिया, ताकि विषम परिस्थिति में भाग सकूं। मुझसे यह प्रश्न सुन कर निखिल को ताज्जुब हुआ। वह अपने गुस्से को शांत करने के लिए गहरी साँस लेने की कोशिश कर रहा था।

"आधी रात को तुमने सिर्फ यह पूछने के लिए मुझे जगा दिया कि कॉलोनी में गुलाब के फूल कहाँ मिलेंगे?" निखिल ने फिर से कहा।

"हाँ! कोई आईडिया है," मैंने जवाब दिया और इस बार भागने के लिए अपनी दोनों टांगो को फर्श पर लटका लिया। निखिल ने मेरी ओर देखा और वही किया, जिसका मुझे अंदेशा था। वह मेरे ऊपर कूदा और हम दोनों फर्श पर गिर गए। मेरे पेट में उसने दो घूंसे मारे और छ: लात मेरे पिछवाड़े पर। इतना मारने के बाद उसका गुस्सा ठंडा हुआ।

"साले, अगर तू दोबारा बोलेगा, तो अपनी माँ की कसम, मैं एक गुलाब के फूल की माला खरीदूंगा और तेरे फोटो पर पहना दूँगा," निखिल ने धमकाया। मैं खड़ा हुआ और थोड़ी अंगड़ाई भरी, ताकि शरीर के दर्द से आराम मिल सके। उस रात, मुझे और लात न पड़े, इससे बचने के लिए मैंने सोफे पर सोने का फैसला किया।

हमेशा की तरह सुबह ऑफिस जाने के लिए मैंने खुद को मनाया। मैं ऐसी ऑनलाइन शॉपिंग साईट ढूंढने लगा, जो गुलाब के फूल-घर तक पहुँचा सके। मैंने ऑफिस में पूरे दिन सिर्फ यही काम किया। बहुत सी वेबसाइट ऐसी थीं, जहाँ यह सेवा उपलब्ध थी। मुझे आश्चर्य जुआ कि भारत में कितनी प्यार की भूखी आत्माएं हैं, जिनके लिए ये वेबसाइट चल रही हैं। मैंने एक साईट देखी, जो गूगल के पहले पेज पर थी।

"एक बुके 850 रुपए का था।" मैं प्राइस टैग देख कर स्तब्ध रह गया। फूलों के एक गुच्छे के लिए मुझे इतने पैसे देने की इच्छा नहीं हो रही थी। मैं इससे सस्ता विकल्प ढूंढने लगा। पैसे की दिक्कत नहीं थी, लेकिन सामान के हिसाब से कीमत ज्यादा थी।

"एक गुलाब का फूल 70 रुपए का," मैं बड़बड़ाया। निखिल ने मेरी स्क्रीन पर झाँका कि मैं कर क्या रहा हूँ। मेरे स्क्रीन पर गुलाब के फूल देखकर उसका चेहरा एकदम लाल हो गया। मैंने उसकी ओर देखा और बोला, "क्या!" तुमने मेरी सहायता नहीं की, तो मैं गूगल पर खोज रहा हूँ।

"तुमने सुबह से एक भी बग फिक्स नहीं किया और तुम गुलाब के फूल ढूंढ रहे हो। तुम पागल हो गए हो," मिडिल फिंगर दिखाते हुए निखिल फुसफुसाया। मैंने उसे मासूमियत के साथ देखा और बोला, "मैं प्यार का मारा हूँ और मेरा विश्वास करो उबरना मुश्किल है।"

निखिल मुस्कुराया और ऐसी नासमझी भरी हरकत करते रहने के लिए कहा। मैंने एक गुलाब का फूल सेलेक्ट कर लिया और पेमेंट सेक्शन में गया।

"सर्विस टैक्स, डिलीवरी चार्ज, वैट कुल मिलाकर 146.74 रुपए," पेमेंट के जद्दोजहद करते हुए मैं फुसफुसाया।

"निखिल मैं सोच रहा हूँ कि यह सिरदर्दी वाला जॉब छोड़ कर रोज़ बेचना शुरू कर दूँ," मैं बोला। उसने आह भरी और मुझे देखने के लिए अपनी कुर्सी पीछे घुमाई। मैं उसे फूल का दाम दिखाने की कोशिश कर रहा था, लेकिन वह रुचि नहीं ले रहा था।

"जिस तरह से तुम काम कर रहे हो, मुझे पूरा भरोसा है कि एक दिन जरुर गलियों में गुलाब बेचोगे। चिंता मत करो, मैं प्रतिदिन एक खरीद लूँगा," निखिल ताना मरते हुए बोला।

"साले, उस वक्त तुम खरीदने के लिए तैयार हो, लेकिन अभी, जब मैं तुमसे मदद मांग रहा हूँ, तो तुम्हें ऐसा लग रहा है, जैसे मैं तुम्हारी किडनी मांग रहा हूँ," मैंने जवाब दिया।

"अपनी बेवकूफी के दायरे में मुझे मत लाओ। तुम्हारी तरह नहीं हूँ, मेरे पास काम है," निखिल बोला और अपने कोड्स के साथ मगन हो गया।

गुलाब खरीदने के पहले मैंने कुछ देर सोचा कि खरीदूं या नहीं! फिर मैंने सलीम को काल किया। मुझे पूरा भरोसा था कि वह मेरी मदद ज़रूर करेगा।

"आर्यन भैया, क्या हुआ," जितनी जल्दी हो सकता था सलीम ने कॉल उठा ली।

"क्या हुआ? इस वक्त तुम्हें कॉल नहीं कर सकता क्या?" मैंने पूछा।

"आप मुझे चौबीस घंटे और सातों दिन कॉल कर सकते हैं। आप हमारे जवाहिर हैं!" यह सुन कर मैं बिलकुल ताज्जुब में था।

"भाई तुम्हारे जवाहिर को मदद की जरुरत है। आरुषि को देने के लिए मुझे गुलाब चाहिए। मैंने ऑनलाइन ढूंढा लेकिन बहुत महंगा है। क्या तुम प्रबंध कर

सकते हो? मैं रात में तुमसे ले लूँगा," मैंने मदद मांगी। सलीम कुछ देर शांत रहा, लेकिन फिर उसने जवाब दिया "डन"।

"बहुत बढ़िया! फूल की कीमत मैं तुम्हें दे दूँगा," मैं बोला।

"पैसे देने की कोई जरुरत नहीं है। मैं खरीदूंगा नहीं। मेरे पड़ोसी शर्मा जी ने अपने गार्डन में गुलाब के ढेर सारे पौधे लगाए हुए हैं और ज्यादातर उनका घर खाली ही रहता है। एक तुम्हारे लिए तोड़ लूँगा," सलीम जोश में बोला। हालाँकि दूसरे की निजी संपत्ति में घुसपैठ करना मुझे पसंद नहीं, लेकिन इसके आलावा मेरे पास कोई रास्ता नहीं था।

"आश्वस्त हो जाओ कि तुम्हें कोई पकड़ेगा नहीं," मैंने सावधान किया।

"बिलकुल भी घबराने की जरुरत नहीं है। मैं लुका-छिपी के खेल में बहुत माहिर हूँ। शाम तक तुम्हें गुलाब मिल जाएँगे," सलीम ने आश्वासन दिया। कुछ देर बॉलीवुड सितारों, सलमान खान के ब्रेकअप आदि के बारे में बात करने के बाद हमने फोन रख दिया।

समय बीता और ऑफिस आवर जल्दी ही ख़त्म हो गया। शाम के आठ बज रहे होंगे जब हम लोग अपने कमरे पर पहुंचे। हम थक चुके थे। निखिल ने बिना जूते उतारे ही बिस्तर पर छलांग लगाई और लेट गया।

"जो भी हो मुझे जगाना मत। मैं थका हूँ और मुर्दे की भांति सोना चाहता हूँ," निखिल ने आदेश दिया और कम्बल के अंदर दफ़न हो गया।

"डिनर के लिए क्या करना है?" कपड़े बदलते हुए मैंने पूछा। निखिल ने कम्बल से मुँह निकाला और चिल्लाया, "मुझे सोने दो। मुझे नहीं खाना, मुझे सोना है। समझ गए!"

"ठीक है", चप्पल पहनते हुए मैं बोला। निखिल ने अंगड़ाई ली और फिर से कम्बल में घुस गया। मैंने निर्णय लिया कि सलीम की दुकान से गुलाब भी ले लूँगा और वहीं डिनर भी कर लूँगा। मैंने धीरे से दरवाजा खोला, ताकि शोर न हो। लेकिन जाने से पहले मेरे अंदर का दैत्य निखिल को एक बार फिर से परेशान करना चाहता था।

"भाई, भाई, भाई," मैंने निखिल को जगाने के लिए बोला। वह गुस्से में जगा और बोला "क्या है ।"

"मुझे गुलाब कहाँ मिलेंगे?" मैं बोला और भाग गया। मैं एक बार में दो सीढियाँ कूद रहा था। उसके द्वारा दी गई रक्त-संबंधी गालियां मुझे सुनाई दे रही थीं।

"अरे सलीम भाई," मैं सलीम से रूबरू हुआ। अपनी पसंद का बॉलीवुड गाना सुनने के लिए वह रेडियो पर चैनल पकड़ा रहा था।

"अरे गुलाबो!" सलीम चिढाते हुए बोला। मुझे गुलाबो बोलने के लिए, मैं सच में उसे उसके खाना खा रहे ग्राहकों के सामने बहुत मारना चाहता था। सभी मेरी तरह देखकर हँस रहे थे। मैं सलीम के नजदीक गया और बोला, "साले कमीने, 'गुलाबो किसको बोला बे?

"ओहो, माफ़ कर दीजिये भैया, मैं तो गुलाब बोल रहा था, लेकिन मेरे मुँह से 'गुलाबो' निकल गया," सलीम बोला। मेरा गुस्सा शांत हो गया और मैंने सलीम से गुलाब के बारे में पूछा। "ये लीजिए। बाड़ फांद कर गया और आपके लिए ले आया। शर्मा जी के घर पर कोई नहीं था," गुलाब देते हुए सलीम ने मुझसे कहा।

"थैंक्स। लेकिन जब वहाँ कोई नहीं था, तो तुम बाड़ कूद कर क्यों गए? तुम गेट से भी तो जा सकते थे। मुझे आशा है कि वह बंद नहीं रहा होगा," मैंने उससे पूछा।

"गेट बंद नहीं था, लेकिन बाड़ से कूद कर जाना एक साहसिक और जोश से भरा हुआ कारम है। इस मौके को कैसे जाने देता?" दीवार पर लटकती हुई सलमान खान की फोटो दिखाते हुए सलीम ने जवाब दिया। मैं मुस्कुराया और उसे फिर से धन्यवाद दिया, क्योंकि उसने मेरे लिए बिना खतरे का खतरा मोल लिया था।

"अगर गेट बंद नहीं था और सलीम गुलाब ले आया, तो मुझे खुद यह काम क्यों नहीं करना चाहिए था। आखिरकार, सब कुछ सलीम को ही करना पड़ा और इस काम में मैंने कोई सहयोग नहीं दिया," मैं इस बात को सोचने पर मजबूर हो गया।

सलीम के होटल से शर्मा जी का मकान केवल एक मिनट की दूरी पर था। मैं वहाँ गया और गेट खोल ही रहा था कि सलीम की बात मेरे दिमाग में आ गई।

"भाई, बिना बाड़ कूड़े कोई साहसिक काम नहीं होता," मैंने खुद से कहा और इस बेवकूफी भरे साहसिक काम ने मेरे चेहरे पर मुस्कान ला दी। मुझे ऐसा लग रहा था, जैसे मैं गुलाब लाने के लिए कोई चट्टान पार कर रहा हूँ। लेकिन यह सच है कि भगवान हमें हर समय देखता रहता है। भगवान बिना किसी लालच के हमेशा हमारी मनोकामनाएँ पूरी करता है। मैंने बाड़ से कूदने की कोशिश की और दूसरी तरफ गिर गया। मैं फूलों के ऊपर गिरा और चेहरे को जमींन पर लगने से बचाया। मेरे हाथ और पैर पर खरोंचे आ गई थीं।

"भाड़ में जाओ शर्मा तुम," मेरी रूह अंदर से चिल्लाई। शर्मा जी ने इतने सारे फालतू पौधे लगा दिए थे, बिलकुल दीवार से सटा कर। उन्हें सोचना चाहिए था कि उनकी कॉलोनी में कुछ सहिसिक काम करने वाले लोग भी रहते हैं।

मैंने शरीर से धूल झाड़ी और जल्दी से एक फूल तोड़ लिया। मैं मेन गेट से बाहर आ गया, एकदम ही आसानी से।

मैंने आरुषि को मैसेज यह पूछने के लिए किया कि हॉस्टल में वार्डन है या नहीं। उसके हॉस्टल गेट पर दस मिनट इंतजार करने के बाद मुझे जवाब मिला।

"नहीं, वह छुट्टी पर है। लेकिन तुम क्यों पूछ रहे हो?" उसने फिर मैसेज किया।

मैंने उसे कोई जवाब नहीं दिया, क्योंकि मैं उसे सरप्राइज देना चाहता था। मैं चाहता था कि वह मेरे हाथ में गुलाब देखे और मेरे दिल में अपने लिए प्यार महसूस करे। मैं झटपट उसके कमरे पर पहुँचा और दरवाजा खटखटाया।

"कौन है?" स्वाति ने पूछा। मैंने उसकी आवाज़ पहचानता था। मैं चुप हो गया और फिर से खटखटाया। धीमे स्वर में मैं उनकी बातचीत सुन पा रहा था। मैंने फिर खटखटाया।

"मैं दरवाजा खोलती हूँ," स्वाति बोली और दरवाजा खोल दिया। मैं फूल लेकर बिलकुल उसके सामने खड़ा था और मूर्खों की तरह मुस्करा रहा था।

"तुम! तुम यहाँ क्या कर रहे हो?" स्वाति चिल्लाई। मुझे उम्मीद नहीं थी कि इस तरह तुम्हारा स्वागत करूँगीं। इससे मुझे थोड़ा दुःख हुआ, लेकिन फिर मैंने देखा कि आरुषि बिस्तर के कोने पर पैर रखे हुए गोद में तकिया रख कर बैठी हुई थी। बिना समय गँवाए मैं कमरे के अंदर घुसा और सीधे आरुषि के पास गया।

"आरुषि,यह गुलाब तुम्हारे लिए लाया हूँ। बगल वाले गार्डन से मैंने इसे चुराया है। लेकिन मेरी उँगली से जो ये खून बह रहा है, यह मेरा ही है।

"मुझे नहीं मालूम कि मैंने ऐसा क्यों किया! पता नहीं तुम्हें गुलाब इतना क्यों पसंद है। मैं सिर्फ और सिर्फ तुमसे प्यार करता हूँ। तो प्लीज, मुझे बताओ क्या तुम भी मुझसे प्यार करती हो।

"बोलो या फिर, नहीं तो मैं तब तक गुलाब तुम्हें लाकर देता रहूँगा, जब तक कि तुम मेरा प्यार स्वीकार नहीं कर लेतीं या फूलों को तोड़ते हुए खून बहाकर मर जाऊंगा।"

आरुषि कुछ बोल नहीं पाई। वह चुपचाप बिस्तर पर लेटी थी। हम एक दूसरे को एकटक देख रहे थे और ईमानदारी से कहूँ, तो मैं उसे बाँहों में भर लेना चाहता था। उसके चेहरे पर प्यारी सी मुस्कान थी और आँखें नम। मेरा दिल

धकधक कर रहा था। मैं अपनी धड़कनें सुन सकता था। स्वाति भी कुछ नहीं बोल रही थी। वह मेरे पीछे खड़ी होकर आरुषि के जवाब का इंतजार कर रही थी। ।

"दीदी, हाँ बोलो" बालकनी के परदे में छुपते हुए किसी ने आवाज दी। मैंने पर्दा हटाया। वह रम्या थी। जब मैं दरवाजा खटखटा रहा था, तो वह परदे के पीछे छिप गई थी।

"बाहर आओ रम्या," स्वाति बोली। रम्या धीरे से परदे से बाहर आई। वह घबराई हुई लग रही थी। आरुषि ने उसे कुर्सी पर बैठ कर आराम करने के लिए कहा। मैं भी खड़ा हो गया था, अब आरुषि के बेड पर बैठ गया। आरुषि को यह अच्छा नहीं लग रहा था, क्योंकि वहाँ पर दो लड़कीयाँ और भी थीं, लेकिन उसने ज्यादा आपत्ति नहीं जताई। कोई दिक्कत न हो, इसके लिए उसने मेरे और अपने बीच एक तकिया रख दिया।

"रुको आती हूँ," आरुषि बोली और अपने बेड से उठ गई।

"तुम कहाँ जा रही हो? ठीक है, मैं कुर्सी पर बैठ जाता हूँ या फिर खड़ा रह लूँगा, लेकिन तुम जाओ मत," मैं बोला, क्योंकि मुझे लगा कि शायद मेरा बेड पर बैठना असे अच्छा नहीं लग रहा था।

"मैं जा नहीं रही हूँ और तुम्हें कुर्सी पर बैठने की जरुरत नहीं है," लहसुन की एक कली छीलते हुए आरुषि बोली। मुझे उसका उत्तर सुनकर दिली तसल्ली मिली, लेकिन कमरे में खड़ी दोनों लड़कीयाँ ताज्जुब में पड़ गईं। आरुषि ने उन दोनों लड़कियों के चेहरे की प्रतिक्रिया पर ध्यान नहीं दिया। इस छोटी सी सफलता के लिए स्वाति ने थंब्स अप किया और बधाई दी।

"दिखाना मुझे, यह चोट तुम्हें कहाँ लगी," आरुषि ने पूछा।

"सबसे बड़ी चोट तो मेरे दिल पर लगी है। मैं तुम्हें दिखाऊं?" अपनी शर्ट खोलने को होते हुए मैंने जवाब दिया। रम्या और स्वाति ने अपनी आँखें बंद कर लीं। उन्हें ऐसा लग रहा था, जैसे मेरे और आरुषि के बीच कुछ रोमांटिक होने वाला है। आरुषि बिलकुल शरमा गई और धीरे से मेरे गाल पर एक लप्पड़ धर दिया।

"मेरी सहेलियो! ऐसी कोई बात नहीं है, ये लड़का बेवकूफ है," आरुषि बोली और मेरे बाजू पर लगी खरोंच पर लहसुन की कली रगड़ने लगी।

"शिट यार, जल रहा है। तुम्हारे पास कोई एंटीसेप्टिक क्रीम नहीं है," दर्द से कराहते हुए मैं चिल्लाया।

"लहसुन सबसे अच्छा एंटीबायोटिक है। और, इसके आलावा तुम खुद को एक हिम्मती आदमी की तरह दिखाओ। इस तरह के छोटे-मोटे दर्द की शिकायत मत करो।" चतुराई भरी मुस्कान के साथ आरुषि ने ताना मारा।

"कुछ इस तरह उसने हमारे ज़ख्मों को छुआ,

दिल किया पूरे जिस्म को चीर के रख दूँ।"

"वाह!" स्वाति ने तारीफ की। रम्या ने भी मेरी प्रतिभा को देखकर ताली बजाई। हालाँकि आरुषि ने मुँह बना लिया और पूरी बाँह पर जहाँ-जहाँ खून दिखा, लहसुन रगड़ दिया।

मेरे ऊपर अपना आर्युर्वेदिक नुख्सा आजमाने के बाद आखिरकार उसने गुलाब का फूल उठा लिया और उसे अपनी किताब के पास रख दिया।

"थैंक्स," अपनी जुल्फों को कान के पीछे करते हुए आरुषि बोली।

"ओके, अब मुझे बताओ क्या प्लान है? हिमांशु और वार्डन का भांडा कैसे फोड़ना है?" मैंने मामले से अंजान पीड़ित लड़की रम्या से पूछा। रम्या ने स्वाति और आरुषि को आश्चर्य से देखा। आरुषि ने रम्या को रिलैक्स रहने के लिए कहा। लेकिन रम्या सहज महसूस नहीं कर रही थी, बोली, ठीक है, आप लोग बातें करो, मैं जा रही हूँ।"

"रम्या रुको। हम तुमसे कुछ बात करना चाहते हैं," रम्या को जाने से रोकते हुए आरुषि उसका हाथ पकड़ कर बोली। रम्या को कुछ ठीक नहीं लग रहा था। वह दुविधा में थी कि ये लोग मुझसे किस विषय पर बात करना चाहते हैं।

"आप लोग मुझसे क्या बात करना चाहते हैं?" पीछे की कुर्सी पर बैठते हुए रम्या बोली।

आरुषि ने थोड़ी देर सोचा और फिर बोली, "हम जानते हैं कि तुम्हारे साथ क्या हुआ है! हम चाहते हैं कि तुम आवाज़ उठाओ। हम लोग तुम्हारी मदद करना चाहते हैं। तुम इस कैद में नहीं रह सकतीं और ऐसा मान कर चलो कि सब कुछ ठीक हो गया है। तुम पीड़ित हो, अपराधी नहीं। रम्या, न्याय के लिए तुम्हें लड़ने की जरुरत है," रम्या की हथेली पर अपनी हथेली रख कर आरुषि उसे समझाने लगी। रम्या के जीवन की सबसे बुरी गोपीनीय बात केवल उस तक न रह सकी। अब उस डरावनी घटना के बारे में और लोग भी जान गए थे। इतना ही नहीं, एक व्यक्ति तो उसकी बगल में बैठ कर इसका जवाब मांग रहा था।

क्या वास्तव में हम उस घटना के बारे में जानते थे। क्या हम कभी उसकी मनोदशा को समझ पाएंगे और इससे महत्वपूर्ण यह है कि हमें वीडियो के बारे में कैसे पता चला, जो रम्या और उसकी दो सहेलियों की छेड़खानी के समय बनाया गया था। इस प्रकार के सवाल रम्या के दिमाग में बादलों की तरह घूमने लगे, लेकिन इन सवालों का उनके पास कोई जवाब नहीं था।

आरुषि रम्या को मना रही थी और बात करने की कोशिश कर रही थी, लेकिन रम्या उस वीभत्स घटना के बारे में सोचने लगी। उसे ताज्जुब हुआ कि इस घटना के बारे में और कौन जानता था! थोड़ी देर के लिए उसने सोचा कि उसके जीवन का अंत आ गया है।

"आप लोग किस घटना के बारे में बात कर रहे हैं? मैं किसी हिमांशु को नहीं जानती," रम्या धीरे से बोली। उसकी भाव-भंगिमाएँ और जो वह बोल रही थी, कहीं से मेल नहीं खा रहे थे। डर के मारे वह अपनी कुर्सी से उठने लगी, लेकिन आरुषि ने उसे बैठा लिया और समझाने-बुझाने लगी।

रम्या थोड़ी देर चुप रही फिर अचानक वह और ज्यादा नहीं सुन पाई। वह कमरे के बाहर भागने लगी। आरुषि अपने बिस्तर से उतरी और उसका हाथ पकड़ लिया। रम्या का शरीर बिलकुल बर्फ की तरह ठंडा लग रहा था। वह कांप रही थी।

"मैंने कभी हिमांशु का नाम नहीं लिया," आरुषि बोली। रम्या का मुँह लाल हो गया। उसने स्वाति की ओर देखा और बोली, "दीदी, आपने ही सबको मेरा शर्मनाक रहस्य बताया होगा। आपने ऐसा क्यों किया? आप नहीं समझ सकतीं कि हम तीनों का इस कैद में जीना किस प्रकार दूभर हो गया है। हम ऐसे रहती हैं, जैसे कुछ हुआ ही न हो। रम्या की आँखों में आंसू आ गए और वह अपने को ठगा हुआ महसूस करने लगी।

स्वाति कुछ बताती, इससे पहले ही आरुषि ने रम्या को कसकर गले से लगा लिया।

"मैं तुम्हारी मदद करना चाहती हूँ रम्या। तुम मेरी छोटी बहन की तरह हो, मैं तुम्हारी ऐसी हालत नहीं देख सकती," आरुषि ने आग्रह किया। शायद आरुषि की मीठी आवाज़ थी या उसके शरीर का ताप, जिसने रम्या को दिलासा दिलाया। रम्या अपनी मनोभावों को बहुत देर तक रोक नहीं पाई और फूट-फूट कर रोने लगी। वह दिल खोल कर रोई। रोते हुए उसने अपनी भावनाओं में आवाज भर दी। अरुषि भी भावुक हो गई और रम्या से लिपट कर रोने लगी। आरुषि रम्या की पीठ पर धीरे-धीरे थपकी दे रही थी, ताकि वह हल्का महसूस करे।

रम्या के लिए एक गिलास पानी लाने के लिए मैं उठा। उसने मेरी ओर देखा और बोली, "मुझे भरोसा है कि आप यह बात किसी और को नहीं बताओगे।"

"अंतिम साँस तक किसी को नहीं बताऊंगा," मैंने उसे भरोसा दिलाया। रम्या ने एक घूँट पानी पिया और कुर्सी पर आराम से बैठ गई। उसे शांत करने के लिए आरुषि भी उसके पास बैठ गई।

"आप क्या जानना चाहते हो? अब मेरी जिंदगी वार्डन के हाथ में है। वह कुतिया है। जब वे शैतान हमारे साथ छेड़खानी कर रहे थे, तब वह हमारी वीडियो बना रही थी। मैं मदद के लिए चिल्लाई, लेकिन उसने हमें चुप करा दिया और उनका साथ देने के लिए बोली। हिमांशु के सामने मुझसे कपड़े उतारने के लिए कहा गया। रेप के बाद कोई भी मानसिक और शारीरिक रूप से डर

जाता है। मैंने अपनी मर्ज़ी के खिलाफ अपने सारे कपड़े उतार दिए और वह कुतिया मेरा रिकॉर्डिंग कर रही थी। मैं उनके पैर पकड़ कर दया की भीख मांग रही थी, लेकिन किसी का दिल नहीं पसीजा," रम्या ने बताया। उसकी आँखें लाल थीं और आंसू सूख गए थे। वह अपनी दुःखभरी यादों में खो गई थी।

"इस घटना के कुछ दिन बाद मैं वार्डन के पास गई और विडियो डिलीट करने की मिन्नतें कीं। मैंने उससे कहा कि मैं हॉस्टल छोड़ दूंगी। वह हँसने लगी और कंप्यूटर में रखा वीडियो दिखाया। उसने मुझे धमकी दी कि जिस दिन मैं हॉस्टल छोडूंगी, वह मेरा वीडियो इन्टरनेट पर डाल देगी," रम्या ने अपना दुःख बयां किया।

"इसका मतलब यदि एक बार हम उसके कंप्यूटर तक पहुँच जाएँ, तो हम सारे वीडियो डिलीट कर सकते हैं," मैंने अपनी बात रखी। सभी लड़कीयाँ मुझे देखने लगीं, जैसे मैंने उन्हें कोई बेतुका सुझाव दे दिया हो।

"क्या! तुम लोग मेरी तरफ क्यों देख रही हो!" मैंने कहा, जब मेरी बात की किसी ने तारीफ नहीं की। आरुषि खड़ी हुई और मेरे पास आई। मैं बिलकुल डर गया था।

"मुझे थप्पड़ मत मारना। प्लीज़। ये सब आइडिया क्राइम पेट्रोल देखने का नतीजा है," मैं बहुत ही भोलेपन से फुसफुसाया। मैंने सोचा, आरुषि के अलावा किसी ने नहीं सुना होगा, लेकिन मैं गलत था। तीनों सुंदर महिलाएँ कमरे में ज़ोर से हँस रही थीं। लेकिन इस वक्त आरुषि की मुस्कान से ज्यादा रम्या की मुस्कान मेरे दिल को तसल्ली दे रही थी।

"तुम बहुत स्वीट हो," मेरा गाल मसलते हुए आरुषि बोली। उसे लगा स्वाति और रम्या उसकी ये हरकतें नहीं देख रही हैं। उसके छूने मात्र से मैं ख्यालों में खो गया। 'स्वीट' शब्द मेरी आँखों के सामने घूम रहा था। यह पहली बार था जब एक लड़की ने मुझे 'इडियट' शब्द की जगह 'स्वीट' शब्द से संबोधित किया था। आरुषि को तुरंत ही समझ में आ गया कि उसने क्या किया है, वह बात बदलने के लिए बोली, "वार्डन के कमरे में ताला लगा है। हम लोग अंदर कैसे घुसेंगे?"

"हम लोग ताला तोड़ सकते हैं। ताला तोड़ना मेरे लिए हलुआ है," मुस्कुराते हुए मैंने बहुत ही गर्व के साथ कहा। यह बात लड़कियाँ नहीं समझ पायीं। "क्या तुम चोरी करने में माहिर हो या डेवलपर हो?" स्वाति ने पूछा, जबकि अन्य दो लड़कियाँ मुझे घूर रही थीं।

"इससे क्या फर्क पड़ता है? चलो, चलकर ताला तोड़ते हैं," मैं जोश में बोला और लड़कियों ने भी उत्साह के साथ अपनी सहमति दी, लेकिन वे अब भी मेरी योग्यता को लेकर संशय में थीं।

"ठीक है। फिर भी, उस पर भरोसा करने के सिवाय हमारे पास कोई दूसरा रास्ता नहीं है। इसके अतिरिक्त, हमें यह भी नहीं पता है कि वार्डन कब आ जाए, इसलिए हम लोगों को यह काम आज रात में करना चाहिए," अन्य दोनों लड़कियों को राजी करने के लिए आरुषि बोली। मैं उनकी सहमति का इंतजार कर रहा था कि वे कब हामी भरेंगी। ताकि हम लोग आगे का प्लान बना सकें। राय जानने के लिए स्वाति और रम्या एक दूसरे को देखने लगीं और उनके पास कोई दूसरा रास्ता न होने के कारण उन्होंने सहमति के रूप में अपना सिर हिलाया। ताला तोड़ने की प्रतिभा दिखाने के लिए मुझसे कहा गया।

हमने एक टॉर्च, हथौड़ी, लोहे की एक छोटी छड़ और एक पेनड्राइव लिया। मैं चार लोगों की टीम को लीड कर रहा था। लगभग आधी रात बीत चुकी थी। हमारे साहसिक कार्य को देखने के लिए कोई भी नहीं जग रहा था। हम धीरे-धीरे वार्डन के कमरे की तरफ पहुँच गए।

"टॉर्च जलाओ," मैंने कैप्टन की तरह आदेश दिया। ताला दिखाने के आरुषि ने टॉर्च जलाई। वार्डन सच में बिलकुल ही लापरवाह महिला थी। चायनीज ताले से उसने कमरे को बंद किया था।

ताले की जाँच करने के लिए मैं एफबीआई एजेंट की तरह बैठ गया। गंभीरता दिखाने के लिए मैं अपनी आँखों को सिकोड़ कर ताले को देखने लगा। ताला तोड़ने के समारोह और अपने चारो तरफ लड़कियाँ देख कर मैं बहुत खुश हो रहा था। मैंने आरुषि से अपनी बगल में बैठने को कहा।

"क्या हुआ?" गहरी जिज्ञासा के साथ आरुषि ने पूछा। मैंने अपना चेहरा गंभीर बना लिया और बोला, "अपना हेयर क्लिप निकालो।"

वह चकित हो गई कि ये मुझसे ऐसा करने के लिए क्यों बोल रहा है। उसने मेरी बात मान ली और क्लिप निकाल दी। अब उसके बाल उसके चेहरे पर लहरा रहे थे। इस चाँदनी रात में वह अत्यंत सुंदर लग रही थी।

मैंने उसका हेयर क्लिप लिया और अपनी जेब में रख लिया। आरुषि ने स्वाति की ओर यह बताने के लिए देखा कि मैंने उसका क्लिप क्यों माँगा था।

"तुमने क्लिप क्यों माँगा?" आरुषि ने पूछा। मैंने उसकी ओर देखा और बोला, "जब तुम्हारे बाल लहराते रहते हैं, तो तुम बहुत ही खूबसूरत लगती हो। जब तुम अपनी जुल्फों को अपने कान के पीछे ले जाती हो, तो मुझे बहुत ही अच्छा लगता है।"

स्वाति और रम्या खुद को हँसने से नहीं रोक पायीं। मैं एकदम भोला बन गया और मुस्कराया। आरुषि ने गहरी साँस ली और शरमा कर खड़ी हो गई, ताकि उसका और ज्यादा मजाक न उड़े।

"ओके, रम्या तुम्हारे पास हथौड़ी है क्या?" मैंने रम्या से पूछा।

"यस," हथौड़ी को ऊपर उठाते हुए रम्या बोली।

"गुड," रम्या को धीरज रखने का इशारा करते हुए मैं बोला।

"आरुषि, तुम्हारे पास लोहे की छड़ है न?" आरुषि की ओर देखते हुए मैंने पूछा।

"यस"

"गुड," मैंने काम को जारी रखा। आरुषि तुम छड़ को कुंडी के नीचे लगाओ और रम्या तुम जब तक मैं तुम्हें रुकने के लिए न बोलूं तब तक तुम हथौड़ी से अपने विपरीत दिशा में धीरे-धीरे मारती रहो," मैं एक कदम पीछे होते हुए बोला और महिलाओं को काम करने के लिए पर्याप्त जगह दे दी।

"क्या मैं जान सकती हूँ कि तुम क्या काम कर रहे हो?" स्वाति ने पूछा, जो अभी भी टॉर्च लेकर खड़ी थी।

"मैं तुम्हें गाइड करूँगा लड़कियो। मैं कैप्टन हूँ," मैंने पूरे आत्मविश्वास से कहा।

"तुम छड़ देख रहे हो? मैं तुम्हें मार दूंगी," अपने हाथ में पकड़ी लोहे की छड़ दिखाते हुए आरुषि बोली। डर कर मैंने आरुषि से छड़ और रम्या से हथौड़ी छीन ली और काम करने लगा।

"तुम जानती हो आरुषि, अगर यही बात मैं निखिल से बोलता कि मैं कैप्टन हूँ, तो वह बोलता, मैं ये छड़ तुम्हारे पिछवाड़े में डाल दूँगा,' मैं हँसते हुए बोला। मुझे पता नहीं चला कि लड़कियों के सामने मैंने कोई अपशब्द बोल दिया है।

"हालाँकि आरुषि का मतलब भी यही था," एक सीधा जवाब स्वाति की तरफ से आया। स्वाति की बात की पुष्टि के लिए मैंने आरुषि की ओर देखा। आरुषि ने स्वाति के दावे को सिर हिला कर नकार दिया।

पंद्रह मिनट की कड़ी मशक्कत के बाद आख़िरकार कुंडी टूट कर बाहर निकल आई। यह हम सभी के लिए राहत की बात थी। हम कमरे में घुस गए और कोई भी लाइट न जलाने का निर्णय लिया।

स्वाति ने एक बार कमरे के कोने-कोने तक टॉर्च घुमा दी। कमरा बहुत ही साफ-सुथरा और व्यवस्थित था। एक फूलदान, कुछ फोटो फ्रेम्स, एक स्प्लिट ए. सी., एक मेज़, जिस पर कंप्यूटर रखा हुआ था और एक किताबों की अलमारी। हमें सिर्फ कंप्यूटर से मतलब था।

मैंने कंप्यूटर चालू किया और स्वाति से टॉर्च बंद करने के लिए बोला। एक दूसरे को देखने के लिए कंप्यूटर की रौशनी काफी थी।

"ह्म्म्म... विंडोज 7 है," मैं बोला। सभी लड़कियाँ मुझे देखने लगीं, मानो मैंने उनकी जानकारी से ऊपर की कोई बात बोल दी हो। कंप्यूटर साइंस की डिग्री का रौब दिखाते हुए मैं मुस्कराने लगा।

"यह तो लॉक है," आरुषि धीरे से बोली और मेरी ओर देखने लगी। ध्यान से देखने के लिए मैंने कुर्सी खींची और बैठ गया। ईमानदारी से कहूँ, तो मैं सिर्फ यह जताना चाहता था कि उन सब में एक मैं ही कंप्यूटर का ज्ञानी हूँ। मेरी कुर्सी के लिए सबने जगह दे दी।

"गर्ल्स, मैंने केवल लाइट बंद रखने के लिए कहा है, कम से कम पंखा तो चला दो," मैं पूरे टशन में था। मेरे आदेश का पालन करने के लिए स्वाति ने रम्या को इशारा किया। रम्या ने पंखा चला दिया।

"ये तो पासवर्ड मांग रहा है," मैं फुसफुसाया।

"मुझे बताने के लिए धन्यवाद," रम्या ने ताना मारा, हम भी पढ़ सकते हैं।

"तुम किस चीज का इंतजार कर रहे हो। पासवर्ड तोड़ो," आरुषि बोली। मुझे लगने लगा, अब हार मानने का समय आ गया है। अब मुझे विनम्रता से कुर्सी छोड़ देनी चाहिए। पासवर्ड तोड़ने के बारे में मुझे बहुत ही कम जानकारी थी। जावा लैंग्वेज के अलावा मुझे इस बारे में ज्यादा कुछ भी नहीं पता था।

"हाँ... लेकिन किसी का कंप्यूटर हैक करना अनैतिक काम है," अपनी अयोग्यता छुपाने के लिए मैंने जवाब दिया, मेरी अकड़ थोड़ी कम हो गई थी। उनको समझ में नहीं आया कि मैंने क्या कहा। वे आश्चर्य से मेरी ओर देख रही थीं।

"क्या ताला तोड़ना नैतिक काम था?" अपनी कमर पर हाथ रखते हुए स्वाति ने प्रश्न किया।

"नहीं, वह एक साहसिक कार्य था। तुम लोगों को पता है, कंप्यूटर इंजीनियर होने के नाते इंजीनियरिंग के अंतिम वर्ष में हम एक शपथ लेते हैं। उस शपथ के अनुसार किसी भी परिस्थिति में हम अन्य व्यक्ति का कंप्यूटर और व्यक्तिगत सोशल अकाउंट हैक नहीं कर सकते," एक ही साँस में मैंने जवाब दे दिया। मैं उनका चेहरा देखने लगा कि कोई मेरे झूठ से सहमत है या नहीं।

"आर्यन, मेरी तरफ देखो," आरुषि बोली। आरुषि की ओर मुड़ा तो मेरी धड़कनें और बढ़ गईं।

"अब सच बोल दो," उसने पूछा।

"मुझे नहीं पता कि पासवर्ड कैसे तोड़ते हैं। मैं सिर्फ डिग्री से इंजीनियर हूँ, ज्ञान से नहीं। मुझे लगता है, निखिल को बुलाना पड़ेगा," जिसे मैं छुपाने की कोशिश कर रहा था, सब कुछ बक दिया। आरुषि मुस्कराई और बोली, "मैं

जानती थी। मैं बस तुम्हें परख रही थी; क्योंकि तुमने मुझसे वादा किया था कि तुम झूठ नहीं बोलोगे। तुम्हारा एसएसबी इंटरव्यू भी है।

मैं सच में खुद को शर्मिंदा महसूस कर रहा था। अपनी जिन्दगी को और दुखदायी न बनाते हुए मैंने निखिल को कॉल किया। कुछ घंटी बजने के बाद उसने फ़ोन उठाया।

"तेरी माँ का, साले, हरामी,... फ़ोन पर निखिल चिल्लाया। मैं लज्जित महसूस नहीं करता, अगर मेरे फ़ोन का लाउड स्पीकर चालू न होता।

"भाई बस कर। मैं आरुषि के साथ हूँ," निखिल कोई दूसरा बखेड़ा खड़ा करे, इससे पहले मैंने उसे रोक दिया।

"इस वक्त आरुषि के साथ तुम क्या कर रहे हो?" निखिल ने पूछा।

"मैं तुम्हें सब कुछ बताऊंगा, लेकिन नम्र होकर बात करो, क्योंकि लाउड स्पीकर ऑन है," मैंने उससे विनती की।

"हाय निखिल, आरुषि बोल रही हूँ। मुझे तुम्हारी मदद चाहिए," स्पीकर पर आरुषि बोली।

"हाय आरुषि। क्या हुआ?" निखिल ने बहुत ही नरम लहजे में पूछा। जो राक्षस कुछ देर पहले मेरे ऊपर चिल्ला रहा था, वह अब संत की तरह व्यवहार कर रहा था। वह बहुत ही दुष्ट किस्म का था।

"हम लोग वार्डन के कमरे में हैं। वार्डन के कंप्यूटर का पासवर्ड तोड़ने में हमें तुम्हारी मदद चाहिए," आरुषि ने विस्तार से बताया।

"तुम लोग उसके कमरे के अंदर कैसे गए?" निखिल ने पूछा। वह नाराज लग रहा था।

"तेरे भाई ने लॉक तोड़ दिया," मुस्कुराते हुए मैं गर्व से बोला। मैंने लड़कियों की ओर देखा कि वे मेरी वाहवाही करेंगी, लेकिन उन्होंने मुझे देखकर मुँह बना लिया।

"हाँ, ताला तोड़ा है, लेकिन पासवर्ड कैसे तोड़ा जाता है, इन्हें नहीं पता," मजाक उड़ाते हुए आरुषि बोली। यह सुन कर निखिल का भी गुस्सा शांत हो गया और वह जोर से हँस दिया।

"तुमने निखिल को मदद के लिए फ़ोन किया है या मेरी बेइज्जती करने के लिए," मैंने गहरी साँस ली।

"ठीक है। मैं थोड़ी देर में आ रहा हूँ," निखिल बोला और कॉल काट दी।

"हुह, कंप्यूटर इंजीनियर; नैतिकता; विंडोस 7," अंधेरे कमरे में निखिल का इंतजार करते समय मेरे ऊपर इस तरीके के ताने कसे जा रहे थे। मैं शांति से बैठा हुआ था। तभी रम्या ने आरुषि से पूछा कि वह अपने पसंद के बारे में आश्वस्त तो है न।

"चॉइस से क्या मतलब है तुम्हारा?" रम्या के चेहरे पर लाइट जला कर मैंने पूछा। वह अपना चेहरा ढँक ली और ऐसा न करने के लिए चिल्लाई।

"क्योंकि मुझे ऐसे महसूस हुआ कि आरुषि दीदी आपको लाइक करती हैं। और इसलिए मैं उनसे पूछ रही हूँ कि वो अपनी पसंद से आश्वस्त हैं या नहीं," रम्या ने जवाब दिया। वह बहुत ही मुँहफट थी। मैंने आरुषि की ओर देखा जैसे आरुषि ही सबसे अच्छे तरीके से इस बेतुके सवाल का जवाब दे सकती थी। फिर भी मैं खुश था क्योंकि रम्या को भी ऐसा एहसास हो गया था कि आरुषि के दिल में मेरे लिए कुछ था।

"मुझे नहीं मालूम। लेकिन मुझे पूरा भरोसा है कि अगर आर्यन आज रात हम लोगों के साथ नहीं होता, तो तुम लड़कियों को मनाना मेरे लिए कठिन हो जाता। वार्डन के कमरे में घुसना बहुत ही दुष्कर हो जाता," आरुषि ने जवाब दिया।

वह बहुत ही मधुर लहजे में बोल रही थी। रम्या को जवाब देते हुए वो मेरी ओर भी देख रही थी। मैं अपनी भावनाओं को शब्दों में बयां नहीं कर सकता। मैंने भगवान से प्रार्थना की कि कुछ देर के लिए रम्या और स्वाति को कुछ भी दिखाई न दे, ताकि मैं आरुषि को कसकर बाँहों में भर कर उसके गुलाबी होंठो को चूम लूँ। मैंने अपनी भावनाओं को काबू में कर लिया और धीरे से आरुषि को थैंक्स बोला।

दरवाज़ा खटखटाने की आवाज आई।

"शानदार, निखिल आ गया," आरुषि बोली और दरवाजा खोलने के लिए जाने लगी। मैंने दौड़ कर उसे ऐसा करने से रोका।

"क्या हुआ?" मेरे इस मूर्खतापूर्ण व्यवहार को देखकर आरुषि बोली।

"रुको, दरवाजा मुझे खोलने दो," मैं उससे बोला और पीछे हटने का इशारा किया। निराश होकर वह पीछे हट गई और मुझे इशारा किया कि मैं अपना पागलपन जारी रखूँ।

"कौन है?" मैंने पूछा। मैं जानता था कि दरवाजे के पीछे खड़ा व्यक्ति निखिल ही है, फिर भी उसे बाहर खड़ा करके थोड़ा मजा लेना चाहता था। लेकिन मेरी ख़ुशी लंबे समय तक नहीं टिकी।

"मैं असली कंप्यूटर इंजीनियर हूँ। और, जो झूठा आदमी अंदर खड़ा है, उसका रूम मेट भी हूँ," निखिल ने उत्तर दिया।

मैं सच में दरवाजा खोलना चाहता था। मेरा मन कर रहा था कि उसका गला दबा कर मार डालूं। स्वाति की मुस्कराहट मुझे गुस्सा दिला रही थी। वह मेरी दयनीय स्थिति पर लोटपोट हो कर हँस रही थी।

"तुमने खुद अपनी बेईज्जती कराई है," आरुषि बोली और दरवाजा खोलने के लिए मुझे रास्ते से हटने के लिए कहा। कंप्यूटर का कीड़ा मुस्कराते हुए अंदर आया। कमरे में अँधेरा होने के कारण निखिल हमारा चेहरा नहीं देख पा रहा था। अपनी आँखें सिकोड़ कर वह मुझे खोजने लगा।

"अरे, तुम कंप्यूटर के पास क्या कर रहे हो? ये तुम्हारा बेबी नहीं है," कंप्यूटर के पास बैठा देख कर निखिल ने मुझसे कहा। मैंने कुर्सी छोड़ दी और उसे बैठने के लिए बोला।

निखिल ने कंप्यूटर पर अपना काम शुरू कर दिया। दस मिनट में उसने कंप्यूटर का पासवर्ड तोड़ दिया। जब वह की-बोर्ड के बटन दबा रहा था, तो कमरे में मौजूद लड़कियाँ उसका जादू देख रही थीं। मैं अपनी भलाई के लिए शांत होकर बेड पर लेट गया।

"उम्दा!" स्वाति ने निखिल की तारीफ की और त्योरी चढ़ा कर देखने लगी। मैंने कुछ नहीं बोला, क्योंकि मेरे पास अपने बचाव में कहने के लिए कुछ भी नहीं था।

"अब हमें यह खोजना है कि उसने विडियो कहाँ रखा है," आरुषि ने सुझाव दिया। जब निखिल सारे फोल्डर खोल रहा था, तो मैं भी वहाँ खड़ा हो गया।

"क्या मैं कुछ सलाह दे सकता हूँ?" मैंने बीच में टोका। हालाँकि, स्वाति मेरी बात सुनने के मूड में बिलकुल नहीं थी, लेकिन आरुषि और रम्या ने मुझे अपना सुझाव रखने के लिए कहा।

"गाइस, हम सभी तुम्हारे वार्डन और हिमांशु का भांडा फोड़ना चाहते हैं। मेरे विचार से इस काम के लिए किसी ऐसी लड़की का विडियो, जो इस हॉस्टल में रह रही है, प्रयोग करना ठीक नहीं है। इससे उसकी सुरक्षा को खतरा हो सकता है," मैंने एक वास्तविक मुद्दा उठाया। सभी लोग मुझे संदेह की दृष्टि से देखने लगे।

"देखो, मैं यह समझाने की कोशिश कर रहा हूँ कि किसी दूसरी लड़की के मुद्दे को लेकर लड़ने से अच्छा है दिव्या के लिए लड़ा जाए," मैं बोला। "दिव्या अब इस दुनिया में नहीं है, इसलिए हिमांशु और तुम्हारी वार्डन उसे पीछे हटने के लिए ब्लैकमेल भी नहीं कर पाएंगी।"

"वाह! क्या बात है आर्यन," मेरी आँखों में देखते हुए आरुषि बोली। मुझे अभी भी संदेह था कि आरुषि सच में बोल रही है या मेरा मजाक उड़ा रही है। लेकिन बाद में रम्या और स्वाति ने भी मेरे सुझाव की तारीफ की। निखिल के सामने मैंने रम्या का नाम नहीं लिया; इसलिए कि वह हुश नज़र आ रही थी।

"तुम भले ही एक अच्छे इंजीनियर नहीं हो, लेकिन साफ़ दिल के इंसान हो," मैंने रम्या का सबके सामने नाम नहीं लिया, इस बात पर उसने मेरे लिए बोला। मेरे विचारपूर्ण दृष्टिकोण की प्रसंशा सुनकर आरुषि मुस्कराई औरउसने पलकें झपकाईं।

"गाईज, इधर देखो," एक फोल्डर खोल कर निखिल बोला। इस फोल्डर का नाम हॉस्टल_हाइलाइट्स था। इस फोल्डर में कई अन्य वीडियो फाइल्स थीं। मैं डर गया कि अगर उनमे से कोई वीडियो खुल गया, तो रम्या असहज महसूस करने लगेगी। मैंने निखिल को चिकोटी काटी और किसी भी फाइल को खोलने से मना कर दिया।

"ओके, अभी केवल सभी वीडियो को अपने पेनड्राइव में कॉपी कर लो। एक बार विडियो कॉपी करने के बाद सिस्टम से डिलीट करना मत भूलना," कुर्सी से हटते हुए निखिल बोला और बगल में चला गया। दोनों लड़कियों को कोई परेशानी न हो इस लिए मैं और निखिल चारपाई पर बैठ गए। आरुषि ने सारे वीडियो कॉपी करके कंप्यूटर से उन्हें डिलीट कर दिया। हिमांशु और वार्डन का असली चेहरा सबके सामने लाने के लिए हमें एक सबूत मिल गया था। हम सभी रम्या के चेहरे की संतुष्टि और ख़ुशी देख सकते थे। अब उसको वार्डन से कोई डर नहीं था। अब कभी भी वो हॉस्टल परिसर छोड़ने के लिए स्वतंत्र थी। बिना इस डर के कि वार्डन उसे ब्लैकमेल करेगी।

आरुषि ने सारा वीडियो अपने पेनड्राइव में ले लिया और वार्डन के सिस्टम से डिलीट कर दिया। जब हमने इस काम को अंजाम दिया, तो सुबह के करीब 3:30 बज रहे थे।

"आर्यन और निखिल, मदद करने के लिए तुम दोनों को बहुत-बहुत धन्यवाद," आरुषि बोली और हाथ मिलाने के लिए हाथ आगे किया। निखिल के हाथ बढ़ाने से पहले ही मैंने उसका हाथ जल्दी से पकड़ लिया और हैण्डसेक किया। निखिल हँसने लगा, बोला, "तुम एकदम उल्लू हो। मैं उसके साथ भाग थोड़े ही रहा हूँ," आरुषि भी मुस्कराई और बोली, "आर्यन, अब मेरी हथेली में दर्द होने लगा है," शायद मैं कुछ देर के लिए आरुषि की हथेली को दबाने लगा था। मैंने उसका हाथ ढीला करके छोड़ दिया।

"हम लोग चलें!", निखिल ने मेरी ओर देखते हुए पूछा। मेरे लिए हाँ कहना कठिन था। मैं आरुषि के साथ थोड़ा और वक्त बिताना चाहता था। लेकिन मैं अपनी राय बताता, इससे पहले ही आरुषि को लगा कि काफी देर हो गई है, सभी को अपने-अपने कमरे पर जाना चाहिए।

"दोस्तो, काम जारी रखना। मैं यहाँ थोड़ी देर रुकूँगा," मैंने आरुषि के अलावा सभी की ओर हाथ लहराते हुए कहा। स्वाति और रम्या मुस्कराई, जैसे मेरी इच्छा को भाँप लिया हो कि मैं कुछ देर आरुषि से अकेले में मिलना चाहता हूँ। उन्होंने गुड नाईट कहा और अपने कमरे की ओर जाने को मुड़ीं। निखिल ने मेरी पीठ पर एक थपकी लगाई और शातिर मुस्कान के साथ चला गया। अब केवल मैं और आरुषि स्वच्छ आसमान की चादर के नीचे खड़े थे।

आरुषि मुझे देख कर मुस्कराई और बोली, "तो, अब क्या है!", मेरे पास कोई शब्द नहीं था। मेरे पास बात करने के लिए कुछ भी नहीं था। थोड़ी देर वहाँ रुक कर, मैं उसकी तारीफ में कुछ लम्हे उसके साथ गुजारना चाहता था।

"कुछ नहीं। अभी मेरा दिल नहीं भरा। मैं थोड़ी देर तुम्हारे साथ बिताना चाहता हूँ," उसकी आँखों में देखते हुए मैंने धीरे से कहा। मैं उसे गले लगाने के लिए तड़प रहा था। आरुषि बहुत ही खूबसूरत लग रही थी। उसने गहरी साँस ली।

"मैं कल इंटरव्यू के लिए जा रहा हूँ। मुझे नहीं पता कि पाँच दिन बिना तुम्हारा दीदार किए कैसे जीऊंगा। तुम आदत नहीं, मेरी जरुरत हो। मैं ऐसा नहीं था। मैंने कभी नहीं सोचा था कि मेरी ख़ुशी किसी दूसरे पर निर्भर रहेगी। तुम मुझे हमेशा याद आओगी। लोग कहते हैं, किसी चीज कि लत न हो, तो अच्छा होता है। लेकिन तुमसे प्यार करना मेरे लिए ऐसी लत बन गई है कि अगर मैं छोड़ दूँ तो मर जाऊँ। मैं नहीं जानता, मेरे भाग्य में क्या लिखा है और इस बारे में कभी सोचता भी नहीं, जानती हो क्यों?" आरुषि के बिलकुल करीब जाकर उसकी आँखों में देखते हुए मैंने कहा। आरुषि एकदम सन्न खड़ी थी।

"क्योंकि तुम्हारी तरह मेरी पसंद नहीं है। तुम मुझसे प्यार भी कर सकती हो और मुझें छोड़ भी सकती हो, लेकिन ये जान लो कि जिस दिन तुम मेरी आँखों से ओझल हो जाओगी, मेरी आँखें हमेशा के लिए बंद हो जाएँगी," मैंने बोलता रहा। मेरी आँखें भर आई थीं और उसकी भी। मैं जानता था कि वह अपने दिल की बात बताना चाहती थी। फिर भी वह मुझे कोई वचन देने से खुद को रोक लेती थी। मैं समझ सकता हूँ कि उस लड़की के लिए प्यार करना कितना कठिन होता है, जिसका पूरा अतीत ही अत्यंत कष्टदायी रहा हो।

अपनी भावनाओं पर काबू पाने के लिए उसने गहरी साँस ली। वह मेरी आँखों में देखते हुए बोली, "आर्यन, तुम कभी ये मत सोचना कि मेरा इरादा तुम्हें छोड़ने का है। मैं जानती हूँ कि जब मैं तुम्हारे साथ रहती हूँ, तो कैसा लगता

है। अगर मेरे दिल में तुम्हारे लिए कुछ नहीं होता, तो मैं भी स्वाति और रम्या के साथ चली जाती। लेकिन मैं तुम्हारे साथ रहना चाहती थी। सिर्फ तुम्हारा ही दिल नहीं है, जो हमारे जाने से खुश नहीं था, मेरा दिल भी मुझे कचोट रहा था कि मैं तुम्हारा हाथ पकड़ लूँ और जाने से रोक लूँ। मुझे नहीं मालूम, तुम्हारे करीब आने से मुझे कौन रोक देता है। मेरे लिए अपने दिल की बात कहना कितना कठिन हो जाता है। जो मुझसे प्यार करते थे, उन्होंने मेरी जिंदगी के पहले पड़ाव में ही मेरा साथ छोड़ दिया। इस सदमे से उबर कर सामान्य जिंदगी जीना बहुत ही दुष्कर होता है। तुम्हारा प्यार मुझे कभी-कभी डरा देता है। जिस दिन तुम मुझे छोड़ दोगे, मुझे नहीं लगता कि मैं जी पाऊँगी। अब मेरे अंदर इतनी ताकत नहीं है कि मैं कोई और सदमा सह सकूँ। कभी-कभी मुझे लगता है कि प्यार मेरे लिए नहीं बना है। मैं प्यार के लिए नहीं बनी हूँ। लेकिन फिर जब तुम्हें देखती हूँ मुझे लगता है, मैं कुछ खास हूँ। कम से कम मैं किसी के लिए तो इतनी खास हूँ। मुझे अब ऐसा नहीं लगता कि मैं अनाथ हूँ। इसके लिए मैं तुम्हें शुक्रिया बोलती हूँ कि तुम मेरे साथ हो। एक दिन ऐसा आएगा जब मैं अपनी भावनाओं को आवाज दे पाऊँगी। उस दिन मैं तुम्हारे पीछे पागलों की तरह भागती रहूँगी और इस दुनिया में तुमसे सबसे ज्यादा प्यार करुँगी। मेरा भरोसा करो, दुनिया हमरे प्यार की मिसाल देगी," मेरे बिलकुल करीब आते हुए आरुषि ने अपनी बात पूरी की। हमारे बीच अब कोई दूरी नहीं बची थी। हमारा शरीर एकदम एक दूसरे से सटा हुआ था। मैं उसके दिल की धडकनों और गर्म सांसों को महसूस कर पा रहा था। प्रत्येक साँस पर हमारी नाक एक दूसरे से टकरा रही थीं। उसके कोमल गुलाबी होंठ किस करने के लिए थरथरा रहे थे। मेरी धड़कनें तेज़ हो गईं। मैं अपनी डार्लिंग को बाँहों में भरकर अंतिम साँस तक किस करते रहना चाहता था। मेरा शरीर बिलकुल ठंडा पड़ गया था और शिथिल भी।

"तुम किस चीज का इंतजार कर रहे हो! मैंने आज पी रखी है," आरुषि फुसफुसाई। उसकी आँखें बंद थीं और होंठ मेरे स्वागत में खुल गए थे। अपने पहले कामुक किस के लिए मैं अपने होंठ उसके होंठो के बिलकुल करीब लेकर गया। जैसे ही मैं उसे किस करने वाला था, हजारों तितलियों ने अपने पंख फैला दिए और मेरे दिल पर उड़ने लगीं। मैं इतना घबराया हुआ क्यों हूँ? मैं जनता था, ऐसा इस लिए हो रहा था कि मुझे नहीं पता था कि किस करने के बाद आरुषि का मूड कैसा होगा। मेरी अंतरात्मा ने उकसाया कि आने वाली परेशानियों से

चिंतित मत हो, वर्तमान को देखो। मैं आगे की ओर झुका। हमारे होंठों का मिलन होने ही वाला था कि आरुषि पीछे हट गई, बोली, "समय समाप्त।"

"क्या?" यह गलत है। मैं तुम्हें किस करने वाला था," हारे हुए व्यक्ति की तरह मैंने कहा। आरुषि हँसी और बोली, "तुम फैसला लेने में बहुत ज्यादा वक्त लगाते हो। इसलिए, अब फिर कभी।"

आरुषि को किस करने का यह शानदार मौका खो देने के बाद मुझे लग रहा था कि मैं खुद को चांटे मारूँ। आरुषि ने तुरंत ही मुझे आलिंगन में भर लिया। लेकिन उसके शरीर की गर्माहट को मैं महसूस कर पाता, इससे पहले ही वह भाग गई। सीढ़ियों पर चढ़ते हुए उसने कहा, "गुड नाइट"।

"यार, कम से कम मुझे आलिंगन करने का मौका तो दो," मैं चिल्लाया। आरुषि सीढ़ियों पर ठिठक गई और मुझे देखने के लिए मुड़ी।

"मुझे आलिंगन में लेने के लिए तुम्हें किसी इजाजत की जरुरत नहीं है। लेकिन अब वक्त ख़त्म हो गया है। एक बार मैसूर से वापस आ जाओ, फिर अपनी इच्छा पूरी कर लेना," आँख मारते हुए आरुषि ने कहा। मैं भी मुस्कराया और एक फ्लाइंग किस दिया। उसने मेरे किस को हथेली से पकड़ कर अपने सीने से लगा लिया। उसकी मुस्कान सबसे अच्छी थी।

आरुषि हद से ज्यादा खुश लग रही थी। मुझे समझ में नहीं आ रहा था कि यह क्या हो रहा है। यह सच में चमत्कार था। आरुषि का प्यार मैं महसूस कर पा रहा था। उसने मुझे आलिंगन में भरा। अगर मैं बेवकूफों की तरह नहीं सोचता, तो अपना पहला किस ले लेता। हालाँकि यह अजीब लग रहा था, लेकिन मेरा दिल बहुत ही खुश था। मैं जोर से चिल्लाना चाहता था, आनंद में उछलना चाहता था और पागलों की तरह नाचना चाहता था। सच में, जब आप किसी से प्यार करते हैं तो बहुत ही अच्छा लगता है, लेकिन जब कोई आपको प्यार करता है, तो आप खुद को धन्य महसूस करते हैं।

अध्याय 16

"और वो मुझे 'आई लव यू' बोली"

***

वह दिन आ गया, जब मुझे मैसूर जाना था। मुझे इंटरव्यू में अपना सबसे अच्छा प्रदर्शन करना था। मेरा चयन होगा या नहीं, इस बात को लेकर मैं घबराया हुआ था। दूसरी तरफ, आरुषि मेरी जिन्दगी का हिस्सा बन गई है, यह सोच कर मैं बहुत खुश था। मुझे इंटरव्यू के लिए शुभकामनाएँ देकर निखिल ऑफिस के लिए निकल गया था। उसने मुझे आश्वासन दिया कि मेरे चले जाने के बाद वह आरुषि का ख्याल रखेगा। मेरी बंगलौर की फ्लाइट दोपहर 2:30 बजे की थी। बंगलौर से एयरफोर्स सेलेक्शन बोर्ड, मैसूर तक पहुँचने के लिए मुझे बस से जाना था। करीब पौने ग्यारह बज चुके थे, मुझे जल्दी से तैयार होना था, जबकि अभी तक मैं बिस्तर पर ही था। सबसे पहले मैंने जरुरत की चीजें और डॉक्यूमेंट्स अपने पिट्ठू बैग में रख लिए। फिर जल्दी से नहा लिया और अपने कमरे में रखे इकलौते भगवान हनुमान जी से प्रार्थना की।

"हे भगवान मेरी अनुपस्थिति में आरुषि की रक्षा करना। परसों उसकी आईएएस की परीक्षा है, सहायता करना। उसे पास करा देना भगवान," मैंने हनुमान जी से प्रार्थना की। आरुषि के आने के बाद मेरे पास मांगने के लिए कुछ नहीं बचा था। मेरी मनोकामना पहले ही पूरी हो गई थी।

मैंने जल्दी-जल्दी कपड़े पहने और एअरपोर्ट तक पहुँचने के लिए एक कैब बुक कर ली।

"क्या मैं उसे कॉल करूँ? वह परीक्षा की तैयारी में व्यस्त होगी। क्या मुझे उसके कमरे पर जाना चाहिए। जब मैं बालकनी में खड़े होकर कैब का इंतजार कर रहा था, तो इसी प्रकार के लाखों सवाल मेरे दिमाग में आ रहे थे। मैं आरुषि से एक बार मिलना चाहता था, लेकिन मुझसे विश्वास नहीं हो रहा था कि वो अपने कमरे में मुझे देख कर अच्छा महसूस करेगी।

"उसे ऐसा नहीं लगना चाहिए कि मैं उसे गले लगाकर या फिर फ्लाइंग किस देकर उसका पीछा कर रहा हूँ," मैं खुद से बातें कर रहा था। मैंने उसके

कमरे पर जाने का इरादा बदल दिया और उसे कॉल करने का फैसला किया। उसे परीक्षा की शुभकामनाएँ देने के लिए भी।

खटखट... मुझे दरवाजा खटखटाने की आवाज आई। मैं दरवाजा खोलने चला गया।

"आरुषि!" मैं आश्चर्य से बोला। उसने एक प्यारी सी मुस्कान दी और अंदर आने की अनुमति मांगी। मैंने उसे रास्ता दिया। मैं अभी भी दरवाजे पर खड़ा होकर उसे एकटक देख रहा था। उसने मुझसे कहा, "मुझे घूरना बंद करो और दरवाजा बंद कर दो।"

"कल रात वाले अधूरे किस को पूरा करने आई हो क्या?" शरारत के साथ मैंने पूछा। वह मेरे करीब आ गई और बोली, "मैं यहाँ ये जानने के लिए आई हूँ कि फ्लाइट लेफ्टिनेंट आर्यन राठौड़ ने इंटरव्यू के लिए जाने से पहले भगवान का आशीर्वाद ले लिया है या नहीं।"

मैंने थोड़ी हिम्मत जुटाई और उसके करीब आ गया। न तो आरुषि वहाँ से जरा भी हिली और न ही उसे ख़राब महसूस हुआ। वह अब भी मुस्कुरा रही थी, जिसने मेरे आत्मविश्वास को बढ़ा दिया। मैंने कमर से पकड़ कर आरुषि को अपनी तरफ खींचा और उसे सीने से लगा लिया। मुझे बिलकुल भी अंदाजा नहीं था कि प्रतिक्रिया क्या होगी, लेकिन वह मुझे देखते हुए मेरे और करीब आ रही थी।

"अब क्या?" थोड़ी बेचैन होकर आरुषि बोली। वह मेरी बाँहों में लम्बी-लम्बी सांसें ले रही थी। हमारे होंठों के बीच की दूरी मिलीमीटर में थी। उसकी कमर बहुत कोमल और सुडौल थी। अपने हाथ को वहाँ से हटाने के लिए मैं खुद को राजी करना असंभव समझ रहा था।

"कुछ नहीं। बस मेरी आँखों को देखो और इस बेहतरीन अवसर का फायदा उठाकर किस करो," मैंने मुस्कुराते हुए कहा। आरुषि भी मुस्कराई और एक कटोरी निकाली जिसे वह अपने दुपट्टे के में छुपाए हुई थी।

"ये क्या है?" मैंने उसे ढीला छोड़ते हुए पूछा। वह मेरे लिए मीठा दही लाई थी। भारत में परीक्षा से पहले दही खाना शगुन माना जाता है। यह माना जाता है कि इससे परीक्षा में शुभ होगा।

"तुम मुझे एक चम्मच दे सकते हो?" आरुषि ने पूछा।

"तुम आईएएस की तैयारी कर रही हो और इन सब अंधविश्वासों पर विश्वास करती हो। मुझे यकीन नहीं हो रहा है," मैं आश्चर्यचकित होकर बोला।

आरुषि ने मेरी बातों पर ध्यान नहीं दिया और मुझसे चम्मच मांगी।

"अगर दही खाने से परीक्षा में भाग्य उदय होता, तो मुझे आईआईटी की परीक्षा में टॉप करना चाहिए था। मैंने अभी तक जितनी परीक्षाएं दी हैं, सभी में फेल हुआ हूँ," मैं ताना मारते हुए बोला।

आरुषि ने मेरी बात को गंभीरता से नहीं लिया और थोड़ा सा दही लेकर मुझसे मुँह खोलने को कहा। मेरे शरीर में कंपकपी छा गई, क्योंकि मुझे उम्मीद नहीं थी कि वह कभी अपने हाथ से मुझे खिलाएगी। इस जहान के सबसे प्यारे प्यक्ति के हाथ से मीठा दही खाने के लिए मैंने अपना मुँह खोला। आरुषि ने मुझे दही खिलाया। जब वह ये सब कर रही थी, तो हम दोनों की आँखें एक दूसरे को एकटक देख रही थीं। ऐसा लग रहा था, जैसे सब कुछ ठहर सा गया है। कमरे में रोमैंटिक माहौल बन गया था।

"रुको," मुझे खिलाने के बाद, जब आरुषि अपना हाथ हटाने लगी, तो मैंने कहा।

"क्या?" आश्चर्य से आरुषि बोली, "तुमने मुझे रुकने के लिए क्यों कहा?"। मैं उसके पास गया और उसका हाथ पकड़ लिया। उसकी अँगुलियों पर अभी भी दही का कुछ अंश बच गया था। जिन उँगलियों पर दही लगा हुआ था, मैं उन्हें चाटने लगा। ऐसा करने से आरुषि ने मुझे रोका भी नहीं। कमरे में इतना सन्नाटा छा गया था कि मैं अपनी धड़कनें सुन ले रहा था। जल्दी ही होश में आने के बाद आरुषि शरमा गई। अपने दुपट्टे से उँगलियों को साफ करते हुए वह पीछे हट गई।

"क्या हुआ?" मैंने पूछा।

"कुछ भी नहीं," आरुषि बोली। वह अभी भी अपनी सांसों की गति को नियंत्रित नहीं कर पा रही थी। जरुर आरुषि कुछ सोच रही थी। मैं उसे सहज महसूस कराना चाहता था। इसलिए मैंने उसे सोफे पर बैठाया, जबकि मैं उसका हाथ पकड़ कर फर्श पर बैठ गया।

"आर्यन। जब भी हम पास आते थे, मैं खुद को मजबूत दिखाने की कोशिश करती थी, लेकिन भरोसा, मैं कमजोर पड़ गई। वादा करो, तुम मुझे कभी अकेला नहीं छोड़ोगे। मैं अब और दर्द नहीं सह सकती," भारी आवाज और नम आँखों से आरुषि बोली। मैं भी अपने आँसुओं को नहीं रोक पाया।

मैंने उसके माथे को चूमा और थैंक्स बोला। आगे हम कुछ बात करते, इससे पहले कैब ड्राईवर का फ़ोन आ गया।

"अब मुझे जाना पड़ेगा," मैंने आरुषि की आँखों में झांकते हुए कहा। उसने अपने आंसू पोंछे और खड़ी हो गई। मैं देख रहा था, वह सहज महसूस नहीं कर रही थी। अपनी झूठी मुस्कान के पीछे वह अपनी भावनाओं को छुपा रही थी।

"क्या हुआ? तुम खुश नहीं लग रही हो। तुम नहीं चाहतीं कि मैं जाऊं?" मैंने पूछा। मेरी आँखों को छोड़ कर उसने सब जगह अपनी नज़र दौड़ाई। मैंने उसका हाथ पकड़ा और अपनी आँखों में देखने के लिए कहा। उसकी आँखें गीली थीं। वह उलझन में लग रही थी।

"मुझे नहीं पता आर्यन। कल रात मैंने बहुत बुरा सपना देखा। लगा, अब मैं तुम्हें कभी नहीं देख पाऊँगी। अब तक मैं सबकुछ नज़रंदाज कर रही थी और तुम्हारे साथ ख़ुशी से समय बिता रही थी। लेकिन जब तुम छोड़ कर जा रहे हो, तो मैं अपने आंसुओं को नहीं रोक पा रही हूँ। मुझे नहीं मालूम, मैं क्या कर रही हूँ। मुझे पता है, यह सब बेवकूफी है, लेकिन कहीं न कहीं मुझे असहज महसूस हो रहा है। मैं तुम्हें किसी कीमत पर नहीं खोना चाहती," आरुषि रोने लगी। यह सब सुनकर मैं ताज्जुब में था। एक मजबूत लड़की इतनी भावुक कैसे हो सकती है!"

"आरुषि, प्लीज़ रोओ मत। यह एक बुरा ख्वाब था। मैं वादा करता हूँ, मैं वापस आऊँगा। और इसके अलावा, मैं इंटरव्यू के लिए जा रहा हूँ, जंग पर नहीं," अपनी स्वीटहार्ट को गले लगा कर मैंने आरुषि से कहा। भरी आँखों से उसने मुझे देखा और मुस्करा कर बोली, "जिस दिन तुम जंग पर जाओगे, उस दिन मेरे अंदर इतनी हिम्मत आ जाएगी की जितनी तुम सोच भी नहीं सकते।"

"मैं तुमसे एक बात पूछूं" मैं बोला। आरुषि ने अपने आंसू पोंछे और मेरी ओर देखने लगी।

"मैं जानता हूँ, तुम मुझसे प्यार करती हो। लेकिन अभी तक मैं नहीं समझ पाया कि तुमने मुझसे कभी बोला क्यों नहीं? सिर्फ एक बार बोल दो कि तुम मुझसे प्यार करती हो," मैंने आरुषि से गुजारिश की।

आरुषि मुस्कराई और बोली, "तुम इंटरव्यू से विचलित न हो जाओ, इसलिए मैं नहीं बोलना चाहती थी। जाओ, और परीक्षा पास करो। जिस दिन तुम आओगे, तुम्हारी इच्छा उसी दिन पूरी हो जाएगी।"

यह बात मैंने उसके वादे के तौर पर ले ली। आरुषि कैब के पास तक मेरे साथ आई। कैब के पास पहुँचने तक हम एक दूसरे का हाथ पकड़े हुए थे। जब हम सीढ़ियों से नीचे पहुंचे, तो आरुषि ने अपने हाथ को दुपट्टे से ढँक लिया, ताकि कोई हमारे बारे में गलत धारणा न बना ले।

मैं कैब में बैठ गया और आरुषि की परीक्षा के लिए उसे शुभकामनाएँ दीं। उसने मुझे शुक्रिया बोला और सुरक्षित यात्रा के लिए शुभकामनाएँ दीं। मेरा एक मन दुखी हो रहा था कि अब मैं उसे अगले पाँच दिन तक नहीं देख पाउँगा, लेकिन दूसरा मन एसएसबी पास करने के लिए लालायित था।

एयरफ़ोर्स में जाना मेरा सपना था और आईएएस बनना उसके जीने का मकसद। आरुषि हमेशा कहती थी, "अगर आप सपने देखते हो और कोई कार्य योजना नहीं हैं, तो आप सिर्फ अपना टाइम पास कर रहे हो।"

दो घंटे में मैं फ्लाइट से दिल्ली से बंगलौर पहुँच गया। फिर वहाँ से बस द्वारा मैसूर पहुँचने में छह घंटे लग गए। मैं अपने गंतव्य पर पहुँचा गया, जहाँ सभी उम्मीदवारों को एकत्रित होने के लिए कहा गया था। मेरी तरह ही तीस और लोग भी थे, जो इस इंतजार में खड़े थे कि कोई गाड़ी आकर उन्हें ले जाएगी। हमें एयरफोर्स बस का इंतजार करने के लिए बताया गया था, जो हमें सुबह पाँच बजे वेन्यू से ले जाती। वेन्यू पर करीब दो घंटे इंतजार करने और एक पैकेट सिगरेट पी लेने के बाद मेरे कुछ अच्छे दोस्त बन गए। सौरभ शर्मा और शक्ति बिलकुल मेरी तरह ही थे। वे दोनों भी कॉर्पोरेट वर्ल्ड छोड़कर गौरव और सम्मान के साथ जीवन जीना चाहते थे। सुबह के लगभग 5:30 बजे थे कि हमें हल्के नीले रंग की एक बस दिखाई दी, जिस पर दोनों तरफ एयरफोर्स का प्रतीक चिह्न लग हुआ था। बस हमारे पास आकर खड़ी हो गई। एक सज्जन व्यक्ति, जो एयरफोर्स की यूनिफार्म में थे, हम लोगों के प्रवेश पत्र देखकर बस में बैठाने लगे। जैसा कि मैं हमेशा से बैक बेन्चर था, मैं जल्दी से बस में चढ़ा और पीछे की सीट पर बैठ गया। मेरे साथ सौरभ और शक्ति भी बैठे।

एयरफ़ोर्स सिलेक्शन बोर्ड तक पहुँचने में हमें 30 मिनट लग गए। जब हम सिलेक्शन सेंटर के प्रवेश द्वार पर पहुंचे, तो हमें भारत के डिफेन्स बेस का माहौल और भाव महसूस होने लगा। मैसूर शहर के बिलकुल मध्य में एयरफोर्स स्टेशन स्थित था। एयरफ़ोर्स कभी भी पारिस्थितिकी संतुलन से समझौता नहीं करता है। बेस के चारों तरफ खूब हरियाली थी। वहाँ अनुशासन था। यह किसी मंदिर से कम नहीं था। ज्यों ही आप प्रवेश करते हैं, आपकी आवाज की तीव्रता प्रचंड रूप से कम होने लगती है। ग्राउंड टेस्ट के समय ही आप आवाज कर सकते हैं।

सभी उम्मीदवारों से डॉक्यूमेंट वेरिफिकेशन की प्रक्रिया पूरी करने के लिए कहा गया। इसके बाद, हमारा मनोवैज्ञानिक परिक्षण और ग्रुप डिस्कशन हुआ। इस टेस्ट के बाद हमें चेस्ट नंबर मिल गया। वह एक प्रकार का पहचान पत्र था। एक दूसरे से मिलने पर हम लोग जेंटल मैंन या फिर चेस्ट नंबर से ही संबोधित करते। मेरा चेस्ट नंबर 41 था।

सभी को देख कर बहुत ही अच्छा लगता था और महसूस होता था कि जैसे आईटी कंपनी की जगह देश की सेवा करने में लोग गौरवान्वित महसूस कर रहे हैं। लेकिन सब कुछ अच्छा होने के बावजूद एक बात बुरी भी थी, हमें कैम्पस में स्मार्ट फ़ोन के प्रयोग की अनुमति नहीं थी। एक पी.सी.ओ., था जहाँ से बच्चे खाली वक्त में कॉल कर सकते थे।

मुझे और अन्य सभी महत्वाकांक्षी अधिकारिओं को बैरक में एक बेड मिल गया था। यह बहुत अच्छा अनुभव था। बैरक में लगभग 30 बेड थे। प्रत्येक बेड के लिए टेबल फैन मुहैया कराया गया था, जो सीलिंग फैन का काम नहीं कर पा रहा था।

पूरा दिन विभिन्न प्रकार के टेस्ट देने में ही व्यतीत हो गया। सभी के लिए थोड़ा उबाऊ हो गया था। रात के भोजन के बाद आरुषि को कॉल करने के लिए मैं पी.सी.ओ. पर गया। पी.सी.ओ. जलपान गृह के पास था और इसको एक कर्मचारी संचालित करता था।

"सर, मुझे एक कॉल करना है," गार्ड से मैंने अनुमति ली, जो रिकॉर्ड मेंटेन करने में व्यस्त था। उसने मेरी ओर देखा और मेरा नाम पूछा। इसके बाद उसने मेरा चेस्ट नंबर लिख लिया और मुझे नंबर डायल करने की अनुमति दे दी। फ़ोन मेज़ पर रखा हुआ था और वहाँ कोई निजता नहीं थी। जब गार्ड पी.सी.ओ. से बाहर नहीं गया, तो मुझे थोड़ा असहज महसूस हुआ।

मैंने रिसीवर उठाया और आरुषि का नंबर डायल किया। पहली घंटी पूरी होने से पहले ही आरुषि ने फ़ोन उठा लिया।

"तुम फ़ोन पर ही बैठी थीं क्या?" मैंने हँसते हुए पूछा।

"मैं तुम्हारे ही फ़ोन का इंतजार कर रही थी। आज तुम्हारा पहला दिन कैसा रहा," आरुषि ने जानना चाहा। वह मुझसे ज्यादा उत्साहित थी।

"आह... बहुत ही थकाऊ दिन था। फॉर्म भरना, टेस्ट देना और इसके अलावा अनुशासित जीवन जीना," बिना यह ध्यान दिए कि गार्ड भी हमारी बात को सुन रहा है, मैंने कहा। मैंने गार्ड को देखा और थोड़ा मुस्कुराया। लेकिन उसके चेहरे के भाव में कोई परिवर्तन नहीं हुआ। वह बहुत ही गंभीर और उग्र लग रहा था। शायद अनुशासन शब्द का मतलब उसे पता नहीं था।

दरअसल यहाँ मुझे बहुत अच्छा लग रहा है। लोग बहुत अच्छे हैं और खाने की गुणवत्ता तो बेहतरीन है। मैं चाहता हूँ कि हमेशा के लिए यहीं रुक जाऊं," मैंने झूठ बोला ताकि गार्ड का गुस्सा थोड़ा शांत हो जाए। लेकिन फिर मेरी बात सुनकर अरुषि असहज सा महसूस करने लगी।

"तो तुम वापस नहीं आना चाहते हो। कैंपस में कोई सुंदर लड़की मिल गई है या कोई और बात है! तुम्हारे लिए अच्छा है," आरुषि ने जवाब दिया। लडकियां हमेशा लड़कीयाँ ही रहेंगी!

"नहीं मेरा मतलब ये नहीं है। प्लीज़, मेरे कहने का क्या मतलब है, समझने की कोशिश करो। वैसे तुम्हारी तैयारी कैसी चल रही है?" मैंने पूछा। मैं गार्ड को कोस रहा था, जो मुझे लगातार देखे जा रहा था। इसी कारण मैं आरुषि से अनाप-शनाप बके जा रहा था।

"तुम कब से इतना गंभीर हो गए? तुमने तो पहले कभी मेरी तैयारी के बारे में नहीं पूछा। मुझे अंदाजा लगाने दो, तुम्हारे बगल में कोई बैठा है क्या?" आरुषि ने पूछा। जब उसे मेरी दयनीय स्थिति का आभास हो गया, तो मैं मुस्कुराने लगा।

"हाँ, तुम्हारा अंदाजा बिलकुल सही है," गार्ड की ओर देखते हुए मैं मुस्करा कर बोला। आरुषि ने जोर से ठहाका लगाया और मुझे छेड़ने लगी।

"आर्यन, प्लीज़ यार मेरे लिए एक शायरी बोलो न! अरे बोलो न!! मुझे सुनना है,"

"हुह... तो कल तुम्हारी परीक्षा कितने बजे से है?" मैं उसकी शायरी सुनने वाली बात को नज़र अंदाज़ करते हुए बोला।

"ओके, अब मैं तुमसे जबरदस्ती नहीं करुँगी। मैं तुम्हारी दयनीय दशा को महसूस कर सकती हूँ। मैं कल सुबह 11 बजे निकलूंगी," आरुषि ने जवाब दिया।

"ओके, ऑल द बेस्ट, मुझे पूरी उम्मीद है कि तुम अच्छा करोगी," मैंने कहा। मैं मूर्खों की तरह बात कर रहा था। इस तरह से मैंने कभी उससे बात नहीं की थी।

"थैंक्स। मुझे पूरा भरोसा है इस बार तुम जरुर अच्छा करोगे। चलो, अब फ़ोन रखो और सो जाओ। आखिरकार तुम्हें अनुशासित जीवन जो व्यतीत करना है," वह बोली।

"हाँ, अभी तो मैं कर रहा हूँ," मैंने बोला और कुछ औपचारिक बात करने के बाद हमने फ़ोन रख दिया। मैं गार्ड के पास गया और पूछा, "कितना पैसा हुआ?" ।

"35 रुपए, रजिस्टर में लिखते हुए गार्ड ने कहा। मैंने अपनी जेब से बटुआ निकला और पैसे दे दिए। शुरू में मैं थोड़ा उससे बात करने की सोच रहा था, लेकिन बाद में मैंने अपना इरादा बदल दिया। मैं डर गया कि कहीं वह मुझे पी.सी.ओ. से धक्के मार कर बाहर न निकल दे। हाँ, वह अच्छे मूड में नहीं था।

"शुक्रिया सर," मैंने कहा। जैसे ही निकलने को हुआ, गार्ड ने मुझे रोक लिया। मैं उसकी बात सुनने के लिए पीछे मुड़ा।

"मुझे पता है कि खाना बहुत अच्छा नहीं है। लेकिन यह भी उतना ही सच है कि तुम यहाँ इंटरव्यू देने आए हो न कि छुटियाँ मनाने," गार्ड बोला। मैं मुस्कुराया और कहा, "आप सही बोल रहे हैं।" इसके बाद, वह अपने रजिस्टर के काम में लग गया। एक शानदार कल कीउम्मीद लिए मैं बैरक जाने के लिए निकल गया।

दूसरा दिन बहुत ही थकाऊ था, जिसमें हमें कुछ ग्राउंड टास्क करना था। मंकी क्रालिंग, 8 फीट की दीवार को छलांग लगा कर पार करना, स्नेक रेस, रोप

क्लाइम्बिंग आदि कुछ नाम हैं। थकाऊ दिन और रात का घटिया खाना खाने के बाद मैं फिर पी.सी.ओ. गया। आरुषि की परीक्षा सुबह थी और मुझे पता था कि वह मेरे फ़ोन का इंतजार कर रही होगी।

"आर्यन राठौड़, चेस्ट नंबर 41," बैठने के लिए स्टूल लेते हुए मैं गार्ड से बोला। उसने मेरी ओर देखा और मुस्कराया। वह भी मुस्कुराता है, यह जान कर मैं अचंभित था। उसकी मुस्कान देखकर मुझे राहत मिली।

"परेशान मत होओ, मैं बाहर बैठ जाता हूँ। आराम से बात करो। आज उसे शायरी सुनाना मत भूलना," गार्ड ने कहा और पी.सी.ओ. से बाहर चला गया। उसकी इस चेष्टा के लिए मैंने उसे धन्यवाद दिया लेकिन मुझे ताज्जुब हुआ कि उसने मेरे पहले कॉल की बात सुन ली थी।

मैंने नम्बर लगाया और आरुषि फ़ोन उठाये, इसका इंतजार करने लगा। घंटी पूरी जा चुकी थी, लेकिन उसने मेरा फ़ोन नहीं उठाया। मैं परेशान हो गया और फिर से कॉल किया।

"हेलो आर्यन," आरुषि बोली। वह लम्बी-लम्बी सांस ले रही थी।

"हाय। क्या हुआ? ऐसा लग रहा है, जैसे तुम दौड़ रही थीं " मैंने कहा।

"हाँ, जब तुमने फ़ोन किया, तब मैं छत पर थी। सॉरी, मैं पहली बार में फ़ोन नहीं उठा सकी, क्योंकि मुझे छेड़ने के लिए स्वाति ने फ़ोन छीन लिया था। अंततः उसे मुझ पर दया आ गई और फ़ोन वापस कर दिया", आरुषि ने सफाई दी।

मुझे यह सुन कर बहुत अच्छा लग रहा था कि उसकी सहेली उसे मेरा नाम लेकर छेड़ रही है। किसी भी प्रेमी के लिए यह एक प्रकार की बड़ी उपलब्धि होती है।

"तो वह क्या बोल रही थी?" मैं बात को और गहराई से जानने की कोशिश करने लगा।

"कुछ नहीं। वही कि ओए होय... आ हा... तुम तो जानते हो लड़कियों की बातें," आरुषि हँसने लगी।

"सुन कर अच्छा लगा। वैसे तुम्हारी परीक्षा कैसी हुई?" मैंने पूछा।

"बहुत ही शानदार। सौ प्रतिशत विश्वास है कि मैं पास कर लूँगी। छत पर मैं प्री-सक्सेस पार्टी मना रही थी," वह उत्साहित होकर बोली।

"शानदार! मैं भी जानता हूँ कि तुम इसमें जरुर सफल होगी। वैसे तुम लड़कीयाँ शराब पी रही हो क्या?" मैंने बड़ी ही उत्सुकता से पूछा।

"हाँ। कोक और स्प्राइट," वह दबी हुई हँसी के साथ बोली।

"क्या? तुम लोग बिना पानी मिलाए पी रही हो?" मैं थोड़ा चिंतित हो गया। क्योंकि मुझे याद नहीं कि पिछली बार मैंने और निखिल ने कब कोक पीए थे। हम कोक में हमेशा ओल्ड मोंक और रम मिलाते थे।

"हाँ। हम लोगों को कोक पीने में ही मज़ा आ रहा है," आरुषि ने ताना मारा।

"अरे आर्यन, मैं तुम्हें कुछ बताना चाहती हूँ," आरुषि बोली। उसकी आवाज में गंभीरता देख कर मैं चिंतित हो गया।

"क्या हुआ?" मैंने पूछा।

"वार्डन के आने के बारे में मुझे कुछ पता नहीं है। इसके अतिरिक्त हमने कमरे का ताला भी ठीक नहीं किया है, तो उसे आसानी से पता चल जाएगा कि चोरी हुई है," आरुषि बोली।

"कल मैं एफ.आई.आर. करने के लिए सोच रही हूँ। मैं वार्डन के आने का इंतजार नहीं कर सकती। वह हम सबको मुसीबत में डाल देगी," आरुषि ने विस्तार से बताया। मैं उसके विचार से खुश नहीं था। मैंने उसे सुझाव दिया कि मेरे आने तक वह कुछ न करे। लेकिन वह मेरे कैरियर को दाँव पर नहीं लगाना चाहती थी।

"मैं इस मामले में तुम्हें नहीं शामिल करना चाहती। वह चोरी का आरोप तुम्हारे ऊपर लगा सकती है, जो मैं चाहती नहीं। मैं सब संभाल लूंगी। तुम बस अपनी परीक्षा पर ध्यान दो और जल्दी से वापस आओ," मेरे सुझाव को नज़र अन्दाज करते हुए आरुषि बोली।

ओके, अगर सच में चाहती हो कि मैं इस मामले में न रहूँ, तो फिर ठीक है। तुम जो चाहती हो वो करो," मैंने कहा। मुझे उसके व्यवहार से थोड़ा आघात पहुँचा था। आरुषि मेरी भावनाओं को समझ गई और मुझे मनाने लगी।

"प्लीज़ आर्यन, ऐसा मत बोलो। तुमने पहले ही बहुत कुछ कर दिया है। अब जब तुम अपने सपने को पूरा करने में लगे हो, तो मैं तुम्हें खतरे में नहीं डाल सकती। वार्डन मेरे खिलाफ एफ.आई.आर नहीं कर सकती, क्योंकि मेरे पास सारा वीडियो है, लेकिन वह तुम्हारे खिलाफ ताला तोड़ने और अपराध में सहयोग करने का केस कर सकती है। मैं नहीं चाहती कि ऐसा हो। प्लीज़ मुझे गलत मत समझना। मैं चाहती हूँ कि तुम हमेशा मेरे साथ रहो और सहयोग करो," आरुषि ने कहा।

हालाँकि आरुषि क्या कहना चाहती थी, मैं समझ गया था, लेकिन मैं इस काम में उसे अकेले नहीं जाने देना चाहता था। इससे मैं खुश नहीं था। उसे मेरी

और मेरे सपनों की कितनी परवाह है, यह देख कर मैं हैरान था। उसे पता था कि कहीं न कहीं वह अपने भविष्य को खतरे में डाल रही है। लेकिन वह मेरे सपने को अपने से ऊपर रखती थी। वह प्यार की कीमत चुकाने के लिए तैयार थी।

"ओके। लेकिन सावधानी से। मैं तुम्हें कल फ़ोन करूँगा," मैं बोला। उससे बात करने के लिए मैं अभी भी सामान्य अवस्था में नहीं आ पा रहा था।

"तुम मुझसे नाराज़ हो?" आरुषि ने पूछा। मैं अनुमान लगा रहा था कि यह पूछते समय उसने बच्चों की तरह मुँह बना लिया होगा।

"नहीं, मैं नाराज़ नहीं हूँ, थोड़ा चिंतित हूँ," मैंने जवाब दिया।

"ठीक है, अगर तुम नाराज़ नहीं हो, तो फिर फ़ोन काटने से पहले तुम मुझे एक शायरी सुनाओगे। मुझे आशा है, तुम्हारी बगल में कोई नहीं बैठा होगा," आरुषि ने अनुरोध किया।

मैंने गहरी साँस ली। मेरा मूड बहुत अच्छा नहीं था, लेकिन कहीं न कहीं मुझे इस बात से ख़ुशी थी कि आरुषि को मेरे भविष्य और सपने की चिंता है।

"मुझसे इस कदर इश्क करके
तूने न जाने कितने दिल तोड़े होंगे
अफ़सोस तो उन सितारों पर होता है
जो तेरी दुआ पूरी करने, आसमान से टूटे होंगे।"

"वाह... तुमने मेरा दिन बना दिया!" आरुषि ने मेरी तारीफ की। मैं एक बार फिर उसे मनाने की कोशिश करने लगा कि वह मेरे आने से पहले शिकायत न करे। लेकिन उसने विनम्रता से मेरे सुझाव को अस्वीकार कर दिया और मुझे अपने इंटरव्यू पर ध्यान देने के लिए कहा।

"ओके, अब तुम जाओ और सो जाओ। मुझे छत पर जाना है, नहीं तो लड़कीयाँ मुझे मार डालेंगी," आरुषि ने कहा। मैंने उसे जाने दिया ताकि वह उस क्षण का आनंद ले सके। लेकिन उस रात मैं सो नहीं सका। मैं आरुषि की सुरक्षा को लेकर चिंतित था। कुछ पल के लिए मेरे दिमाग में आया कि मैं इंटरव्यू छोड़ दूँ और दिल्ली वापस चला जाऊं, लेकिन मैं जानता था कि मेरे ऐसा करने से आरुषि मुझसे नफरत करने लगेगी।

दूसरे दिन मैसूर में खूब बारिश हुई। लेकिन सुरक्षा कर्मियों को कोई नहीं रोक सकता। उन्होंने इंटरव्यू लेने का इरादा नहीं बदला। हमें अपना ग्राउंड टास्क बारिश में ही करना पड़ा। लकड़ी के पटरे पर संतुलन बनाए रखना बहुत ही कठिन था। सबसे कठिन काम तो रस्सी पर चढ़ना था। लेकिन किसी तरह जो मुझसे करने के लिए कहा गया, सब मैंने किया।

इसके बाद हमारा पर्सनल इंटरव्यू था और दो ग्रुप डिस्कशन। हालाँकि मैं अपना सबसे अच्छा प्रदर्शन कर रहा था, लेकिन पता नहीं क्यों मैं खुश नहीं था। आरुषि की सुरक्षा मेरी चिंता का कारण थी।

बारिश बंद होने का नाम नहीं ले रही थी। जब मैंने पी.सी.ओ. पर जाने का फैसला किया, उस समय रात के 9:30 बज रहे थे। सिर ढंकने के लिए मैंने सौरभ से प्लास्टिक बैग माँगा। हालाँकि उसने बारिश थमने का इंतजार करने के लिए कहा, लेकिन मैंने उसकी बात नहीं मानी। मुझे पता था, उस क्षण मेरे ऊपर क्या बीत रही थी। मैं पी.सी.ओ. की ओर भागा, लेकिन पी.सी.ओ. बंद था। मैंने गार्ड को चारों तरफ खोजा, लेकिन वह कहीं भी नहीं मिला। पी.सी.ओ. के बगल में एक सूचना पट्ट लगा था, जिसे पढ़ने की जहमत मैंने पहले कभी नहीं उठाई थी। पी.सी.ओ. से फ़ोन करने का निर्धारित समय साफ-साफ अक्षरों में लिखा हुआ था। “8:00 am – 9:00 pm।” मैं खुद को कोसने लगा, क्योंकि डिनर के बाद एक घंटा मैंने बारिश बंद होने के इंतजार में गँवा दिया था। असहाय और पूरी तरह पानी में भीगा हुआ था। बिना सोये ही रात गुजारने के लिए बैरक में वापस आ गया।

आख़िरी दिन आ गया था। सभी के चेहरों पर तनाव स्पष्ट दिखायी दे रहा था। हमें सुबह सात बजे रिपोर्ट करना था, लेकिन हम थोड़ा आलसी बन गए थे। सभी की मिली-जुली प्रतिक्रियाएं और आशान्वित विचार थे। जो हम कर सकते थे हमने किया। हमने अपना सामान बैग में रख लिया और दिल में अनोखी यादें भी संजो लीं। सामान पैक करने के बाद हम कांफ्रेंस हॉल की तरफ भागे।

सुबह 10 बजे कांफ्रेंस आरंभ हो गई। हम सभी उसी हॉल में बैठे, जहाँ हमारा स्क्रीनिंग हुआ था। यह हमारा आख़िरी इंटरव्यू था। प्रत्येक उम्मीदवार को एक-एक करके बड़े से कांफ्रेंस हॉल में बुलाया गया, जहाँ अंडाकार मेज़ के चारों ओर लगभग 20 अधिकारी बैठे हुए थे। सबसे अच्छा भाग यह था कि सभी अधिकार अपनी छाती पर चमकदार बिल्ला लगाए हुए थे। अधिकारियों को देखने का अवसर मुझे मिलता, इससे पहले ही विंग कमांडर, जिसने मेरा इंटरव्यू लिया था, ने मुझसे प्रश्न पूछना शुरू कर दिया।

“गुड मॉर्निंग आर्यन,” विंग कमांडर ने मेरा स्वागत किया।

“गुड मॉर्निंग सर,” मैंने उनका अभिवादन किया।

“यहाँ पर जो तुमने टास्क किए उनके बारे में तुम क्या सोचते हो?” उन्होंने प्रश्न किया।

“सर, सभी टास्क अच्छे थे, लेकिन ग्राउंड टास्क बेहतरीन था। एक आम नागरिक होने के नाते मुझे जीवन का ऐसा क्षण जीने का कभी मौका नहीं मिला,” मैंने जवाब दिया।

"कौन सा टास्क तुम्हें सबसे अच्छा लगा और क्यों?" दूसरा प्रश्न।

"मुझे ग्रुप टास्क सबसे अच्छा लगा। इसका कारण यह है कि उस टास्क के दौरान मुझे सामूहिक प्रयास की महत्ता का पता लगा। उसमें मैंने किसी से प्रतियोगिता नहीं की, लेकिन मैं चाहता था कि हमारे साथी सफल हों। और सबसे अच्छी बात यह थी कि टीम के सभी लोग यही चाहते थे।

"क्या तुम जानते हो, एयरफोर्स ट्रेनिंग अकैडमी कहाँ स्थित है?" यह मेरे लिए भारी भरकम सवाल था। सच में मैंने कभी यह जानने की कोशिश नहीं की थी। मेरे नन्हें से दिमाग में केवल देहरादून का नाम आया।

"सर देहरादून," बिना ज्यादा वक्त लिए मैंने जवाब दिया। थोड़े ही समय में कमरे में गहरा सन्नाटा छा गया। सभी अधिकारी हँसने लगे।

"देहरादून में इंडियन मिलिट्री अकैडमी है। अगर तुम्हारा चयन होता है, तो तुम यह भी नहीं जानते कि तुम ट्रेनिंग के लिए कहाँ जा रहे हो?" विंग कमांडर ने कहा। लेकिन फिर, मैंने आरुषि की बात को याद किया, जो उसने मुझसे कहा था। उसने मुझे हमेशा ईमानदार रहने के लिए कहा था।

"सॉरी सर, मुझे नहीं पता। मुझे यह नहीं मालूम कि ट्रेनिंग अकैडमी कहाँ स्थित है, लेकिन यह पता है कि जॉइनिंग के दिन मैं वहाँ रहूँगा," चेहरे और आवाज़ में पूर्ण आत्मविश्वास के साथ मैं बोला। विंग कमांडर ने मेरी ओर देखा और थोड़ी देर बाद मुस्कराया। उसने मुझे शुभकामनाएँ दी और रिजल्ट के लिए कांफ्रेंस हॉल में इंतजार करने के लिए कहा।

सभी का इंटरव्यू खत्म होने के बाद बोर्ड का तकनीकी अधिकारी आया। उसने चयनित अभ्यर्थियों के चेस्ट नंबर की घोषणा की।

"जेंटल मैंन, सबसे पहले यहाँ पर उपस्थित सभी लोगों को मैं बधाई देता हूँ। आप लोगों में से कुछ लोग इस परीक्षा में चयनित नहीं हुए हैं। हम संख्या से तो समझौता कर सकते हैं लेकिन गुणवत्ता से नहीं। लेकिन यह अंत नहीं है। हो सकता है आप लोग आज इसके लिए उपयुक्त न हों, लेकिन अपनी कमियों की भरपाई करके आप फिर से परीक्षा में बैठ सकते हैं। अब मैं उन अभ्यर्थियों के नामों की घोषणा करूँगा, जिनका चयन हुआ है। जिसका नाम पुकारा जाए वे मंच पर आकर खड़े हो जाएँ," अधिकारी ने घोषणा की। मैंने अपनी उँगलियों से क्रॉस बनाया हुआ था।

"चेस्ट नंबर 23" अधिकारी ने घोषणा की। हम सभी उस भाग्यशाली व्यक्ति को चारों ओर देखने लगे। यह स्वाभाविक था। हमारे बीच ज्यादा बातचीत नहीं हुई थी, लेकिन वह वास्तव में अच्छा अभ्यर्थी था। उसके चुने जाने पर हम सबने तालियाँ बजाईं।

"34" नम्बर वाला भाग्यशाली लड़का सौरभ ही था। उसके सिलेक्शन पर मैं बहुत ही खुश था। सौरभ खड़ा हुआ। मंच पर जाने से पहले उसने मुझे और फिर सौरभ को गले लगाया। उसने हम दोनों को भी शुभकामनाएँ दीं।

"41" नंबर सुनकर मैं हक्का-बक्का रह गया, क्योंकि यह मेरा नंबर था। इस ख़ुशी में मैं अधिकारी से कुशलतापूर्वक बात नहीं कर सका। मुझे लग रहा था, ये नंबर मैंने कहीं सुना है, लेकिन मुझे ऐसा महसूस नहीं हो रहा था कि ये मेरा ही नंबर है, जो पिछले पाँच दिन से मेरे मेरे सीने पर लटक रहा है। मैं भावशून्य हो गया था। जब मैं होश में आया, तो केवल शक्ति मुझे जगाने की कोशिश कर रहा था। जब मैं मंच की ओर जा रहा था, खुद को वायुसेना के यूनिफार्म में देख रहा था। हालाँकि मंच पर तीन लोग खड़े थे, लेकिन मुझे ऐसा लग रहा था, मानो आरुषि मंच पर उछल-कूद रही है। वह मेरी सफलता की खुशियाँ मना रही है।

"अंतिम चेस्ट नंबर 53 है" अधिकारी ने घोषणा की। सौरभ और मैंने एक दूसरे को गले से लगा लिया, क्योंकि यह नंबर किसी और का नहीं, बल्कि शक्ति का ही था। हाँ, हम तीनों दोस्त भारतीय वायु सेना में चयनित हो गए थे। शक्ति भागता हुआ आया और हम तीनों ने एक दूसरे को गले से लगा लिया। यह ऐसा दिन था, जिसे हम कभी नहीं भूल सकते। इन यादों को हम हमेशा संजोए रहेंगे। लेकिन मेरे लिए हमेशा का मतलब सिर्फ कुछ घंटे ही था।

हम वहाँ फॉर्म भरने के लिए रुके और फिर सभी चयनित अभ्यर्थी बैरक की ओर चल दिए। पाँच दिन बाद हमें मेडिकल टेस्ट के लिए उपस्थित होने को कहा गया। मैं खुश था, क्योंकि अब मैं घर जाकर आरुषि से मिल सकता था। इससे ज्यादा मुझे इस बात की ख़ुशी थी कि आरुषि 'आई लव यू' बोलकर अपना वादा पूरा करेगी। मैं इन अनोखे शब्दों को सुनने के लिए बेताब था। सभी औपचारिकताओं को पूरा करने के बाद शक्ति,सौरभ और मैंने एक दूसरे को गले लगाया। हमने मेडिकल एग्जाम के बाद मौज-मस्ती करने की योजना बनाई। हमें हमारा फ़ोन वापस कर दिया गया। अब हम कहीं भी फ़ोन करने के लिए स्वतंत्र थे। मैंने यह खुश खबरी सुनाने के लिए आरुषि को फ़ोन किया।

"अरे कल तुम कहाँ थे?" आरुषि फोन उठाते ही चिल्लाई।

"कल बहुत तेज़ बारिश हो रही थी। मेरे पहुँचने से पहले ही पी.सी.ओ. बंद हो चुका था," मैंने मैंने सफाई दी।

"अरे बेवकूफ, मैं तुम्हारे लिए कितना परेशान हो रही थी," आरुषि बोली। मुझे लगा वह रो रही थी।

"तुम रो रही हो," मैंने पूछा।

"नहीं," आरुषि बोली। वह दो साल के बच्चे की तरह बात कर रही थी।

"हे भगवान। क्या मेरे लिए तुम इतना परेशान थीं?" मैंने उससे पूछा।

"बस चुप रहो। वैसे, अगर मुझसे सही जानकारी है, तो तुम आज वापस आ रहे हो न!" अपने आंसू पोछते हुए आरुषि ने पूछा।

"हाँ। आज रात 9:30 बजे मैं तुम्हें किस करने के लिए वहाँ पहुँच जाउँगा," मैं पूरे आत्मविश्वास से बोला। आरुषि कुछ नहीं बोली। शायद वह शरमा गई थी।

"ओके, मैं तुम्हें एक सरप्राइज दूंगी," आरुषि बोली।

"बहुत बढ़िया! मैं इंतजार करूँगा। वैसे तुम मेरे रिजल्ट के बारे में क्यों नहीं पूछ रही हो," मैंने पूछा, क्योंकि उसे खुश खबरी सुनाने के लिए मैं उतावला हो रहा था।

"तुम्हारा रिजल्ट आ गया क्या? मैंने सोचा, रिजल्ट आने में समय लगेगा। क्या हुआ मुझे बताओ? मैं जानने के लिए उत्सुक हूँ," वह खुश लग रही थी।

"जल्दी ही मैं भारतीय वायु सेना में अधिकारी बनने वाला हूँ," मैंने गर्व से कहा। दो पल के लिए ख़ामोशी छा गई। जैसे आरुषि को सुनी हुई बात पर भरोसा न हो रहा हो।

"सच में!" आरुषि ने कहा।

"सच में, से क्या मतलब है तुम्हारा? क्या तुम सोच रही थीं कि मेरा चयन नहीं होगा? मैं मूर्ख इंसान हूँ?" सच में मैं इस बात से अपमानित महसूस कर रहा था।

"यह तो बहुत ही अच्छी खबर है आर्यन। हे भगवान मुझे भरोसा नहीं हो रहा। आर्यन क्या तुम्हें लग रहा है कि तुमने अपना सपना पूरा कर लिया है!" आरुषि बोली। वह मुझसे ज्यादा खुश लग रही थी। उस समय बहुत ही अच्छा लगता है जब कोई आपकी सफलता पर आपसे ज्यादा खुश होता है।

"मेरा सपना तो अभी भी अधूरा है, क्योंकि मैं अपने कंधे पर स्टार चाहता था और तुम्हें हमेशा अपनी बगल में ," मैंने उससे कहा।

"यह सिर्फ तुम्हारी ख्वाहिश नहीं थी, मेरी भी थी," आरुषि बोली।

"मेरे साथ रहने के लिए शुक्रिया आरुषि। अब मैं तुम्हारी बाँहों से दूर रहने का इंतजार नहीं कर सकता," मैंने कहा।

"मैं भी। कल जब मैं हिमांशु और वार्डन के खिलाफ एफ.आई.आर. करने के लिए गई थी, तो तुम जानते हो क्या हुआ?" आरुषि ने कहा। मैं रोमांस में इतना डूब गया था कि इस बारे में पूछना ही भूल गया।

"हाँ, मुझे बताओ क्या हुआ था। सब कुछ ठीक तो था न? क्या आरुषि ने तुमसे संपर्क करने की कोशिश की? मैंने उससे पूछा।

"सब कुछ ठीक था। मैं सभी वीडियो अपने पेन ड्राइव में लेकर पुलिस थाने गई थी। उस समय शाम के चार बज रहे थे। तुम्हें याद है वो सिपाही, जिसने हमसे जुर्माना माँगा था?" आरुषि ने पूछा।

"हाँ, वही कमीना था वहाँ? मैंने उससे तहकीकात की।

"हाँ। उसका नाम गजेन्द्र महतो है। जब मैंने उससे कहा कि मैं हिमांशु और अपने वार्डन के खिलाफ एफ.आई.आर करने आई हूँ, तो उसका चेहरा लाल हो गया। वह अपनी कुर्सी से खड़ा हुआ और कारण पूछने लगा। मैंने मसले को समझाया। फिर उसने मुझसे पेनड्राइव माँगा। मैंने उसे देने से मना कर दिया था। लेकिन पुलिस थाने के कंप्यूटर में वीडिओ कॉपी कर दिया। पहले तो उसने यह कह कर एफ.आई.आर. करने से मना कर दिया कि वीडियो से छेड़छाड़ हुआ है, लेकिन जब मैंने उच्च अधिकारिओं से शिकायत करने की धमकी दी, तो वह मेरा बयान लेने के लिए तैयार हो गया। बाद में, उसने एफ.आई.आर की प्रति देते हुए मुझे धमकी दी कि मामले को जनता में नहीं लेकर जाना। उसने कहा कि अगर ऐसा हुआ, तो इसका खामियाजा तुम्हें भुगतना पड़ेगा। मैंने उससे कहा, जांच की शुरुआत करो और मेरे बारे में परेशान होने की कोई जरुरत नहीं है। वह कमीना सोच रहा था कि उसकी धमकी से डर कर मैं शिकायत वापस ले लूंगी," आरुषि ने विस्तार से बताया। हालाँकि मैं जानता था कि वह एक साहसी लड़की है, लेकिन मुझे डर था कि हिमांशु उसे कोई नुकसान न पहुंचाए।

"आरुषि तुम अपना ख्याल रखना। जब तक मैं वापस न आ जाऊं, तुम्हें बाहर निकलने की कोई जरुरत नहीं है। मैं अब कुछ नहीं सुनना चाहता। मुझसे वादा करो, तुम कमरे से बाहर नहीं जाओगी," मैंने उसे आदेश दिया।

आरुषि थोड़ी देर के लिए शांत हो गई। बाद में बोली, "मैं सिर्फ तुम्हारे फ्लैट तक आउंगी, ताकि तुम्हें सरप्राइज दे सकूं।"

"मैं सामान लेने के लिए निखिल से मदद ले लूंगी। मैं बाहर नहीं जाउंगी, ठीक है!" आरुषि ने कहा। मैंने गहरी साँस ली और उसकी बात पर सहमति जताई।

"ओके। अब मुझे एअरपोर्ट के लिए निकलना है। जल्दी से मिलता हूँ," मैंने कहा। सौरभ और शक्ति पहले ही बस में बैठ गए थे। वे मुझसे बस में बैठने के लिए तेज़ आवाज में कह रहे थे।

"ओके। अब जल्दी वापस आओ। मैं तुम्हारा इंतजार कर रही हूँ।" आरुषि ने 'बाय' कहा और फ़ोन रख दिया।

बस ने हम लोगों को मैसूर रेलवे स्टेशन पर छोड़ दिया। अब हम तीनों के अपने-अपने गंतव्य तक जाने का समय आ गया था। सौरभ को मुंबई और शक्ति को चेन्नई की ट्रेन पकड़नी थी। पहले मैंने भी बैंगलौर तक ट्रेन से जाने का फैसला

किया था, लेकिन कन्फर्म टिकट न मिलने के कारण नहीं जा सका। मैंने बस से जाने का निर्णय लिया। ट्रेन पकड़ने के लिए सौरभ और शक्ति को छोड़ने के बाद मैंने बस अड्डे तक पहुँचने के लिए ऑटो लिया। संयोग से एक बस बैंगलोर के लिए निकलने ही वाली थी। मैं जल्दी से बस में चढ़ा और अपनी सीट पर आराम करने लगा। सौभाग्य से बस स्लीपर थी। सोने के बाद मुझे कुछ भी नहीं पता चला।

"भैया बैंगलौर एअरपोर्ट," मेरी बाँह हिलाते हुए कंडक्टर ने कहा। मैं जगा और घड़ी देखी। मैं लगभग 5 घंटे से सो रहा था। मैं मगरमच्छ की तरह लग रहा था। जगाने के लिए कंडक्टर को शुक्रिया कहा और जल्दी से एअरपोर्ट की ओर भागा। दिल्ली के लिए मेरी फ्लाइट रात में 9 बजे थी। आरुषि कहाँ है ,यह जानने के लिए मैंने कॉल किया। आरुषि किसी काम में व्यस्त थी, इसलिए वह दिल्ली एअरपोर्ट पर पहुँच कर फ़ोन करने के लिए बोली। बाहर के कामों में निखिल उसकी मदद कर रहा था। चेक इन शुरू होने से पहले मैं आस-पास टहल रहा था। जैसे-जैसे समय बीत रहा था, मेरी उत्सुकता बढ़ती जा रही थी। मैं फ्लाइट में बोर्ड किया और अपनी खिड़की वाली सीट पर बैठ गया। फ्लाइट से दिल्ली जाते समय अगर आपको दिल्ली की सुंदरता देखनी है, तो इसका मज़ा खिड़की वाली सीट पर बैठ कर लिया जा सकता है। आसमान से देखने पर दिल्ली बहुत ही शानदार लगती है। यह आखों को आनंदित कर देता है। 2 घंटे में मैं दिल्ली एअरपोर्ट पहुँच गया।

"क्या आरुषि के लिए मुझे कुछ खरीद लेना चाहिए?" मैंने खुद से पूछा। "हाँ बिलकुल। आख़िरकार वह अपने प्यार कर इजहार करने जा रही है" मेरे दिल ने मेरे प्रश्न का जवाब दिया। एअरपोर्ट पर मैं गहनों की दुकान खोजने लगा। टर्मिनल पर स्वरोस्की का एक शोरूम दिखाई दिया। मैं पहली बार गहने खरीदने जा रहा था। मैं परेशान था कि आरुषि को मेरी पसंद अच्छी लगेगी या नहीं।

"गुड इवनिंग सर, में आई हेल्प यू?" साड़ी पहने एक महिला बोली। उसकी नाम पट्टिका पर सीमा लिखा हुआ था।

"गुड इवनिंग सीमा। मुझे एक अंगूठी खरीदनी है," मैंने कहा। सीमा मुस्कराई और बोली, "बहुत कम ग्राहक होते हैं, जो हमारा नाम लेकर बुलाते हैं। सामान्यतः वे हमसे हेल्पर की तरह व्यवहार करते हैं," वह बोली।

"मैं उससे पूरी तरह सहमत था। क्या तुम मुझे कोई अच्छी सी अंगूठी दिखाओगी? बहुत ज्यादा महंगी न हो, ईमानदारी से। मैं इस लिए बोल रहा हूँ, ताकि दोनों का समय बर्बाद न हो," मैंने मुस्कराते हुए कहा। सीमा मुझे अपने साथ अंगूठी वाले काउंटर पर ले गई।

"आई एम सॉरी, मैं पूछना भूल गई। अंगूठी आप अपने लिए लेंगे या फिर...? सीमा ने पूछा और जवाब पाने के लिए मेरी ओर देखने लगी। मैंने खीस निकाला और बोला, "मंगेतर।"

सीमा ने कुछ सस्ती अंगूठियाँ दिखाईं। अपनी पसंद की अंगूठी लेने का सुझाव दिया। मेरे लिए सभी अंगूठियाँ सुंदर ही थीं। इतनी तरह की अंगूठियाँ देख कर मैं खुश हो गया था। अंततः मैंने सीमा से कोई एक अंगूठी पसंद करके पैक करने के लिए बोल दिया। उसने थोड़ी देर सोचा और उनमे से सबसे अच्छी अंगूठी एक सुंदर केस में पैक कर दी।

"भरोसा करिये सर, आपकी मंगेतर को यह बहुत पसंद आएगी। यदि उन्हें पसंद नहीं आई, तो आप इसे स्वरोस्की शोरूम से बदल सकते हैं," केस को हाथ में थमाते हुए सीमा ने मुझे आश्वासन दिया। मैंने सीमा को शुक्रिया बोला और केस अपने बैग में रख लिया। 11:45 पर मैं एअरपोर्ट से बाहर आ गया। फ्लैट तक जाने के लिए मैंने कैब किया। मैं अपनी प्रेमिका से मिलने के लिए बहुत ही आतुर था। ताज़ी हवा लेने के लिए मैंने कैब की खिड़की का शीशा नीचे किया। ठंडी समीर ने मेरी सारी थकान दूर कर दी। यह मेरे लिए सबसे अच्छा दिन था, मैंने सोचा। यद्यपि वे संघर्ष के दिन थे, लेकिन फिर भी शानदार थे। सफलता तभी अच्छी लगती है, जब आप उसे पाने के लिए अथक प्रयास करते हैं।

आरुषि क्या कर रही है, यह पता करने के लिए मैंने उसे फ़ोन किया।

"अरे, मैं आधे घंटे में वहाँ पहुँचने वाला हूँ," मैंने कहा।

"सच में? आरुषि बोली, वह थोड़ा परेशान हो गई थी।

"हाँ" क्यों? तुम नहीं चाहतीं कि मैं आऊँ?" मैंने पूछा।

"तुम बेवकूफ हो क्या? मेरे पास अभी भी इतना साहस नहीं है कि अपने दिल की बात तुम्हारे सामने कह सकूँ। फ़ोन काटो। मुझे कुछ रिकॉर्डिंग करनी है। मैंने निखिल से कुछ स्नैक्स और ड्रिंक्स लाने के लिए कहा है। मुझे सब कुछ व्यवस्थित करने के लिए कुछ समय चाहिए। वह बोली और फोन काट दिया।

मैंने सोचा, अब समय आ गया है कि मैं आरुषि और अपने संबंध के बारे में अपने माता-पिता को बता दूँ। मुझे डर था कि मैं उन्हें देर से बता रहा हूँ, इस इसलिए वे कहीं नाराज न हो जाएँ। हालाँकि मैं आश्वस्त था कि वे मेरी बात मान लेंगे। वे हमेशा मेरी बात का समर्थन करते थे। मैंने अपनी माँ को फोन किया।

"चलो, तुम्हें याद तो आया कि तुम्हारे माँ-बाप जिन्दा हैं," माँ ताना मरते हुए बोलीं।

"नमस्ते माँ। ऐसा कुछ नहीं है। मैं आपको एक खुशखबरी देना चाहता हूँ। इसलिए मैं आज का इंतजार कर रहा था," मैंने अपनी माँ के गुस्से को शांत करने की कोशिश की।

"क्या खुशखबरी है!?" माँ ने पूछा।

"माँ मेरा चयन भारतीय वायु सेना में हो गया है। अब बहुत जल्दी ही आप फ्लाइट लेफ्टिनेंट आर्यन राठौड़ की माँ बनने वाली हैं," मैंने गर्व से कहा। कुछ पल के लिए मेरी माँ को मेरी बात पर भरोसा नहीं हुआ। पुष्टि करने के लिए उन्होंने फिर से पूछा।

"क्या तुम सच बोल रहे हो!" माँ ने कहा।

"हाँ माँ। मैं एअरपोर्ट से अपने फ्लैट पर जा रहा हूँ। मैं पिछले पाँच दिन से मैसूर, सिलेक्शन बोर्ड में था," मैंने अपने चयन को साबित करने के लिए बताया। मेरी उपलब्धि के लिए माँ ने मुझे बधाई दी।

"बधाई हो बेटा! यह बहुत बढ़िया खबर है," मेरे पापा ने बोला। वे माँ की बगल में बैठ कर हमारी बातें सुन रहे थे। मैंने उनका अभिवादन किया और उनके द्वारा प्रदान की गई सभी सुविधाओं के लिए उनके प्रति कृतज्ञता प्रकट की।

"तो तुम हमें कुछ और बताना चाहते हो?" माँ ने जानना चाहा। मुझे कुछ गड़बड़ लगा। क्या वे आरुषि के बारे में जानती हैं? मैंने सोचा।

"आह... कुछ नहीं," मैंने बोला।

"तुम सच बोल रहे हो! या फिर अपनी शादी की बात फेसबुक पर साझा करने के बाद हमे टैग करने की सोच रहे हो!" माँ ने मेरा मजाक उड़ाया। वे आरुषि के बारे में जानती थीं। मुझे पक्का लग रहा था कि कमीने निखिल ने बता दिया है।

"नहीं, मैं आप लोगों को आरुषि के बारे में बताना चाहता था," मैंने कहा।

"ठीक है, हम सुन रहे हैं। बताओ," माँ ने आदेश दिया। मैं दुविधा में था, कहाँ से बात की शुरुआत करूँ।

"आर्यन, आराम से। तुम्हें हमारे साथ इतना औपचारिक बनने की आवश्यकता नहीं है, खुल कर बताओ," पापा बोले। वे धरती पर सबसे अच्छे पापा थे। वे पहले ऐसे व्यक्ति थे, जिन्होंने मुझे पहली बार स्कॉच का पेग पिलाया था। मैं उच्च शिक्षा के लिए घर से बाहर जा रहा था, यह बात उस समय की है।

"ड्रिंक देते हुए उन्होंने कहा था, मैं जानता हूँ, एक बार घर से निकलने के बाद तुम ड्रिंक करोगे। लेकिन मेरे बेटे, एक बात याद रखना, एक हद में शराब पीना ठीक है। शराब कहीं तुम्हें न गटक जाए, इसका ध्यान रखना।"

"हाँ... दरअसल मैं आरुषि से प्यार करता हूँ। वह बहुत ही अच्छी लड़की है पापा। यह सब पिछले कुछ महीनों से चल रहा है। मुझे पूरा भरोसा है कि आप दोनों उसे पसंद कर लेंगे। वह बहुत ही शालीन समझदार और सुंदर लड़की है। वह पढ़ने में भी बहुत अच्छी है। उसने आई ए एस कि मुख्य परीक्षा दी है और मुझे पूरी उम्मीद है कि वह इसमें सफल होगी," मैं आरुषि की प्रसंशा कर रहा था।

"लगता है उसके बारे में पहले से कोई पागल बना है!" माँ ने हँसी उड़ाई। मैंने गहरी साँस ली। माँ से विनती की कि वे मुझे परेशान न करें।

"ठीक है। तो तुम चाहते हो कि ये शादी हम लोगों की देख-रेख में हो, ठीक!" माँ ने पूछा।

"अवश्य। आपका आशीर्वाद लिए बिना मैं कभी शादी नहीं कर सकता," मैंने उन्हें भरोसा दिलाया।

"अच्छा लगा, कम से कम उसके पास कुछ सभ्यता तो है," माँ ने कहा।

"तुम हमें उसके पापा का नंबर दे सकते हो! हम बात करना शुरू करेंगे," पापा ने कहा। माँ और पापा के अचंभित होने का समय आ गया था। मैंने गहरी साँस ली।

"उसके पापा अब इस दुनिया में नहीं हैं। बचपन में ही उसने अपने पापा को खो दिया था," मैंने कहा। कॉल के दूसरी ओर शांति छा गई। शायद उन्हें इस बात का धक्का लगा था।

"बहुत दुखद है। उसकी माँ का नंबर है क्या?" पापा ने पूछा। मैं उनके ऊपर दूसरा परमाणु बम गिराने वाला था।

"उसकी माँ भी नहीं हैं। वह अनाथ है," मैंने कहा। कुछ देर तक तीनों में से कोई एक शब्द भी नहीं बोला। अंत में, मेरी माँ ने बहुत ही कूटनीतिक अंदाज़ में अपनी मजबूरी बताना शुरू कर दी।

"आर्यन, मैं समझ सकती हूँ कि आरुषि ने अपने जीवन में कितनी परेशानियों का सामना किया है, लेकिन तुम हमारे इकलौते बेटे हो। और, तुम्हें इससे अच्छी लड़की मिल सकती है। जो भी हो, उसकी पारिवारिक पृष्ठभूमि पता करना अरेंज मैरिज में जरुरी होता है। मैं समझती हूँ कि आरुषि के लिए तुम्हारे अंदर सहानुभूति होनी चाहिए। तुम उससे प्रेम करते हो, इसका एक बहुत बड़ा कारण यह भी है, लेकिन ये तुम्हारी जिंदगी है आर्यन। भावनाओं में बह कर सभी फैसले नहीं लिए जाते"। मैं चुप था और पापा की सलाह की प्रतीक्षा कर रहा था।

"देखो बेटा, हमने कभी तुम्हारी पसंद को अस्वीकार नहीं किया, लेकिन इस बार हम मजबूर हैं। हमारा एक सामाजिक स्तर है। समाज में रह रहे सभी लोगों को अपना सामाजिक स्तर बनाए रखना चाहिए। कौन जानता है, उसके परिवार में किसी को आनुवंशिक बीमारी चली आ रही हो। हो सकता है, उसे भी कुछ दिक्कत हो, तुम उसे कैसे ठीक करोगे। मैं तुम्हें जीवन भर परेशान होते हुए नहीं देखा सकता," पापा ने कहा। "एक पिता होने के नाते मैं समझ सकता हूँ, लेकिन समाज आरुषि को मेरी बहू के रूप में स्वीकार करना कठिन कर देगा।" मेरे पास मनाने का कोई बहाना नहीं था।

"माँ, पापा! मैं जानता हूँ, इस शादी को स्वीकार करना आपके लिए कठिन है, लेकिन मेरा विश्वास करिए, एक बार उससे मिलने के बाद आप अपनी सामाजिक स्थिति की चिंता नहीं करेंगे। और इसके आलावा, क्या आप में से कोई मुझे गारंटी दे सकता है कि जो लड़की आप लोग मेरे लिए पसंद करेंगे, उसको कोई संतति समस्या नहीं होगी। हम इस बात को लेकर क्यों परशान हो रहे हैं जो किसी के हाथ में नहीं है। और मुझे समाज की कोई परवाह नहीं है। जो मैं आज हूँ, उसमें उनका कोई योगदान नहीं है। बस मैं आपकी सहमति चाहता हूँ। आरुषि के माता-पिता की मौत किसी बीमारी से नहीं हुई है। उसकी जान एक मनहूस दुर्घटना ने ली थी। मुझे किसी से तो शादी करनी ही है, तो जिससे मैं प्रेम करता हूँ, उसी से क्यों नहीं? यदि भविष्य में कुछ गलत भी होता है, तो कम से कम मैं संतुष्ट तो रहूँगा कि ये मेरा निर्णय था। मैं आप लोगों को दोष नहीं दे पाउँगा। प्लीज़ समझिए, इन संबंधों में कोई सहानुभूति नहीं होती। आरुषि एक ऐसी लड़की है, जिसने कभी किसी की सहानुभूति नहीं ली। वह एक बहादुर और आत्मविश्वास से भरी हुई लड़की है। उससे शादी करना मेरे लिए सौभाग्य की बात होगी। प्लीज़ पापा, प्लीज़ माँ, इसे मेरी आख़िरी जिद मान लीजिए और पूरा कर दीजिए," मैंने उनसे विनती की। मेरे माँ और पाप असहाय महसूस कर रहे थे। फिर वे मेरी बात से इस शर्त पर सहमत हो गए कि एक बार आरुषि से बात करने के बाद ही शादी के बारे में अपना फैसला देंगे।

"मैंने शर्त लगाता हूँ, यदि एक बार उससे मिल लेंगे तो आप लोग मेरे ऊपर उससे शादी करने का दबाव बनाने लगेंगे," मैंने कहा। मैं अभी भी फ़ोन पर बात कर रहा था। मैंने देखा निखिल का नंबर मेरे स्क्रीन पर दिखाई दे रहा है। वह मुझे कॉल करने की कोशिश कर रहा था। मैं अपने कमरे से सिर्फ एक किलोमीटर

दूर था। इसलिए मैंने सोचा, अब पहुचने के बाद ही उसे सरप्राईज दूँगा कि मैं कहाँ हूँ।

"निखिल मुझे कॉल कर रहा है। उसने मेरी सफलता पर एक पार्टी राखी है," मैंने आरुषि का नाम नहीं लिया, नहीं तो उससे अनेक सवाल उठ जाते।

"बहुत बढ़िया! लेकिन पीना मत," माँ ने कहा। मेरे पापा ने उनसे बहस कर ली और बोले, "हद में पीना। आख़िरकार आज तुम्हारा दिन है।"

"जरुर, ओके , माँ और पापा अब मुझे कैब से उतरना है। मैं आपको बाद में फ़ोन करता हूँ, बाय," मैंने कहा और फ़ोन काट दिया।

"भैया रास्ता बंद है," कैब ड्राईवर ने बताया। खड़ी कारों के बीच वह जगह ढूंढ रहा था। एक एम्बुलेंस आगे निकलने की कोशिश कर रही थी।

"भैया, मैं यहाँ से पैदल चला जाउँगा। बस दो मिनट का रास्ता है, लेकिन पहले एम्बुलेंस को रास्ता दीजिये। अपनी कैब एक किनारे कर लिजिए," कैब से उतरते हुए मैंने ड्राईवर से गुजारिश की।

"ओके। फिर मैं पीछे लेकर चला जाता हूँ। थैंक्स," ड्राईवर ने कहा और कैब पीछे कर ली। एम्बुलेंस में जा रहे व्यक्ति के लिए मैंने प्रार्थना की और अपने फ्लैट की ओर जल्दी से भागा। मैंने देखा बालकनी में कुछ लाइट्स और सजावट की गई है। मुझे बहुत ही अच्छी अनुभूति हो रही थी। रावण पर विजय के बाद भगवान राम का भी इस प्रकार स्वागत नहीं हुआ होगा।

हालाँकि मेरा फ्लैट चमक रहा था, लेकिन मुझे इस बात पर आश्चर्य हो रहा था कि गली की एक भी लाइट नहीं जल रही थी। गर्ल्स हॉस्टल की लाइट भी बंद थी।

सब ने अपनी लाइट क्यों बंद की हुई है? या कहीं ऐसा तो नहीं कि सारी लड़कियाँ हमारी प्रेम कहानी की गवाह बनने आई हुई हैं। मुझे आश्चर्य हुआ। जैसे-जैसे मैं अपने फ्लैट की तरफ बढ़ रहा था, मेरे दिल की धड़कनें बढ़ रही थी। मैंने एक बार में ही दो सीढ़ियों पर छलांग लगाई और दरवाजे की घंटी बजाई। जब किसी ने दरवाजा नहीं खोला, तो मैंने फिर घंटी बजाई। इस बार लगातार बजाता ही रहा। इसके बाद भी जब किसी की आहट सुनाई नहीं दी, तो मैंने दरवाजे पर लात मारी। मुझे ताज्जुब हुआ, क्योंकि यह पहले से खुला हुआ था।

फर्श पर खून बिखरा हुआ था। अचानक मेरी नज़र फटे हुए कपड़े के टुकड़ों पर पड़ी, जो कमरे में में चारों तरफ बिखरे हुए थे। मैं भांप गया कि यह कपड़ा तो आरुषि क्लब में पहन कर गई थी। यह सोच कर मैं भावुक हो गया। 'उसने

मुझे चेतावनी दी थी'। कमरे में मैं इधर-उधर भाग रहा था। मेरी आँखें आरुषि को खोज रही थीं। मैंने उसका नाम पुकारा, लेकिन कोई जवाब नहीं आया। मैं चूर-चूर हो गया था। खून से तर फर्श पर मैं बैठ गया। मैं अपने आसुंओं को नहीं रोक पा रहा था और फूट-फूट कर रोने लगा था, लेकिन वहाँ मुझे सुनने वाला कोई नहीं था। दिल के आकर के गुब्बारों, रंगीन रिब्बन और सजावटी लाइट से कमरा सजा हुआ था। फर्श पर केक और बियर की बोतल के टुकड़े फैले हुए थे। मैं समझ गया, आरुषि के साथ कुछ गड़बड़ जरुर हुआ है, लेकिन वह कहाँ थी, यह बात मुझे आश्चर्य में डाल रही थी। मैंने खड़ा होने का साहस जुटाया और मेज़ के पास गया। आरुषि का सेल फ़ोन टेबल के पास पड़ा हुआ था और वह अभी भी रिकॉर्डिंग मोड में था। मैंने रिकॉर्डिंग बंद कर दी। इसे प्ले करता, इससे पहले निखिल ने फिर से फ़ोन कर दिया।

"हेलो आर्यन," निखिल बोला। वह डरा हुआ था और हांफ रहा था।

"आरुषि कहाँ है?" मैं धीमे स्वर में बोला। मेरी साँस रुक रही थी।

"आर्यन, वो एम्बुलेंस में है। मैं और स्वाति उसके साथ हैं। हम उसे एम्स ले जा रहे हैं," निखिल जवाब दिया। मुझे विश्वास नहीं हुआ कि जिस एम्बुलेंस को मैंने देखा था उसमे आरुषि थी।

"क्या वो ठीक है? खून पूरे फर्श पर फैला हुआ है। बोलो वह ठीक है?" मैं फूट-फूट कर रो रहा था।

"आर्यन प्लीज़। खुद को टूटने मत दो। आरुषि ठीक हो जाएगी। बस जल्दी से अस्पताल आ जाओ," निखिल बोला। मैंने फ़ोन काट दिया। निखिल की बाइक और आरुषि का सेल फ़ोन लेकर मैं सीढ़ियों से नीचे की ओर भागा। मेरे आंसू सुख चुके थे और मेरे होंठों पर आरुषि के लिये सिर्फ दुआ थी। मैं पागलों की तरह बाइक चलाई और पंद्रह मिनट में एम्स पहुँच गया। बाइक खड़ी करके निखिल को कॉल किया। उसने मुझे बताया कि आरुषि आईसीयू में भर्ती है और एक से ज्यादा व्यक्ति को मिलने की अनुमति नहीं है।

"स्वाति और मैं नीचे आ जाएँगे। तुम आरुषि से मिलने चले जाना," निखिल ने कहा। मैं आईसीयू की ओर दौड़ता हुआ गया।

"रुको, तुम अंदर नहीं जा सकते," आईसीयू में जाने से रोकते हुए नर्स ने कहा। यहीं पर आरुषि भर्ती थी।

"प्लीज़ सिस्टर, मुझे जाने दो, उसे मेरी जरुरत है," मैंने विनती की।

"उसे डॉक्टरों और दुआओं की जरुरत है। और इसके अलावा, वह इस स्थिति में नहीं है कि अपनी आँखें खोल कर तुम्हें देख सके और बात कर सके।

इसलिए तुम्हारा बाहर इंतजार करना ठीक रहेगा। डॉक्टर आ रहे हैं, उन्हें रास्ता दो," जब उसने देखा कि डॉक्टर आ रहे हैं, तो मुझे ऑपरेशन थिएटर से बाहर धकेलते हुए नर्स बोली। मैं इतना असहाय हो गया था कि एक डॉक्टर के पैरों पर गिर गया और आरुषि की जिंदगी बचाने की याचना करने लगा।

"प्लीज़ ऐसा मत करो। हम उसे बचाने की पूरी कोशिश करेंगे, बाकि सब भगवान के ऊपर है। प्लीज़ हमें रास्ता दो और अपना काम शुरू करने दो," मुझे ऊपर उठाते हुए डॉक्टर ने कहा। जब भी नर्स डॉक्टरों के लिए दरवाजा खोलती, मैं ऑपरेशन वाले कमरे में झांकने लगता। आरुषि का मुँह ऑक्सीजन मास्क से ढका था। वह अचेता अवस्था में बिस्तर पर लेटी थी। उसके सिर पर पट्टी बंधी थी। दूर से ही चहरे पर लगे घाव दिखाई दे रहे थे। वह असहनीय दर्द से गुजरी होगी। जब तक मुझे कमरे से बाहर नहीं निकाला गया, मैं बैठ कर उसे ही देख रहा था। मुझे सब कुछ याद आ रहा था। जिस लड़की से मैं इतना प्यार करता था, वह लड़की आज जिंदगी और मौत से लड़ रही है। सब कुछ बर्बाद हो गया, मैं ऑपरेशन थिएटर के बाहर बैठ कर सोच रहा था। जब डॉक्टरों ने ऑपरेशन करना शुरू कर दिया, तो बाहर लगा बल्ब जल गया। मैं छटपटा रहा था और चिल्ला कर रोना चाहता था। बाथरूम के अंदर जाकर मैंने खुद को बंद कर लिया। उस दिन मैं आख़िरी बार रोया था। इस सबका दोष मैं खुद को दे रहा था। अगर मैंने अंगूठी खरीदने में अपना समय न गवांया होता, तो आरुषि आज यहाँ न होती। मैं आरुषि की यादों में खो गया और उसके जल्दी ठीक होने की दुआएं मांगने लगा। मुझे अहसास हुआ कि जो कुछ आरुषि के साथ हुआ, सब कुछ इस फ़ोन में रिकॉर्ड होगा।

मैंने फ़ोन निकाला और पकड़े जाने के डर से अस्पताल की छत पर चला गया। मैंने रिकॉर्डिंग प्ले किया।

"हाँ... यार क्या बोलूं। ओके, अब मुझे काम शुरू करने दो। आह... यह मेरे लिए बहुत है। नहीं पता लोग इतनी आसानी से कैसे बोल देते हैं! जो भी हो, बेवकूफी की हद है। अब मुख्य बिंदु पर आने दो।

सुनो, मैं इतने अच्छे शब्द नहीं बोल सकती, जितने सुंदर शब्द तुम, लेकिन जो भी बात मैं बोलने जा रही हूँ, उसके शब्द सीधे मेरे दिल से निकल रहे हैं। उस दिन जब तुमने मुझे छत पर देखा था, सच में मैं उस दिन तुम्हारे मुँह पर थूकना चाहती थी। तुमने जो दुष्टता की थी, उसके लिए मैं तुम्हें थप्पड़ मारना

चाहती थी। तुम्हारी शायरी सुनकर चिढ़ जाती थी। मेरा सपना केवल इतना था कि मैं आई ए एस बनकर एक सामान्य सी जिंदगी गुजारूं। मैंने किसी से प्यार करने का सोचा भी नहीं था। यह पहले से निर्धारित नहीं था, लेकिन ऐसा हुआ। अब तुम मेरे लिए सबसे सुंदर उपहार हो।

जिस तरह तुम मुझे देखते हो, मेरी परवाह करते हो, यह सब मुझे खास बनाता है। मैं तुम्हारे साथ अपना जीवन बिताने का सपना देखने लगी। अब मैं प्यार भरे गाने सुनती हूँ और अकेले में गाती भी हूँ। जब मैं गाने गाती हूँ, तो मेरे चित्त में तुम्ही रहते हो।

मैं नहीं जानती कि तुम मेरे लिए इतने महत्वपूर्ण कैसे हो गए और मैं तुमसे पागलों की तरह प्यार करने लगी। जब तुम मेरे पास होते हो, तो मुझे कैसा एहसास होता है, मैं तुम्हें बता नहीं सकती। बहुत बार मैं कल्पना करती हूँ कि जैसे मैं तुम्हें सीने से लगा रही हूँ और किस कर रही हूँ, लेकिन हर बार खुद को रोक लेती हूँ। लेकिन आज मैं अपने प्यार को तुम पर लुटाने से नहीं रोक पाऊँगी। मुझे परवाह नहीं कि मेरे भाग्य में क्या लिखा है। मैंने अपने दिल की बात सुनने का फैसला किया है। मैंने अपने जीवन में बहुत ही बुरे दिन देखे हैं और किसी ने इसका स्थान नहीं लिया था। अब मुझे नई जिंदगी मिली है और उसे मैं तुम्हारे साथ बिताना चाहती हूँ।

मुझे नहीं पता, और क्या कहूँ! मैं बस चाहती हूँ, तुम मेरी बात पर भरोसा करो। आई लव यू। आई लव यू आर्यन। मैं कभी तुमसे दूर नहीं रह सकती और तुम भी वादा करो कि तुम हमेशा मेरे साथ रहोगे।

इससे पहले कि तुम मुझे किस करो, मैं करुँगी। स्वाति और निखिल वहाँ थे, इसलिए मैं असहज महसूस कर रही थी, लेकिन अब मैं तुम्हें अपनी बाँहों में भरने और किस करने के लिए बेताब हूँ। प्लीज़ जल्दी आओ, तुम्हारी आरुषि तुम्हारा इंतजार कर रही है।

खट खट...

"आर्यन? निखिल? स्वाति?" (आरुषि ने पूछा)

"यार बोलो कौन है?" खट खट...

मुझे पता है, तुम्हीं हो आर्यन... रुको, मैं दरवाजा खोल रही हूँ। दरवाजा खुलता है।

"आह......" (जैसे ही आरुषि ने दरवाजा खोला, हिमांशु ने उसके पेट में लात मारी)

दरवाजा बंद करो ... उसका हाथ पकड़ो।

"हिमांशु, मुझे अकेला छोड़ दो। तुम एक कायर हो। आर्यन रास्ते में है। वह तुम्हें जान से मार देगा। मुझे छूने का साहस भी मत करना। मेरे ऊपर से अपना हाथ हटाओ।

"तुम्हारी हिम्मत कैसे हुई मेरे खिलाफ एफआईआर करने की? तुम्हें सारे वीडियो मिल गए हैं न, अब मैं तुम्हें सीधा प्रसारण दिखाता हूँ," हिमांशु ने आरुषि को धमकी दी।

"नहीं......" हिमांशु उसके कपड़े फाड़ने लगा। आरुषि चिल्लाई।

"आह... कुतिया... इसने मेरे हाथ में काट लिया," हिमांशु चिल्लाया।

"हिमांशु मुझे छोड़ दो। ऐसा मत करो," आरुषि रोने लगी।

हिमांशु आरुषि को घूर रहा था और ठहाके लगा रहा था। वह आरुषि को डरा रहा था।

"लाइट बंद करो," हिमांशु ने अपने एक साथी को आदेश दिया। आरुषि की साँसें अटक गईं।

"तुम अपने आप को क्या समझते हो? आर्यन जल्दी ही यहाँ आ जाएगा... वो तुम्हें नहीं छोड़ेगा। दूर हटो...हुह...हुह... हटो...," आरुषि हकलाने लगी। तभी किसी ने बोतल तोड़ दी और कहा, "भैया, इसे इसके पेट में घुसेड़ दो।"

"नहीं... ऐसा मत करो। मत करो... आह," आरुषि चिल्लाई। मुझे थप्पड़ की आवाज सुनाई दे रही थी। बाद में मुझे फर्श पर बोतल गिरने की आवाज सुनाई दी। लोग चारों ओर दौड़ रहे थे। शायद आरुषि ने बदमाशों से अपना हाथ छुड़ा लिया था।

"मार साली को, रॉड से मार," हिमांशु चिल्लाया। दूसरे ही क्षण जब मैंने आरुषि की चीख सुनी, तो मेरी धड़कनें रुक गईं। रॉड लगने के बाद वह फर्श पर गिर गई थी।

"भैया, वह अभी भी जिन्दा है," उनमे से एक कमीना बोला।

"लाइटर जलाओ," हिमांशु ने हुक्म दिया।

"प्लीज़ मुझे छोड़ दो... हुह...हुह...," आरुषि बुदबुदाई।

किसी ने क्रूरता से उसे थप्पड़ मारा और बोला, "चुप नहीं रह सकती? हिमांशु भैया अपना मूड बना रहे हैं । जब वे शराब पी रहे हों, तो उनको छेड़ने की हिम्मत मत करना।"

आरुषि भौंचक्की थी। उसने फिर थप्पड़ पर थप्पड़ लगाए। यद्यपि आरुषि भी उनका मुँह तोड़ जवाब दे रही थी, लेकिन रॉड के अघात और पेट में लगने के बाद उसके पास अब पर्याप्त सामर्थ्य नहीं बचा था।

"आर्यन तुम कहाँ हो? प्लीज़ जल्दी आओ,... प्लीज़ आर्यन," बोल कर आरुषि बिलखने लगी।

जब मैं रिकॉर्डिंग सुन रहा था, उस समय मेरी आँखों के आंसू रुकने का नाम नहीं ले रहे थे। मुझे ऐसा लग रहा था कि मैं अस्पताल की छत से कूद जाऊं और खुदकुशी कर लूँ। जब आरुषि को मेरी सबसे ज्यादा जरुरत थी, तो मैं उसके पास नहीं था।

"तुम दोनों उसे सेक्स के लिए तैयार करो। उसके शरीर के सारे कपड़े उतार दो। मैं उसे अपनी मर्दानगी दिखाता हूँ," हिमांशु ने कहा। आरुषि डर गई थी और मदद के लिए चिल्ला रही थी। दो राक्षस उसके अंगों से सारे कपड़े उतार रहे थे। आरुषि की चीख सुन कर मैं सिहर गया। वह अपने बचाव में लड़ी। वह मदद के लिए चिल्लाई, लेकिन सब कुछ शून्य में जा रहा था। वह चीख रही थी, लेकिन थोड़ी देर बाद उसका मुँह दबा दिया गया और फटे हुए कपड़ों से उसके हाथ बांध दिए गए। अब वह मदद के लिए आवाज नहीं लगा पा रही थी। आरुषि का सीना तो धधक रहा था, लेकिन शरीर साथ नहीं दे रहा था। वह जान गई थी कि कुछ भयानक घटना घटने वाली है।

"राजन, भैया जी के बाद उसके पास मैं जाउँगा। इसने मुझे बहुत परेशान किया है," आरुषि को पकड़ कर उनमे से एक बोला। हिमांशु के साथी उसे भैया बोलते थे।

"ओके... ओके। तुम दोनों को मौका मिलेगा," हिमांशु बोला। मैं आरुषि की दर्द भरी चीखें सुन सकता था। हिमांशु आरुषि का बलात्कार करने लगा। उसका निर्जीव शरीर थोड़ी देर धड़क पाया। उस भीषण दर्द से वह चीख भी नहीं पा रही थी। उसकी चीख गले से ऊपर नहीं आ पा रही थी। हिमांशु जब उसका बलात्कार कर रहा था, तो उसके साथी ठहाके लगा रहे थे और शराब पी रहे थे। यह सब मैं रिकॉर्डिंग में सुन रहा था।

"मैं पूरी तरह से भर चुका था। आह... यह बिलकुल ही कठिन काम था, लेकिन मुझे उसकी गर्माहट अच्छी लगी। राजन, अब तुम जाओ और मजे लो," हिमांशु ने कहा।

जब आरुषि मदद के लिए चिल्ला रही थी, तो उसकी आवाज सुनने वाला कोई नहीं था। अब वह चीख नहीं सकती, उसकी जुबान बंद हो गई है। मैं जानता हूँ, वह भगवान से मदद जरुर मांग रही होगी, लेकिन उस रात भगवान भी अपनी बच्ची की रक्षा करने से मुकर गए। अन्याय के प्रति भगवान ने भी इंसान की तरह व्यवहार किया।

"भैया जी, जोगिन्दर सिंह का फ़ोन आ रहा है," राजन ने कहा। जोगिन्दर हिमांशु का दोस्त रहा होगा।

"ओके। अब हम चलते हैं। राजन अभी उसके साथ मजे ले रहा है," हिमांशु ने ठहाका लगाया।

"अरे बल्ली, हमारे पास बहुत कम वक्त है। जाओ और अपने हिस्से का आनंद लो।अब हमें जाना पड़ेगा, क्योंकि निखिल आने वाला ही है। निखिल यहाँ कभी भी आ सकता है। टूटी हुई बोतल मुझे दो," हिमांशु ने हुक्म दिया। हिमांशु के साथ तीसरा आदमी बल्ली था। आरुषि के लिए सब धुंधला हो गया था। मैं कल्पना भी नहीं कर सकता कि आरुषि ने वह असहनीय दर्द कैसे सहा होगा। हवस के भूखे दैत्यों को आरुषि के दर्द से कोई फर्क नहीं पड़ रहा था। उहोंने खूब शराब पी हुई थी। वे आरुषि के शरीर को काट रहे थे।

"बल्ली, बस करो और टूटी हुई बोतल मुझे दे दो," हिमांशु ने आदेश दिया। आरुषि का शरीर फर्श पर पड़ा हुआ था।

"भैया जी, उसकी अंतिम इच्छा तो पूछ लीजिए? उसके मुँह से कपड़ा निकाल दो।"

"आह... आह... हुह... हुह... हुह...," आरुषि को साँस लेने में परेशानी हो रही थी।

"तुम्हें मारने से पहले मैं तुम्हें कुछ बताना चाह रहा हूँ। अगर तुम्हारा आर्यन मेरे ऊपर हत्या और बलात्कार का आरोप लगाता है, तो मेरा कुछ नहीं बिगड़ेगा। मेरे डैड के पास धन और बल दोनों हैं, जो कानून से खेलने के लिए अहम होते हैं। और इसके अलावा, मैं अभी अठ्ठारह का नहीं हुआ हूँ। मेरे खिलाफ अगर आरोप सिद्ध भी हो जाता है, तो ज्यादा से ज्यादा तीन साल की सजा होगी। एक राजनेता का लड़का होने के नाते जेल में भी मेरी अच्छी व्यवस्था रहेगी। ये भारत है मेरी जान। नियम और क़ानून गरीबों के लिए हैं, हम जैसे लोगों के लिए नहीं। तुम्हारी कोई आख़िरी इच्छा है?" हिमांशु ने पूछा।

"थू......" आरुषि ने हिमांशु के मुँह पर थूक दिया।

"मेरी आख़िरी इच्छा एक ही है। लेकिन तुम कायर हो और...हुह...हुह कायर कभी किसी की इच्छा पूरी नहीं कर सकता ?" हिमांशु ने पूछा। मैं आर्यन से अपनी अंतिम इच्छा के बारे में बताउंगी... आई लव यू... अब मैं नहीं जी पाऊँगी लेकिन तुम मुझसे वादा करो कि तुम हिमांशु को जिन्दा नहीं छोड़ोगे। जिस दिन तुम्हें ये सब पता चलेगा, उसी दिन तुम उसे जान से मार देना। आई लव यू आर्यन। मुझे माफ़ कर देना। जब तुम यहाँ आओगे, तुम्हारी आरुषि जा चुकी होगी। आरुषि दर्द से कराह रही थी।

"साली, मैं तुम्हें दिखाऊंगा मैं क्या कर सकता हूँ," हिमांशु चिल्लाया। "तुम्हारे वेजाइना में यह बोतल कैसा लगेगा अभी दिखाता हूँ," उसने आरुषि को धमकाया।

यह सब सुनकर मैं आवक रह गया। मेरा शरीर सख्त हो गया। इसके बाद, आरुषि को थप्पड़ मारा गया, शीशे से उसके शरीर को काटा गया और रॉड से मारा गया, यह सब मैंने सुना।

एक प्यारी सी मासूम लड़की के शरीर को उसी आसमान के नीचे क्षत-विक्षत कर दिया गया, जिसे कहा जाता है कि इसके संरक्षक भगवान हैं। एक लड़की, जो हमेशा सत्य के साथ खड़ी रही, उसके जीवन में सिर्फ गलत ही गलत हुआ।

हिमांशु की हत्या ही आरुषि की आख़िरी इच्छा थी। यह बात मेरे कानों में गूंज रही थी। मैंने खड़े होने का सहस जुटाया और ऑपरेशन थिएटर की ओर गया। निखिल और स्वाति ऑपरेशन थिएटर के बाहर खड़े होकर डॉक्टरों के बाहर आने का इंतजार कर रहे थे। जब निखिल ने मेरी बिगड़ी हालत देखी, तो वह दौड़ता हुआ मेरे पास आया। मैंने उसे गले से लगा लिया और फूट-फूट कर रोने लगा।

"आर्यन प्लीज़, रोओ मत। तुम हिम्मत मत हारो। तुम्हारे अलावा आरुषि का कोई नहीं है," निखिल ने सहानुभूति दी। स्वाति ने भी मुझे आश्वस्त किया कि सब कुछ ठीक होगा।

"यहाँ कोई है, जो मेरी मदद कर सकता है," मैं अपना फ़ोन बाहर निकालते हुए बोला। मैं लेडी एस्ट्रोलोजर से बात करना चाहता था, जो इस परिस्थिति में मेरा सही मार्गदर्शन कर सकती थी। मैंने नंबर मिलाया।

"तुम मुझे क्यों फ़ोन कर रहे हो?" अपने फ़ोन के स्क्रीन पर मेरा नंबर देखकर स्वाति बोली। मैं यह देख कर आवक रह गया कि जिसे मैं लेडी एस्ट्रोलोजर समझ रहा था, वह कोई और नहीं, बल्कि स्वाति ही है।

"मैं लेडी एस्ट्रोलोजर को फ़ोन कर रहा था," मैं स्वाति की आँखों में देखते हुए बोला। वह एक दम शांत खड़ी रह गई। उसे समझ में नहीं आया कि क्या बोले। निखिल लेडी एस्ट्रोलोजर से अनभिज्ञ था। उसने मुझसे पूछा कि तुम क्या करना चाहते हो। स्वाति चुप खड़ी थी। उसकी आँखों से बहते आंसू मैं देख रहा था।

"एक्सक्यूज़ मी," डॉक्टर ने कहा। ऑपरेशन ख़त्म हो गया। सभी डॉक्टर ऑपरेशन थिएटर से बाहर आ गए। आरुषि की हालत जानने के लिए मैं, स्वाति और निखिल उनके पीछे दौड़े।

"डॉक्टर, आरुषि कैसी है?" ऑपरेशन वाले कमरे में झाँकते हुए मैंने पूछा।

"धीरज रखो। अभी हम कुछ नहीं कह सकते। बहुत ही क्रूरता से उसे पीड़ा दी गई है। उसके ज्यादातर आतंरिक अंग ख़राब हो गए हैं। उसके वेजाइना में शीशे के टुकड़े मिले हैं। बहुत ही निर्दयता से उसका बलात्कार किया गया है। उसके दिमाग में भी चोट लगी है। लग रहा है, जैसे रॉड से मारा गया हो। फ़िलहाल, फिर से ऑपरेशन करने से पहले दो दिन तक उसकी हालत पर नज़र रखने की ज़रूरत है। मुझे तुम लोगों से पूरी सहानुभूति है और मेरा विश्वास करो, हम लोग अपना पूरा प्रयास कर रहे हैं। बाकि सब ईश्वर के ऊपर निर्भर है। इतनी सबल लड़की मैंने अपनी जिंदगी में कभी नहीं देखी थी। वह एक योद्धा है," डॉक्टर ने कहा। मुझे पता था आरुषि के साथ क्या हुआ है। ये किसने किया, यह भी पता था और कहीं न कहीं यह भी पता था कि अब आगे क्या करना है।

"डॉक्टर, हमने पुलिस और मीडिया चैनल को सूचना दे दी है। वे कभी भी यहाँ आ सकते हैं," डॉक्टर के साथ जो नर्स थी उसने बताया। जब तक मीडिया और पुलिस नहीं आ जाती, हमें लॉबी में बैठ कर इंतजार करने के लिए कहा गया।

मैंने डॉक्टर से विनती की कि वे मुझे आरुषि से एक बार मिलने दें। मेरी दयनीय स्थिति देखकर उन्हें मेरे ऊपर दया आ गई। उन्होंने मुझे दूर से देखने के लिए दो मिनट की समय सीमा के साथ अनुमति दे दी। मुझे पता था कि आरुषि के साथ ये मेरे आख़िरी दो मिनट हैं। मैंने अपने आंसुओं को पोछा और दरवाजा खोल कर अंदर चला गया।

गर्दन तक उसका शरीर सफ़ेद कपड़े से ढका हुआ था। उसके सिर पर पट्टी बंधी हुई थी। उसके शरीर से कई मॉनिटर और ड्रिप जुड़े हुए थे। यह मेरी आँखों के लिए भरोसा करना बहुत ही कठिन था। आरुषि बिस्तर पर लेटी हुई अपने जीवन और मौत से लड़ रही है, यह सब मैं देख नहीं पा रहा था। मैं दौड़ कर अंतिम साँस तक उसे गले से लगाए रखना चाहता था। लेकिन थोड़ी दूर पर ही मैंने खुद को रोके रखा।

"आरुषि, मुझे माफ़ कर दो। मुझे माफ़ कर दो। जब तुम्हें मेरी सख्त जरुरत थी, तब मैं तुम्हारा साथ नहीं दे सका। इसके लिए मैं अपने आप को कभी माफ़ नहीं कर पाउँगा। हम सबके लिए तुम्हें इस लड़ाई को लड़ना पड़ेगा। तुम हार नहीं सकतीं। आरुषि, मुझे तुम्हारी जरुरत है। आई लव यू। तुम मुझे अकेला छोड़

कर नहीं जा सकतीं। मैं तुम्हारे बिना नहीं रह पाउँगा। मैं उन हरामखोरो को जिन्दा नहीं छोडूंगा, मेरा भरोसा करो। उनको मारने के बाद मेरा क्या होगा, इसकी मुझे चिंता नहीं है। तुम्हें इंसाफ मिल जाए, यही मेरे लिए सब कुछ है। ये दो मिनट तुम्हारे साथ पूरी जिंदगी जीने के लिए मिले हैं। इन डॉक्टरों को शायद नहीं पता कि ये हमारा अंतिम मिलन है। हजारों शायरी तुम्हारा इंतजार कर रही हैं। मैं तुम्हें सुनाना चाहता हूँ। एक बार शादी हो जाए, फिर मैं तुम्हारे सामने सारी शायरी उगल दूँगा। प्लीज़, हमारे सपनों को अधूरा मत छोड़ना," मैं अपने आंसुओं को ज्यादा देर तक नहीं रोक पाया और जोर- जोर से रोने लगा। नर्स भागती हुई कमरे के अंदर आई और मुझे खींच कर बाहर कर दिया।

"तुम पागल हो क्या? तुम्हें नहीं पता, यह आई सी यू है? यहाँ शांति से रहना पड़ता है। अब तुम तीनों नीचे जाओ और लॉबी में बैठ कर इंतजार करो," नर्स फुसफुसाई। निखिल और स्वाति मुझे जबरदस्ती लॉबी में खींचकर ले गए।

"मैं ठीक हूँ। मुझे छोड़ दो, अपनी गिरफ्त से मुझे छोड़ दो", मैं बोला।

"आर्यन, हिमांशु के बारे में हमें पुलिस को बताने की जरुरत है। मुझे पूरा विश्वास है कि उसी ने आरुषि के साथ यह सब किया है," स्वाति ने सलाह दी। निखिल ने उसका समर्थन किया।

मैं जानता था, जिस पुलिस पर स्वाति और निखिल अपना भरोसा दिखा रहे हैं, वह हिमांशु के पॉवरफुल बाप की कठपुतली के अलावा और कुछ भी नहीं है । हिमांशु सही बोल रहा था। नियम और कानून सिर्फ साधारण लोगों के लिए होते हैं, पावरफुल बेवकूफों के लिए नहीं। और इसके अतिरिक्त, हमारे संविधान के किशोर कानून को जान लेने के बाद मैं जान गया कि अगर हिमांशु बलात्कार के आरोप में पकड़ा भी जाता है, तो वह छूट जायेगा और फिर आज़ाद घूमेगा।

वोट के भूखे नेता, मीडिया चैनल पर हिमांशु की मासूमियत का रोना रोएँगे और अंत में आरुषि का आख़िरी समय नजदीक होगा। हमारे देश में हमेशा पीड़ित ही क्यों हारता है? इस बात को हज़म करना बहुत कठिन है, लेकिन हमारा समाज बलात्कारी को स्वीकार कर लेता है, जबकि पीड़िता को नहीं।

"आर्यन, पुलिस आ गई है," अस्पताल के प्रवेश द्वार पर पुलिस की गाड़ी देखने के बाद निखिल ने बताया। स्वाति जल्दी से पुलिस अधिकारी के पास स्थिति का विवरण देने के लिए गई। पुलिस अधिकारी को इस घटना से कोई चिंता नहीं थी। उसने स्वाति को आराम से रहने की हिदायत दी। वह मुझसे उम्मीद कर रहा था कि मैं शांत रहूँ और उस भयानक घटना के बारे में विस्तार

से बताऊँ। मैं पूरी तरह से आश्वस्त था कि वह अपराधी को पकड़ने के लिए सुराग ढूंढने नहीं आया है; क्योंकि उसे पहले से ही यह पता है कि अपराधी कौन है। मैं दुविधा में था कि हिमांशु के खिलाफ एफ आई आर करना चाहिए या नहीं या फिर उसे खुद मौत के घाट उतार देना चाहिए।

मुझे पता था, हिमांशु को मारने के बाद मैं अपना प्रोफेशनल कैरिअर, प्रोफेशनल लाइफ, अपने माँ-बाप की हैसियत और आज तक मैंने जो कुछ हासिल किया है, सब बर्बाद कर लूँगा। लेकिन उसको सजा न देने पर मेरी जिंदगी एक मृतक के सामान हो जाएगी। मैं स्तब्ध खड़ा था और गहरे सोच में डूबा हुआ था। मेरे अंदर का स्वार्थी पहलू कहता था कि आरुषि को भूल जाऊं और सब कुछ कानून पर छोड़ दूँ, लेकिन मैंने आरुषि से जो वादा किया है उसका क्या होगा? उसने मेरे ऊपर जो भरोसा दिखाया है, उसका क्या होगा। उसकी अंतिम इच्छा का क्या होगा? अब मैं पूरी तरह से आश्वस्त हो गया था कि मुझे करना क्या है।

बिना निखिल को बताए मैं लॉबी से भाग गया। मुझे पता था कि अगर मैं उसे अपनी योजना के बारे में बताता हूँ, तो वह मुझे अस्पताल के बाहर नहीं जाने देगा। मैंने एम्स के बाहर से एक ऑटो लिया और चला गया।

"आपको कहाँ जाना है?" मीटर चालू करते हुए ऑटो चालक ने पूछा।

"बस तुम चलाते रहो। मैं तुम्हें बाद में बताऊंगा। मीटर में जितना किराया आएगा, उससे सौ रुपए ज्यादा दूँगा," मैंने उससे कहा, क्योंकि मुझे नहीं पता था कि हिमांशु कहाँ मिलेगा। ऑटो ड्राईवर थोड़ा उलझा हुआ लग रहा था। लेकिन जैसे ही मैंने उसे ज्यादा पैसे देने के लिए कहा, तो वह मान गया और चल दिया। मैं सोच रहा था कि हिमांशु का पता बताने में मेरी कौन मदद कर सकता है। फिर मेरे दिमाग में आया कि यह पता करने के लिए सलीम से अच्छा कोई नहीं हो सकता। शहर में सलीम की अच्छी पहचान थी; इसलिए हिमांशु का ठिकाना पता करना उसके लिए बहुत छोटा काम था।

"हेलो सलीम," हिमांशु के बारे में पूछने के लिए मैंने सलीम को फ़ोन किया।

"आर्यन भैया," सलीम बोला। वह उदास लग रहा था।

"मुझे तुमसे दो बातें पता करनी हैं। तुम चाहो तो फ़ोन काट सकते हो और मेरी मदद करने से मना कर सकते हो," मैंने सख़्त लहजे में कहा। अपनी सहायता करने के लिए मैं उस पर दबाव नहीं बनाना चाहता था।

"भैया आप मुझसे कुछ भी पूछ सकते हैं। आपके लिए मैं कुछ भी करने के लिए तैयार हूँ। मैंने आरुषि के बारे में सुना। विश्वास करिए भैया, अगर मैं उस मौके पर वहाँ होता तो उन सालों को जान से मार देता। लेकिन अपनी माँ की

बीमारी के कारण आज सुबह मैं अलीगढ़ चला आया," उसने कारण बताया। "मैं समझ रहा हूँ, मैं जानना चाहता हूँ कि इस समय हिमांशु कहाँ मिलेगा। मुझे क़त्ल करने के लिए एक चाकू की भी जरुरत है। मुझे पता है, तुम्हारा एक दोस्त कसाई की दुकान पर काम करता है," मैंने उससे कहा।

कुछ देर के लिए सलीम चुप हो गया। हम दोनों शांत थे, जब तक कि मैंने नहीं कहा, "ठीक है मैं उसे ढूंढ लूँगा। सहायता करने के लिए धन्यवाद।"

"भैया रुकिए," फ़ोन काटने से सलीम मुझे रोकने लगा।

"भैया, मैं समझ सकता हूँ आप किस हालत से गुजर रहे हैं, लेकिन क्या आपन निश्चित रूप से यह करने जा रहे हैं? आप की अपनी जिंदगी है, उसे क्यों बर्बाद करना चाहते हैं?" सलीम बोला।

"मेरी जिंदगी अस्पताल के एक बिस्तर पर अपनी जिंदगी और मौत से लड़ रही है," मैंने जवाब दिया। सलीम थोड़ी देर रुका और कहा, "ओके। आप मुझे दस मिनट का समय दीजिये। सभी जानकारी इकट्ठा करके मैं आपको फ़ोन करता हूँ।" मदद के लिए मैंने शुक्रिया बोला और फ़ोन रख दिया।

इसी दौरान मेरे पास निखिल का फ़ोन आया। पहले मैंने सोचा न उठाऊं, लेकिन बाद में सोचा, हो सकता है यह हमारे बीच आख़िरी बातचीत हो। मैं एक ऐसे मिशन पर था, जहाँ से जिन्दा लौटना मुश्किल था।

"हेलो," फ़ोन उठाकर मैंने कहा।

"तुम कहाँ हो?" निखिल चिल्लाते हुए बोला।

"क्या हुआ?" उसके सवाल को नज़र अंदाज़ करते हुए मैंने पूछा।

"आर्यन, बताओ तुम कहाँ हो?" उसने फिर पूछा।

"मैं हिमांशु के पास जा रहा हूँ। मुझे आरुषि के साथ इंसाफ करना होगा," मैंने जवाब दिया। यह सुन कर निखिल भौचक्का रह गया।

"तुम जज हो क्या? इंसाफ करने वाले तुम कौन हो? क्या तुमको इसका नतीजा पता है? तुम्हारा चयन भारतीय वायु सेना में हो गया है। ये मत भूलो कि यह तुम्हारा ख्वाब था। सब कुछ बर्बाद हो जाएगा आर्यन। बेवकूफी मत करो," वह आग बबूला होकर बोला।

"मुझे नतीजा पता है। मैं जानता हूँ कि मैं न्याय करने वाला कोई नहीं हूँ। लेकिन मैं खुद को नहीं रोक पा रहा हूँ। अगर मैं ऐसा नहीं करूँगा, तो वह साला समाज में आज़ाद होकर घूमेगा और आरुषि को इंसाफ नहीं मिलेगा। मैं क्या

करूं? किशोर कानून बदलने का इंतजार करूँ? किस पर भरोसा करूँ? उस पुलिस पर, जो हिमांशु के बाप की कठपुतली से ज्यादा कुछ भी नहीं है।

"तुम सही बोल रहे हो। भारतीय वायु सेना में जाना मेरा सपना था, लेकिन यूनिफार्म में मुझे देखना आरुषि का भी सपना था। वह हमेशा मेरी सफलता की कामना करती रहती थी। साथ में हमने सैकड़ों सपने देखे थे। मैं उन सपनों को अकेले नहीं जीना चाहता। और यह सिर्फ आरुषि के लिए नहीं है। यह उन सभी लड़कियों के लिए इंसाफ होगा, जो पहले हिमांशु द्वारा सताई गई हैं। मेरा विश्वास करो अगर ये साला कुछ साल और जिन्दा रहा, तो आरुषि की तरह कई लड़कियों को भुगतना पड़ेगा। इसका क्या परिणाम होगा इससे मुझे कोई फर्क नहीं पड़ता। इससे ज्यादा खोने के लिए मेरे पास कुछ भी नहीं है; इसलिए मैं कुछ भी कर सकता हूँ," मैंने कहा।

"आर्यन, आरुषि के बारे में सोचो। वह बेड पर अपनी जिंदगी और मौत से लड़ रही है। जब उसको तुम्हारी सबसे ज्यादा जरुरत है, तो तुम उसे छोड़ कर जा रहे हो," निखिल ने कहा।

"वह एक हिम्मती लड़की है। मैं जानता हूँ वो हार नहीं मानेगी। आरुषि जानती है कि मैं हमेशा उसके पास हूँ। अब मुझे फ़ोन रखना पड़ेगा, बाय," निखिल मुझे समझाने के लिए फ़ोन रखने से रोकता, इससे पहले मैंने फ़ोन काट दिया।

सलीम ने मुझे कॉल करने की कोशिश की थी, लेकिन मैं निखिल से बात करने में व्यस्त था; इसलिए उसने मुझे एक मैसेज भेज दिया।

"हिमांशु तस्मैक बार कनाट प्लेस में है। उसके साथ एक आदमी और है। वह मेरा दोस्त सुरेश है, जो उस बार में काम करता है। सुरेश आपको चाकू देगा। लेकिन भैया, आपसे फिर एक बार विनती करता हूँ कि ऐसा मत करिए।" मैंने बस थैंक्स लिखा और मैसेज भेज दिया।

"भैया आप मुझे कनाट प्लेस में तस्मैक बार पर छोड़ दीजिये," मैंने ऑटो ड्राईवर से कहा। उसने मेरी और निखिल की बात सुन ली थी। इसलिए वह मुझसे बात करने में थोड़ा घबरा रहा था। शायद वह मुझे मनोरोग से पीड़ित हत्यारा समझ रहा था।उसने मुझे चुपचाप बार के सामने छोड़ा, किराया लिया और चला गया।

मैं बार के द्वार पर खड़ा था। मेरे दिमाग में सैकड़ों बातें चल रही थीं। मैंने सपने में भी नहीं सोचा था कि कभी मैं किसी का कत्ल करूँगा। मेरे पैर हिलडुल

नहीं रहे थे। मैं बिलकुल शक्तिहीन हो गया था। मैंने गहरी साँस ली और जैसा कि ज्यादातर इंजीनियर कहते हैं, “जो होगा देखा जाएगा” मैं बार के अंदर घुसा।

“अरे भैया, बाहर आईए,” मेरी बाँह खींचते हुए किसी ने कहा। मैं ताज्जुब में था कि एक अनजान व्यक्ति इस तरह से व्यवहार कर रहा है। उसके मुँह पर एक तगड़ा घूंसा मारने वाला ही था कि तभी उसने कहा, “आप आर्यन भैया हैं ना!”

“तुम मुझे कैसे जानते हो,” मैंने पूछा।

“मैं सुरेश हूँ। सलीम ने मुझे आपके बारे में बताया है” उसने कहा।

“मुझे कैसे पहचान गए तुम?” मैं उससे पहले कभी नहीं मिला था, इसलिए मुझे शक हुआ।

“इस बार में ज्यादातर रेगुलर ग्राहक ही आते हैं। मैं यहाँ पिछले आठ साल से काम कर रहा हूँ और यहाँ आने वाले सबको पहचानता हूँ,” बाँह से पसीना साफ़ करते हुए सुरेश ने जवाब दिया।

“बहुत बढ़िया। तो तुम्हें तो पता ही होगा, मैं यहाँ क्यों आया हूँ?” मैंने पूछा।

“हाँ, मुझे सलीम से पता चला। जो भी आरुषि भाभी के साथ हुआ, माफ़ करने लायक नहीं है। लेकिन मुझे पता है, आप ऐसे व्यक्ति हैं, जिन्हें क़त्ल नहीं करना चाहिए। इसलिए अगर आप ऐसा करने जा रहे हैं, तो एक बार फिर से सोच लीजिए,” उसने चिंता जताई।

“मुझे चाकू कहाँ मिलेगा?” मैं किसी को सफाई नहीं देना चाहता। मुझे पता है, उस समय मेरे दिल पर क्या गुजर रही थी । सुरेश को एहसास हो गया कि मुझे नहीं मनाया जा सकता।

“मैं रसोई में जा रहा हूँ, जो पीछे की तरफ है। मैं चाकू खिड़की से गिरा दूँगा। मेज़ के बाएं कोने पर हिमांशु बैठा हुआ है। उसके साथ एक आदमी और है। जब आपने पहले से ही फैसला कर लिया है, तो मैं कहता हूँ, उससे बात करने में अपना समय मत ख़राब करिए। उसे मारिए और निकलिए,” सुरेश ने कहा और रसोई की तरफ जाने लगा। मैंने हामी भरी और सुरेश के बताए अनुसार बार के पीछे गया। जल्दी ही सुरेश ने क़त्ल वाला चाकू खिड़की से गिरा दिया। मैंने चाकू लिया और शर्ट के अंदर छुपा लिया।

अब बार में घुसने का समय आ गया था। मुझे मेरी धड़कनें सुनाई दे रही थीं। शरीर पसीने से तर-ब-तर हो रहा था। मुझे पता था, अगर मैंने थोड़ा और इंतजार किया, तो मुझे अपना फैसला बदलना पड़ सकता है। मैंने गहरी साँस

ली और कोने वाली मेज़ की ओर चल दिया। इसका नतीजा क्या होगा, ऐसे विचारों को मैं अपने ऊपर हावी नहीं होने दे रहा था।

उस दिन बार में काफी संख्या में लोग आए हुए थे। अगर सुरेश ने हिमांशु की मेज़ के बारे में नहीं बताया होता, तो मेरे लिए शिकार ढूँढना मुश्किल हो जाता। मैंने हिमांशु को दूर से देख लिया।

मैं देखा, हिमांशु अपने दोस्त को मोबाइल पर कुछ क्लिप्स दिखा रहा था। वे दोनों ठहाके लगा रहे थे और देखकर आनंद ले रहे थे। मैं धीरे से उसकी मेज़ के पास गया। वे वीडियो देखने में इतना डूबे हुए थे कि उन्हें मेरे आने की भनक तक नहीं लगी। मैं चाकू निकलता और उसका गला काटता इससे पहले मैं मोबाइल पर चल रही क्लिप को झाँकने लगा। साला रिकॉर्ड किए हुए टेप को दिखा रहा था। ये वही टेप था, जिसमें हिमांशु और उसके दो दोस्तों ने निर्दयता से उसका बलात्कार किया था। मैं स्तब्ध खड़ा था और मेरी आँखों से आंसुओं की धार बह रही थी। मैंने वीडियो में देखा कि वे आरुषि को थप्पड़ मार रहे हैं और फटे हुए कपड़ों से उसका मुँह दबा रहे हैं।

"मा******," मैं चिल्लाया और चाकू अपनी शर्ट से बाहर निकाला। हिमांशु पीछे मुड़ा और उसके प्रतिक्रिया देने से पहले ही मैंने उसका गला काट दिया। उसके गले से खून बहने लगा। पूरी मेज़ पर, मेरी शर्ट पर, मेरे चेहरे पर, हर जगह खून के छींटे थे। लेकिन मैं रुका नहीं। मेरा शरीर क्रोध और बदले की आग में जल रहा था। मैं उसे दर्द महसूस कराना चाहता था, वही दर्द जो उसने आरुषि को दिया था।

हिमांशु का दोस्त बार से भागने की कोशिश कर रहा था। कुछ सेकंड के अंदर ही पूरा बार खाली हो गया। अंदर केवल दो लोग बचे थे, एक वह, जिसका क़त्ल हुआ था और दूसरा उसका हत्यारा। हाँ, मैं जानता था कि लोग मुझे कैसे याद करेंगे।

पहले से ही मौत के घाट उतर चुके हिमांशु के साथ खून-पूल में मैं भी लेट गया। कहीं न कहीं मैं भी पागल हो गया था; क्योंकि हिमांशु को इतनी जल्दी मरता हुआ देख कर तुष्टि नहीं हो रही थी। मैं चाहता था कि वह कुछ देर जिन्दा रहे ताकि मैं उसको टुकड़ो में काट सकूँ। उसे उस दर्द का एहसास करा सकूं, जो आरुषि ने सहा था, जब वह और उसके दो दोस्त आरुषि के अंगों में बोतल घुसा रहे थे। आरुषि की दर्द भरी आवाज़, उसका असहाय रुदन मेरे कानों में गूंज रहा था। मैं पागल हो गया और हिमांशु का सर काट दिया। मैंने शरीर को मार दिया

था, अब मैं उसकी आत्मा को मार रहा था। मैं आरुषि की यादों में डूब गया और हिमांशु के शरीर को काटता ही रहा। अब मैं वह व्यक्ति नहीं रह गया था। मेरा पूरा शरीर खून से तर हो गया था। आँख से आंसू लगातार बह रहे थे। जितनी बार मैंने हिमांशु के शरीर को काटा, मैं खुद को हल्का महसूस करता गया। आरुषि को इंसाफ मिल गया, अब मुझे कुछ भी हो, इसकी फिक्र नहीं थी।

विधायक के बेटे की भयानक हत्या का समाचार आग की तरह फ़ैल गया। जिसको भी इस घटना की सूचना मिल गई। मुझे पकड़वाने के लिए उसने गश्त कर रही स्थानीय पुलिस से संपर्क किया। घटना स्थल से सबूत जुटाने के लिए भी बोला। मैं खून से तर था। मुझे पकड़ने के लिए बार में आए हुए पुलिस वाले को मैंने देखा। वह भयभीत हो गया था।

मैंने पुलिसमैन को देखा और हिमांशु के कटे-फटे शरीर को दिखाते हुए बोला, "उसके बाप से कहो अपने साथ एक झोला भी लेता आएगा। उसे अपने बलात्कारी बेटे का शरीर नहीं, छोटे-छोटे टुकड़े ले जाने पड़ेंगे।"

उसके बाद मैंने हिमांशु के शरीर पर थूका। मैंने अपने हाथ ऊपर खड़े कर लिए और पुलिस से अपनी ड्यूटी निभाने के लिए कहा। पुलिसमैन धीरे-धीरे मेरे पास आया और हथकड़ी पहना दी। उसने चाकू और हिमांशु का मोबाइल लेकर एक प्लास्टिक की थैली में डाल लिया। बार के बाहर खड़ी भीड़ सब कुछ रिकॉर्ड कर रही थी। उनमें से कोई भी सच्चाई नहीं जानना चाहता था।

इसी दौरान गजेन्द्र भी घटना स्थल पर पहुँच गया। वह गुस्से में मेरे पास आया और मेरे चेहरे पर बहुत तेज़ मारा, हालाँकि उसकी मार से मुझे चोट नहीं पहुँची। गजेन्द्र कितना कमजोर है, यह जताने के लिए मैं हँसने लगा।

"मैं तेरा गुस्सा समझ सकता हूँ। आख़िरकार तुझे हड्डी फेंकने वाला अब नहीं रहा। तू कुत्ते का पिल्ला है," गजेन्द्र की आँखों में आँखें डाल कर मैंने कहा। अगर देखने वाली भीड़ अपने सेल फ़ोन से वीडियो न बना रही होती, तो गजेन्द्र मुझे वहीं जान से मार देता।

मुझे खींच कर ले जाया गया और जीप में पीछे वाली सीट पर फेंक दिया गया। मुझे उस थाने पर ले जाया गया, जहाँ का थानेदार गजेन्द्र था। बिना कुछ पूछताछ किए गजेन्द्र के साथ पुलिस के तीन और लोग मुझे बेल्ट और रॉड से मारने-पीटने लगे। मुझे बहुत चोटें आईं और फ्रैक्चर भी हो गया। रॉड की मार से मेरे दोनों पैरों के टखने टूट गए थे, जिस कारण मेरा खड़ा हो पाना लगभग असंभव था। मैं खड़ा होने की कोशिश में फर्श पर गिर गया। शरीर के कई हिस्सों से ख़ून बह रहा था। मुझे लग रहा था कि मैं थाने में खुद ही मर जाउँगा। थोड़ी

देर बाद गजेन्द्र रजिस्टर बुक लेकर आया और कुछ बयानों के नीचे दस्तखत करने के लिए कहा। मेरे अंदर इतनी शक्ति नहीं थी कि मैं अपनी आँखें खोल सकूं और पढ़ सकूं कि कागज पर क्या लिखा है।

"दस्तखत करने के अलावा तुम्हारे पास कोई रास्ता नहीं है। अगर तुम लड़की की सलामती चाहते हो, तो अच्छा होगा तुम दस्तखत कर दो। क्योंकि तुम्हें दयाल जोशी की हैसियत नहीं पता है। और इसके अलावा तुमने उनके बेटे को भी मार दिया है। मरने के सिवा तुम्हारे पास कोई रास्ता नहीं बचा है। तुम्हारे हाथ में है, तुम चाहो तो उस लड़की को कुछ दिन जिन्दा रख सकते हो," मेरे बाल पकड़ कर गजेन्द्र ने कहा।

बयान पढ़ने के लिए किसी तरह मैंने हिम्मत जुटाई।

"शुरूआती छानबीन में आर्यन राठौड़ ने यह कबूल कर लिया है कि उसने आरुषि का बलात्कार किया और उसकी हत्या का प्रयास किया। आर्यन ने पहले आरुषि का भरोसा जीता और उससे शादी का वादा किया, लेकिन सात अगस्त की रात जब आरुषि आर्यन के घर पर पार्टी की तैयारी कर रही थी, उसी समय आर्यन शराब पीकर आया और आरुषि को गाली दी। आरुषि आर्यन के इस व्यवहार को देखकर हैरान हो गई और कमरे से भागने की कोशिश करने लगी, लेकिन आर्यन ने अपने हाथ में पकड़ी बियर की बोतल से आरुषि के सिर पर प्रहार कर दिया। इसके बाद उसने बियर की बोतल का टुकड़ा उठाया और आरुषि का गला काट दिया। आर्यन नशे में इतना धुत था कि फर्श पर आरुषि का खून बह रहा था और आर्यन निर्दयता से उसका बलात्कार कर रहा था। उसने आरुषि के गुप्तांग में भी बियर की बोतल घुसाई। जब उसे लगा कि वह पकड़ा जाएगा, तो उसने वहाँ से फरार होने की कोशिश की। हिमांशु जोशी ने स्थानीय लोगों को सूचना दी और आर्यन के ठिकाने का पता लगाया। उसे पता चला कि आर्यन कनाट प्लेस के तस्मैक बार में बैठा हुआ है। हिमांशु तस्मैक बार में गया। हिमांशु तस्मैक बार में पहुँचा और आर्यन से पुलिस के सामने आत्म समर्पण करने के लिए कहा। तभी आर्यन ने अपने साथ लाए हुए चाकू से हिमांशु जोशी की निर्मम हत्या कर दी।"

"क्या तुमने पढ़ लिया? और नहीं भी पढ़ा है, तो अब मेरे पास इसके लिए ज्यादा वक्त नहीं है। पेन पकड़ो और दस्तखत करो," मेरी मुट्ठी में जबदस्ती पेन घुसाते हुए गजेन्द्र ने हुक्म दिया। मुझे पता था मेरे पास कोई रास्ता नहीं है। विधायक दयाल जोशी आरुषि के साथ कुछ भी कर सकता था। दस्तख़त करने और सारा दोष अपने ऊपर लेने के अलावा मेरे पास कोई दूसरा रास्ता नहीं था।

मुझे यह भी पता था कि लोग मुझसे घृणा करने लगेंगे। कोई भी लड़की किसी लड़के के प्यार पर भरोसा नहीं करेगी। प्यार से लोगों का भरोसा उठ जाएगा। लेकिन मैंने जो भी किया, उसका कारण आरुषि का प्यार था।

जल्दी से मीडिया को सूचना दी गई कि बलात्कारी पकड़ा गया है। मेरी तस्वीर लेने और मुझसे सवाल पूछने के लिए अनेक मीडिया चैनल थाने के बाहर इकट्ठा हो गए थे। भीड़ को नियंत्रित करने में पुलिस बल को खासी मशक्कत करनी पड़ रही थी। मुझसे एक शब्द सुने बिना ही वे मनगढ़ंत कहानी टीवी पर प्रसारित करने लगे। उन्हें यह कहानी गजेन्द्र द्वारा बताई गई थी। बिना समय गँवाए, मेरी छवि एक इंजीनियर से बलात्कारी और हत्यारे की हो गई।

बाद में मुझे आगे की कार्यवही के लिए केंद्रीय कारागार ले जाया गया। किसी को मुझसे मिलने की अनुमति नहीं थी। उस समय लोगों के अंदर मेरे प्रति बहुत ज्यादा नफरत थी। लंच के समय और रात में मेरे ऊपर दूसरे कैदियों ने हमला किया। मैं उन्हें सच्चाई से अवगत कराना चाहता था, लेकिन दो कारणों से नहीं कर सका। पहला कारण तो यह था कि कोई भी मेरी बात पर विश्वास नहीं करता, क्योंकि मैं बलात्कार और हत्या के जुर्म में पकड़ा गया था। दूसरा यह, कि अगर दयाल और गजेन्द्र को इस बारे में पता चल गया तो वे आरुषि को नुकसान पहुँचा सकते थे। मैंने चुप रहना ज्यादा अच्छा समझा और सब कुछ भाग्य पर छोड़ दिया।

हालाँकि हमारे देश में केस बंद होने में काफी समय लगता है, लेकिन मेरा केस कुछ अलग था। देश के कई हिस्सों में विरोध प्रदर्शन हो रहा था। सभी आरुषि के लिए इंसाफ की मांग कर रहे थे। सभी चाहते थे कि मुझे फाँसी हो जाए। कल लोग मेरी मौत का उत्सव मनाएंगे, लेकिन इसकी मुझे कोई परवाह नहीं। अब हम सभी चाहते हैं कि आप सभी को पता चले कि देश कहाँ जा रहा है। मैं आप लोगों को महसूस कराना चाहता हूँ कि आर्यन हत्यारा बनने के लिए नहीं, बल्कि भारत का एक अच्छा नागरिक बनने के लिए पैदा हुआ था। बिलकुल आप की तरह, उसके भी सपने थे। उसे भी प्यार हुआ था, लेकिन आपकी तरह उसे उसका प्यार नसीब नहीं हो पाया।

मैं खुश था कि आरुषि अकेली नहीं है। आरुषि की भलाई चाहने वाले लाखों में हैं। मैं भी उनमे से एक हूँ। मैं चाहता था, वह जो भी सपना देखे, उसके सभी सपने साकार हों। मैं चाहता हूँ कि मेरे जाने के बाद भी आरुषि मुझसे प्यार करती रहे।

अब मेरे पास बहुत ही कम समय बचा है। इसलिए, अब मुझे लिखना ख़त्म करना है। लेकिन ख़त्म करने से पहले मैं आपसे कुछ सवाल पूछना चाहता हूँ।

मैंने जो किया, वह सही नहीं भी हो सकता। लेकिन कोई इसका फैसला करे, उससे पहले जो कुछ भी मैंने किया, आपको बताना चाहता हूँ। ऐसा करने के लिए मुझे किसने मजबूर किया? इसके आलावा, क्या मैंने कुछ गलत किया? क्या मैंने देश के सुनहरे भविष्य की हत्या कर दी या फिर किसी महान आत्मा की ? या एक खूंखार व्यक्ति की हत्या की, जिसको जीने का कोई अधिकार नहीं था? मैं आप लोगों द्वारा इंडिया गेट पर शांति पूर्ण कैंडल मार्च का इंतजार कर सकता था, लेकिन आप मुझे बताइए, इससे मुझे क्या हासिल होता। मुझे बताइए, कितनी देर तक इंसाफ की प्रतीक्षा की जा सकती है। इससे आरुषि को कौन सा न्याय मिल जाता? या फिर क़ानून इस केस को संभालता और बाद में हिमांशु के छूटने का इंतजार करता? क्योंकि कानून की किताब में नाबालिग को तीन साल से अधिक की सजा प्रावधान नहीं है।

"प्लीज़, इस बात को समझिए। कल मैं नहीं रहूँगा, लेकिन आप रहेंगे। यदि आपके किसी सगे-संबंधी के साथ ऐसा होता है, तो क्या होगा? क्या तब भी आप फेसबुक पर लाइक और कमेंट का इंतजार करते रहेंगे? मेरा विश्वास करिए, आप ऐसा नहीं करेंगे। आप भी इंसाफ चाहेंगे, लेकिन इंसाफ तभी मिल सकता है, जब कानून सही हो। आपके जागने का समय आ गया है। सरकार को जगाने का समय आ गया है। आर्यन कल मर जायेगा, लेकिन नींद से जगना होगा।

...अलविदा

आर्यन

अध्याय 17

उसी वक्त एम्स में

***

23 दिसम्बर 2013 को दिल्ली सोई नहीं। आरुषि को बचाने के लिए डॉक्टर अपना पूरा प्रयास कर रहे थे। आरुषि के इलाज के लिए सर्वश्रेष्ठ डॉक्टरों को बुलाया गया था। पूरा देश आरुषि की जिंदगी और मेरी मौत की मांग रहा था।

“जिस व्यक्ति से वह इतना प्रेम करती थी, वही बेरहमी के साथ उसका बलात्कार कैसे कर सकता था?” क्या यह सवाल सभी भारतीयों ने पूछा था? उनके लिए, 24 दिसंबर 2013 न्याय का ऐतिहासिक दिन होने वाला था। जो मीडिया चैनल आरुषि की खबर पर नज़र बनाए हुए थे, प्रसारित कर रहे थे कि अब आरुषि कॉमा से बाहर है। यह खबर आग की तरह फ़ैल गई। थोड़ी ही देर में कॉलेज स्टूडेंट, स्कूल के बच्चे, वर्किंग प्रोफेशनल्स, हाउस वाइफ और सभी मानवीय लोग सड़कों पर उतर आए। ठंड अपने चरम पर थी, लेकिन जो लोग आरुषि के लिए संघर्ष कर रहे थे, वे एक दूसरे को रंग लगाने लगे और पटाखे फोड़ने लगे। वे खुश नज़र आ रहे थे और एक दूसरे को बधाई दे रहे थे। सामने वाला आदमी उनके साथ है या आगे चल रहा है, वे इसकी परवाह नहीं कर रहे थे। वे एक ऐसी समस्या के लिए संघर्ष कर रहे थे जो सबके लिए समान थी – इंसाफ! यह एक ऐसा शब्द था, जो सभी बैनर और पोस्टरों पर पढ़ा जा सकता था। सैकड़ों पोस्टर लहराए जा रहे थे। ठंडी रातों में यंग इंडिया गर्म कम्बल ओढ़ कर अपने घरों में सो सकती थी, लेकिन उसने मेरी मौत का समाचार सुनने तक दिल्ली की सड़कों पर रात गुजारना बेहतर समझा। शहर की पुलिस सतर्क थी। वर्दी पहने हुए वे भीड़ को नियंत्रित करने की पूरी कोशिश कर रहे थे। उस दिन दिल्ली बिलकुल ही अलग लग रही थी। न तो मैंने ऐसा कभी सुना था और न ही देखा था। भारत के युवा गुस्से में उबल रहे थे। मीडिया के लोग इसका सीधा प्रसारण पूरे देश में कर रहे थे। मेरे खिलाफ लोगों का गुस्सा बहुत ज्यादा था। आरुषि की ताज़ा स्थिति जानने के लिए कई पत्रकार उसके हजारों शुभचिंतकों के साथ एम्स के सामने एकत्रित हो गए थे।

उस शाम एम्स अस्पताल के आईसीयू का सन्नाटा पूरे देश को जगाने के लिए काफी था। ये सभी समाचार चैनलों पर चल रहा था, जो भी एम्स के गेट आया हुआ था। कैमरा पर्सन राजनीतिक और प्रशासनिक सभी गतिविधियों पर नज़र बनाए हुए थे। एम्स के बाहर की दुनिया आगे का समाचार सुनने के लिए प्रतीक्षारत थी।

"डॉक्टर, वह कुछ कहना चाहती है," नर्स चिल्लाई। यह नर्स आई सी यू में आरुषि का हार्ट बीट रेट मॉनिटर कर रही थी। वरिष्ठ सर्जन धनराज पिल्लई आरुषि के पास दौड़ कर आए और धीरे-धीरे बोलने के लिए कहा। आरुषि बहुत मुश्किल से अपनी आँखें खोल पाई। इतनी देर वह पहली बार सोई थी। आई सी यू के अंदर की लाइट्स धीमी कर दी गईं, जिससे आरुषि अच्छा महसूस कर सके।

"आर्यन," आरुषि धीरे से बोली।

"चिंता मत करो। कल उसे फाँसी होने वाली है। और तुम्हें यह जानकार ख़ुशी होगी कि सभी भारतीय तुम्हारे जल्दी ठीक होने की दुआ मांग रहे हैं," आरुषि का हाथ पकड़ कर डॉक्टर ने कहा, जिससे वह सहज महसूस करे।

कल मुझे फाँसी पर चढ़ा दिया जाएगा, यह सुनते ही आरुषि की आँखें बाहर निकल आईं। उसकी धड़कनें बढ़ गईं। वह चिल्लाना चाहती थी। नर्स और डॉक्टर दोनों डर गए। वे समझ नहीं पाए कि क्या हो रहा है!

"आर्यन ने मेरे साथ ये सब नहीं किया है, हिमांशु ने किया," लम्बी साँस लेते हुए आरुषि बोली। यह सुन कर डॉ. धनराज भौंचक्का रह गए। जो नर्स आरुषि की देख भाल कर रही थी, वह भी सुनकर ताज्जुब में पड़ गई।

"आर्यन ने हिमांशु को क्यों मारा?" त्योरी चढ़ा कर डॉक्टर ने पूछा। आरुषि मुस्कराई और बोली, "उसने मार दिया!"

"हाँ, जिस रात को तुम एडमिट हुई थी उसी रात उसकी हत्या कर दी गई थी," नर्स ने जवाब दिया। आरुषि ने अपनी आँखें बंद कर लीं। उसकी आँखों से आँसुओं की धारा बहने लगी। आरुषि यह जान कर तृप्त हो गई कि मैंने अपना वादा निभा दिया है, जो वह चाहती थी। उसने गहरी साँस ली।

"प्लीज़ आर्यन को बचा लीजिए। वह मरना नहीं चाहिए। मेरा बलात्कार हिमांशु और उसके दो दोस्तों ने किया है। उन कमीनों ने मुझे मारने की कोशिश भी की थी, लेकिन लगता है मैं आर्यन के लिए ही कॉमा से बाहर आई हूँ। भगवान के लिए उसे बचा लीजिए," डॉक्टर का हाथ पकड़ कर आरुषि चिल्लाई और मेरी जिंदगी की भीख मांगने लगी। डॉक्टर ने कहा तुम परेशान मत हो, मैं उसे बचाने की पूरी कोशिश करूँगा। निखिल, जो लगातार आरुषि की देख-रेख में

लगा हुआ था, वह शीशे की खिड़की से झांक रहा था, इस प्रत्याशा में कि आगे क्या होगा। आरुषि की हालत में सुधार देख कर वह खुश हो रहा था।

अरुषि की देखभाल की हिदायद देते हुए डॉक्टर धनराज आई सी यू से बाहर आए।

"आरुषि ने बताया कि आर्यन ने नहीं बल्कि हिमांशु ने उसे आघात पहुँचाया है," डॉक्टर ने निखिल से कहा। निखिल की आँखों में आँसू आ गए। उसने अपना सिर हिलाया और बोला, "मैंने एक बार यह कहा भी था, लेकिन किसी ने मेरी बात का भरोसा नहीं किया। कोर्ट में आर्यन एक शब्द नहीं बोला। उसे डर था कि हिमांशु के पिता दयाल जोशी आरुषि को अस्पताल में ही मरवा देंगे। और कुछ हद तक आप भी इस बात से सहमत होंगे; क्योंकि राजनेताओं के लिए यह काम कठिन नहीं है," निखिल ने कहा।

"मैंने प्रेम कहानियों के बारे में सुना है, लेकिन ऐसा पहली बार है, जब मैं प्रत्यक्ष देख रहा हूँ। आदमी अपने बचाव में एक शब्द भी नहीं बोला और कल ख़ुशी-ख़ुशी फाँसी पर चढ़ने जा रहा है। जो लड़की कल तक कॉमा में थी, वह सब कुछ सच बताने के लिए कॉमा से बाहर आ गई," डॉक्टर ने कहा।

"डॉक्टर, पुलिस आ चुकी है। वे आरुषि का बयान दर्ज करना चाहते हैं," नर्स ने बताया, जिसे रिसेप्शनिस्ट से पुलिस के आने का पता चल गया था।

"डॉक्टर, एक बात मैं आप को बताना चाहता हूँ। हमें किसी भी हालत में आरुषि को दयाल और उसके आदमियों से बचाना होगा। यहाँ तक कि पुलिस भी उसकी तरफ है। विशेष रूप से गजेन्द्र महतो। महतो ने ही कहानी को तोड़-मरोड़ कर कोर्ट में पेश किया है। अगर वह आरुषि का बयान लेने के लिए आता है, तो या तो हम उसे आरुषि से बात करने की आनुमति नहीं देंगे या हम लोग भी आरुषि का बयान रिकॉर्ड करेंगे," निखिल ने चेतावनी दी। डॉक्टर पूरी कहानी की पृष्ठभूमि समझ गया और निखिल को कुछ गलत न होने का आश्वासन दिया।

दो पुरुष पुलिस और एक महिला पुलिस आई सी यू में आए। सौभाग्य से उनमे गजेन्द्र नहीं था। निखिल को आई सी यू से बाहर ही रुकने के लिए कहा गया। आई सी यू में आरुषि का बयान लेने के लिए डॉक्टर और खाकी वर्दी पहने हुए अधिकारी अंदर गए।

"आरुषि तुम्हें बात करने में कोई दिक्कत तो नहीं है?" महिला निरीक्षक ने पूछा। आरुषि ने धीरे-धीरे आँखें खोलीं। आरुषि ने बयान दर्ज करने की अनुमति देने के लिए सिर हिलाया। भगवान जाने उसे इस दर्द में बोलने की शक्ति कहाँ से आ रही थी। वास्तव में वह बिलकुल अलग लड़की थी।

उस काली रात की पूरी घटना आरुषि बताई। आरुषि उन घटनाओं के बारे में भी बताना चाहती थी, जो हॉस्टल की लड़कियों के साथ पहले हो चुकी थीं। वार्डन, गजेन्द्र और अन्य लोगों के नाम बयान में दर्ज किए गए। अंत में जब पुलिस जाने वाली थी, तो उसने एक अंतिम बात कही, "आर्यन इस प्रकार का व्यक्ति नहीं है, जो किसी का क़त्ल कर दे। उसे ऐसा करने पर मजबूर किया गया; क्योंकि आपकी पुलिस आततायियों से समाज की रक्षा करने में असफल है। प्लीज़, एक सामान्य आदमी होने के नाते उसे सजा मत दीजिये। यदि वह मर गया, तो हमेशा के लिए लोगों का न्याय से भरोसा उठ जाएगा।"

आरुषि को पुलिस अधिकारियों ने भरोसा दिलाया कि जितनी जल्दी हो सके, इस मामले का हल निकालने की कोशिश करेंगे। वे भी जानते थे कि न तो आरुषि के पास ज्यादा समय बचा है और न ही मेरे पास। जल्दी ही अधिकारी अपनी टीम के साथ एम्स से चले गए। बाहर निकलते ही माडिया के लोगों ने उन्हें पागलों की तरह घेर लिया। अपने न्यूज़ चैनल की ब्रेकिंग न्यूज़ के लिए वे अभी तक एम्स के गेट पर खड़े थे। लेकिन कोई भी पुलिस का आदमी उनके सवालों का जवाब देने के लिए नहीं रुका।

इसी दौरान, आरुषि निखिल से बात करना चाहती थी। उसने डॉक्टर से विनती की कि वे निखिल को आई सी यू में आने दें। डॉक्टर ने थोड़ी देर विचार किया और पाँच मिनट से ज्यादा न मिलने की शर्त पर अनुमति दे दी। जैसे ही निखिल को इजाज़त मिली, वह आई सी यू में आरुषि से मिलने के लिए भागते हुए गया।

"तुम होश में आ गईं, यह देख कर मुझे बहुत ख़ुशी हो रही है। आर्यन हमेशा कहता था कि आरुषि आसानी से हिम्मत हारने वाली लड़की नहीं है। वह परिस्थितियों से लड़ने वाली लड़की है। भगवान, तुम लोग पागल प्रेमी हो," ख़ुशी के आंसुओं को पोछते हुए निखिल ने कहा। आरुषि को साँस लेने में परेशानी हो रही थी, "आर्यन कैसा है? कभी उससे मिलने जाते हो? मैं उसे देखना चाहती हूँ," आरुषि बोली और उसकी आँखों से आंसू गिरने लगे।

"आरुषि प्लीज़, अपने आप को संभालो। यह चमत्कार ही है कि उसे फाँसी होने से कुछ घंटे पहले ही तुम कॉमा से बाहर आ गई हो। मुझे पूरा विश्वास है, तुम लोगों को इंसाफ मिलेगा। आर्यन हमेशा तुम्हारे बारे में पूछता है। वह अपनी सफलता और अपनी जिंदगी के बारे में कभी दुआ नहीं मांगता। लेकिन वह रोज तुम्हारे जल्दी से ठीक होने की दुआ जरुर मांगता है। तुम्हें यह जानकर आश्चर्य होगा कि आर्यन एक किताब लिख रहा है। इस किताब में वह अपनी प्रेम गाथा

से पूरे देश को अवगत कराना चाहता है। उसने तुम्हारे लिए एक पत्र दिया है। मैं रोज अपने साथ लाता था, अब भी मेरी जेब में कहीं पड़ा होगा, देखता हूँ," निखिल ने कहा और अपनी सभी जेबों में ढूंढने लगा। आरुषि के चेहरे पर एक छोटी सी मुस्कान आ गई। आरुषि धीरज रखे हुई थी कि मैं चिट्ठी पढ़ूंगा।

"ध्यान दो, मैं इसे पढ़ता हूँ?" चिट्ठी को खोलते हुए निखिल ने कहा। आरुषि ने अपनी पलकें झपका कर हामी भरी।

"जिस दिन तुम्हें सच पता चलेगा, उस दिन मैं तुम्हारे साथ नहीं रहूँगा। लेकिन मेरी आत्मा हमेशा तुम्हारे आस-पास रहेगी। वे केवल मेरा शरीर तुम्हें सौपेंगे," निखिल ने पढ़ा। आरुषि की आँखें भर आईं। बगल में रखे नैपकिन से उसने अपना चेहरा पोंछा और मुस्करायी।

"निखिल अगली बार मिलने जाओगे, तो क्या तुम आर्यन को एक चिट्ठी दे सकते हो?" आरुषि ने पूछा। निखिल मुस्कराया और लिखने के लिए अपनी जेब से पेन निकाल कर दिया।

"मुझे सच्चाई पता है और मैं यह भी जानती हूँ कि तुम हमेशा मेरे साथ रहोगे। यह सोचने का साहस भी मत करना कि तुम मर जाओगे। अगर भगवान को किसी की जिंदगी की जरुरत होगी, तो वह तुम्हारी नहीं, मेरी जिंदगी लेगा। मैं तुम्हें भरोसा दिलाती हूँ कि मेरी रूह हमेशा तुम्हारे इर्द-गिर्द रहेगी। जिस दिन तुम किसी और लड़की के बारे में सोचोगे, मैं तुम्हारे और उस कुतिया के सपने में आकर डराउंगी।"

"आर्यन," अली सर ने मेरी कोठरी खोलने के लिए कहा। मैं पन्नों को सही क्रम में लगाने में व्यस्त था। मैंने अली सर की ओर देखा और चकित रह गया। शायद वे फाँसी की प्रक्रिया के बारे में मुझे बताने आए हैं।

"अली सर। क्या हुआ? मुझे भरोसा है कि अभी मेरे पास दो घंटे बचे हुए हैं," काले बादलों से घिरे आसमान की तरफ देखते हुए मैंने कहा। बादल गरज रहे थे। शायद हमारी न्याय व्यवस्था के आगे भगवान भी असहाय महसूस कर रहा है। और काले बादलों की चादर से पूरा आसमान ढक कर अपना विरोध जता रहा है।

"आरुषि कॉमा से बाहर है और उसने पुलिस को अपना बयान दर्ज करा दिया है," अली सर ने सूचना दी। मुझे अपने कानों पर विश्वास नहीं हो रहा था। मैं स्तब्ध हो गया। मैं अली सर की कही हुई बात को मुट्ठी में भर लेना चाहता था। मैं फर्श पर लोट कर जोर-जोर से रोने लगा। आरुषि को बचाने के लिए भगवान को धन्यवाद देने लगा। अली सर ने मुझे पकड़ लिया और कोर्ट में पेश होने के लिए तैयार होने को कहा।

"अभी इसी वक्त क्या? आपको मुझे कोर्ट ले जाने की क्या जरुरत पड़ गई? क्या यह किसी को फाँसी पर लटकाने से पहले की प्रक्रिया है या फिर जज साहब कुछ और भी जानना चाहते हैं?" मैं अपने आंसू पोंछते हुए बोला।

"जैसा कि मैंने कहा, आरुषि ने हिमांशु जोशी और उसके साथ सम्मिलित अपराधिओं के खिलाफ अपना बयान दे दिया है। उन सालों ने जिन मासूम लड़कियों का शारीरिक उत्पीड़न किया है, उनका वीडियो भी पुलिस खोज रही है। हॉस्टल वार्डन को पकड़ने के लिए एक सर्च टीम का गठन हुआ है। लगता है पकड़े जाने के डर से उसने शहर छोड़ दिया है। पुलिस निरीक्षक गजेन्द्र चौहान नौकरी से निलंबित कर दिया गया है और उसके खिलाफ तहकीकात हो रही है। जज ने एक मीटिंग बुलाई है, जिसमें आरुषि का बयान रिकॉर्ड करने वाले पुलिस अधिकारी और अन्य जज भी शामिल हैं। निर्णय क्या होगा, यह मुझे नहीं पता, लेकिन अगर अब मुझसे तुम्हें फाँसी देने के लिए कहा गया, तो मैं कानून के तहत इस्तीफा दे दूँगा," मेरी आँखों में देखते हुए दृढ़ स्वर में अली सर ने कहा। उन्होंने मुझसे वादा तो नहीं किया, लेकिन खुद से ही बोला। मैं मुस्कराया और मेरे ऊपर भरोसा दिखाने के लिए उनको धन्यवाद दिया। मैंने खुद को कम्बल से ढक लिया और अली सर के पीछे-पीछे कोर्ट की तरफ चल दिया।

हमेशा से भिन्न, कोर्ट में गहरा सन्नाटा छाया हुआ था। दो पुलिस अधिकारी पहली पंक्ति में बैठे हुए थे। वे सबूत भी वहीं रखे हुए थे, जिनसे कोर्ट को मेरी फाँसी रद्द करनी थी। "तुम्हारे ऊपर लगाया गया बलात्कार का केस झूठा साबित होता है, लेकिन हत्या का केस सही है। यह कोर्ट पूरे केस में दिल्ली पुलिस द्वारा दिखाई गई नाकामी की निंदा करता है और यह चेतावनी देता है कि भविष्य में पुलिस कानून और व्यवस्था को ध्यान में रखते हुए अपने फ़र्ज़ का निष्ठापूर्वक पालन करे। कोर्ट को यह भी अहसास है कि शहर में ख़राब कानून व्यवस्था के चलते एक व्यक्ति को मानसिक आघात पहुँचा है, लेकिन इसका मतलब यह कतई नहीं है कि कोई कानून को अपने हाथ में ले। स्वर्गीय हिमांशु जोशी को अट्ठाईस साल की लड़की के बलात्कार का दोषी पाया जाता है। आर्यन राठौड़ भी कानून को हाथ में लेने और हिमांशु जोशी की हत्या का दोषी पाया जाता है। इस कारण, यह कोर्ट आर्यन राठौड़ को तीन वर्ष सश्रम कारावास की सजा सुनाती है। कोर्ट एड्जोर्ण्ड," जस्टिस वर्मा ने कहा और मेरी आँखों में देखने लगे। मैंने उनके चेहरे पर एक संतुष्टि देखी। जज के सम्मान में मैंने उसके आगे हाथ जोड़ लिए और धन्यवाद देने के लिए उनके सामने झुक गया। सजा काटने के लिए मुझे जेल ले जाया गया। ख़ुशी से मेरे दिल की धड़कनें बढ़ गई थीं।

"अब मैं जल्दी ही आरुषि से मिलने जा रहा हूँ। हम शादी करेंगे और साथ में जिंदगी बिताएंगे। मेरी जिंदगी का इतना अच्छा पल कैसे आ गया!

कुछ देर में यह फैसला मीडिया को बता दिया गया। ये खबर आग की तरह फ़ैल गई और पूरी कहानी सुनकर सभी लोग आश्चर्य में पड़ गए। जो लोग मुझे फाँसी दिलाने के लिए नारे लगा रहे थे आज वही मेरी बेगुनाही के नारे लगाने लगे। न्यूज़ चैनल पर यह समाचार सुनने के बाद मेरे माता-पिता को जैसे दूसरी जिंदगी मिल गई। यह खबर आरुषि को भी बताई गई। वह खबर सुन कर ख़ुशी से रोने लगी। डॉक्टरों की टीम और नर्सों ने आरुषि को बधाई दी और अपनी ख़ुशी जाहिर की। दिल्ली एक बार फिर एकत्रित हो गई, लेकिन इस बार आरुषि के ठीक और हिमांशु के मरने की ख़ुशी में। हालाँकि कुछ यह सोच रहे थे कि जो मैंने किया वह गलत था। लेकिन कुछ युवा भी थे, जो बलात्कारी को इस तरीके से सजा देने को सही ठहरा रहे थे। कुछ दिन पहले सब कुछ आज की स्थिति से विपरीत था। अब लोग इसलिए खुश हो रहे थे कि मुझे फाँसी की सजा नहीं हो रही है।

अध्याय 18

"तीन साल"

***

तीन साल तक जेल में मुझे दुःख और सुख, दोनों का सामना करना पड़ा। अब मुझे ख़ुशी हो रही थी कि मैं जेल परिसर से जल्दी ही बाहर निकल जाउँगा। इसके बावजूद एक बात मेरे मन में खटक रही थी कि मुझे जेल में बंद हुए इतने दिन हो गए, लेकिन मुझसे मिलने के लिए आरुषि एक बार भी नहीं आई। वह सिर्फ चिट्ठियां लिखकर निखिल के माध्यम से भेजती थी। मुझे ठीक से याद नहीं, कि इन तीन सालों में मैंने बिना सोये कितनी रातें गुजार दी थीं। मैं रोता था और यह सोचता था कि आरुषि मेरे साथ ऐसा क्यों कर रही है। मेरे माता-पिता और निखिल के माध्यम से मुझे पता चला कि उसने आई ए एस की परीक्षा में सफलता प्राप्त कर ली है और अब लखनऊ में रह रही है। मुझे कभी-कभी लगता था कि अच्छा होता, उस रात मुझे फाँसी हो जाती। इस विश्वासघात के साथ मुझे न जीना पड़ता।

उसके कुछ सपने थे, लेकिन क्या मैं उसकी प्राथमिकता नहीं था? क्या उसने कभी अपने प्रति मेरी भावनाओं को समझने की कोशिश की! या फिर दूसरे प्रेमियों की तरह मुझे भी समझ लिया!

पहला पत्र:

"हाय आर्यन,

मुझे नहीं मालूम, पिछले जन्म में मैंने क्या पुण्य किया था कि भगवान ने मेरे लिए तुम्हें चुना। तुम्हें क्यों लगा कि मैं ही वह लड़की हूँ, जिस पर अपना सारा प्यार लुटा देना चाहिए। मैं अभी भी सोचती हूँ कि क्या मैं तुम्हारे लायक हूँ! तुम बहुत ही अच्छे व्यक्ति हो। कोई भी लड़की तुम्हारे प्यार में पड़ सकती है। लेकिन तुमने मुझे पसंद किया जिस लड़की ने "आई लव यू" भी नहीं कहा। भगवान की बहुत कृपा है, जो तुम मेरी जिंदगी में आए।

आर्यन मैं माफ़ी चाहती हूँ। मैं जानती हूँ अगर मैं तुम्हारी जिंदगी में नहीं आती, तो आज तुम जेल में नहीं रहते। सच में मुझे माफ़ कर दो। तुम्हारे साथ ऐसा करने के लिए मैं खुद को कभी नहीं माफ़ कर पाउंगी। तुम वायु सेना में अधिकारी बनना चाहते थे, लेकिन मेरे कारण तुम्हारा सपना पूरा नहीं हो पाया। मुझे माफ़ कर दो।

मुझे आशा है कि तुमने रिकॉर्डिंग सुनी होगी। उसमे मैंने तुम्हारे लिए अपनी भावनाएँ व्यक्त की हैं। तुम्हारे सामने इन सब बातों को कहने की हिम्मत मैं कभी नहीं जुटा पाई। यह सब मेरे लिए आसान नहीं था। जब तुम ऑफिस में होते थे और मैं हॉस्टल में अपनी किताबों में डूबी रहती थी, तुम्हारे बारे में बहुत सोचती थी। मैं प्लान करती थी कि अब डेट पर जाने के लिए कैसे कहूँ। याद है, हम मंदिर गए थे। मैं तुम्हारे साथ ज्यादा से ज्यादा वक्त बिताना चाहती थी। तुमने मुझे इतना खास बना दिया था कि कभी-कभी झूठा गर्व होने लगता था। जितना मैं सोचती थी, उससे ज्यादा तुमने मुझे दिया।

हमारी पहली डेट पर तुम मुझे किस कर सकते थे, लेकिन तुमने ऐसा नहीं किया। तुम जानते हो इसका मतलब लड़कियों के लिए क्या होता है। उस दिन मुझे पता चला कि तुम्हारा प्यार कितना पवित्र है। प्यार शरीर से नहीं, व्यक्ति के ह्दय से किया जाता है। तुमने इसे सिद्ध किया है। उस रात जब तुम मैसूर से आ रहे थे, मैंने प्लान बनाया था कि जैसे ही तुम कमरे में प्रवेश करोगे, मैं अपनी रिकॉर्डिंग तुम्हें सुनाउंगी। जो ड्रेस मैं क्लब पहन कर गई थी, वही स्वाति से लेकर मैंने उस दिन भी पहनी थी। मैं खूबसूरत लग रही थी और बिलकुल निश्चिन्त थी। निखिल ने भी कहा कि तुम दोनों जुड़वा बहनें लग रही हो। पहली बार किस करने की योजना मैंने बना ली थी। मैं तैयार थी कि तुम मुझे जी भर कर प्यार करो।

लेकिन जो कुछ हुआ, यह सब मैं अपने बुरे से बुरे सपने में भी नहीं सोच सकती थी। मैं चाहती तो पीछे हट सकती थी और जो कुछ हमारे साथ हुआ उसे बदल सकती थी। लेकिन अब कुछ भी नहीं बदल सकता, इसलिए अब इसे भूल जाना ही ठीक रहेगा।

अब मैं ठीक हो रही हूँ और डॉक्टर ने कहा है कि अगले दो महीने में मैं बिलकुल स्वस्थ हो जाउंगी। इसलिए तुम मेरे लिए परेशान मत होना। (प्लीज़ अपना ख्याल रखना और दूसरे कैदियों को अपनी बेवकूफी भरी शायरी मत सुनाना।

जल्दी से बाहर आओ। जावा चिप फ्रप्पुचिनो हमारा इंतजार कर रहा है:)।
तुम्हारी,
आरुषि"

दूसरा पत्र:

"हे मिस्टर जावा, क्या हाल है?

मैं तुमसे मिलने नहीं आ पा रही, इसके लिए मैं तुमसे सच में माफ़ी मांगती हूँ। मुझे अगले छह महीने तक आराम करने के लिए कहा गया है। मेरे गले में अट्ठारह टांके लगे हैं, जिसके कारण मेरी जिंदगी दुखों से भर गई है। मैं ज्यादा बोल नहीं सकती, लेकिन फिर भी तुम्हारी बेवकूफी भरी शायरी बोलने के लिए मैं कभी-कभी दर्द उठा लेती हूँ। बिस्तर पर लेटे-लेटे कल्पना में मैं इस ख़ुशी से भरी दुनिया में भ्रमण करती रहती हूँ। तुम्हारे साथ इस रंगीन दुनिया में घूमते हुए मुझे बहुत ही अच्छा लगता है। अपने सपनों में तुम्हें पाकर मैं अपने सारे दर्द भूल जाती हूँ।

मैं चाहती हूँ कि तुम यहाँ आकर मेरी देखभाल करो और अपने हाथों से मुझे खाना खिलाओ। तुम्हें देखने के लिए मैं मर रही हूँ। आज मुझे चिढ़ पैदा करने वाली शायरी की कीमत पता चलती है। अगली बार जब निखिल तुमसे मिलने जाये, तो तुम उसे एक शायरी लिखकर दे देना। निखिल मुझे दे देगा।

वैसे तुम्हें यह जानकर ख़ुशी होगी कि मैंने मुख्य परीक्षा में सफलता प्राप्त कर ली है। परिणाम देखने के बाद मुझे ऐसा महसूस हुआ कि अगर मैं तुम्हारे प्यार में नहीं पड़ी होती, तो टॉपर होती। लेकिन फिर सोचती हूँ अगर तुम मुझसे प्यार नहीं करते, तो मैं बस एक टॉपर होती और कुछ भी नहीं। तुम्हारे इस बिना शर्त के प्रेम ने मुझे बहुत ही खास बना दिया था। जिसके कारण आज मुझे लगता है कि मैं पूर्ण हूँ। मुझे लगता है कि मैंने सब कुछ हासिल कर लिया है। जीवन में तुम्हें पाकर मुझे ऐसा लगता है, जैसे भगवान ने मुझे ऐसी चीज दे दी है, जिसेके बारे में मैं सोच भी नहीं सकती थी। तुम मेरी जिंदगी में आए, इससे अच्छा मेरे लिए कुछ भी नहीं हो सकता।

प्लीज़ मेरे लिए तुम एक क्षण भी परेशान मत होना। मैं जल्दी से ठीक हो जाउंगी और तुम्हें बाँहों में भरने के लिए भागती हुई आउंगी। तुम अपना ख्याल रखना और प्लीज़ अपनी दाढ़ी मत बढ़ाना। ऐसा न लगे कि तुम एक कैदी हो। तुम्हारे ऊपर दाढ़ी अच्छी नहीं लगती। और इसके अलावा, किस करते वक्त वे छोटे-छोटे बाल मेरा दिमाग खराब कर देंगे। तो तुम बिलकुल क्लीन शेव रहना।

तुम्हारी प्रतीक्षा में,
आरुषि"

तीसरा पत्र:

प्रिय,

प्लीज़ मुझ पर नाराज़ मत होना। मैं तुमसे एक बार भी मिलने नहीं आ सकी। इसके लिए सच में मुझे बहुत बुरा लगता है, लेकिन मैं चाहती हूँ कि तुम मेरी मजबूरी समझो। सर्जरी ठीक होने के बाद मुझे साक्षात्कार के लिए बुला लिया गया था। साक्षात्कार पैनल में बैठे हुए लोग बहुत ही अच्छे थे, उन्होंने मुझे पूरी तरह से ठीक हो जाने तक आराम करने की सलाह दी है। साक्षत्कार बहुत ही अच्छा हुआ और अब तुम्हारी आरुषि एक आई ए एस अधिकारी है। अब मुझे प्रशिक्षण के लिए हैदराबाद जाना पड़ेगा। अंततः मेरे सपने पूरे हो गए।

बहुत सारे काम रुके पड़े हैं। हैदराबाद जाने से पहले उन्हें पूरा करना पड़ेगा। स्वार्थी होने के लिए मैं तुमसे माफ़ी माँगती हूँ, लेकिन मैं असहाय हूँ। तुम्हारे छूटने का मैं इंतजार करूँगी। तुम्हें मुझसे वादा करना पड़ेगा कि तुम मेरे पासिंग आउट परेड में जरुर आओगे। मैं चाहती हूँ कि मेरे कंधे पर तुम स्टार लगाओ।

मैं तुम्हारे माता-पिता से भी मिली। वे सचमुच बहुत अच्छे हैं। तुम बहुत खुशनसीब हो कि तुम्हें ऐसे माँ-बाप मिले। तुम्हारी मम्मी मुझे पसंद करती हैं। मैंने उन्हें भरोसा दिलाया है कि एक बार मैं प्रशिक्षण लेकर आ जाऊं, उसके बाद मैं और आर्यन शादी कर लेंगे। इस परिवार का हिस्सा बनना मेरे लिए गर्व की बात होगी। एक अनाथ को फिर से परिवार मिल जाएगा। क्या यह बड़ी बात नहीं है। मैं तुमसे शादी करना चाहती हूँ और बच्चे भी चाहती हूँ। मैं चाहती हूँ कि तुम मुझे हमेशा किस करो। तुम मुझे हमेशा प्यार करते रहना, कभी मुझसे नफ़रत मत करना।

तुम्हारी
आरुषि।

यह आख़िरी ख़त था, जो मुझे आरुषि से मिला। इसके बाद उसने कभी मुझसे संपर्क करने की कोशिश नहीं की। वह इरादतन ऐसा नहीं कर रही है। इस बात के लिए मैं खुद को राजी नहीं कर पा रहा था। मेरी आरुषि मुझे कभी धोखा नहीं दे सकती, यही बात बोल कर मैं अपने दिल को तसल्ली देता रहता था।

जब मैं उसके विश्वासघात के बारे में सोचता था, तो मेरी आँखों से आंसू बहने लगते थे। मैं सोचने लगता था कि जब उसे ऐसा ही करना था, तो उसने मुझे फाँसी पर लटकने से बचाया ही क्यों? मेरे मन में लाखों सवाल नाच रहे थे, लेकिन एक का भी जवाब मेरे पास नहीं था।

"ये वक्त भी न जाने कौन से गुनाहों की सजा दे रहा है मुझको

थक गया हूँ अब इस दिल को मनाते, जो हर पल कह रहा है बेवफा तुझको।"

अध्याय 19

"और मैं आरुषि से मिला"

***

अब वह समय आ गया था, जब मैं तीन साल सजा काटने के बाद अपनी नई जिंदगी की शुरुआत करने जा रहा था। मेरे मन में एक डर था। हालाँकि मैं आश्वस्त था कि आरुषि मुझे धोखा नहीं देगी, लेकिन वह तीन सालों में मुझसे मिलने एक बार भी नहीं आयी। इन तीन सालों में वह सिर्फ निखिल से चिट्ठियां भेजती थी। कहीं आरुषि ने किसी से शादी न कर ली हो, यह बात मुझे थोड़ा परेशान करती थी। आख़िरकार अब वह एक आई ए एस अधिकारी बन चुकी थी। स्वाभाविक सी बात है, उसे दुनिया भर से कई लड़कों के प्रस्ताव आए होंगे। बची हुई जिंदगी आरुषि के साथ न गुजार पाने की बात सोच कर मैं व्याकुल हो रहा था।

सुनवाई के दौरान मेरा जो सामान जेल प्राधिकारी वर्ग द्वारा रखा गया था, वह एक कार्टून में पैक करके मुझे सौंप दिया गया।

"शुक्रिया सर," आख़िरी औपचारिक पत्र पर दस्तखत करते हुए मैंने कहा और अली सर को दे दिया।

"आर्यन अब तुम आज़ाद हो। मैं तुम्हें कुछ समझाना चाहता हूँ। अगर तुम मेरे साथ कुछ और वक्त बिता सकते हो, तो कुर्सी लेकर बैठ जाओ," अली सर ने कहा। मैं विनम्रता से कुर्सी पर बैठ गया।

"जो अपराध तुमने किया था, उसमें तुम्हारी कोई गलती नहीं थी। तुम्हारी जगह कोई भी आदमी रहता वह भी वही करता। लेकिन महात्मा गाँधी ने कहा है, "आँख के बदले आँख का विचार तो पूरी दुनिया को अंधा बना देगा," हमें कानून अपने हाथ में नहीं लेना चाहिए। मुझे पता है, ऐसा कहना आसन है, लेकिन करना कठिन है। लेकिन मुझे तब बहुत दुःख होता है, जब तुम्हारे जैसे पढ़े-लिखे लोग सलाखों के पीछे पहुँच जाते हैं; क्योंकि वे ऐसे विचारों को आत्मसात नहीं करते और उन पर चलने की कोशिश नहीं करते," दुखी मन से अली सर ने कहा।

मैं उनका मतलब समझ गया था। मैं चुप था; क्योंकि अब मैं उनकी बातों से और सहमत नहीं हो सकता था।

"मैं भी मानता हूँ कि हमारी न्यायिक व्यवस्था में अनेक त्रुटियाँ हैं। लेकिन उन पर सवाल करने, विचार करने और फिर तय करने की आवश्यकता है। इसका मतलब यह नहीं कि अभी सब कुछ तय नहीं है और हम कानून अपने हाथ में ले लें। हिमांशु की तरह के लड़के जीने के हकदार नहीं हैं, लेकिन दुर्भाग्य से हमारी न्यायिक व्यवस्था बहुत ही धीरे कार्य करती है। जिसके तहत लोग बच जाते हैं। हमारे देश में बलात्कार के सैकड़ों मामले रोज दर्ज किए जाते हैं। इसके पीछे क्या कारण हो सकता है, तुम जानते हो?" निराशा के साथ तेज़ आवाज़ में अली सर ने पूछा। मुझे पता था वे मुझे जवाब नहीं देना चाहते थे, बल्कि जवाब सुनना चाहते थे।

"कारण यह है कि किसी के अंदर कानून का खौफ नहीं है। अपराधिओं को पता है कि अगर उनके पास पॉवर और पैसा है तो वे आसानी से सज़ा पाने से बच सकते हैं और अदालत की सुनवाई को ठेंगा दिखा सकते हैं। दुःख के साथ कहना चाहता हूँ कि बहुत सारे बलात्कार के मामले दर्ज ही नहीं होते। वे हमारे न्यायिक व्यवस्था के बारे में जानते हैं। उन्हें पता है कि फैसला आने में सालों लग जाएँगे। मैं उन सभी पीड़ितों से माफ़ी मांगता हूँ। मैं यह हथकड़ी लेकर चलता हूँ, लेकिन क्या तुम जानते हो इस तथाकथित कानून से मेरे हाथ बांध दिए गए हैं," फर्श पर हथकड़ी फेंकते हुए अली सर ने कहा।

मैं उन्हें एक गिलास पानी देने के लिए खड़ा हुआ और उनसे शांत होने का अनुरोध किया। उनकी आँखें नम थीं, लेकिन उनके अंदर आंसुओं को रोकने की ताकत थी।

"अली सर, आप जैसे व्यक्ति को देश की सेवा करते देख आज मुझे सुकून मिल गया। आप उन लोगों में से नहीं हैं जो घर से बाहर निकल कर अपनी प्रतिष्ठा बेच देते हैं। मुझे पूरा भरोसा है, हमारा देश बदलेगा। लोग इतने समझदार हो जाएँगे कि उन्हें अच्छे-बुरे की समझ हो जाएगी। हम कैंडल मार्च का इंतजार नहीं करेंगे, बल्कि बलात्कारियों के खिलाफ सख्त कानून की मांग के लिए अपने अंदर चिंगारी भड़काएंगे। फिर कोई दूर से भी किसी लड़की की जिंदगी बर्बाद करने के बारे में नहीं सोच पाएगा," मैंने अपना असंतोष प्रकट किया।

अली सर ने अपनी सहमति दी और रहने के लिए सबसे सुरक्षित देश बनने की ईश्वर से प्रार्थना की। बाहर तक छोड़ने आकर उन्होंने मुझे विदाई दी।

"बाहर एक शानदार जिंदगी तुम्हारी प्रतीक्षा कर रही है," अली सर ने कहा। गार्ड ने निकास द्वार का फाटक खोला। मैंने एक नये जीवन में कदम रख दिया।

अली सर से संतोषजनक बातचीत करने के बाद मैं अपने बारे में सकारात्मक सोच रहा था। मैं फिर से नई जिंदगी शुरू करने के लिए उत्सुक था। मैं खुश था, क्योंकि अब मुझे आरुषि को खुश करने के लिए ज्यादा मेहनत करने की जरुरत नहीं थी। आरुषि ने अपने दिल की बात पहले ही बता दी थी। मैं क्लीन शेव्ड था, जैसा कि आरुषि ने एक चिट्ठी में चाहा था। यह सब इस उम्मीद में मैंने किया था कि आरुषि मेरे गालों पर एक कोमल और भावुक किस करेगी। काफी दिनों से हम एक दूसरे का इंतजार कर रहे थे।

"हे भगवान जब मैं आरुषि को देखूं, तो मुझे रोने से बचा लेना और एकदम शांत बना देना," मन में ही मैंने प्रार्थना की।

"इधर आओ मेरे हीरो," निकास द्वार से बाहर आते देख निखिल चिल्लाया। मैं अपने माता-पिता और निखिल को देखकर खुश था। वे मुझे लेने आए थे। आरुषि को मैं चारों ओर तालाशने लगा, लेकिन वह नहीं दिखी। उसने अपने आख़िरी ख़त में मुझसे वादा किया था कि वह मुझे लेने के लिए आएगी, लेकिन वह नहीं आयी।

जब आपसे प्रेम करने वाला आपकी भावनाओं की कद्र नहीं करता, तो बहुत दुःख पहुँचता है।

"स्वागत है मेरे हीरो," गले लगाते हुए निखिल ने कहा। मेरी आँखों से आंसू निकलने लगे। दोनों प्रिय मित्रों को गले लगे तीन साल हो गए थे।

अपने माता-पिता के पैर छूने के लिए मैं झुका और उनका आशीर्वाद लिया। उनकी आँखों में भी आंसू थे, लेकिन इस बार ख़ुशी के आंसू थे। वे मुझे आज़ाद देख कर बहुत खुश थे।

"आप लोगों को धन्यवाद। आपने मुझे बचाने के लिए कभी हार नहीं मानी," आभार व्यक्त करते हुए मैंने हाथ जोड़कर कहा। वे मुझे गले लगाकर फूट-फूट कर रोने लगे।

"तुम्हें आरुषि का धन्यवाद देना चाहिए, जिसने अपना बयान दिया, वरना आज यह दिन हम नहीं देख पाते," अपने साड़ी के आँचल से आंसुओं को पोछते हुए माँ ने कहा।

"हाँ, लेकिन वह कहाँ है? उसने मुझे वादा किया था कि वह मुझे लेने के लिए आएगी," मैंने पूछा।

मेरी माँ ने देखा कि निखिल जवाब देने के लिए मेरी बात सुन रहा है। यह सुन कर निखिल परेशान लग रहा था। वह आगे आया और बोला, "हम लोग आरुषि से मिलने के लिए चल रहे हैं। आओ और सीट पर बैठो। निखिल ने कैब का दरवाजा खोला। मैं यह सुनने के लिए लालायित था। अंततः हम आरुषि से मिलने के लिए जा रहे हैं।

"क्या ये सब उसका प्लान है?" अपने माता-पिता के साथ पीछे वाली सीट पर बैठते हुए मैंने कहा। मैं बच्चों की तरह व्यवहार कर रहा था और बिना बात के मुस्करा रहा था।

"हाँ ये सब उसका ही प्लान है," निखिल ने जवाब दिया।

"आज अगर मैं उससे शादी कर लूँ, मम्मी-पापा आप बुरा तो नहीं मानेंगे!" मम्मी-पापा की ओर देखकर मैंने कहा। जवाब देने के लिए वे एक दूसरे को देखने लगे, फिर सिर हिला कर उन्होंने अपनी सहमति दे दी। मेरी माँ मेरे सबसे करीब बैठी थीं, मैंने उन्हें गले लगा लिया। "थैंक यू सो मच। आई लव यू," मैंने माँ से कहा।

"ये सब छोड़ो। इन दिनों तुम खाना नहीं खा रहे थे क्या? देखो बिलकुल लकड़ी की तरह लग रहे हो," ऊपर से नीचे तक मेरा निरिक्षण करते हुए माँ ने कहा।

मेरा वजन कुछ किलो कम हो गया था, इसलिए मैंने उनकी बात को स्वीकार कर लिया। लेकिन मैं बिलकुल लकड़ी की तरह नहीं हुआ था। धरती की सभी माताओं की यह समस्या है। आप कितने मोटे हो, उनको इससे कोई फर्क नहीं पड़ता। वे तुम्हें हमेशा सबसे पतला ही मानती हैं। मेरी माँ भी उनसे अलग नहीं थीं।

"जेल में चपाती पर बटर नहीं लगाते, बल्कि बेतों पर लगाते हैं और दुर्भाग्य से उन तैलीय बेतों से वजन नहीं बढ़ता। मुझे बहुत बेंत लगे थे," मैंने मुस्कराते हुए कहा, जिसे सुन कर मेरी माँ ने रोना शुरू कर दिया।

"हम कहाँ जा रहे हैं? मैं इस रास्ते से पहले कभी नहीं आया," जब ड्राईवर ने गाड़ी को देहात की तरफ मोड़ा, तो मैंने पूछा। निखिल ने ड्राईवर को गाड़ी चलाते रहने और बात न करने का इशारा किया। पीछे से निखिल को मैंने चिकोटी काटी और कहा, "साले कुछ सरप्राइज प्लान किया है क्या",जिस पर निखिल ने अपना सिर हिलाया और चुपचाप बैठने के लिए बोला।

"मैं जानता हूँ माँ कि तुम अपने होने वाली बहू की सह-षड्यन्त्रकारी बन गई हो। प्लीज़ मुझे बताओ क्या सरप्राइज है। अगर आप लोग मेरी मंगनी कराना

चाहते हो, तो बताओ; क्योंकि मुझे अच्छे कपड़े पहनने पड़ेंगे। बाद में अपनी फोटो देख कर मैं दुःख प्रकट नहीं करना चाहता," अपनी माँ से प्रार्थना करते हुए मैंने कहा। माँ ने अपना सिर मेरे कंधे पर रख दिया। उन्होंने मुझसे कहा कि जब तक सरप्राइज स्पॉट नहीं आ जाता, अपनी आँखें बंद रखो।

आंख मूंद कर मैंने अपनी माँ के कंधे पर सिर टिका लिया। आरुषि के साथ बिताए गए सुनहरे पलों को मैं फिर से जी रहा था। अपनी शायरी से उसे छेड़ना, उसे परेशान करना और अपनी पहली मुलाकात, जो मेरी बेवकूफी के कारण बेकार हो गई थी। उस रात जब आरुषि ने मुझे अपने काले अतीत के बारे में बताया था और मंदिर जाना। उसके साथ बिताई हुई सुनहरी यादें मेरे दिमाग में घूम रही थी। मैं आरुषि से मिलने के लिए उत्सुक था। उससे मिलने के लिए मैं मर रहा था।

"मैं उससे क्या बोलूँगा? माँ और डैड के सामने उसे किस करना ठीक रहेगा या नहीं? क्या उसे ये सब पसंद आएगा? या फिर मुझे शादी तक इंतजार करना चाहिए?," ये सभी प्रश्न मेरे दिमाग में घूम रहे थे।

अगले पंद्रह मिनट तक चलने के बाद कार रुक गई।

"अपनी आँख मत खोलना" निखिल ने कहा। माँ ने भी अपनी हथेली से मेरी आँखें बंद कर दीं। दूर से बारात के बाजों की आवाज मुझे सुनाई दे रही थी।

"हे भगवान, इन्होंने तो मेरी शादी प्लान बना रखा है," मैंने सोचा और पागलों की तरह हँसा। कपड़े के एक टुकड़े से निखिल ने मेरी आँखे ढक दीं। जब हम जंगल से गुजर रहे थे, तो उसने मेरा हाथ पकड़े रखा। घास और झाड़ियों पर पैर रखने से मुझे पता चल गया कि यह कोई जंगल है। जैसे-जैसे हम सरप्राइज स्पॉट की तरफ बढ़ रहे थे बैंड की आवाज तेज़ होती जा रही थी।

"भाई मेरे साथ ऐसा मत करो। प्लीज़ मेरी आँखों से पट्टी हटाओ। बाजे की आवाज मैं आसानी से सुन पा रहा हूँ। तुम लोग एक अच्छे सरप्राइज का प्लान करने वाले नहीं हो," ढकी हुई आँखों से बाहर झांकने की कोशिश करते हुए मैंने कहा। निखिल कुछ नहीं बोला। वह मुझे अपने साथ सीधा लिए जा रहा था। मेरी माँ और पापा दोनों को मेरे ऊपर दया नहीं आ रही थी। वे मेरी याचना को नज़र अंदाज़ कर रहे थे। लगभग दस मिनट चलने के बाद निखिल रुक गया।

"हो गया क्या? चलो कुछ मील और चलते हैं," मैंने ताना मारा।

"आर्यन बैठ जाओ," निखिल ने कहा।

"क्या? अब मुझे पता चल गया कि तुम लोगों ने क्या प्लान किया है।

मैं जानता हूँ आरुषि, तुम यहीं हो, अब मुझे बेवकूफ बनाना बंद करो। कम से कम आप लोग मेरे ऊपर थोड़ी सी तो दया करो," मैंने आरुषि से विनती की, लेकिन कोई जवाब नहीं मिला।

"ठीक है," बैठते हुए मैंने कहा, "कम से मुझे सगाई की अंगूठी तो दे दो," मैंने कहा।

निखिल ने मेरी आँखें खोल दीं। मेरी धड़कनें बहुत तेज़ हो गईं। तीन साल बाद मैं अपनी जिंदगी को देखने जा रहा था। मैंने एक गहरी साँस ली और कहा, "आरुषि जब तक तुम मुझे सीने से नहीं लगा लोगी, मैं आँखें नहीं खोलूँगा। इसलिए मत शरामाओ कि मेरे पेरेंट्स यहाँ पर हैं, उन्हें बुरा नहीं लगेगा," आरुषि को सीने से लगाने के लिए मैंने अपनी बाहें फैलाते हुए कहा।

आरुषि की तरफ से मुझे एक भी हलचल का एहसास नहीं हुआ। मैंने उसे सीने से लगाने के लिए फिर से फरियाद की। मेरी आँखें अभी भी बंद थीं। आरुषि को पकड़ने के लिए मैं हवा में हाथ घुमाने लगा। तभी मेरा हाथ एक पत्थर से जा टकराया। मैंने दर्द से अपनी आँखें खोल दीं।

"इन लविंग मेमोरी ऑफ़ आरुषि राठौड़," कब्र पर लिखे हुए नाम को मैंने पढ़ा। मेरी जान ही चली गई। मुझे विश्वास नहीं हो रहा था कि आरुषि अब इस दुनिया में नहीं है। मेरी आरुषि कब्र में दफ्न हो गई। मेरी साँसे रुक रही थीं। मुझे बेचैनी हो रही थी। मैं चाहता था कि कब्र से निकाल कर उसे बाँहों में भर लूँ। मैं उसकी कब्र को मारने लगा और आरुषि से बाहर आने की विनती करने लगा।

"भगवान के लिए बाहर आ जाओ आरुषि। इस तरह से तुम मुझे अकेला नहीं छोड़ सकतीं। देखो मैंने तुम्हारे लिए अपनी दाढ़ी भी शेव कर ली है। वादा करता हूँ, मैं तुम्हें कभी परेशान नहीं करूँगा। प्लीज़, आरुषि प्लीज़, बाहर आओ, मैं तुम्हारे बिना नहीं जी पाऊंगा। मैं तुम्हें देखना चाहता हूँ। तुम्हें देखने के लिए मेरी आँखें तरस रही हैं। आई लव यू यार। तुम मेरी बात क्यों नहीं सुन रही हो। तीन साल तक मैंने तुम्हें देखने के लिए इंतजार किया और अब तुम मुझे छोड़ कर चली गईं। प्लीज़, प्लीज़ बाहर आओ," उसकी कब्र पर मैं बहुत रोया। अपनी बाँहों में उसका एहसास करने के लिए मैंने कब्र को कसकर पकड़ लिया, लेकिन फिर भी वह बाहर नहीं आई।

मेरे पेरेंट्स मेरी यह स्थिति नहीं देख सकते थे। लेकिन मुझे रोने मना करने के लिए उन्होंने खुद को रोक लिया था। निखिल ने मुझे पकड़ा और कब्र से दूर खींचा। निखिल ने मुझे एक स्टील का बॉक्स दिया, जो कब्र के बगल में रखा हुआ था। मेरी आँखों में आंसू थे, मैंने बॉक्स खोला। इसमें वे सभी ख़त थे, जो मैंने

जेल से आरुषि के लिए लिखे थे। इस बॉक्स में मेरे द्वारा दिया गया गुलाब का फूल, उसकी पसंदीदा नोज रिंग, कुछ चूड़ियाँ और बंद लिफाफा था।

लिफाफे पर लिखा था "माई लास्ट लैटर टू द लव ऑफ़ माई लाइफ"। अपना आख़िरी ख़त पढने के लिए मैंने खोला।

"हेलो मिस्टर जावा,

मुझे पूरा विश्वास है, कि जानते हो कि मैं अब इस दुनिया में नहीं हूँ। उस हरामी ने मुझे जान से मार दिया, लेकिन वह हमारी प्रेम कहानी को ख़तम नहीं कर सका। मेरा विश्वास करो, ऐसा कोई कर भी नहीं सकेगा।

जिस पीड़ा से मैं गुजरी थी, आज भी उस दर्द से उबर नहीं पाई। अभी तक मेरे चेहरे पर दाग हैं। वह रात मुझे डराती है। मैं फ़ोन में अपने दिल की बात रिकॉर्ड कर रही थी और तभी दरवाजे की घंटी बजी। मुझे लगा तुम हो। जैसा तुम अपनी शायरी में वर्णन करते थे, ठीक वैसी ही सुंदर दिखने के लिए मैंने मेकअप किया था। लेकिन मेरे दरवाजा खोलते ही हिमांशु ने मेरे पेट में जोर से लात मारी। मैं इतनी हिम्मत नहीं जुटा पाई कि फिर से खड़ी हो पाऊं। उसके बाद जिस लिए वो आए थे, उन्होंने किया। निर्दयता से उन्होंने मेरा बलात्कार किया। जब मैंने मदद के लिए गुहार लगाई, तो हिमांशु ने मेरा गला ही काट दिया। खून बह रहा था और मौत नजदीक आ रही थी। उस क्षण मेरे अंदर एक ही अफसोस था कि मैं तुम्हें नहीं देख पाई। मेरी इच्छा थी कि तुम उस समय मेरे साथ होते। अस्पताल के बिस्तर पर मरने की बजाय मैं तुम्हारी बाहों में मारना पसंद करती। अपने देश में महिलाओं के लिए सुरक्षित जीवन जीना बहुत कठिन है। मेरी मौत भी इससे अलग नहीं है, इसलिए इसे भूल जाना।

मैं जानती हूँ कि एक बार भी तुमसे जेल में नहीं मिलने आई। तुम्हारा दिल बहुत दुखा होगा। मुझे माफ़ कर दो। निखिल को भी माफ़ कर देना, क्योंकि मैंने ही उसे बताने से मना किया था। तुम अपने तीन साल दुःख के साथ बिताते। मैं चाहती थी कि इससे अच्छा तुम मुझसे नफ़रत करके बिता लो।

गंभीर बातें बहुत हो चुकीं। निखिल ने बताया कि तुम एक कहानी लिख रहे हो। हमारे साथ जो कुछ हुआ, उसे तुम देश को बताना चाहते हो। इंजीनियरों को सलाम! सच में तुम लोग जेल में भी उपयोगी काम कर देते हो। दिखावा करने के लिए इंजीनियर एक भी मौका नहीं छोड़ते। एक बार किताब ख़तम कर लो, फिर उस पर दस्तखत करके मेरी कब्र पर रख देना। अपनी प्रेम कहानी पढ़ कर मुझे अच्छा लगेगा।

मैं तुम्हें बता देना चाहती हूँ कि जब से तुम यहाँ आए हो, मैं कहीं नहीं गई। अपना आखिरी ख़त पढ़ते हुए तुम्हें देख रही हूँ। मैं तुम्हारी तरह शब्दों के साथ खेल नहीं सकती और न ही अपनी बातों को तुम्हारी तरह कह पाती हूँ। लेकिन इस दुनिया को छोड़कर जाने वाली लड़की का यह सबसे अच्छा ख़त है।

अब रोना बंद कर दो, क्योंकि जो हो गया, वह बदल नहीं सकता। आंसू तुम्हारे ऊपर शोभा नहीं देते और पुष्पा मुझे आंसू पसंद नहीं हैं।

जो मैं सपने में भी नहीं सोच सकती थी, वैसी जिंदगी तुमने मुझे दी। मैंने कभी नहीं सोचा था कि कोई मुझे इतनी शिद्दत से पागलों की तरह प्यार करेगा। तुमने मुझे अपने दिल की राजकुमारी बना कर रखा। मैं तुम्हें दुःख पहुंचाती रही, लेकिन तुमने कभी हार नहीं मानी। एक अनाथ की क्या इच्छाएं हो सकती हैं! तुम्हारे साथ गुजारा हुआ हर पल मेरी जिंदगी है। अगर तुम मेरी जिंदगी में नहीं आए होते, तो प्यार क्या होता है इसका मुझे एहसास भी नहीं होता।

मंदिर में मिलने के बाद मेरे दिल में तुम्हारे लिए जगह बन गई थी। जब तुमने दुपट्टे से मेरा सिर ढका था, तो मुझे बहुत अच्छा लगा था। मैं तुम्हें कसकर सीने से लगा लेना चाहती थी, लेकिन उससे तुम और बेवकूफी भरी हरकतें करने लगते। इससे तुम्हारा उत्साह बढ़ जाता, इसलिए मैंने अपनी इच्छाओं को मार दिया। मैंने कभी नहीं सोचा था कि इतनी जल्दी मर जाउंगी। अगर मुझे पहले से पता होता, तो विश्वास करो मैं अपने दिल की बात कहने से खुद को कभी नहीं रोकती। लेकिन फिर भी मैं तुम्हारे साथ हमेशा रहूँगी। बस मेरी उपस्थिति का एहसास करने की जरुरत है।

यह वक्त सच का सामना करने का है आर्यन। यह वक्त है कि तुम अपनी आगे की जिंदगी के बारे में सोचो। अतीत के बारे में सोच कर अपनी जिंदगी मत बर्बाद करो। मैंने अपनी जिंदगी का सबसे अच्छा वक्त बिता लिया है और वह काफी था। इसलिए अपने दिल में कोई अफ़सोस मत रखना। मेरे भाग्य में यही लिखा हुआ था, लेकिन तुम्हारे भाग्य में नहीं। तुम जाओ और अपने सपनों को पूरा करो। मैंने तुम्हें वायुसेना के यूनिफार्म में देखना चाहती हूँ। एक बार अधिकारी बन जाना, तो मेरे लिए भी रे बैन के चश्मे ले आना। तुम इसे मेरी कब्र पर रख सकते हो। मैं इसे फरिश्तों को दिखाउंगी।

मैं चाहती हूँ कि तुम शादी कर लो और जैसे हमेशा चाहते थे, वैसी जिंदगी जिओ। अपनी पसंद की लड़की से शादी करना। प्यार दुबारा हो सकता है। तुम्हारी जिंदगी में किसी और को देख कर मैं क्या सोचूंगी, इसकी परवाह मत

करना। यह देख कर मुझे बहुत ख़ुशी होगी। तुम्हारी देख भाल करने वाला कोई है, जो प्यार मैं नहीं दे सकी, वह तुम्हें मिल रहा है, यह देख कर मुझे संतुष्टि मिलेगी। लेकिन मुझसे वादा करो कि तुम मुझे कभी नहीं भूलोगे। वादा करो कि दिन में एक बार मुझे जरुर याद करोगे। मैं ज्यादा कुछ मांग रही हूँ, तो मुझे क्षमा कर देना, लेकिन मेरा भरोसा करो, मेरी आत्मा तुम्हें पाने के लिए भटक रही है।

तुम जाने से पहले मेरे लिए एक शायरी लिखो। तुम्हारी शायरी सुनने के लिए मैं कब से इंतजार कर रही हूँ। शायरी अच्छी होनी चाहिए, नहीं तो मैं रात में तुम्हें डराउंगी।

मुस्कुराते रहना और कभी रोना मत। ये मृत लड़की इतनी असहाय हो चुकी है कि तुम्हारे आँसू भी नहीं पोंछ पाएगी।

लॉट्स ऑफ़ लव एंड किसेस

तुम्हरी और सिर्फ तुम्हारी... आरुषि"

मेरे आंसूँ सूख चुके थे। मैं आरुषि को चारों ओर ढूँढ रहा था। मन कर रहा था कि मर जाऊँ और उसकी बगल में दफन हो जाऊँ। उसके बिना बची हुई जिंदगी मैं कैसे जी पाउँगा? वह मुझे अकेला छोड़ कर क्यों गई, जबकि उसे पता था कि मेरे जीने की वजह सिर्फ वही थी। वह कैसे बोल सकती है कि किसी और से शादी कर लूँ। मेरे दिमाग में ऐसे सैकड़ों सवाल घूम रहे थे, जिनका जवाब कभी नहीं मिल सकता था। मैंने निखिल से पूछा कि तीन साल तक मुझे आरुषि की मौत से बेखबर क्यों रखा गया। ये खबर मीडिया और सोशल मीडिया पर चल रही थी, तो मेरे पास तक क्यों नहीं पहुँच सकी। निखिल और मेरे पेरेंट्स ने अली सर से विनती की थी कि यह खबर मुझ तक न पहुँच सके। पुलिस को अपना बयान देने के दूसरे दिन ही आरुषि इस दुनिया को छोड़ कर चली गई थी। मुझे नहीं पता, उन्होंने जो किया, वह गलत था या सही। लेकिन मैं इस अफ़सोस के साथ अपनी जिंदगी गुजारुंगा कि मैं आरुषि के अंतिम समय में साथ नहीं था।

जैसा कि आरुषि ने कहा था, जाने से पहले मैंने एक शायरी लिखी और उसे बॉक्स में रख दिया।

"तुझे भुला सकूँ, वो बहाना खोजता हूँ
अपने दिल को बहला सकूँ, वो बहाना खोजता हूँ
जिस भगवान की लोग खाते हैं कसमें, वो भगवान खोजता हूँ
मेरी रूह जो तेरे साथ चली गई, आज उसी रूह को खोजता हूँ"
